門 玲子

江戸女流文学の発見

光ある身こそくるしき思ひなれ

〈新版〉

藤原書店

〈新版〉江戸女流文学の発見

目次

II　漢詩文、和歌、俳諧を作った女性たち

第三章　俳諧

終章　姿を現しはじめた江戸女流文学者群像

〈新版〉

江戸女流文学の発見

光ある身こそくるしき思ひなれ

凡例

一、本書では読解の便宜のために、次のような方針をとった。漢字は原則として新字体、通用の字体をもちい、仮名は新仮名づかいとした。またルビも原則として本文、引用文ともに新仮名づかいで適宜に付した。

一、注は（1）（2）…で示し、節末に収めた。＊の注は節全体に関する注記である。

序

江戸時代に女流文学は存在したか

江戸時代の女性たちは、男性絶対優位の社会体制のなかで虐げられていた、ことに漢詩文を学ぶ余裕などはまったくなかった、という言説が長くおこなわれてきて、あまり疑いをもたれなかった。日本の女流文学の伝統も、平安時代の最盛期を経て江戸時代には衰微し、明治時代の樋口一葉や与謝野晶子にいたって復活した、という考えがひろく定着しているようだ。私自身も二十年あまり前までは、そのように思いこんでいた。あるとき、江馬細香《えまさいこう》という江戸後期のすぐれた女流漢詩人に出会わなければ、江戸時代の女性の文学表現に関心をもつことはなかったろう。江戸時代の女流文学全般を、広く見渡したいという気持もおきなかったと思う。

平安女流文学ときけば、誰でも『源氏物語』や『枕草子』その他の作品名と、作者名が思いうかぶ。しかし江戸女流文学ときいても、すぐに思いうかぶ作品名も作者名もない。わずかに俳人加賀千代女《かがのちよじょ》や園女《そのめ》、幕末の歌人大田垣蓮月尼《れんげつに》や野村望東尼《もとに》が思いだされるのみである。それどころか「江戸女流文学なんていうものがあったの」と反問されることもある。

江戸時代の女性たちがどのように生きていたか。近来の女性史のめざましい研究成果によって、徐々にその精彩ある姿が現れてきている。物見遊山を楽しむ庶民の女性たち、機織り、糸繰り、賃仕事で現金を稼ぎだすたくましい女性たち、男性と同様に働き実力を持つ農村の女性たち、それどころか豪商といわれる商店を、女手一つで興した女性もいる。しかし文学を創造する立場の女性たちがいたのかどうか。江戸時代のあの厖大な出版物、小説・歌集・俳諧集・随筆のたぐい、さらに細字でびっしりと書きこまれた綿密な日記・記録・覚書。それらの書き手のなかに、女性はいなかったのだろうか。彼女たちはなぜか隠れていて、なかなかその面影を現してくれない。

長い戦国の時代をへて徳川家康が覇権を握り、江戸に幕府を開いたのは慶長八（一六〇三）年のことである。荒々しい戦乱のあとの世の中を治めるのに、家康が武と同様に文の道を重視したことは、広く知られた事実である。文とはこの場合、道徳、学問、芸術など文化一般を指している。家康は文道を確立するために、道徳的厳しさをもつ儒学のうち、とくに朱子学（宋学）を重用した。そして学問を奨励することにより、平和を永続させることを願った。この願いにそってほぼ太平の時代が実現した。

その結果武士たちの身分、くらしは安定して時間の余裕ができ、知識欲のある者はそれをのびのび発揮できる条件が整ったといえる。幕府は林羅山《らざん》が私塾を開くことを後援し、ほかの大名諸侯もこれに倣って儒者を抱え、家臣たちに学問を奨励した。その風潮は次第に庶民、農民層におよび、幕末ごろには世界有数の識字率を達成するほどの、教育の普及をみたのである。

江戸中期ごろには学問文化の中心はしだいに京、大坂から江戸へ移っていった。出版活動もそのころからさかんになる。三都（江戸・京・大坂）と名古屋には有力な版元があって、さまざまな書籍が出版されている。ことに江戸では戯作《げさく》といわれる読本《よみほん》、滑稽本、洒落本、人情本、黄表紙《きびょうし》などがさかんに出版された。

江戸女流文学が知られていない最大の理由として、書籍出版の波に乗らなかったことをあげる人がいる。ある程度それは事実である。しかしまったく出版されなかったわけではないし、男性の著作のすぐれたものでも出版されず、写本で広まった例も多い。また女性は控えめに謙虚にと、女訓書その他で躾けられた結果、女性の著作が外部に伝わらなかった事情もある。しかし江戸女流文学が知られなかった理由を、出版だけに求めるのは無理があるように思う。

近世の文学を「雅」と「俗」のふたつの範疇でとらえる、という考え方がある。それによれば「雅」は伝統的文学、すなわち日本の古典の伝統を重んじたものであり、「俗」は江戸時代の新興の文学、さきに述べた戯作や俳諧がこれにはいる。そして近世にあっては「雅」は「俗」よりも、つねに高い位置にあったといわれる。近世の儒学者たちが創りだした漢詩文、伝統的文学である和歌、和文は、みな「雅」の範疇にはいる。ところが、近代になって、近世の「雅」の文学のすべては、ほとんど無視されてしまったという。

いま、江戸時代の女流文学をみるに、そのほとんどが「雅」の範疇にはいる作品であり、「俗」の文学といわれる俳諧でも、蕉風が興って次第に「雅」の領域に近づく時点から多くの女性の参加がみられるのである。江戸女流文学が知られなかった大きな理由も、そこにあるのかもしれない。

それでは「俗」の文学である戯作のなかに、読者としての女性の参加はあっても、作者としての参加が現在のところ見当たらないのはなぜであろうか。「俗」の文学の多くが性の諸問題を扱い、しかもそれを揶揄する姿勢でかかわっていたところに、それを解く鍵があるかもしれない。性の問題を扱うことは難しい。ただ真面目に対応すれば、それで本質がつかめるというものでもない。これに関しては、今後、当時の女性が置かれた位置、経済的側面、精神面などについて、男性女性双方の立場からの、柔軟な研究が必要となるだろう。

　女性の作品中、前江戸期といえる戦国時代末ごろの『理慶尼《りけいに》の記』や『東路記《あづまぢのき》』などは、不安な現実の日々へのあきらめと来世への願いをこめた、仏教の影の色濃いものである。江戸中期、家康の文治政策が浸透しだしたころに書かれた井上通女《つうじょ》の著作には、仏教とは相容れない、現世的な儒学の確固とした信念がみられる。また同じ時代に書かれた『松蔭日記《まつかげにっき》』の著者正親町《おおぎまち》町子は公家の娘であり、平安女流文学の伝統的文体を身につけていたが、作品のなかに日本の古典ばかりでなく中国の論語、中庸、文選、史記などの語句を縦横に引用している。町子がそれらに精通していたというより、彼女の教養、くらしの周囲にその知識、言葉の断片があふれていたとみるほうがよいだろう。荒木田麗女《あらきだれいじょ》は江戸中期も終わりごろの人である。そのころ中国の奇談、白話《はくわ》小説（中国文学のうち、口語、俗語で書かれた小説）がしきりに日本に伝えられた。上田秋成や都賀庭鐘《つがていしょう》らがこれを学んで、日本の風土におきかえた翻案物をさかんに書いている。麗女もその風潮のなかにいて、中国の伝奇小説を王朝時代におきかえた作品を多作している。

　江戸時代後期にはいると、幕府が政治の拠り所としてきた儒学は形骸化して、武士たちを窮屈に縛るものとなった。只野真葛《ただのまくず》は『独考《ひとりかんがえ》』のなかで、この弊害をまっこうから批判したのである。その批判は痛烈で核心をついていたため、出版するには危険が伴うと曲亭馬琴の忠告があり、出版にはいたらなかった。

　国学は江戸中期よりさかんになった学問である。契沖《けいちゅう》、荷田春満《かだのあづままろ》、賀茂真淵、本居宣長らが日本の古典の研究を深めた。彼らの周囲には女性の門人が多くいて、和歌を作り和文を書いていた。宣長は儒学をふかく学び、その方法論を自らのものとして『古事記』の研究を始め、『古事記伝』を書いた。また『源氏物語』を道徳論から解放して、文学として自立させた。彼はひそかに王朝物語を書いていた。荒木田麗女の王朝物語に興味を持って、それを無断で批評添削したので、ふたりのあいだに争いがおきた。宣長は麗女と文学的交流をもとうとしたのかもしれない。しかしそれはうまくいかなかった。麗女の周囲には当時の儒学者たち江村北海《ほっかい》、龍草廬《りゅうそうろ》、奥田三角《さんかく》、野村公台《こうだい》、頼春水《らいしゅんすい》、清田龍川《せいだりゅうせん》、木村蒹葭堂《けんかどう》らがいたのである。からごころを排斥する宣長と儒学者たちとの仲は、睦まじいというわけにはいかなかったろう。江戸時代の精神世界は、つねに仏教、儒学、神道、国学などのあいだの緊張関係をはらんでいた。

さらにこれに蘭学が加わる。蘭学は儒学の実学的一面から発達した学問といえる。享保五（一七二〇）年に将軍吉宗はキリスト教以外の洋書の輸入を解禁した。そのころから解剖学、天文学が発達している。『解体新書《ターヘルアナトミア》』が出たのは安永三（一七七四）年である。工藤平助と江馬蘭斎《らんさい》は、ともにそのころの蘭学者である。当時の多くの蘭学者と同様に、始め儒医（漢方医）として出発し、儒学の素養のうえに蘭学の知識を摂取していった。しかし自分の娘にたいする教育方針は、ふたりは正反対であった。

工藤平助は娘只野真葛に儒学を学ぶことを禁じ、日本の古典を学ばせた。江馬蘭斎は娘細香に幼時から漢詩を教え、儒学への道を歩ませた。後年、真葛は儒学の弊害に対する痛烈な批判者となり、細香は漢詩、南画の分野ですぐれた業績をあげた。よく似た環境に生まれながら、父親の教育方針によって、それぞれ際立った個性を作りあげた。

これは江戸時代の女子教育の、おもしろい一面をしめしている。男子の基礎教育が漢学に画一化されて、ある意味では独創性を封じられたものとなった。それに反し、女子教育については女訓書などによる方向づけはあったものの、確固とした公の方針は無きにひとしく、それぞれの親の方針にまかされていた。その結果が真葛と細香の上に現われた。秋月の古文辞学者原古処《はらこしょ》の娘采蘋《さいひん》、福岡の亀井昭陽《しょうよう》の娘少琹《しょうきん》についても、同じことがいえる。ただしこれはごく少数の、選ばれた女性の例である。大多数の女性たちは、さいわいに読み書きができる程度の教育が与えられるとそれで終わり、そのなかのある者は、当時あふれるように出版された人情本、洒落本などの読者層を形成していった。

私の手元に『江戸時代女流文学全集』四巻がある。編者は古谷知新、大正七（一九一八）年に出版されたものの復刻である。一巻から三巻までは戦記物・紀行文・日記・歴史物語・作り物語・随筆・記録・手紙を収録している。作者名は理慶尼・井上通女・正親町町子・荒木田麗女・只野真葛・白拍子《しらびょうし》武女《たけじょ》・油谷倭文子《ゆやしづこ》・鵜殿餘野子《うどのよのこ》・野村望東尼その他である。四巻は和歌・俳諧・狂歌を収めている。井上通女・祇園梶女《かじじょ》・百合女《ゆりじょ》その他の歌集、秋色《しゅうしき》・園女・智月尼《ちげつに》・捨女《すてじょ》・千代尼その他の句集、智恵内子《ちえのないし》・節松嫁々《ふしまつのかか》両女の狂歌である。
『女流著作解題』（女子学習院編、一九三九年）、『近世女流文人伝』（会田範治編、明治書院、一九六〇年）

は、さらに多くの女性の作者名と作品名を紹介している。

このように江戸時代の女性の多くが知識欲に燃え、父母兄弟の理解のもとによき指導者に巡りあい、勉学し著作する姿はいきいきと活力にみちて、刺激的でさえある。またすぐれた女流文学者の側にはかならず支援する男性知識人の姿がみられるのである。

近年、欧米諸国では、これまでに書かれた女性の作品にかんして読み直し、見直す批評活動がさかんに行われているという。E・ショーウォーター編『新フェミニズム批評』(青山誠子訳、岩波書店、一九九〇年)の訳者はそのあとがきのなかで、デエール・スペンダーの著書『小説の母たち』(一九八六年)が「ジェイン・オースチン以前に百余人の優れた女性小説家が活躍していたという驚くべき事実と、彼女らの存在が男性の手になる文学史から抹殺されていった経緯とを暴露し」たことを述べている。おそらくこれはヨーロッパでのことであろう。アメリカではどうであったか。この本に収められている論文のうち、J・P・トムキンズの「感傷の力」はハリエット・ビーチャー・ストウの『トム小父さんの小屋』を論じて、この著作が大きな影響力をもったにもかかわらず、感傷小説とみなされてまともに文学批評の対象にされなかった事実を紹介している。日本でもこれと同じような事情があったのだろうか。

本書では限られた紙幅のなかで、これまで問題にもされなかった江戸女流文学の諸作品を読み、作者たちの面影、その著作のあらましを、少しでも多く現代に蘇らせたいと思う。

本書の副題――光ある身こそくるしき思ひなれ――は、只野真葛の和歌「光有身《ひかりあるみ》こそくるしき思ひなれ世にあらはれん時を待間《まつま》は」からとった。江戸女流文学者の多くは、自分を光ある身、言いかえれば選ばれたる身と感じている。彼女たちの強烈な自意識、自負の心を汲みとっていただければ幸いである。

Ⅰ 戦記・紀行・日記・物語・評論などを書いた女性たち

第一章
戦国末、江戸以前の女性たち

▲**前田芳春院肖像**（神奈川県横浜市総持寺蔵）

一　武田勝頼の最期をえがいた『理慶尼の記』

『江戸時代女流文学全集』の冒頭におかれたこの著作は、天正十（一五八二）年甲斐国田野の天目山麓で自刃した武田勝頼の最期をえがいたものである。著者理慶尼《りけいに》はその最期を身近に見聞し、のち慶長十六（一六一一）年まで生きた。慶長十六年といえば、関ヶ原の戦の十一年後、大坂夏の陣で豊臣家が滅亡する四年前になる。二代将軍徳川秀忠の治世であるが、まだ戦国の荒々しい気風がただよい、武田の残党も多くいたことであろう。

『国書総目録』では、この著作は戦記物に分類されている。古来戦記物の名作は数多いが『理慶尼の記』はそのなかでも珍しく女性の手になる戦記である。この著作は江戸後期に二度刊行され（一八三七年、一八四五年）、『続群書類従』『甲斐国志』に収録されている。明治以後は『甲斐叢書』『甲斐志料集成』そのほかに収録され、一級の史料として扱われた。その後史料的価値に疑義が生じたらしいが、そのことはのちにふれる。まずこの著作を史的文献としてではなく、文学作品として読みたいと思う。著者が伝えたいと願ったことは、四百年を経た今でも人の心を打たずにはおかないからである。

寛治元（一〇八七）年に平定された後三年の役に功のあった、源頼義の三男新羅三郎の嫡流という武田家の由緒から理慶尼はこの著作の筆をおこし、武田家の最後の者勝頼と夫人、嫡子信勝の哀れ深い末路を直接見たことや聞いたことをとりあつめ、織田信長のおこなった首実検にまでおよぶ。何首かの勝頼や夫人の和歌をちりばめ、後半には勝頼の墓に捧げる自らの名号歌を掲げている。文章はやや文飾の多い、感傷的な和文である。

武田信玄の四男勝頼は、武勇にすぐれた武将であったが思慮にとぼしかったと評されている。その存在が四隣を威圧した父信玄にくらべれば、並の器量の者でもひどく見劣りがしたであろう。その最期を心から悼みながら、理慶尼は勝頼のどこかひよわな人格をえがきだしている。天正三(一五七五)年の長篠の合戦に織田徳川勢に敗北して以来、強大な武田の勢力は急速に衰えていった。勝頼は国人の武将たちの軍役を定め、天正九年末に甲府つつじヶ岡の館から韮崎《にらさき》の新府城に移り、武田の勢力の立て直しをはかる。韮崎は甲府より北西へ十五キロ余り、理慶尼によれば三百余丁とある。翌年三月には再び織田勢に迫られて、家臣の多くが勝頼を見限って去ってゆく。なぜ家臣が心変わりをするか。そのことに理慶尼は直接ふれていない。ただ「御いたはしやな、むげなくも御内の人の変らずは、縦令《たとひ》天下勢来るとも、五年十年のその中は、か丶る程にはましまさじ」とのみ書いている。

織田勢が韮崎に迫ったとき、勝頼は新府城で「楯を枕と定めさせ給へて」討ち死の覚悟をきめた。このとき武田家譜代の武将のひとり小山田信茂が自分の領地岩殿山に移って織田勢を防ぐことをすすめた。

「……御身《おんみ》を全く守り給へ、自《みずか》らが在所《ありどころ》、都留郡《つるごおり》岩殿山《いわどのさん》と申すは、凡《およそ》天下がむき候とも、一《ひと》持《もち》もつべき山にてあり。それへ御越《おんこし》しかるべき」と、申されければ、勝頼聞召され、「こは口惜しきいふ事や、勝頼切なる間も、今生《こんじょう》にあらん程、敵《かたき》に後を見すべきか。これにて待合はん」

と腹立つ。小山田は涙を流して、

「御大将はさこそましますとも、御台所《みだいどころ》いまだつぼみて春待ち給ふ、梢の花のわか君様、かれと申しこれと云ふ、あまりに御心強くも折によりしものを」と、かき口説きしければ、勝頼げにもと思召《おぼしめ》し、御館《おんたて》韮崎を出《いで》させ給ふ、いたはしやな。

勇猛をもってきこえた勝頼の、他人の言葉に左右されやすい一面である。実は小山田の老母は武田方の人質となっていて、小山田はそれをとりかえしたい下心があるのだが、勝頼に見抜く力がない。都留郡岩殿山は韮崎より東南へ五十キロ余り、現在の大月市にある。地図の上で見ても甲州の複雑な地形から困難な落人行が想像される。

三月三日に勝頼は新府城に火を放った。美しい夫人は輿車もなく馴れぬ馬に乗る。前年の暮れに甲府より新府に移ったときは、多くの供を従えての美々《びび》しい行列であったが、いまはわずかな供が従うだけである。

「……法華経五の巻に変生男子《へんじょうなんし》(1)という事あり。容《かたち》こそ女人に生まる、といふとも、心は男子《なんし》に劣らめや。勝頼すはと申すなら、先我さきに」

と夫人は健気に守刀を握りしめてゆく。そのとき彼女は十九歳の若さである。

勝頼ははじめ織田信長の姪を娶った。この女性は嫡子信勝を産むとまもなく没した。天正五（一五七七）年に相模の北条氏康の娘をふたたび娶った。それがこの夫人である。

その日の暮れ方、勝頼一行は甲府の東、勝沼の柏尾大善寺につき宿を求めた。女連れで韮崎から柏尾までかなりの強行軍である。従う家臣のうちひとり、ふたりと忍び出て行くものがある。勝頼が「誰かある」と問えば、側近の土屋惣蔵が「誰はいつの頃より見えず、これは何時より見えず」と答える心細さとなる。翌日、駒飼《こまかい》に着く。小山田は人質となっている老母をとり戻したい一心で、勝頼に一刻もはやく岩殿山にうつるようにすすめ、さらに、

「自ら母の御暇《おんいとま》の事よきように頼み入るなり。もっともの仰せならば御先へまかり越し、御台所の御座《ござ》の間をもしつらい、御迎ひにまゐるべし」

と土屋を通じて申しいれる。そのときはじめて勝頼の心に小山田にたいする疑念がわいた。しかし勝頼はその疑いを自分で打ち消すのである。「いやいやと思召しけれども、彼の者の心をそこねじと思召し」小山田の母を解放する。勝頼は追いつめられて心弱り、人の心を見る目も曇っている。小山田は老母とともに在所岩殿山へひと足先に走った。夫人の輿を用意して迎えに来る約束であるが、そのまま戻らない。こちらから出した使いは、笹子峠に陣取った小山田の手の者に追い返されてしまう。勝頼は笹子峠を越えることができない。山国甲斐では峠を越えなければ、どこへも逃れるすべはないのだ。

小山田の謀反が伝わると陣中に動揺がひろがり、勝頼も理性を失った。天目山にこもってひと支

えしようと出発するが、土地の者たちに「此方《こなた》へ御越しなされむこと思《おも》いもよらず」と、ここかしこで遮られて、田野という小さな野原で進退きわまってしまう。

御台所の仰せけるやうは、「かかる野原の有様思もよらずや、かくあるべきと知るならば、韮崎にて如何にもなるべき身の、これまで来たりて骸《かばね》の上の口惜しさよ」と、御涙を流し仰せければ、勝頼聞召し、「自らもさこそ思つれども、彼者《かのもの》にたばかられしと申すも、御身いたはしきと思ひまゐらせし故なり。かの都留郡と申すは、相模《さがみ》近き所なれば、如何なる風の便にも、御身故郷相模へ送りまゐらせ、我身いかにもならんと思ひし故なり」

勝頼のこの言葉を聞いた夫人は「（故郷へ）帰らん事思もよらずや……絶《たえ》ての後も別れめや」と、どこまでも夫勝頼に殉ずる覚悟を述べる。

いよいよここを最期の場所と決めた勝頼は夫人、信勝、家臣と別れの盃をかわし「喜びては嘆き、嘆きては喜び」激しい感情に身を任せる。信勝に向かっても、

「汝むざんなれ。未《いまだよわいた》齢足らざれば、武田の家にもなはらずして、ただかくなる事は、未だ蕾《つぼ》める花の春にも会はずして、嵐にもまれたつるが如し、無念なり」

と父親の情を吐露する。土屋は自らの忠誠の証しとして陣中に伴ってきた五歳の男子を刺し殺した。勝頼一行の惨劇のはじまりである。

やがて敵が迫ったとの知らせに、夫人は故郷にあてて辞世の歌を詠み、北條から供をして来た者の大半を故郷へ帰した。その後、法華経五の巻を誦して、介錯の土屋がひるむうちに守刀を口に含

んでうつむきに伏す。勝頼は土屋をおしのけて自ら介錯し、亡骸にとりついてしばらくは物も言えぬ有様となった。土屋三兄弟は最期の供をする女房たちを次々に介錯し、辺りは惨憺たる状況となる。やがて敵がむらがりよせ、勝頼、信勝ともに戦い、敵がひるんだわずかの間に、敷物を直させて勝頼は自害、行年三十七歳。介錯は土屋兄。

朧なる月もほのかにくもかすみ晴れて行方の西のやまの端

続いて信勝自害、行年十六歳。介錯は土屋弟。

あだに見よ誰も嵐の桜花さき散るほどは春の夜の夢

残る土屋三兄弟は敵中に乱れ入り、果敢に最後のたたかいを展開する。やがて土屋兄、「とてもながらへべき身にてなし。余りに人を失ひて、我身の後の罪たるべし。いざ刺しちがへて死なん」と三人刺しちがえて壮烈な死をとげる。土屋兄二十五歳・弟二十二歳・三男十九歳。この三人の振る舞いについて、「齢《よわい》と申し所存《しょぞん》という、惜しまぬ人ぞなかりけり」土屋兄弟のめざましい働きは、長く後の世の語り草になった。

ここまでの経緯を、理慶尼は淀みのない文章でえがききっている。そしてこの著作の終わりの部分で、理慶尼は自らを明らかにする。

国の中皆敵なれば、其めをかねて御墓《みはか》たつる人もなかりしに、ここに一夜の御宿を参らせし者、人目をしのび、御墓へ行きて、余りに御いたはしく思ひまゐらせ、名号歌を詠みたてまつる。なむあみだぶつの七字を頭にした七首の歌を墓に捧げ、

此夜のあらましを取集めしものは、柏尾にて一夜御宿まゐらせしものなり。……武田の御一門落人とならせ給ひて来り、一夜の御宿と仰せければ、たてまつりしに、其儘《そのまま》世に出させ給はず、遂にはかなくならせ給へば、御いたはしき事限りなし。いとせめて御名ばかりをもとどめまゐらせ、草葉の露の消えぬ間の、忘形見にも見奉らばやと思ひて、かく記しおきまゐらせるとかや、前《さき》のめうがう歌詠みて奉りし者の尼なり。

一夜の宿を貸し墓に歌を捧げ、勝頼らの最期を記したのは理慶尼自身であることを、ここではじめて明らかにしている。一篇の筋の運びはまことに自然で巧みであり、執筆の動機も明確である。

理慶尼は武田の一族勝沼次郎五郎信友の娘で、松葉姫とよばれていた。大善寺の過去帳には勝頼公乳母と記されているという。ところが父勝沼信友は謀反の疑いで信玄に討たれ、そのとき雨宮家へ嫁していた松葉姫は、子どもを身ごもったまま離縁された。そこで柏尾大善寺の慶紹阿闍梨《けいしょうあじゃり》の門に入って尼となり、大善寺の山内に桂樹庵という庵を結んでいた。そこへ落人となった勝頼一行が宿を求める。勝頼らの泊まったのは、尼の庵ではなく薬師堂であったらしい。

西を出で東へゆきて後の世の宿かしはをと頼むみ仏

薬師堂での一夜に、勝頼夫人が本尊薬師如来に捧げた歌として理慶尼は記している。大善寺は養老二（七一八）年創建と伝えられる古刹《こさつ》で、武田家との縁も深い。薬師堂は鎌倉時代の雄渾《ゆうこん》な和風建築で、現在は国宝になっている。薬師堂より下手の葡萄畠の隅に、桂樹庵の礎石といわれる大きな石がおかれていた。その後、理慶尼はこの記を読み返すごとにいたましさがつのり「いとどしく心は闇の如くに、身の置所に迷ひ、あるにもあらざりければ」という状態になり、「御《おん》縁《ゆかり》をたゞしまゐらせ」相模の国富岡郷の長島に移り住む。夫人のゆかりの人にこの記を渡したかったのであろうか。しかし勝頼らの供養に明け暮れる貧しい庵を訪れる人もなく、理慶尼の願いはかなえられない。不如意のくらしも三年を過ぎたころ、理慶尼は、

年今《としいま》は早、しばしは如何《いか》でながらへん。うき身日に添へ衰へて、面影ばかり有明けの月日送らんやうもなし。

という哀切な認識を持つにいたる。自分が生きているあいだは「御いたはしき事のみ思ひ参らせて」勝頼らの面影を偲ぶことができるが「げにや命も白露の、消えなん事を思ふにや」自分の死後に面影だけが生きつづけることはできない。思い出す人がいなければ、面影は生きられないのだと悟る。

そこで理慶尼はこの記の浄書を作り、高野山引導院へ納めることを願った。引導院は武田家の菩

提寺である。この寺に納めて、勝頼らの後生を、仏の加護に委ねようとしたのであった。ここで『理慶尼の記』はぷっつりと切れている。大善寺に残されたものは、高野山へ納められた文書の写しであるらしい。理慶尼の子孫が代々大善寺に居住してこれを伝え、いつのころからか寺の所有になったといわれる。

この稿のはじめに『理慶尼の記』が一級史料として扱われたが、のち史料的価値に疑義を生じたと述べた。この著作は『日本古典文学大辞典』(岩波書店)によると、吉田敏成は虚構潤色がないと述べ、朝川善庵は作中の和歌をすべて理慶尼の擬作ではないかと疑っている。また大田南畝は実録と認め、広瀬旭荘は趣ある作品だが「其ノ事ハ信ズベカラズ」と言い、江戸時代から評価がわかれていたことが記されている。

明治になって『大日本史料』を編修する際に、この著作が史料として疑わしいことが歴史学者辻善之助により明らかにされた(2)。理由は、まず勝頼に殉死した土屋が五歳の息子を忠誠の証しとして殺害したとあるが、その男子は生きのびて、のち徳川家康に取り立てられて二万石の大名になったことが、『寛政重修諸家譜』その他の信ずべき史料によって証明されたこと、また土屋三兄弟の年齢に誤りがあること、その文体が徳川時代初期以前のものとは考えられぬこと。今ひとつは、文章に潤色が多く、勝頼らの最期の有様があまりにも微細な点まで具体的すぎるので、かえって疑問を生じさせることをあげて、この著作を史料としては誤謬《ごびゅう》にみちていると結論した。そしてこの著作が強い感動を世の人に与え、早くから珍重されたことを認めつつも、何者かが理慶尼の名に仮託し

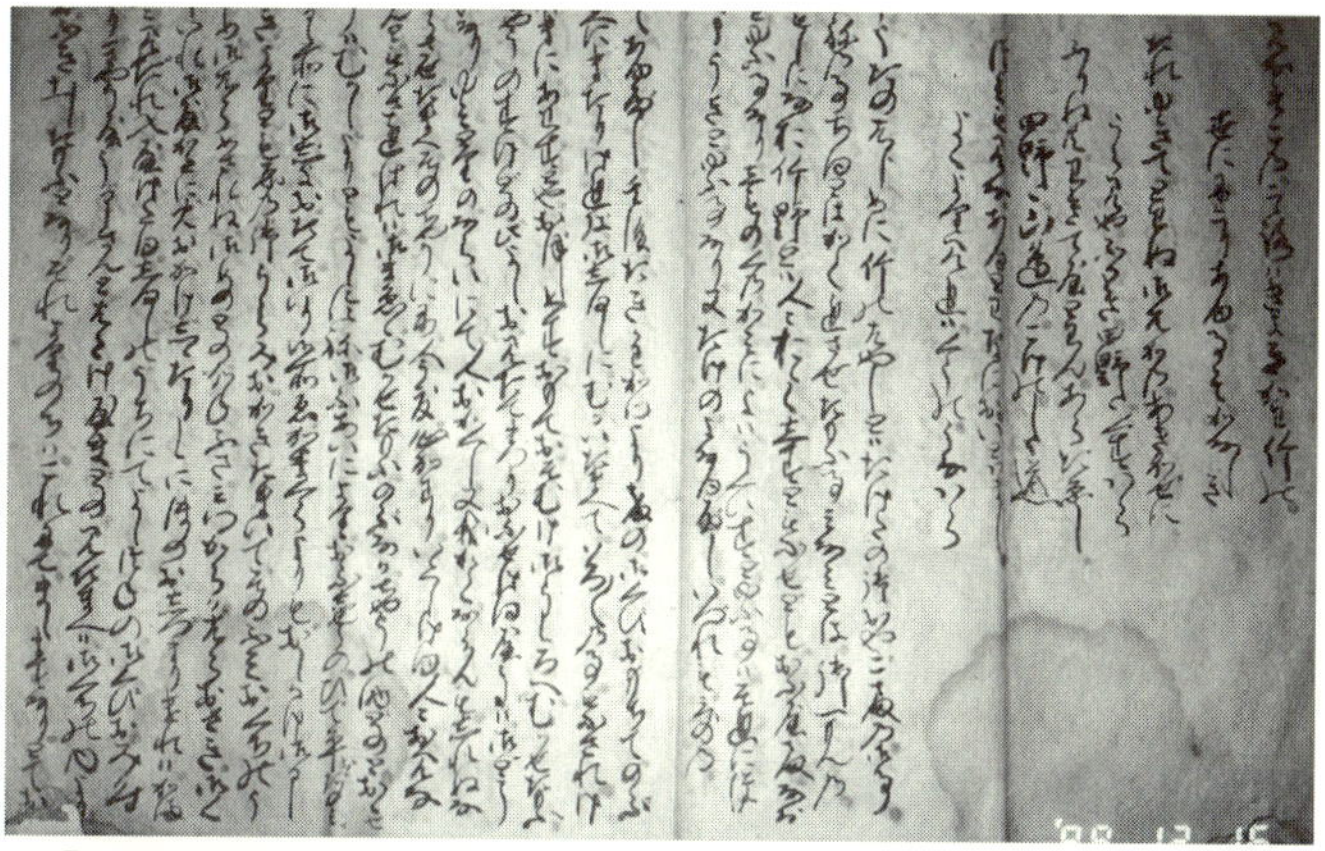

▲**『理慶尼の記』原本の一部**（山梨県勝沼市柏尾山大善寺蔵）
理慶尼自筆と伝えられる

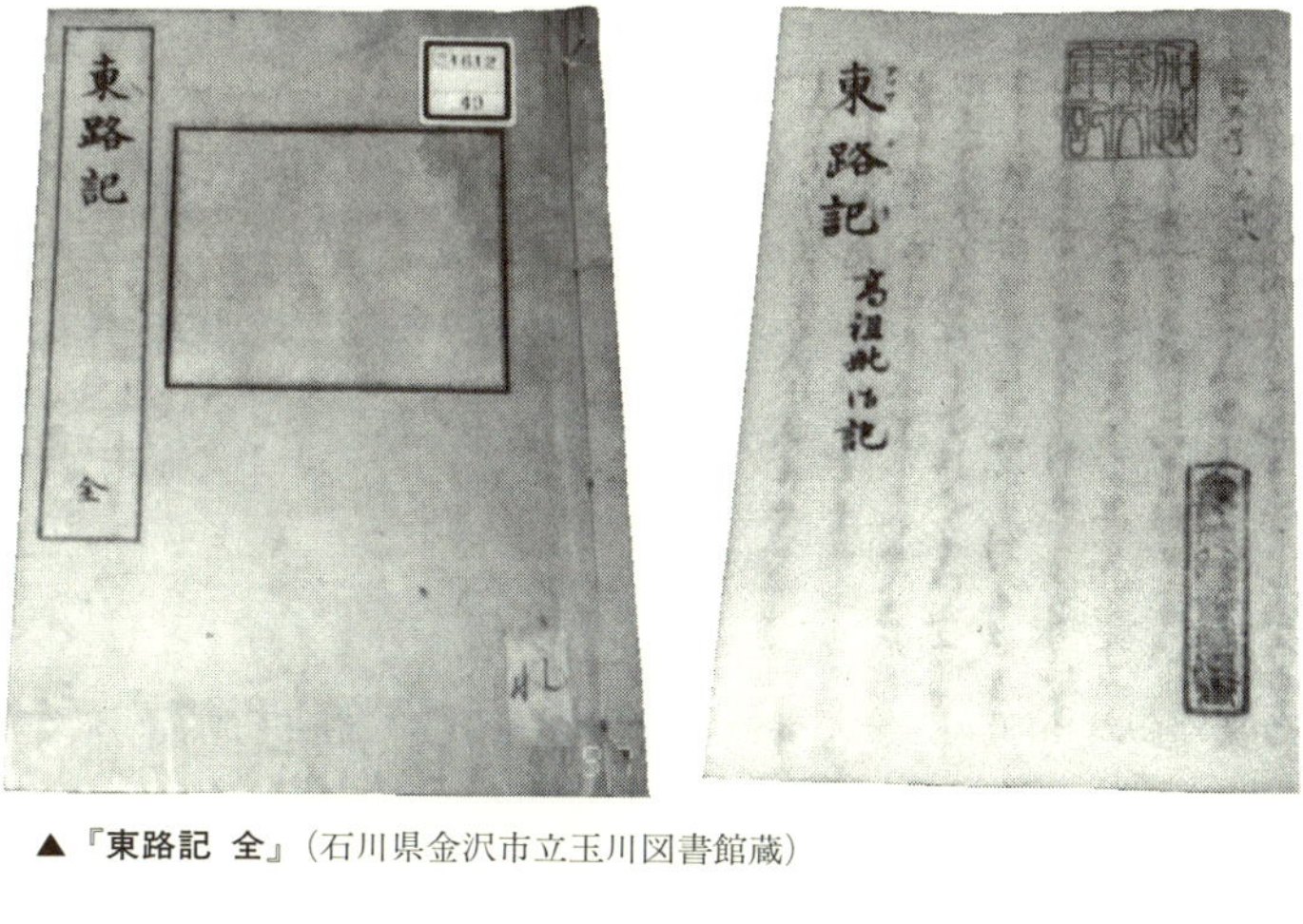

▲**『東路記　全』**（石川県金沢市立玉川図書館蔵）

て作り出した歴史小説ではないか、と述べたのである。

大善寺では、この批判の後『理慶尼の記』をあまり表に出さなくなったという。

しかし歴史家が否定したところからでも、文学の生命はたちあらわれる。史実そのままであるかどうかではなくて、この著作が文学としてどんな魅力を発揮しているか。著者の悲しみの深さがどう人々に訴えるか、が問題となる。

この著作に一貫して流れる、勝頼一行に対する哀惜の念の純粋さに注目したいと思う。また勝頼夫妻が最後に交わす言葉は、人間的な夫婦愛を感じさせずにはおかない。夫人を故郷相模へ送りかえそうという勝頼に対して「……帰らん事思もよらずや、一つ蓮《はちす》の台《うてな》の縁と思そめたる紫の、雲上まで変らじと、契を結ぶ玉の緒の、あらん限りは元よりも、絶《たえ》ての後も別れめや」と答える夫人の言葉は、無垢の人間性を感じさせる。

彼女の殉死は江戸時代には次第に夫への愛ではなくて、夫への貞節、武門の女性の名誉という観念的なものに解されるようになっていく。『理慶尼の記』の夫人像はまだそれに染まっていない。これほど血なまぐさい時代でも、夫人が故郷へ帰る道は残されていたのである。その道をとらなかった夫人の殉死を、どう解釈するかに時代相を見ることは大事な点であろう。

たしかにこの著作は文飾が多く、洗練された都雅《とが》な文体とはいえないが、勝頼らを極端に美化せず、また卑少化もしていない。理慶尼が勝頼一行を見るまなざしはいとおしさに満ちているが、それに溺れてもいない。またひどく遠い対象を見るほど冷静に客観的でもなく、親密な一定の距離を保っている。もし後世に誰かが尼に擬して作り出した著作ならば、もっと広い視野のなかに、つまり中世から近世へと移り変わる旧勢力・新勢力せめぎあう構図のなかに、勝頼を置いて見る俯瞰的な見方がどこかに出るはずである。また武将としての勝頼への評価もすこしは表現されるであろう。理慶尼は勝頼のちかくに位置するために、それを見ることができないのである。それでこそ身近な人間としての勝頼らが表現された。

『本朝廿四孝』という浄瑠璃がある。そのなかの「謙信館・奥庭狐火の場」がよく歌舞伎で上演される。武田勝頼と上杉謙信の娘八重垣姫との悲恋物語で、格の高い出し物とされている。まことに複雑な筋で、登場人物もいり乱れて把握するのに骨がおれる。それにくらべて『理慶尼の記』に描かれる勝頼夫妻の物語は、はるかに簡潔で力強く、ギリシャ悲劇のように高貴でさえある。山国甲斐の、火山性のむき出しの岩肌に置くにふさわしい。彼らの死後、荒々しい自然にはその死を悼むように青々と草が生い茂ったことだろう。彼らの最期こそ舞台で見たいと思う。『理慶尼の記』は、遠くに南アルプスを望み、甲府盆地を見渡す扇状台地に繰り広げられた悲劇から生まれた文学である。

とは言うものの、辻善之助の批判にあるように、登場人物に関する幾つかの重大な誤り、文体についての疑義、そのほかいくつかの疑問は依然として残るのである。この霧に包まれた著作を取り上げて、厳密なテクスト解明を行い、史実との違いを確認し、このなかに確かに内在する文学の生命を明らかにすることは、残された大切な問題である。

＊ 文中の引用は『江戸時代女流文学全集』により、さらに『甲斐叢書』『甲斐志料集成』所収のものを参考にした。
（1）仏力によって女子が男子に生まれ変わること。女子には五障があって成仏できぬため、男身となって成仏することが、法華経に説かれている。
（2）「理慶尼記一名武田勝頼滅亡記解題」『史学雑誌』、一九〇七年二月。

二　落城を語るおあんとおきく

つぎに示すふたつの戦記物は直接女性の手になるものではない。おあん、おきくというふたりの女性が語ったことを、後年男性が書きとめたものである。その点で語り手の女性と書き手の男性との関係が、それぞれに読みとれるところが興味ぶかい。

大垣城落城寸前に脱出した『おあん物語』

この物語は『土佐群書類従』『柳営夜話』『本多忠勝聞書』『群記類鑑』などいくつかの書に収録されており、『おきく物語』と合綴して出版されたこともあり、江戸時代から多くの人に好まれていたことがわかる。岩波文庫でもみることができる。

おあんの父山田去暦《きょれき》は石田三成の家臣であった。関ヶ原の戦のとき、三成の支配下にあった大垣城に妻子と共に籠城して戦い、手引きする人があって落城前に密かに脱出して落ちのびた。その有様をのちに語った物語である。

話者はおあんという女性であるが、筆者は男性である。それがおあんの老後を見た甥の山田喜助であるか、またはほかの人物であるかわかっていない。おあんの名前も〝あん〟なのか、尼となった女性への尊称としての〝お庵さま〟なのかわかっていないが、子どもたちが集まって「おあん様、むかし物がたりなされませ」とせがむと「おれが親父《しんぷ》は山田去暦というて、石田治部少輔殿《じぶしょうどの》に奉公し……」と語りだすのがつねであった。

全文二千四百字足らずの物語であるが、戦国時代の籠城の日々が、十五、六歳の感受性豊かな少女の眼を通していきいきと語られ、臨場感に満ちている。文章はおあんの語り口をそのまま生かした、感傷性のすくないものである。

関ヶ原の勝ちに乗じた東軍が大垣城を囲み、夜昼なしに石火矢を打ちかけてくる。地も裂けるような音で櫓が揺れ、気の弱い女は気絶するが、やがてそれにも馴れ、おあんと母はほかの女たちとともに天守で鉄砲玉を鋳造した。天守には味方のとった敵の首級《しゅきゅう》が集められ、それぞれ打ちとった侍の名札がついている。おあんたちは侍に頼まれて、その首の白い歯にお歯黒をつけるのである。

それは何故なりや、昔は鉄漿首《おはぐろくび》はよき人とて賞翫《しょうがん》した。それ故白歯の首は、おはぐろつけて給はれと頼まれておじゃったが、首もこはいものではあらない。その首どもの血くさき中に寝たことでおじゃった。

と、おあんはたんたんと語っている。おあんの十四歳になる弟が鉄砲玉にあたり「ひり〳〵として死んでおじゃった」とも語る。

こういう籠城が幾日かつづき明日は落城かという晩、手引きしてくれる人があって、おあん親子と供の男は天守脇の松をつたって城をぬけ出し、青野原の方へ落ちのびる。おあんの母は途中で産気づいて女の子を産んだ。田の水で産湯を使わせて、着物の裾にくるみ、父の肩にすがってそのまま逃げるのである。産み月の女たちも籠城に参加していたことがわかる。

おあんの父山田去暦は三百石の知行取りであるが、いくさ続きの日々のくらしは余裕のないものであった。関ヶ原の戦以前には彦根城にいたが、戦に備えて各々蓄えておかねばならない。そのため万事不自由で、朝夕雑炊を食べるくらしであったという。おあんの兄が山へ鉄砲打ちに出かける日には、母が菜飯を炊いて弁当を持たせる。

その時に我等も、菜飯をもらうてたべておじゃったゆゑ、兄様をさい〱すゝめて、鉄砲うちにいくとあれば、うれしうてならなんだ。

育ち盛りのおあんには、手作りの花染めの帷子《かたびら》一枚しかなかった。それを十三歳から十七歳まで着ていた。「せめてすねのかくれるほどの帷子ひとつほしやと思うた」と可愛らしいほどの、ささやかな願いをもっていた。

大垣城を落ちのびたあと、おあんたちは父にしたがい親類を頼って土佐へくだった。成長してのち、雨森儀右衛門に嫁いだ。子どもは生まれなかったようである。夫儀右衛門の没後は、甥の山田喜助に養われ、「寛文年中よはひ八十余にして卒す」と記されている。ここから逆算して、おあんは天正年間に生まれたと思われる。文字どおりに戦国の時代に生まれ育った女性である。晩年は穏やかに甥に養われて、近所の子どもたちに昔物語をしながら過ごした。ときには自分の若いころに比べて「今時の若衆《わかいしゅ》は、衣類《いるい》のものずき心をつくし、金《こがね》をつひやし、食物《しょくもつ》にいろ〳〵のこのみ事めされる、沙汰《さた》の限《かぎり》なこと」と意見して嫌われている。

この物語の最後につぎのような部分がある。「予その頃八九歳にして、右の物がたりを折々きゝ覚えたり。誠に光陰は矢の如しとかや」とあって、予と名のるこの人物が、正徳のころに孫たちを集めてこの物語りを聞かせたことが記されている。そして彼は、おあんのように無駄遣いを戒めては孫たちから鼻であしらわれているのである。ここから見ると、おあんの物語りを書き留めたのは、この人物のように思われる。

おあんは武士の娘というものの、とくに文字に親しんだようすはない。そのためかえって素朴な、真率《しんそつ》な語り口にその人柄がよく現われている。また筆者である男性も、とりわけ教養人であるようすはなく、文飾を加えずに、ありのままのおあんの口ぶりを書き記したところに、この物語の面白味がある。また当時の女性の口語を窺いうるよき資料ともなっている。江戸時代に夜咄《よばなし》として語り伝え、書き伝えられた理由がよくわかる。

この物語は現代の作家にも影響を与えた。谷崎潤一郎『武州公秘話』、岡本かの子『落城後の女』、大原富枝『おあんさま』、山下智恵子『おあんひとりがたり』などがある。

＊　文中の引用は『江戸時代女流文学全集』により、また天保八（一八三七）年に刊行された『おあんもの

かたり・おきくものかたり』の復刻（日本文化資料センター）を参考にした。

大坂城落城から逃れた『おきく物語』

この物語は元和元（一六一五）年大坂夏の陣のときに、大坂城から逃れ出たおきくという女性が、落城前後の城の内外の有様とその後の体験を、孫である田中意徳《いとく》（池田家医師）に語り、後年意徳から伝え聞いた人が記録したものである。話者はおきくであるが筆者は男性で、この点『おあん物語』と同じといえる。ただ『おあん物語』にくらべ、話者と筆者との距離が大きく、直接おきくの口ぶりが感じられることがすくない。

おきくは慶長元（一五九六）年の生まれで、落城のときは二十歳であった。五月七日の落城の日にも、事がそれほど切迫しているとは思わず、ながつぼね（長い一棟の建物をくぎった奥女中たちの住い）にいて下女にそば焼（そば粉をねりかためて、焼いたもの）をつくるよう言いつけて台所へ行かせたあと、玉つくり口（大坂城の出入り口のひとつ。城の南東にあった）ほか所々が焼けていることを知る。あたりが騒がしくなったので、千畳敷広間の縁側に出て見ると、確かにあちこち火の手が上がっている。すぐながつぼねに帰り、帷子を三枚重ねて着こみ下帯も三本締めて、秀頼から拝領の鏡を懐に入れて逃れ出た。台所の外に手負いの侍がふたりいて、女中に「肩口のきずを。みて給はれ。上おびをも。しめて給はり候へ」と頼んでいたが、女中がどうしてやったのか確かめもしないで通り過ぎる。黒い具足をつけた侍がいて「女中がた。いでられ申さず候ように」と止めるのもかまわずに逃れ出た。どうしたことか大切な金の瓢簞の馬じるしが放置されているのをふたりの女中が見つけ、「すて置いては。御恥辱を。あらはすなり」と言って、それを壊して捨てた。広い城内城外にも武者の姿は見えず、無秩序で空虚な気配が満ちている。

おきくは城外へ出たところで、錆刀《さびがたな》を持った男に襲われるが、竹流金《たけながしきん》を与えて難を逃れ、その男に藤堂の陣屋への案内を頼む。竹流金とは竹筒に金銀を鋳こんだもので、一本七両二分に当たるという。途中で要光院が侍におぶわれて退城するのに出会い、駆け寄って一行に加わった。要光院とは淀殿の妹おはつ（常高院）をさしている。家康の和睦の使者として大坂城に来ていたのである。供の女中の内に帷子一枚で難儀している者を見つけ、おきくは自分の帷子を一枚と帯を一本与えた。この女中は山城宮内《やましろくない》の娘であり、おきくとふたりで京に逃れて、その伯父にあたる織田左門の屋敷にしばらく匿われた。左門は「めひをひとり。ひろひたり」といって感謝し、おきくに帷子や銀子五枚を礼として与えた。それからおきくはもと秀吉の側室で、尼となっている京極龍子に仕え、のちに田中意徳の祖父に嫁いだのである。

落城直前の城内で、鉄砲で射抜かれた女中のこと、いくさ評定が毎日行われたこと、日々餅をついてつぼねごとにひとつずつ配ったこと、またおきくの祖父、父のことなどが語られるままに記録されている。それによれば、おきくの祖父は浅井長政に仕えた人で、父は藤堂高虎に浪人客分として身を寄せ、大坂の陣で討ち死したという。

ここまでがおきくの語りで、全体の四分の三を占める。残りの部分は、筆者のおきくの物語についての感想である。すなわち筆者は田中意徳が語るおきくの話に疑問をもっている。大坂城は人知で測りがたいほど広大と伝えられるが、おきくの話から推量するに想像しがたい。おきく自身も浅井家から淀殿に仕えていた人にしては、それなりの格式もあろうに軽々しい。秀頼の金の瓢箪の馬じるしが打ち捨てられていて、女中によって壊されたことも解せぬ。馬じるしの奉行は津川左近であり、彼は馬じるしを返して切腹したと諸書に書かれている。どちらが正しいかわからぬが、おきくの話が真実であることを恥ずかしく思う、と結んでいる。

おきくはそのとき二十歳という分別ある年ごろで、落ちのびる際にも危急の場合の一瞬の判断を誤らずに生きのびている。かなり怜悧で、現実的な選択のできる性格と思われる。権力の中枢近くに仕えて、人をみる眼も持っている。この現実家の眼にうつった大坂城内の無政府状態は、話のなかにかなりリアルに感じられるのである。金の馬じるしが捨てられてあったのも、実感が伴う。しかし後年、おきくの孫の意徳からこの話を聞いた筆者(男性)には、それが納得いかなかったらしい。

大坂落城を描いたさまざまな書物には、武者たちの勇ましくも美しい、節度ある滅びの物語が書かれていて、筆者を満足させた。しかしおきくの話にはそれがないことが不満だったのだろう。さらにおきくが、城外に逃れ出る道を知っていたことさえも、不思議がっている。例として筆者は江戸城大火のとき、女中たちが逃げ惑い、松平伊豆守が畳を裏返して逃げ道をしめしたことを上げている。おきくの話のなかに、筆者を満足させる物語がないことが苛立たしいようである。リアリストの女性と、ロマンチストの男性との微妙な相違を見るようで興味深い。『おあん物語』『おきく物語』はふたつの落城の内部にいて、普通の人間の動きを見たままに語っている点で貴重な証言といえる。

天保八（一八三七）年に朝川善庵が二つの物語を合綴して、跋文《ばつぶん》を付して出版した。戦国時代の文学や女性を語るときには必ず引用される。この物語に題材を取った大原富枝『菊女覚え書』がある。

＊ 文中の引用は天保八（一八三七）年刊行の『おあんものかたり・おきくものかたり』の翻刻（日本文化資料センター）によった。

三　人質として江戸に下る前田利家の妻、芳春院——『東路記』

この紀行文は加賀藩主前田利家の妻芳春院《ほうしゅんいん》（本名まつ）が慶長五（一六〇〇）年五月、徳川方の人質として伏見から江戸に下り、同七年三月に湯治のために有馬温泉へ赴いた、その道中の記録である。著者は芳春院自身とされているが、実際は彼女に従う女房のひとりらしい。旅の記録部分はすくなく、芳春院の心情を述べた部分は、歴史の大きな転換期にただならぬ立場にたって生き抜いた女性の苦悩と、その存在の重みを感じさせる。

『東路記《あづまぢのき》』はまず「それほとけの御にゆうめつ、すでに後五百さいのときにいたり、じそん世に出たまふべきそのあかつき、おもへばとをし」という書き出しで始まる。自分たちが生きている現在を、末法の世、つまり釈尊入滅後のもっとも暗い時期としてとらえている。衆生を済度する未来仏である弥勒菩薩の出現はまだまだ遠い、絶望的な時代である。芳春院初め従う女房たち、おそらく戦乱の世に生きる多くの女性たちの精神世界はこのようなものであったろう。

まつは天文十六（一五四七）年尾張国海東郡沖之島（愛知県七宝町）に生まれた。織田信長配下であった父篠原主計が早く没したので、母はまつとともに、妹の嫁ぎ先前田家に身を寄せた。まもなく母は高畠氏に再嫁し、まつは前田家で成長して、のちに従兄利家と結婚した。

夫前田利家は織田信長に仕えた若いころから豊臣秀吉と親交があり、秀吉の妻ねねはまつとおなじ尾張の出身である。安土城では木槿《むくげ》垣を隔てて隣屋敷に住み、夫妻ともども昼夜親しく行き来していた。四女豪姫は生まれ落ちるとすぐ秀吉の養女となってねねに育てられ、三女摩阿姫は秀吉の側室となった。芳春院自身も江州高島郡に二千石の化粧田を与えられている。このように若いときからの縁で、まつは秀吉から大きな恩顧を受けていた。

秀吉は慶長三（一五九八）年に没し、後事を託された夫利家も翌年世を去った。髪をおろして芳春院と名のり夫の菩提を弔うことに専念したいが、臨終の利家が最後まで心にかけていた秀頼はまだ十歳に満たない。そのゆくすえを見届けずに加賀へ帰ることができない、と芳春院の揺れる心情が縷々と述べられる。

なき人ののたまひをきてしすじもあれば、こしじの雪のふるさとにも、ひたふるにおもひたちぬへきを、君ひでよりいまたいとけなく十にだにみたせ給ハで、たらちねの御うしろかけに、あやなくたちおくれさせ給ひぬれハ、いとほいなきわざになん（中略）見はなちまいらせてく

たりなんもいとかなしく（中略）なをやおほきおとゞのおほせをき給ひし、御ゆひごんをたがへ侍らんもいと浅まし、

利家の遺言のなかに、豊臣家のゆくすえを案じ「三年加州へ下り申候義無用に候」という一条があったのである。しかしついで、

世のさがにくき人のわざにて、あめがしたまことのやミとくれまどひぬべき、一ふしのいできたりけるに、世のため君の御ためなどいひそゝのかされて、しらぬあつまのたびにおもむく、

とある。加賀に帰国中の二代藩主利長謀反の噂が流れた。家康が、加賀へ帰り封土《ほうど》を治めるようにと勧めての帰国であった。この流言によって家康が加賀に兵を出すという事態となった。ここで利長はいそぎ老臣横山長知を送り、家康にもうしひらきさせた。そして母芳春院を江戸へ人質として送り、家康は孫娘、三歳の珠《たま》姫を利長の弟利常（三代藩主）に嫁がせることで事が収まったのである。芳春院は大坂から伏見の加賀屋敷に移り、慶長五（一六〇〇）年五月十七日に伏見を発った。供の女房たちのほかに、老臣村井長頼その他が従った。このときの芳春院の心情を、筆者は仏教説話の薩埵《さった》王子が飢えた虎に身を投げ、尸毘《しび》大王が自分の肉を割いて鳩を救ったたとえを引いて「ちくるいてうるい（畜類・鳥類）のためにだにある、いはんや君の御ため世のため、又ハ子を思ふ心のやミにハ何をか思ひわきまへ侍らんとて、やすやすと思ひたちぬ」と述べている。

芳春院は加賀藩を救うためだけに、徳川の人質になったと一般に考えられているが、『東路記』を読むとそれだけではない。芳春院は君（秀頼）のため、世を戦乱から救うため、そして子（加賀

藩）のためというはっきりした目的意識を持って、進んで江戸へ下るのである。そのため豊臣、徳川双方の芳春院にたいするあつかいは鄭重を極めた。『加賀藩史料』によれば、豊臣家の奉行たちは連名で、芳春院の東下りに便宜を与えるようにと遠江浜松城主堀尾忠治に命令を伝えている。

芳春院の一行は伊勢、尾張の境を海際に沿って進んだ。若いころから縁の深かった熱田の宮に詣でた。利家の出身地はそこからほど近い荒子《あらこ》（名古屋市中川区）である。もと利家に仕えていた者たちが芳春院を慕って集まってくる。

もと見しものどもの、をのかさま〳〵としへつゝこゝらつどひきたれるにも、思ひ出る事かす〳〵にていとあはれなり、

集まってきた者たちも、それぞれに年老いている。ここから三河の八橋、掛川、さよの中山、宇津の山と進む。

夢にたに思ひもかけぬうつの山うつゝにこしてけふ見つるかな

芳春院の偽らぬ心境であろう。思いもかけなかった旅で、現実に宇津の峠を越えたのである。文中に芳春院の和歌と思われる作が八首ある。いずれも技巧を弄さない率直な詠みぶりである。このち三保の松原、清見潟の清見寺に寄る。ここは足利尊氏の創建と伝えられる古刹である。三島の大明神に詣でたとき、瓦が破れおちて荒れているところで、折からの長雨に降りこめられ、五日を

過ごした。徳川幕府が安定して諸街道の整備が始まるのが、慶長九（一六〇四）年からのことである。芳春院が江戸に下ったころには、道中まだ困難が伴ったことであろう。江戸には六月六日に到着した。

江戸にはいってまもなく、芳春院は心労の重なりからか重病となった。病気は食欲不振、胸部の疼痛《とうつう》に加えて、奥歯の歯ぐきより大量の出血がつづいた模様である。将軍秀忠は大いに驚いて医師二名を遣わし、老中たちに命じて一晩中つきそわせた。「しやうくん御きもつふしにてとしよりしゆわかきしゆつきていられやう〳〵とよあけみやく少しつゝいて申候」と、細川家に嫁いでいる娘千世姫への手紙の中に、芳春院自身が書いている。もし彼女の命に万一のことがあれば、幕府の基礎がまだ定まらぬこの時期に、どのような事態がおきたか測りしれない。こののち有馬温泉に湯治に行くことが許されたのであろう。有馬には半年滞在して湯治を試み、またゆえあって嵯峨の地に隠棲していた次男利政に、女子が生まれたことを祝っている。

芳春院は半年後にふたたび江戸へ帰ることになるが、筆者の女房とは京都で別れた模様で、『東路記』はここで終わっている。彼女はのち芳春院の使いとして北野天満宮に参詣し、連歌百韻を奉納した。

芳春院はそののち、十五年ほど江戸でくらした。金沢へ帰る許しが出たが、自分の意志で留まったという。江戸では加賀藩最初の上屋敷といわれる辰巳邸（現在の和田倉門外）でくらしたと思われる。長男利長が没したのち、慶長十九（一六一四）年六月に金沢へ帰った。その年十月に大坂冬の陣がおこり、翌年五月、夏の陣で豊臣家は滅亡した。

芳春院が江戸に在った十五年間に戦乱はなく、豊臣家も安泰だったのである。芳春院の東下りはそのための保証だったのではないかと思わせる力が、『東路記』にこめられている。そののち諸大名はこれに倣って、争うように妻子を人質として江戸へ送り込むが、芳春院の東下りとは意味がずれてくる。

元和三（一六一七）年の初夏に、七十一歳の芳春院はふたたび金沢から京へ上る。高台院（秀吉の妻ねね）に会うためである。千世姫にあてた手紙のなかで「廿七日にかうたいゐんさまへ参り候御めつらしかり御すもし候へく候」と書いている。しかし京の暑さのなかで持病が悪化する。口内炎のようすで食が進まず、いそぎ金沢へ帰り、そのまま七月十六日に没した。

＊『東路記』は十七丁三百三十行ほどの短いものである。文中の引用は金沢市立玉川図書館所蔵の原本によった。翻刻は『江戸期おんな考』四号（桂文庫、一九九三年）に掲載された。また芳春院の手紙は近藤磐雄著『芳春夫人小伝』（高木亥三郎発行、一九一七年）によった。

女性の筆になる戦記物語として、四つの作品を読んだ。支配階級の女性たちの文章は仏教思想の影が濃く、憂愁の情に満ちている。それにくらべ、下の階級に属し、否応なく戦乱に巻きこまれたおあんやおきくの物語が、必死に生きのびる逞しさをしめしていることに、強い印象を受けた。

第二章
真澄の鏡、学神・井上通女

▲丸亀城下の生家跡に建つ井上通女像（香川県丸亀市）

一　女訓書の先駆けとなった『処女賦』と『深閨記』

井上通女《つうじょ》（一六六〇―一七三八年）という名前を聞くと、聡明で知的向上心にとんだ、享楽的なことには興味のないきりりとした美少女が思いうかぶ。この美少女は自制心つよく、ちかよりがたい雰囲気をもっている。けれども自尊心でびっしり身を固めているわけでもなさそうで、いくつかの著述の中にも柔らかな感性のあふれるのがみられ、親弟妹を慕う情はことに厚い。

井上通女は万治三年、丸亀藩士井上本固の長女として讃岐丸亀に生まれた。名を振、あるいは玉、晩年は感通といった。すぐれた学才を見いだされ、藩主京極高豊の母養性院に仕え、生涯に多くの和歌・漢詩を作り『東海紀行』『帰家《きか》日記』などを著した。それらは当時出版されて、多くの人に読まれた。

しかし通女の文学的出発が、生涯つくりつづけた和歌は別として、平安文学以来多くの女性が選んだ形式、つまり物語や紀行文、日記のたぐいではなく、女性の理想の生き方を考える『処女賦《しょじょのふ》』や『深閨記《しんけいき》』という思想的著作であることはたいへん興味深く、またその時代を表してもいる。

通女の生きた時代は徳川幕府の定めた身分制度が固まり、世の中が安定に向かっている時期であった。幕府のとった文治政策がひろく浸透して、文化の花開くしあわせな時代でもあった。戦国時代や江戸初期の女性たちは社会の変動するはげしい流れに翻弄されて、生きのびるのに精一杯であったが、この時期は安定したくらしのなかで、女性たちも自分の生き方にようやく目を向けはじめたのである。人生は避けられない運命ではなく、これから形作っていくものとして若い通女の目の前に広がっていたといえる。

女はどう生きねばならぬか、この太平の世を守り続けるための女の役割はなにか、知識人の女性たちがまずそのことを考え始めた。江戸時代の前期に、女性によって書かれた女子教訓書が何冊かあるという貴重な指摘がある(1)。

女子教訓書とは女性の生き方そのものを、中心の主題とした書である。そのころ男性の手によって次々に著されているが、女性によっても書かれた点に、この時代の特色があると思う。通女の初期の著作は自分の思いを述べた思索の書であるが、女子教訓書とおなじ主題で貫かれている。通女が十六歳のときに著した『処女賦』のはじめの十句を見てみよう。

厳君《げんくん》の明訓に遵《したが》って、茲《こ》の閨闥《けいたつ》の幽《ゆう》なるに居り、
詩書を師として四徳を学び、内則《だいそく》に経《のっと》りて和柔を習う、
牝鶏《ひんけい》の殷《いん》に晨《あした》するを哀しみ、関雎《かんしょ》の周に匹《たぐ》へることを喜ぶ
遍《あまね》く古昔の伝を看て、心　列女と同《とも》に遊ぶ、
故《ふる》きを温《たず》ねて寧《むし》ろ及ぶ能はずとも、希《こいねが》はくば身を修めて悔尤寡《かいゆうすくな》からんことを、
………

父親の訓《おし》えに従って静かな門の内にくらし、『詩経』や『書経』を読んで婦人の四つの徳目を学

び、『礼記《らいき》・内則篇』によって柔和な習慣を身につける。めん鳥が朝を告げるように女がさしでることを悲しみ、『詩経・周南』の詩にあるように、ものしずかな淑女として君子のよき配偶者になることを願う。ひろく昔の伝記を読んで、心を列女に通わせる。古《いにしえ》を尋ねておよばずながらも身を修め、悔いのない生涯を送りたい、という意である。『処女賦』は儒教的な女性の理想像を六音五二句に詠じたもので、中国の古典から多くの故事を引用し、対句を配し韻を踏んだ、内容形式ともに均整のとれた作品である。全編に緊張感がはりつめ、倫理的な思惟に傾きがちな通女の資質をよく現している。おそらくこれは父の厳格な指導の下に書かれたものであろう。また『深閨記』には家庭における主婦の在り方が述べられている。

　夫《そ》れ女子の道たるや、閨門の内に及日《きゅうじつ》して、非とすることなく儀とすることなし。柔順を以て徳となして、行は必ず信あり。酒食衣服是れ議《はか》りて外事なし。若《も》し其れ、之《これ》に反すれば、此れ天道の常に違《たが》ひて、禍乱《からん》必ず至らん。

　ふたつの著作を読むと、二十歳ごろまでの通女の勉学の内容が彷彿とする。『詩経』には古代中国の理想の女性像が描かれている。『礼記・内則篇』には家のなかで守るべき礼儀が記されている。牝鶏《ひんけい》之晨《のあした》のたとえは『書経・牧誓篇』その他にあり、女性を政治の場から排除するのに大きな影響力をもった。さらに列女とは前漢末期に劉向《りゅうきょう》[2]（前七七―前六年）が編述した『列女伝』および『旧唐《くとう》書《じょ》』『新唐書《しんとうじょ》』『晋書《しんじょ》』などに含まれた列女伝をさしている。このほかに通女が愛読した後漢の班《はん》昭《しょう》[3]（四〇？～一一五？年）が著した『女誡《じょかい》』を加えれば、江戸前期の女性知識人たちの必読の原典がでそろった感じがする。

通女は十六歳までにそれらを読みこなし、日々理想の女性に近づくよう努力し、しかし心は中国の史書の列女たちの生涯に通わせていたのである。

劉向の『列女伝』には人格円満でしとやかな女性というよりも、強烈な個性をもち、さまざまな徳行を行うにも命をかけて遂行する激しい女性たちがえがかれている。(4) 結婚に際して夫の家が結納を調えなかったので礼節がないとして、生命をかけても嫁がなかった「召南申女」の話や、自分の夫にたいして仮借ない辛辣な批判を浴びせる「宰相御妻」の話などがある。彼女たちは善にも悪にも極端に強く意志的で、くっきりした輪郭をもっている。平安女流文学に登場する女性たちが几帳の陰にかくれ、長い髪とその香りでほのかに存在をしめすのとは対照的である。

通女が表面はしとやかで柔和な女性を理想としながら、心は強烈な人生を生きた中国の列女たちにあこがれていた事実はまことに興味深い。

戦後の日本に、丁玲《ティンリン》やアグネス・スメドレーやボーヴォワールなど、行動的で強烈な自我を生きる外国の女性たちが紹介されて、強い印象をあたえた。実存主義やコミュニズムの思想や文学が、若い人の心をとらえた。井上通女は中国の列女にひかれ、合理的かつ主知的で現世での生き方を明確にえがき出す朱子学に深く心をとらえられた。いつの時代でも若い人の心を揺さぶるのは、海を越えて伝えられる思想や人物像である。

通女の三男三田義勝の著した伝記『先妣井上孺人《じゅじん》行状』(以下『行状』とする)によると、通女の祖父吉岡彦左衛門は片桐且元の末弟である。その子どもたちのうち井上本固と兄文三郎が京極家に仕えた。本固は学問を好み、京で数年学んでいる。三男二女があったが、二人の男子は早世し、聡明な通女に大きな期待をかけたのである。

通女は父の指導によって幼時から楷書、草書を書き四書五経を学び、『列女伝』『女誡』を読み、疲れると和歌を詠み唐詩を賦《ふ》して心を慰めた。さらに『古今集』に親しみ『源氏物語』を愛読している。和歌は本固の手により京の歌人に送られて添削を受けた。『処女賦』のなかに「余をして古《こ》賢《けん》を窺《うかが》うことを得《え》しめ、余をして姑息《こそく》を生ずること無からしむ」という一句がある。本固の指導は通女に古の賢人の教えを十分に学ばせ、一時しのぎの勉学を許さない本格的なものであった。

その勉強ぶりをみると、江戸時代に女性に学問の道が閉ざされていたとは思えない。同じころ通女とよく似た境遇で学問をした女性はかなりいたであろう。通女と同年に阿波に生まれ、女訓書『唐錦』を著した成瀬維佐子《なるせいさこ》、『松菊苑』を書いた平豊子、『女中道しるべ』を書いた冷泉為兼女など江戸初期の女性知識人たちがいる。(5)

さきにも述べたが、通女の生きた時代は幕府の文治政策が浸透して、文化の花開く時代であった。槍一筋で争乱の世を渡った武士たちの世代は終わり、若々しい知識階級としての武士層が台頭してくる。六代将軍家宣、七代家継の側近として仕えた新井白石は典型的な例である。自叙伝『折たく柴の記』によれば新井白石の父は剛毅で忠義一途の戦国武士であった。片桐且元の甥で熱心に学問を修めた通女の父も同じ時代状況のなかにいた。すぐれた資質をもつ自分の娘をきびしく教え導いたのは当然のことである。そして彼ら知的武士たちが信奉した学問が朱子学であった。

朱子学は宋代に朱子によって大成された儒学の一派で、格物致知《かくぶつちち》を主眼とした実践道徳を唱える。格物致知とは物や事の真相を追及して正確な知識を得ることをいい、後世の科学にちかい学問的態度をあらわしている。また朱子の理気説は人間の欲望を節制して理性の命令に従えというきびしい倫理観をもち、後世に大きな影響をあたえた。このような主知的な朱子学が、若い知識階級としての武士の心を強い魅力でとりこにしたのである。

女子教訓書の書き手である女性知識人たちは、中国の古典から女性の生き方を学び、自らの意志で人生を選びとっていったのである。しかし彼女らの受けた教育がその天賦の才能を発達させた反面、人間性ののびやかな発露を抑止したことも否定できない。もうすこし時代が下ると、彼女らの著した女子教訓書や、その後相次いで著された女大学のたぐいが広く世に浸透し、女性の人生を抑圧するものとして機能しはじめるのである。通女や成瀬維佐子など、白石と同世代の女性知識人たちが育ち学び、女性の生き方について考えたのは、おおよそこのような時代であった。

後年、江戸の丸亀藩邸にいた通女は、了然尼という尼僧とそれぞれの信奉する儒仏二道について論争したことがある。通女の歌集『和歌往事集』から引用すると、
我洙泗《しゅし》伊洛《いらく》の間に心をとゝめはへるをある尼の諌めて彼岸にいたる弘誓《ぐぜい》の舟は求めすやと云ひたりし返しに、

常に行道《ゆくみち》なくはこそよをうみにあまの乗りたる船も慕はめ

洙泗伊洛(6)とは朱子学を言う。朱子学を深く学んでいる通女にむかって、了然尼があなたは現世の学問ばかりに熱心であるが、来世のことは気になりませんか、彼岸の浄土に済度してもらう菩薩の舟を求めませんか、と詰問した。了然尼は出家しようとしたとき、あまりの美貌のために仏門に入ることを許されなかった。そこで顔を焼火箸で傷つけて出家をはたし、そののち学問、詩歌の道にはげみ、ふたつの寺の住職を勤めた女性である。了然尼の、人生の根本に触れるこの問いにたいして通女は、生きがいを持たない人はこの世を憂き世と思い、尼の乗る救いの舟を慕わしく思うのでしょう。私はこの世をいかに生きるかということで充実しています。という歌で正面から切り返したのであった。

当時の思想界を二分する儒仏二道の、女性によるドラマチックな対決である。通女の思想が付焼刃ではなく、実践を重んじる朱子学の本道をいくものであったことをしめしている。

この対決は、当時の男性知識人たちの喝采を博した。室鳩巣《むろきゅうそう》はその著『鳩巣小説』の正徳五(一七一五)年四月三日の項で、通女の『東海紀行』『帰家日記』を新井白石その他の人が皆読んでいたことを述べ、ついで了然尼と通女の「儒仏ノ検議」について「始テ承リ申候テ男子ニ候ハ、英雄ニナルヘク候、惜キ義トモニ候」と書いている。

(1) 柴桂子「女性たちの書いた江戸前期の女子教訓書」、『江戸期おんな考』二号、桂文庫、一九九一年。

（2）前漢末の学者。漢の宣帝、元帝に仕え、宮中の蔵書を整理、校訂し『列女伝』『新序』『説苑』などを著した。

（3）後漢の曹世叔の妻。和帝の命をうけて、兄班固の『漢書』の未完成部分を完成した。宮中にしばしば招かれて皇后や諸貴人たちが師事したので、曹大家《そうたいこ》と尊称された。

（4）岡村繁「劉向『列女伝』における女性の行動と論理」、『中国文学の女性像』、汲古書院、一九八二年。

（5）（1）に同じ。

（6）洙泗は孔子の学問をいう。故郷山東省の二つの川洙水と泗水のほとりで、孔子が門人を教育したことからいう。伊洛は朱程の学をいう。宋の二程子（程明道、程伊川）が伊水と洛陽の間で学を講じ、朱子がその学統を受けついだことからいう。

二　江戸期、初の女性の文学的紀行――『東海紀行』

前節ですこしふれたが、井上通女が父本固に伴われて丸亀を出発し、江戸にむかったのは天和元（一六八一）年十一月十六日である。才媛としての名が聞こえ、藩主京極高豊の母養性院に召し出されたのだ。主家の命として断ることのできぬ召し出しであり、また名誉なことでもあった。

このとき通女は二十二歳で独身である。何故それまで嫁がなかったのか、当時としては不自然なほど婚期に遅れていたのかは軽々しく判断できない。あるいは父本固に通女を出仕させるひそかな期待があったのかもしれない。また通女がそのときもう既婚者であったとする説もある（1）。

出発の日の昼ごろ、母親弟妹友人たちに華々しく送られて丸亀から難波へむかうが、通女は旅に出るや否や、すぐに筆を執って旅日記を書きはじめた。それが『東海紀行』である。通女は文筆の誉れによって召し出されるのであるから、旅日記も文学的香りの高いものを書かねばならないと気負っているようだ。

あめのやはらぐ初の年、霜をふみてかたき氷にいたる頃ほひなれば、年経《ふ》る丸亀を船よそほひしてあづまのかたに赴《おもむく》。先《まず》難波とて漕出す。親はらからより初、友とせし人など集まりて、袖のうへたゞならぬことはり也。

十一月を霜を踏みて堅き氷に至るという『易経』の言葉をふまえて表現し、文中いたるところ漢詩文をふまえ、引き歌をちりばめ、和歌十五首、漢詩四首をまじえている。

十六日午後はげしい風のなかを舟出して、その夜半ごろ対岸の室津についた。

風吹けば月にみがける白たまもくだけて浪のたつにぞ有ける

冬の冷たい海面にくだける月影に通女の冴えた感覚がみられる。十七日は朝なぎのなかに舟出したが、灘を過ぎるころは前日にまさる風となった。かねがね心にかけていた須磨も明石もしっかり見ないうちに通りすぎ、淡路島もあれと教えられただけで兵庫につく。和歌四首、漢詩一首がある。

寒に乗じて一葉浮び　　倏忽《しゅくこつ》として他州を過ぐ

風響きて郷夢を驚かし　浪声　旅愁を動かす
蒼々たり天と人と　　浩々たり月と流と
袖を枕にす蓬窓の裡　　只自ら羞づること能はず

十八日正午難波についてようやく上陸し、藩邸に二日滞在、通行手形を受けた。元禄十四（一七〇一）年まで、女手形は西国の者は京都所司代か大坂町奉行より受けることになっていた。二十一日、淀川をさかのぼり京にはいる。

夕《ゆうべ》かかりて都に入《いる》。木草の色迄心からにやめづらかに見わたさる。東寺より入なれば、雁塔のけはひもいとけざやかにて、名に高きも実《げに》ことわりと見ゆ。つき〴〵しく立て並べたる家どもの斬《きり》の妻うるはしく、出入人《いでいる》もおのれ〴〵とほこりかににぎはしきは、治れる御代の様いふもさらなりや。

四国丸亀からはじめて都へ上った若い女性の目には、都はきっとこんなふうに見えたにちがいない。外界の印象を明晰な文章で表現している。通女の文章の特徴である。

三条河原町に宿ると、藩邸の人たちがつぎつぎ訪ねてきて労をねぎらい、よい折りであるからと京見物をすすめた。しかし江戸までの遠い道程と重い任務を思うと、のんびり見物する気になれない。通女は京の魅力に心を奪われてはならぬと自分を戒めているようにみえる。通女にとって主家の命はそれほど重いものであった。

二十三日早朝京を出発。粟田口から逢坂の関、瀬田橋、草津、土山、鈴鹿と東海道を下る。たいてい五更（午前三時―四時ごろ）に宿を出る。途中数首の和歌と二首の漢詩がある。鈴鹿を越えるころ雪が降った。丸亀育ちの通女にとっては珍しいものである。見えるかぎり雪に被われて朝日に輝く美しさを愛でつつ、通女は「ずさ（従者）の足本《あしもと》いかに寒からむといたはしくて、とく晴よかしとおもはるゝ」と書く。儒教の教える仁愛の心を忘れない。

桑名から熱田までは舟に乗った。尾張を過ぎ鳴海、やはぎを過ぎる。

「八橋は爰《ここ》わたりとこそきゝつるは」といへば、したがふ者ども「さうけ給りしは、一里程あなたに沢は畠の様に成《なり》、橋はくひ斗《ばかり》残りて、かきつばたもいづち行けむ、ゆかりの色もなければ、御覧ずべくもなし」といふ。しか聞しさる跡こそ猶ゆかしとおもへど、かくいへば見ずして過行ぬ。

八橋は通女一行の通る東海道よりやや北にはずれている。このときより六百年ほど昔、上総より京へと上った『更級日記』の著者は八橋を通ったのか「八橋は名のみして、橋のかたもなく何の見所もなし」と記している。それでも歌枕の地は人を惹きつけてやまない。通女は八橋に心を残して過ぎた。

二十七日荒井関につく。現在の静岡県新居町である。故郷丸亀を出て十一日目、ここで通女は思いがけぬ障害にぶつかった。大坂町奉行より交付された女手形に通女のことを女と記してあった。それを咎められ、関所を通してもらえなかったのである。

難波にて給はりし御しるし関所に奉りしに、わきあけたるを小女《おとめ》と書べき事をえしらで、ただ女とのみ書て奉れり。扨《さて》、御しるしの言葉も女とのみありければ、ゆるし給はでむなしくもとのやどりに帰ぬ。いとも〳〵かなしくつらくて、いかでさる事しらざりけんと我身さへうらめしくて、

旅衣あら井の関を越かねて袖によるなみ身をうらみつつ

いそいで使者を大坂へ走らせて、女手形を書きかえてもらうことにした。通女たちが心細く待つあいだも、多くの旅人が無事に関所を越えて楽しげに旅を続けて行く。

暁より旅人の打むれてゆく音して、かれこれ呼かはし、馬のいとたからかに嘶《いば》へて、くつはづらの音など聞へたる。浦山敷《うらやましく》、只何につけても女の身のさはり多く、はかなき事ども今更とり集て過《すぐ》す程に、あけくれもおもひわかれず。

これまで風雅な文章を書こうと努めてきた通女は、困難に出あって思わず実感を筆にのせた。そこで通女の姿が読者に身近なものとなった。

関所を通る女性は男性以上に厳しく吟味を受け、身分も禅尼・尼・比丘尼・髪切・女・小女とくわしく届けることが要求された。ことに荒井関は吟味の厳しさ、波の荒さ、舟賃の高さから難所と恐れられていた所である。

通女は未婚であり、まだ振袖を着ていたから小女と書くべきであった。文脈を辿ると大坂町奉行に女手形を受ける申請をするとき、それを知らずに自分のことを女と書き、町奉行も二十二歳の通女を疑わずにそのまま女と記したものとみえる。その時代の振袖とは振りのある小袖をいい、現代のような袖丈の長いものではない。

荒井で不安の日を送るうちに、師走の三日に待ちかねた使者が帰ってきた。恐るおそる文箱をあけて見ると「いさゝかのとがめもなくよく書かへて給はれり。かゝるくるしみおぼしやりてにやと、そなたに向ひてよろこぶ」。通女は困難に出会って、一時は不安に陥り感傷的になったりしたが、他人の善意を信じていた。

さて関所に手形を差し出すと、「此度はたがふ所なければ、とく〳〵とゆるさ」れて急いで舟に乗り、風が荒いが「何ともおもはず」対岸に渡り、その夜は浜松に泊まる。通女が渡ったのは今切《いまぎれ》の渡しと呼ばれる荒井・舞坂間海上二十七丁（およそ三キロメートル）の渡しである。もともと浜名湖は淡水湖であった。しかし潮の干満、荒い波風で地形が激しく変化した。その後明応七（一四九八）年の大地震で浜名湖は完全に切れて外海とつながった。新居関所資料館の記録によれば、手形の書き換えを命じられた事例は、現在知り得る最古のものが通女の『東海紀行』であるという。

翌日は天竜川を舟で渡る。そのころ通女は風邪をこじらせたらしい。「それよりしはぶきやみにかゝりて、物書事《ものかくこと》父のいさめければ筆もとらずなりぬ」。

大切な江戸藩邸での任務をひかえて、娘の身を案じた父本固の諫めに通女は柔順に従って、ここで旅日記を終えた。風雅な文学的紀行として書きはじめられて、荒井の関で困難に出会ってから繕わぬ素顔を見せるようになったこの作品が、その後の興味をつないだまま突然に終わるのは惜しい気がする。しかし二十二歳になっても父の言葉に柔順に従う通女は『処女賦』や『深閨記』で「内則に経りて和柔を習う」あるいは「柔順を以て徳となして、行は必ず信あり」と述べたところをそのまま実践したといってよい。八橋を見たい気持ちを我慢するのも同じことである。江戸での大切な任務を考える父の言葉の前には、自分の望みを抑えるのが通女の思想からみて当然のことであった。

『東海紀行』には後書きがあり、この紀行が両親を慰めるためのものであることを伝えている。

(1) 秋山吾者『旅ごろも　あづまの春を――井上通女の江戸藩邸日記』私家版、一九九四年。

三　藩邸内のくらしぶりを伝える『江戸日記』

『江戸日記』は通女が京極高豊の母養性院に仕えていた、天和二(一六八二)年五月ごろから翌三年二月朔日《ついたち》までの日記である。通女は養性院のもとで約八年間すごしたが、この期間の日記のみが偶然に発見された。誰かに見せようとした日記ではないらしく、その点で『東海紀行』やつぎに読む『帰家日記』とすこし異なる。

『東海紀行』から『江戸日記』へと読みすすむと通女の印象はかなり変わる。前者でははじめての長旅に加えて、重い任務を控えている不安や父に庇護されている頼りなげな感じがつきまとう。
『江戸日記』では藩主の母の侍読《じとく》(1)という、高い地位と責任を自覚した通女の姿が明確にでてくる。日記の記述によれば通女の日常はかなりの激務である。天和二(一六八二)年九月ごろの記述では、ほとんど一日おきに宿直をつとめている。

十六日、あさくもりて、夕つがたはれぬ、夜かのへさるせさせ給ふ、御とのゐに出る、十八日、いとよくはれたり、きのふの詩歌をおまへにて、女ぼうたちとも〳〵口ずさみて、いとおかしとほめらる、ふるさと人のふみ夜に入りてかく、こよひは御とのゐにまゐる、
二十日、あさとくおきて、ゆに入り、おまへに参る、けふはつねの御居間、御けさうの間、御ね間、西の御かた、みな掃除ありて、御こたつひらく、御すびつに火おこして、御いわゐども有、人々多くわずらひて、人ずくなに事しげし……おるんわずらひにて、又御とのゐにまゐる、

宿直の翌日でも休みではない。

十月十一日、とくおきておるゝ、朝くごくひておまへゝ出る、天気よし、かる姫御かたにて物よみ、てならひなどをしへ奉る、おくにて文どもかく、よるふるさとへの文もかく、夕つがたより霧わたりて、月もかげさす、おやつと物がたりしていぬ、おるん大学よみ給ふ、
十四日、御そばより少ねすぐして、おそくおきておるゝ、かみけずり、朝くご過て御まへゝ出る、御居間のやねつくろふとて、西の御かたへうつらせ給ふ、

『枕草子』の冒頭の「冬はつとめて……」を思いおこさせる箇所もある。宿直をすませておりる

と、身支度を整え朝食をとって、すぐまた養性院の側へ出る。まことに「事しげ」き日々である。月の朔日、十五日、かのえさる（庚申）、いのこ餅の祝（十月朔日）など、めぐる月日の節目の祝い、病気の女房を局へ見舞ったり、「世をはかなんで山へ入らんとする人」を見送ったり、大名の奥にもひろい世間とおなじ日常がつづく。通女もつかれて宿直の翌朝に寝過ごしたり、頭痛に悩まされたりする。けれども通女は気を張り詰めてほとんど休まず、養性院も朝から晩まで通女を身辺から離そうとしない。

養性院の弟は藤堂佐渡守高通であり、娘たちもそれぞれ大名家に嫁いでいる。それら親戚同士のつき合いはこまやかで、通女は命ぜられて手紙の代筆をしたり贈り物の返礼の詩歌を作ったりしなければならない。それは通女だけの特別の任務なのだ。そして養性院は通女の詩や歌がたいそう自慢であった。

九月十五日、くもりみはれみさだまらず……佐渡太守公まゐらせ給ふ、過し十三夜の詩うたおまへよりたうでさせ給ひて、御らんぜさせ給ふ、女にかゝる事いとめづらかなり、古の清紫二女のあとおふべきと、いと身にもおはずまばゆきまで、ずしのゝしり給ふ、

十三夜を詠んだ詩歌は残念ながら記されていない。二日後、佐渡守より養性院へ手紙が来た。通女の十三夜の詩歌に返しがあり、さらに詩歌一首ずつつくれと六つの題を寄せてきたのである。養性院はたいそう喜び、ともかくもはやく作れと命じた。通女が自室にいそぎ帰って書きつづって見せると、養性院は「いとほこりがに」その作を佐渡守に送り届けた。さて翌日は養性院も女房たち

も口々に昨日の通女の詩歌を口ずさんでほめるのである。

十七世紀の終わりごろ、日本の大名の家庭が上下心を合わせて文事に熱中するさまが想像される。徳川幕府の文治政治の結果がこのように現れたものであろう。同じころのヨーロッパの諸侯の家庭はどうであろうか。フランス貴族の社交界で、自宅のサロンに多くの文学者を迎えたランヴィエ夫人、『クレーヴの奥方』の著者ラファイエット夫人、その親友で書簡文学の著者セヴィニェ夫人らの活躍が想起される。

通女のただひとつの楽しみは、故郷からのたよりであった。それは国元から藩邸への公用の便のなかに託してくるようだ。それゆえ便が来ると、自分宛の手紙がはいっているかどうか気にかかる。故郷には両親と妹おえん、弟沢之進がおり、誰かが必ず手紙を託し、急なときでも走り書きの手紙を忘れない。便りのあったその日は「おやたち、はらからそくさい成とき〻て、心もいさみぬ」と元気に勤める力が湧いてくるようである。通女自身もこまめに便りを書き、養性院から国元への便に託して送る。

『江戸日記』はこのように養性院を中心とした京極家邸内のようすをたんたんと描いているが、この閉鎖的な世界にも外界の動きが波動のように伝わってくる。

天和二（一六八二）年春より朝鮮通信使が日本に滞在していたが、役目をはたして九月帰国することとなった。養性院の娘婿宗対馬守義真は使節の応接の役目である。

九月十二日、朝とくおきておりぬ、よべ御そばのとのゐなり、けふ対州太守宗対馬守殿、こま人三使、そのつぎ〳〵三百人ばかり将て、くに〻かへらせ給ふ、公方より馬三百匹、人三百人、対州公へ給はる、その外かの国の王、対州公へも三使へも公方若君よりいろ〳〵たまはせらる、みち〳〵めをおどろかすとなん、高瀬けさより御使にあなたへまゐらせ給ふ、

養性院の代理として見送りの使者となった老女高瀬は、帰ってきてこまかにその日のありさまを語り、養性院や通女たちを喜ばせた。この年の朝鮮通信使の動静については新井白石が『折たく柴の記』のなかでかなり筆を費やしている。『江戸日記』のなかでのもっとも大きな事件は火事であった。

天和二年十一月二八日、天気よし、朝より風ふく……四つ時分、川田久保とやらんより火出来《いできた》る、ほどとをけれと、風あしとて、御調度《おんちょうど》など取あつめ、みなみな御くらへ入《いれ》る、

そのうち急に火が近くなる。丸亀京極家の藩邸は三田にあった。麻布まで火が燃えひろがったので、避難することになって養性院、若君仙千代、かる姫を乗り物にのせ、通女は着物を替えてつき従う。煙がたちこめ人々が立ち騒ぐなかを、三田の邸より芝三光町の新やしき（別邸か）まで走った。

避難のさいの慌ただしいようす、新やしきでの不如意な生活、水も乏しく隙間風のはいる部屋で着たきりの姿でみな寄り合って寝たことなどこまかく記されている。養性院の親戚より衣類、調度など続々と見舞いがくる。通女にも当座の用にと侍女おとめより手巾、おやつの母よりかちん（餅）ちゃはん（?）などの見舞いがあった。火事のあと、しとしと雨の降る夜は避難の際に傷つけ

た足が痛む。養性院は通女に膏薬をあたえた。そんな不自由な生活のなかでも一、二日おきの宿直は怠りなくつづけられた。

翌月の十二月二十八日、強い風が吹き、午後一時ごろ本郷からふたたび出火。藤堂和泉守、佐渡守、宗対馬守の屋敷がみな焼け、芝三光町の新やしきも危うくなる。養性院の乗り物を用意して、通女たちは着物の裾をかきあげて供につく準備をした。ようすを見にいった使いの者が帰って来る。

道は人馬こみあひて、いまだ火もおびたゞしければ、得まゐりよらぬと申てまゐる、御まへにもあきれさせ給ふ、いまだ火はするひろくなりて、天はひとつくれなひと、こゝもとよりさへみえたり、夜になりても戸のそとはひるのやうにぞ有ける、
夜にはいって藤堂佐渡守が訪ねてきた。皮羽織、皮頭巾の甲斐々々しい火事装束をつけているが、疲れ切ったようすである。自分の家屋敷は焼けたが、火消しの役目であるからかまってはいられない。新やしきでは供の者たちに食事を提供した。佐渡守自身も湯漬けを食べ、姉養性院のもとで休息できたことをたいそう喜んで、また任務についた。

さいわい新やしきは焼けずにすんだが、江戸市中の被害は甚大で死者負傷者おびただしく、ことに湯島天神台は惨状をきわめた。これは八百屋お七の悲劇の発端となった火事で、駒込大円寺から出たものであった。

大火のあとは例によってあちこちへ見舞いの品や手紙を送ることが多く、それに新年を迎える準備が重なる。「いと御事多くて、何もかも忘れぬ、まゆつくる、かくうきとしもくれぬ」三十日の

記事である。

明けて天和三（一六八三）年の正月、仮住まいなので手間を省くが、三が日の儀式はめでたく行われ、家臣がつぎつぎに養性院に新年の礼に来る。その席で暮れの大火がいつも話題となった。

正月二十四日には将軍綱吉が芝増上寺(2)へ参詣するので、通り道となる新やしき前の道を前日から清掃した。将軍が参詣して帰城した後、諸大名が束帯の正装で駕籠や馬に乗り、槍薙刀《やりなぎなた》で美々しく供揃えして続々と参詣する。養性院はじめ通女、侍女たちも表に面した待ち合いの窓からそれを見物した。前年暮れからの侘しさを忘れて「よはひのぶる心ちなんしける」。まるで舞台を見るような心地であったろう。ことに通女は一糸乱れぬ整然とした諸大名の行列におおいに感動した。

つらをみださぬかりがねよりも、さほうたゞしく引《ひき》つくろひたるをみるに、君につかふまつる礼法とて、人道の大事にする事なるも、げにとおもひて、感涙さへぞつきなき、

封建制身分社会の整然とした秩序（通女自身もそのなかに組みこまれている）の威厳のある形式美にうたれて、うっとりとして涙を流すのである。

こうして一年足らず書きつづけられた興味深い日記は、天和三年二月朔日の記事で突然に終わっている。そのあと丁を変えて「壬戌のふみ月のはじめ比《ころ》」として四首の和歌と詞書がある。

この日記は大名の奥の日常をかなりいきいきと伝えているが、本当にここで終わったのか、もっと長く書かれたが失われたのかわかっていない。通女はこの後も元禄二（一六八九）年まで江戸の藩邸に勤めているが、そのあいだの記録はない。『和歌往事集』におさめられた歌で、当時のよう

すを窺うことができるのみである。

『江戸日記』で通女は、主家の人々の動静をたんたんと記しているが、自分を傍観者、観察者の位置に押しこめてはいない。養性院のまわりの人々の動きも敬語、謙譲語、使役語の適切な使いわけによって、その身分を暗示しつつえがいている。また自分の心情の表現は過剰に陥らず、ほどのよい抑制を保っている。そこで自分の立場と役割をしっかり把握した、聡明で頼もしい女性の面影がはっきりと浮かびあがってくるのである。通女は自分を仕える者の立場に置いているが、その学識才能が尊重されていたことがよくわかる。何事にも強く自分を主張することはなく、日記のなかでも物事の判断に朱子学者らしい明晰さをみせるだけである。『枕草子』のように個性的な感受性の閃きをみせないし、『紫式部日記』のように複雑な深い思いをのぞかせもしない。この日記の特徴はほどよく抑制された平明さにあるのかもしれないが、これが物足りなさの原因でもある。これは通女の本質に根ざすのか、あるいは彼女の教養によるものか。この日記がもっと書き続けられていたら、通女の人間的成長とともに深い世界を切り開いていったのか、疑問とする所である。

（1）天皇や東宮に侍して、学問を教授する学者をいう。のち将軍、大名に講義する学者をもさした。通女を侍女とする説もあるが、『江戸日記』にみる仕事の内容と待遇からみて、侍読がふさわしい。
（2）東京都港区芝公園内にある浄土宗の大本山。慶長三（一五九八）年、家康が徳川家菩提所と定めた。

四　社会と人間に広い愛情を注ぐ『帰家日記』

通女の主君養性院は元禄二（一六八九）年二月に没し、通女は八年目に故郷丸亀へ帰ることになった。『帰家日記』はその年六月十一日に江戸を発って、二十九日に丸亀に着くまでの十九日間の道中日記である。通女は三十歳になっていた。

『東海紀行』『江戸日記』と読みすすんで『帰家日記』にいたると、大きな責務を果たした人の心のゆとりと、通女の人間的成長が感じられる。それは周囲への目配りの広さと叙述の細かさとなって、日記の随所に現れている。

日記は江戸を発つ以前の記述からはじまる。重い勤めを果たし、故郷へ帰ろうとする通女を養性院の弟たちや娘たちが引き留めようとした。通女は彼らの申し出をみな断り、養性院の墓に参り、最後の暇乞いをする。墓参だけでも度々出来るのであれば心も慰むのに「女にてさへあれば、ひとつ心に任せぬぞ悲しき」。女は気軽に自由に旅することの出来ぬ時代であった。明日は出立という日、かつて養性院にともに仕えた人々が通女帰郷のことを聞いてかけつけてきたので、一晩名残を惜しむ。「暁方、名残をしとて一所にあまたよりふす」。人生の一時期を同じ職場で働いた者同士が雑魚寝をしたのである。

夜が明けると弟の益本が来た。幼名沢之進といった弟は元服して藩主に従って江戸に出ていた。

彼を通女の帰国の旅の介添えとして派遣したのは、藩主の配慮であった。見送りの人々は品川までである。海がはるばると見渡せる所でみな乗物の脇まできて別れをつげた。人々と別れてから乗物のなかでうとうとするうちに、養性院のまわりに親しい人たちと一緒にいる感覚がありありと蘇ってはっとした。

したひくる君がこころかとどめこし我たましひか通ふまぼろし

海岸の涼しそうな宿で昼食をとる。遠くの水平線が雲に連なって、古歌にいう末の松山波も越えなむ景色を見て、ようやく旅の心となった。長年思いえがいた故郷への旅である。道をすすむと田植えをすませたばかりの青々した田んぼにでる。腰を曲げて草取りする者たちの笠がみえる。すると通女は「実《げに》なりわいたやすからぬいとなみも、見ることには今一しほおもひしられて、素餐《そざん》のとがおそろし」と感想を抱く。素餐とは無為徒食することをいう。また山畑で真っ黒に日焼けして耕している者を見て、「夏畦《かけい》よりもやめりとくるしきたとへに曾参《そうしん》の宣《のたま》ひし、実《げに》もと覚ゆ」と感ずるのである。夏畦とは真夏に耕すことを言い、苦しいことのたとえとする。曾参とは孔子の門人曾子である。

平安文学以来、女性の文章のなかに社会の下層の人々の労苦について深い関心と共感を表現するものはすくないので、『帰家日記』のこの部分は際立った印象を与える。また乗物をかつぐ者たちが、ことしの稼ぎはきっといいだろう、気候が順調だったから、秋の収穫も楽しみだ、こんな豊かな年に逢えるとは幸せなことだなどと話し合うのを聞いて「いと嬉しくめでたし」と共感をしめしている。道端で歌を唄って物乞いしながら親を養っている者に心を動かし、嵐の海で必死に舟を操る船頭たちにも深く同情する。このようないくつかの箇所は、自分ひとりの救済よりも社会全体のあり方に目を向ける通女の儒学的な教養と、人間に対する広い愛情を感じさせる。当時の新しい知識人通女の存在を強く感じさせる部分である。江戸を発って三日目に箱根にかかった。

十三日、今日は箱根山こゆべしとて、いとゝくまだ夜をこめて出《いで》きぬ。横雲の棚引《たなびく》など箱根山を越かゝる。左も右も、かさなれる峰々そびえて、谷深く落合たる水、岩間をゆきなやみてむせぶ音なども恐ろしきまでに聞ゆ。……樫木坂《かしのきざか》・猿すべりとて殊にけはしきは、げに猿も足をとゞめがたくやとぞ見ゆる。おもき荷などおふせたる馬ども、いとゞあやうげにかはゆく見ゆ。

関所では通女も侍女も髪のなかまで調べられて気味の悪い思いをしたが、無事に通されてその夜は沼津に泊まる。翌日から次第に大きくなる美しい富士の姿を見つつ行く。連日日照りが続くが富士からは涼しい風が吹いた。

富士の根は夏なき山か吹おろす朝風さむしうき嶋《しま》がはら

日照りの大井川を越えて、十五日は金谷に泊まる。月影が明るいので、弟益本に「この月の面《おも》白《しろく》哀成《あわれなる》に詩ひとつ作れ」と硯をさし出すと「馬上にていたくわびしく侍ればゆるさせ給へ。そのかわりには」と言って拍子をとって謡曲三井寺を謡った。益本は日照りのなかを馬上で過ごすので疲れているのだ。故郷にいたころまだ小さかった弟が謡うのをよく聞いたものだが、声がすっかり大人びて年月の経ったことが痛切にわかる。「源氏物語の事ぞ猶艶《なおえん》に面白き」と通女が言うと、つづけて半蔀《はじとみ》、玉葛《たまかずら》などを謡った。姉弟の睦まじい月見の宴である。しかし通女は従者たちが、明日はまた早立ちなのだから、「はやくいね給へかし」と思っているだろうと考えて「あたら月の夜や」と言いながら寝るのである。通女は自分ひとりの感情に溺れて何事かをすることはない。つねに周囲の人のことを考えて自分を抑制する。ふたつ目の関所荒井でも箱根と同様に細かい調べを受けた。ここは八年前に足止めされたところである。そのときは書面上の誤りを咎められただけであった。もし女改めがあれば強烈な印象を受けたにちがいない。『東海紀行』にその記述がないところを見ると、江戸へ入る女性と出る女性とではあつかいが異なっていたようだ。

荒井の関所を過ぎて、十七日は赤坂に宿る。その夜通女が書き物をしていると、女あるじが訪ねてきた。世間話をしながら、通女の手習いの反故《ほご》をしきりにほしがるので、詩や和歌を書いて与えるとたいそう喜んだ。

その身のありさまなどかたりて静に「かゝることどもおよばずながら心よせ侍りつるをおもひの外成《ほかなる》よすがにつきて、かくかしがましき市《いち》の中の住《すまい》ほゐにもあらず」などしめやかにいふ。歌を詠んだり手習いをしたりしたいと願っていたが、思いがけない縁で嫁いできて、こんな騒がしい町なかのくらしは本意ではありません、と語る女あるじは、まるで我々と同じ現代の女性のようだ。聞けばこの人は三河国八橋の生まれという。通女が昔の跡はあるかと問うと「八橋の柱にや、かたばかりに残れるを其跡と申伝へ侍る。なり平の塚もさふらふ」と言う。通女はこれを聞いて、業平は八橋で亡くなったわけではないので、そのような人が通りすぎたという印に置いたのであろうと思った。

通女がこれほどまでに心惹かれた八橋は、現在も愛知県知立《ちりゅう》市にある。『伊勢物語』で業平が東下りの途中に足を止めて、かきつばたの五音を詠みこんだ和歌を作ったといわれる所で、古くは一面の沼地にかきつばたが群生していた。今もその群落がわずかに残っていて、昭和十五（一九四〇）年に天然記念物の指定をうけ保護されている。初夏になると一面に小ぶりの濃い紫色の花が咲く。業平塚は鎌倉街道とよばれる古道の脇の、小高い岡にある。室町初期といわれる宝篋《ほうきょう》印塔《いんとう》が松陰にひっそりと立っていて、名鉄電車がその脇をかすめて通り過ぎる。すぐ隣街は自動車の豊田市である。

結局通女は今度も八橋を見ることは出来なかった。

たえにけるあとゝ三河の八はしにその名ばかりを恋やわたらん

宮から桑名までの海上は追い風に送られて早々と着いた。四日市、亀山、鈴鹿と八年前の道を逆にたどる。琵琶湖にいたり瀬田の橋を渡るとき、石山が左に見えた。はるか昔『源氏物語』を書いたといわれる紫式部を偲んで七言律詩一首、和歌一首。逢坂山を越えて淀川を河舟で下る。淀のあたりは石川日向守の領地である。その夫人は故養性院の養女で、通女が江戸を発つまで親切にしてくれた人だ。城は水際に臨んで、りんどうの家紋のついた幕も見えて、涼しげなたたずまいである。城のうちへ筧を引き、水車を廻して巧みに水を汲み入れているのもおもしろい。

かねて此あたりを過《すぎ》なん事おぼしの給《たま》はせて、思ふまゝなる世ならましかば心ゆくばかりあるじせばやなど、さまぐ〳〵に語らはせ給ひたる、おもひつゞけ侍れば、こぎ行《ゆく》舟もしばしよどみなん、いとなごりおし。

石川日向守夫人は通女が淀を通ることを知って、「思うままになる世ならば、あなたを自分の城の客として、心ゆくまでもてなしたい」と語ったのである。大名の家族は江戸に住むことを義務づけられていて、国元へは帰れない。それゆえ大名の妻子が自分の領地を見ることはめったになかった。江戸に閉じ込められたように生きねばならなかった女性たちの吐息が聞こえるようである。

淀川を下ると言えば涼しそうに聞こえるが、苫舟《とまぶね》のうちはあまり快適ではないようだ。

あつかりし名残むつかしければ、河水をくませてのむに、ぬるければすてつ。船のそよ〳〵となるをきゝて、戸をひらきて見れば、芦のしげりたるをわけ行なり。……蚊いとおほくて扇をはなさず手ならしおれば、うちまどろむべきいとまもなし。

こうして六月二十三日午前三時すぎ難波について藩邸に入った。江戸出立より十二日目に大坂についたので、故郷は近いという安心感から、通女たちは誘われるままに天満の天神まつりを心ゆくまで楽しんだ。しかし旅の最大の困難はこの後にあった。

二十四日の午後、満ち潮になって船に乗るとき通女は思わず声に出した。

故郷にまつ覧《らん》おやに知らせばやけふこの浦をこぎはなれぬと

船出から二時間足らずして風の具合が悪くなったので、難波から三里ほどの所で避難する。名も知れない小さな入り江に多くの船がはいっていた。翌朝、帆柱を立てて碇を引き上げる音がするので船出かと思っていると、風を見ていた船頭たちが「風むかひぬ。かくては武庫までも得ゆきつくまじ」と言って、また碇を下ろし、終日ここに停泊した。

二十六日の夕方、激しい暴風雨と雷に襲われた。多くの船は急いで苫を引き、船頭たちは小舟に乗って綱を引き直し、碇の数を増し大声で騒いでいる。船はあちらこちらと木の葉のように漂い、苫より雫が漏れてくる。戌《いぬ》の刻（午後七―八時ごろ）に風も雨も止んだ。

いでや世のわざどものやすからぬ中に、かた時がほどに心をくだき、身をあやうくして、うきものは船人《ふなびと》なりとぞ思ひしらるゝ。

船頭たちの苦労を目の当たりにした通女の感想である。二十七日の朝、船頭たちが支度をしているので「又此《この》たびもいかゞ」とあやぶんでいると、漕ぎ出した。あまり長い船泊りになるので、風は良くないがまず武庫までを目指すという。昼すぎるころ武庫についてまたしばらく風を待つ。申の刻（午後三―四時ごろ）に都合よく追い風になったので漕ぎ出した。今度は激しい北風で帆は風を孕んで斜めになり、船はひどく傾いて走る。

生田の森はどの辺か、須磨、明石を過ぎる時は必ず知らせよと侍女を通して船頭に伝えておくと、程なく須磨の浦といふ。風いとはげしく波も高し。

打そふる浪の音にもしられけりすまのうら風穐《あき》たちぬとは
藻塩《もしお》やく煙の末も見えわかでうち過けりな須磨のうら波

そことも分かぬまに、「早く明石に侍ふ」と云《いう》に驚《おどろか》されて、

いとはやもすまの浦波打過てあかしの沖に出《いず》るふな人

淡路嶋もあとの方に成ぬ。

心待ちにしていた須磨、明石も淡路嶋も飛ぶように遠ざかる。八年まえも同じだった。やがて船は広々とした海原にでた。

きはもなくたゝえたる海の面はる〴〵とおそろしげにて、隙なく立波《たつなみ》いと高く打かさなりて、

日も暮かゝりぬ。舟はともすれば打かへしぬべく浮沈《うきしず》みて、乗たる人もたふれまろびなんとす。友船も皆散々《ちりぢり》に吹《ふか》れ行《ゆく》。

今にも転覆しそうな船のなかで、侍女は通女の着物の裾をしっかりつかんで寄り添って伏せている。友船もそれぞれの船頭たちが必死に操縦して木の葉のように吹かれて行く。目に見えるような描写である。高砂のあたりを過ぎて、風が止み波が納まった。夜明けに室津に着くが、その後は追い風がない。前日は飛ぶように過ぎたが、今度は一里行くにもあるだけの力で漕いで行かねばならない。

こうして二十九日ようやく故郷丸亀の山々と、その松の緑のあいだからお城の白壁が見えたとき、通女の胸に嬉しさがこみあげてきた。通女ばかりでなく読む者までも、丸亀城の小さな天守閣を見たようにほっとするのである。しかし喜ぶのはまだ早い。丸亀はもうすぐそこなのに、満ち潮になるまで真嶋という小島のかげで待つあいだは、

千とせを過《すぐ》す心地す。いつしか父母妹などに逢見《あいみ》ん程いかならんと、心ときめきして、なにくおもひわかれざるまゝ、硯もとりやりてはらから共にとく着《つき》なん事をのみいふ。

いつも冷静な通女も、このときばかりは弟とともに足摺りしたいような気持ちにせかされるのであった。

『帰家日記』は平明で無駄のない文章で書かれており、単なる旅の記録にとどまらず、すぐれた文学作品となっている。箱根山の険しさ、淀川に臨んだ城の涼しげなたたずまい、強い風にちりぢ

りに吹かれて行く船のようすなど柔らかな筆で明確にえがききって、印象的である。そのような箇所は幾つもある。前にも述べたが、社会の下層の人々への思いやりはこの作品に暖かみを加えている。ことに風流ずきの、赤坂の宿の女あるじの面影は忘れがたい。彼女は通女の筆によって、この作品のなかに永遠の相をとどめることになった。人はなぜ書くのか、という問いに通女はひとつの見事な答えを出している。

『帰家日記』は正徳五（一七一五）年九月京の書肆から刊行された。『行状』によると「正徳中、宮川氏貝原氏の話に因り、帰家日記一帙を以て京師書肆柳枝軒に附与し、之を刻板せしむ、板成りて四方より来たり求むる者、百を以て数う」とある。文中の貝原氏とは貝原益軒である。益軒は前年に没しているので、おそらく生前から話があったものであろう。帰郷後のことと思われるが、通女は筑前の貝原益軒とその妻東軒との間で文墨上の親交をもったことが『行状』に詳しい。『帰家日記』の好評によって二年後に『東海紀行』も刊行され、前後篇となった。

十八世紀の初めごろは、一般の人々の旅そのものが制限されていて旅日記のたぐいはすくない。ましてや文学的に高められた旅日記を書き得る人はごくわずかであった。『奥の細道』は元禄十五（一七〇二）年の刊行である。『東海紀行』『帰家日記』はその内容の豊富さ、おもしろさで読む人を大いに喜ばせたことであろう。

通女は帰郷した年に藩士三田茂左衛門に嫁ぎ、十五年間に三男二女を生み、舅姑によく仕えて家庭を和やかに整えたことが『行状』に記されている。十六歳のころに著した『処女賦』や『深閨記』の思想を実践したといえる。

井上通女の五つの著作を読んで、それが透徹した理知によって貫かれていることを強く感じた。通女は外来思想である朱子学および中国の古典を深く学んだ。さらに日本の古典を好んで読んだが、どの著作を見ても、平安時代から日本の文学を覆っている仏教思想の影はなく、仏教用語さえすくない。近世の、理知の時代の始まりを告げる希有の精神像をみる思いがした。

＊ 丸亀では「学神井上通女」として今も敬慕され、その住居跡に銅像が建てられている（本章扉写真参照）。文中の引用は『井上通女全集』（丸亀高等学校同窓会、一九七三年）により、『江戸時代女流文学全集』を参考にした。さらに大阪府立図書館所蔵の版本、大阪市立大学所蔵の書写本を参照した。

第三章
柳沢吉保の陰の力、正親町町子

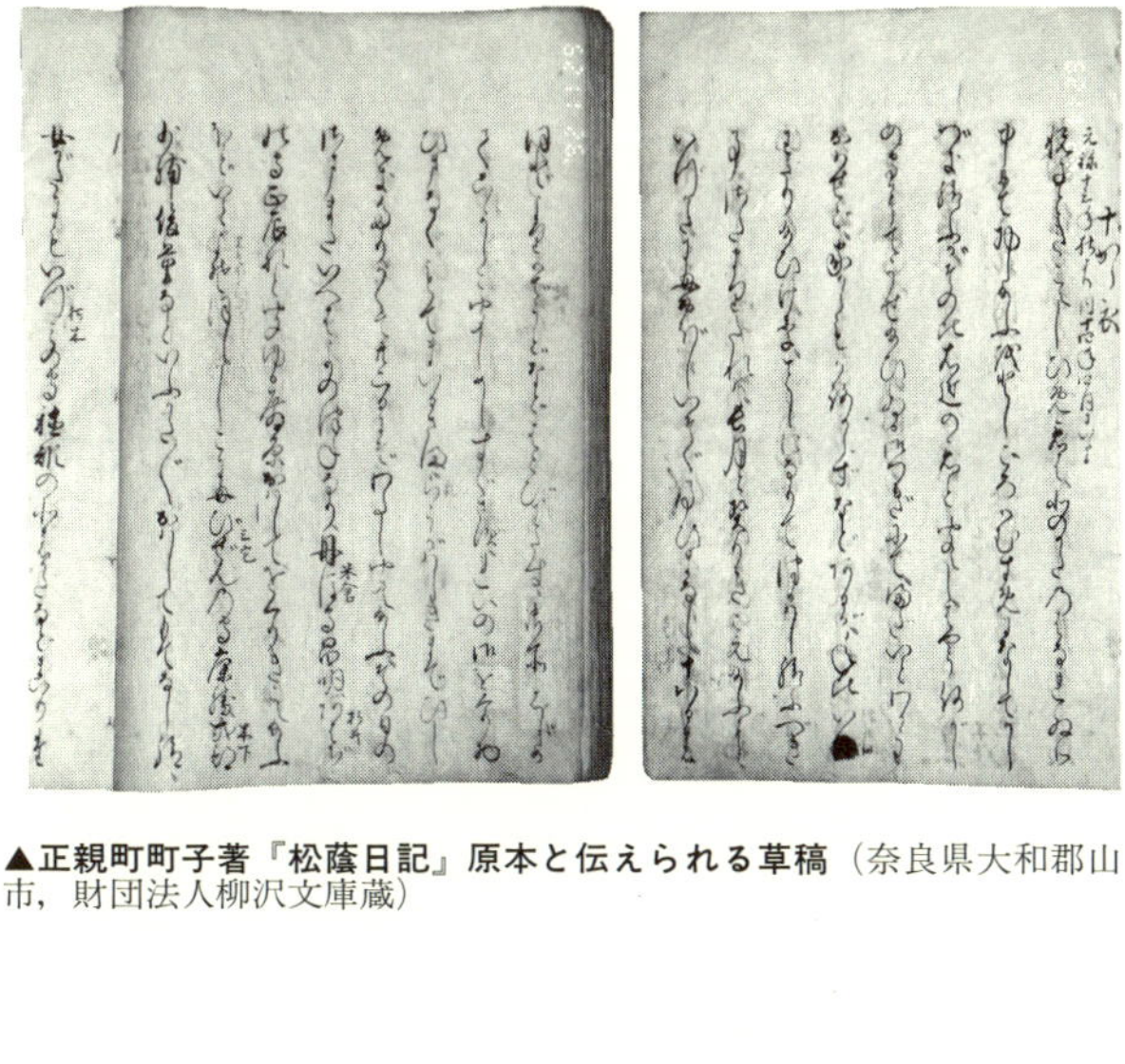

▲**正親町町子著『松蔭日記』原本と伝えられる草稿**（奈良県大和郡山市，財団法人柳沢文庫蔵）

一　徳川「王朝」の栄華を描く『松蔭日記』

五代将軍徳川綱吉の側用人柳沢吉保は、権大納言正親町《おおぎまち》実豊の庶出の娘町子（？〜一七二四年）を側室のひとりとしていた。この女性は『松蔭日記』という長い日記を書いている。日記といっても日次《ひなみ》の形ではない。柳沢吉保の栄達を、身近な側室の立場からできるだけ客観的に綴った家の歴史である。書名の松蔭とは、松平の姓を許された吉保を松と見立て、その木陰に安らかにくらした著者の位置を表わしている。

『松蔭日記』は、貞享二（一六八五）年に吉保が小納戸役上席となって出羽守と名のったころから、元禄年間を経て、綱吉の没後駒込六義園《りくぎえん》に隠棲する宝永七（一七一〇）年ごろまでの二十五年間のことを編年体に叙述している。藤原道長の栄華を描いた『栄花物語』や『源氏物語』になぞらえて町子がえがいた『松蔭日記』の日々は、江戸に再現された王朝絵巻さながらの世界であった。町子はそのただなかにくらしていたのである。

巻一の冒頭に常憲院殿《じょうけんいんでん》という綱吉の諡《おくりな》（死後の称号）が出てくるので、この作品は宝永六年（一七〇九）の綱吉没後から書きはじめられたことが推察される。おそらく柳沢家に拠り所となる記録があったのであろう。作品は三十の巻からなり、巻ごとに「むさし野」「たびころも」「ふりにしよゝ」「みのりのまこと」など、巻中の和歌からとった風雅な題がつけられている。

「むさし野」(巻一)ではまず泰平の徳川の御代を称えることから書きはじめ、「此のごろ常憲院殿とをくり奉りしこそ、あるが中にいと有がたうすぐれて聞えさせ給ふなれ」と亡くなったばかりの綱吉を称えている。ついで「わがおまへのすぐれて世のうつはものにをはしませば」と、著者町子の主人である柳沢吉保の器量が人並すぐれ、公私すべてにおいて綱吉の信任を得ていたことに筆が移っていく。

「たびころも」(巻二)では、元禄四(一六九一)年の春、はじめて綱吉が吉保の邸に臨んだときのことが語られる。将軍が臣下の私邸を訪問することをお成りというが、町子は「をはしますべき」とか「わたらせ給ふ」という公家風の表現で通している。これは『松蔭日記』の大きな特徴である。このころに町子は柳沢家に入ったようである。当時、神田橋内にあった吉保邸は、将軍を迎えるために大掛かりな準備が始まった。

わたらせ給ふべき殿のあたり方五十間ほどたてつゞけて、北のおとど、中の屋、にしひがしの殿、おさめ所、だいばん所なにくれといかめしき御しつらひなり。舞台がくやなどもあり。御供にまいり給ふべき人々のやすみ所、わが御かたのかりのわたくし所にし給ふべきまで、いとよくつくり出づべくをきてさせ給ふに、大かたひまなく屋どもたてならべていみじうかゞやきわたれり。 「たびころも」(巻二)

江戸の武家屋敷ではなくて、京都の公家の館が彷彿とする書きぶりである。庭の眺めも、草木などをさりげなく植え、「あらたにつくり出《いで》てみづからをはしてこゝかしこ御らんずるに、いとようかまへたりとおぼす」。吉保が将軍を迎えるために、みずから設計、構築した庭、館を満足して見渡しているさまを、町子は吉保の視線に寄り添ってえがいている。

当日は早朝に登城して、綱吉を自邸に迎えることへのお礼と挨拶をしていそいで戻り、邸内を「ちりもすへじとみがきなし」、北の御殿には綱吉の筆になる桜と馬の画を飾り、その前に銀の花瓶に花を飾りたてる。どの部屋にも掛け軸や屛風などの美しい調度品を置く。

やがて「忠朝《ただとも》の侍従《じじゅう》、正武《まさたけ》の侍従、忠昌《ただまさ》侍従、政直《なおまさ》侍従、成貞《なりさだ》侍従さるべきつかさ〳〵、其外《そのほか》したしき殿原《とのばら》など皆参り給へり」。さながら行幸に供奉《ぐぶ》する公家たちの、はなやかな姿を彷彿とさせる。これをもし、大久保加賀守、阿部美作守、戸田越前守、土屋相模守、牧野備後守参り給へり、と語れば、そのまま紋服に麻上下の、正装した上級武士団のイメージが生まれる。彼らは朝廷から侍従の位に任ぜられているので、町子のように書いても間違いではなく、武士の一団に公家の俤《おもかげ》を与えるのに効果を上げている。ここには町子の深謀遠慮が働いているが、このことについてはあとに触れたい。

巳《み》の刻（午前九時ごろ）に将軍が到着するという案内がまずはいる。迎えにでていた吉保が門から輿を先導して「さておましにつかせ給ふてやがてのしを奉らせ給ふ」。まず座についた綱吉に口祝の熨斗鮑《のしあわび》(2)を供し、盃事をするのである。ついで綱吉より吉保へ、嫡子吉里へ夥しい賜り物がある。「給はらせ給ひし物、そこら所せくらうがはしければはこび入つ」。賜り物が所せまいまでに混雑しているので片付けて、つぎに吉保からの献上品を持ち出して並べる。下賜の品も献上品も大方はさけさかな、太刀、馬、黄金白銀、絹、から絹、屏風、伽羅、書籍、歌集そのほか「とり〲にこちたき」品々である。

吉保の母、妻、娘たちは北の館で綱吉と対面する。ここでまた賜り物と献上品のやりとりがある。そのあと綱吉は西の館で自ら『大学』の一節を講義した。従って来た知足院僧正、金地院禅師、覚王院僧正など高僧たちが綱吉の講義をきいて「天下にかばかりやんごとなき御うへにて、かくひじりのかたの道さへこまやかにあきらめをはしますす御ざえのほどありがたうをはすなど、とり〲にかしらさしつどへつゝ」ほめるのである。続いて吉保もまた同じ『大学』の一節を講義した。好学の将軍として知られる綱吉の遊びのなかには、かならず自らの講義がはいっているのである。

そのあと寛《くつろ》いで猿楽の遊びとなる。「御所にも好ませ給へばいと御上ずにをはす」綱吉自身が気持ちよく舞ったようすで、その日扈従《こじゅう》した幕臣、大名たちが「こゝかしこのひさしわたどのなどに並居て」「あなめでたし」と拝見するさまがえがかれる。『徳川実記』にもその日綱吉が「難波」「橋弁慶」「羽衣」「是界」「乱」の五番を舞ったことが記されている。

賑わしく華やかな遊びが果てると、西の館で食事を饗応し、吉保はじめ柳沢家の人々が挨拶するのに対し、「いとなつかしう仰《おおせ》ごとありて、暮かゝるまゝに帰らせ給ひぬ」。よほど楽しい思いをしたのであろう、綱吉は帰城するとすぐ使いをよこして「しか〲こまやかなる仰ごと伝ふ。こなたより又御所にまいり給ふて、かえす〲かしこまりおぼす事申させ給ふてまかで給ひぬ。夜に入《いり》ていぬのときにぞ有ける」早朝に登城して綱吉の機嫌を伺い、挨拶してから夜八時ごろまでの、長い一日が終わった。

翌日はこの喜びのお礼として綱吉夫妻、その母桂昌院、息女鶴姫などへ多くの品を献上し、また返礼の品が来る。扈従の幕臣、大名たちへもそれぞれに贈り物をする。町子はここで多くの筆を費やして、賜り物と献上品の説明をしている。「たゞ此ころは此御よろこびのゆきゝに我も人もひまなくたちゐか、づらひありくなり」という繁雑さであった。

このように綱吉が吉保邸を訪れることが一年に三度、五度とあり、元禄十五（一七〇二）年には吉保邸が火事で焼けたが、いそいで新築させて訪れている。訪問の回数はその生涯に五十八度に及んだ。綱吉は臣下の邸を訪問することを好んで牧野成貞邸へもしばしば訪れているが、吉保邸がもっとも多い。晩年に近いころ、吉保が疲れた体に鞭打って、綱吉を迎えるために努めるようすも町子は書き留めている。そして町子の筆は将軍の孤独にもおよぶ。


御所には世をまつりごちをはしまして、かろ〲しく御心をやりてわたらせ給ふべき所もなければ、わが御かたへたまさかにをはしまさせ給ふ事をいみじうおかしき事におぼして、たび〲にしもあかずのみわたらせ給へるに　「ふりにしよゝ」（巻三）

王者の孤独というべきか、将軍には気軽に碁をうったり、茶のみ話をしに行ける知人宅というものはないのである。綱吉にとっては吉保邸がそれに近いものであったのだろう。

しかし綱吉の訪問のあまりの多さに、後になると町子は「おおかたのさまはさきの時におなじければもらしつ」と筆を省いている。

綱吉のみでなく、三の丸様と呼ばれる綱吉の母桂昌院、次ぎの将軍となる綱豊《つなとよ》、日光門跡公弁法親王も訪れる。元禄十（一六九七）年の桂昌院の訪問には、女性を迎えるのであるから一段と華やかにするために柳沢家では「みなよべよりまどろみもせで、けそうし引つくろい、いと物さはがしきまでさうどきありく。……まして男方のさるべき事ものするは、夜ひとよはしりありき、事ととのふるさま、いとはぎたか也」「春の池」（巻七）。男たちも脛をあらわにして走りまわるほど忙しい。それに加えて「御所にも御もてなしけうぜさせ給はんの御心にてうちそひわたらせをはしますべければ」、綱吉までが、女性たちを迎えるのに吉保がどんな趣向をこらすのかとの好奇心から、桂昌院の到着のようすを見物するという。柳沢家の忙しさには拍車がかかったことであろう。

その日は綱吉と桂昌院の前で「みうちのはかせども易の論議す」とある。柳沢家の学者たちと扈従の高僧たちが問答したのである。江戸時代の碩学荻生徂徠が十五人扶持で柳沢家に抱えられたのが元禄九（一六九六）年八月のこと、町子のいう「みうちのはかせども」のなかには当然荻生徂徠も含まれている。『徳川実記』にもその日綱吉、桂昌院に周易を論釈という記載がある。

町子の「みうちのはかせども」という口吻は、平安朝以来公家の社会で学者の地位がどのようなものであったかをはっきりと見せている。このことはあとに触れたい。

猶《なお》なにくれとけうぜさせ給ふて、日くれぬ。御もちゐやうの物又奉りて、三の丸にはかへらせ給ふ。御所にもつねよりとりわきいとけしきよくをはします。また何くれといとあまた物給はせなどしつゝかへらせ給ひぬ。「春の池」（巻七）

綱吉は機嫌よく帰ったが、この日も夥しい金品の贈答があったのはいうまでもない。町子の文章は綱吉と吉保をめぐる華やかな世界を無邪気に賛美しているが、その甚だしい浪費ぶりを非情なほど的確に伝えてくれる。

『松蔭日記』の世界はつねに吉保邸と別荘である駒込の六義園を舞台としているが、まれには別の世界をえがく。その圧巻といえるのは上野寛永寺根本中堂の落成供養の部分であろう。(3) 元禄十一(一六九八)年二月より、上野忍岡の寛永寺に比叡山にならって、根本中堂を建てる工事がはじまった。吉保は総奉行を承り、人夫のことを司るのは薩摩の中将綱貴朝臣である。

日々に千万人のたくみどももまいりあつまりて、いといみじきざいもくをきりつくしてけずりなどす。かたへにはたくましき夫《おのこ》どももまいりて大石をまろばしはしらよりはじめてむな木などのいとをどろ〳〵しきものを、千人ばかりむらがりよりてどよみのゝしり、心やすげにもてまわし、やゝと声をかけて引あげなどしたる、いとなれがほなり。

「法のともしび」(巻八)

八月二日に中堂は完成し、薬師如来を安置した。落成供養は九月三日である。

その日、儀式は早朝に小音声《しょうおんじょう》をたてることから始まった。辰《たつ》の刻(午前七時ごろ)鐘が打ち鳴らされ、幕臣、諸大名が続々と参集する。巳の刻(午前九時ごろ)に将軍が到着、直ちに堂内の東の方の聴聞所にはいった。その前に御簾が掛けられて綱吉の姿を隠す。すぐ前に綱吉を守るように吉保が座る。彼は中堂建立の総奉行を勤めた功績によって左近衛少将《さこんえのしょうしょう》になっている。吉保に連なって会津少将、正武の侍従、政直の侍従など西東に居並び、そのうしろにも多くの人が詰めている。西の高欄には高家衆《こうけ》が座る。聴聞所の向かい側には護持院の大僧正はじめ高僧たちが威儀を正している。「御聴聞所のめぐり、ゆへ〳〵しき殿原かずもなくたちこみてさすがに次第みだれずなどしてゐたり」庭上から回廊のあたりには警護の武士たちがものの具に身を固めて、弓矢を持って美々しくいかめしい。盛儀のおこなわれようとするものものしい雰囲気のうちに、勅使中山大納言篤親が殿上人を従えて到着。

「このとき乱声《らんじょう》したり」、あたりの空気を切り裂くように笛の音が響き、雅楽寮の官人の奏する楽の音につれて舞人が蝶、鳥、菩薩などの飾りをつけて舞いつつ入場、賑やかな舞が終わってのち、導《どう》師《し》公弁法親王、呪願《じゅがん》師《し》良応親王が入場、願文、呪願文が奏上されて儀式は最高潮に達した。あまたの高僧の礼拝、着飾った童子たちが花籠を捧げて薬師如来に花を奉る。天皇や院に仕える若い殿上人のなかから、選び抜かれた童子たちである。華やかな奏楽につれて花びらを撒く散《さん》華行道《げぎょうどう》があり、長い儀式が終わった。「なにも〳〵かきつくしがたうなん」と町子は詠嘆をこめて書いている。

この儀式の一部始終を、町子は空間の秩序を見誤ることなく時間の経過を追って、臨場感あふれる筆で詳しく叙述している。『紫式部日記』の冒頭、中宮の御産の儀式を連想させられた。しかし町子は供養の儀式のあいだ、堂内のどこにいたのだろうか。『紫式部日記』ではたしかに著者が中宮の御産さわぎのなかにいて、日頃は近づきがたい高位の人たちを間近に見たり、泣きはれた眼を見られるのが困ると思ったりしているのがわかるが、町子がどこにいてこの儀式のすべてを見ていたのかわからない。この文章はひとつの視点から見て書いたものではない。もっと俯瞰的な架空の位置から、あたかもカメラを中堂の天井から吊り下げてぐるりと映し出したように、総てを等距離に見て書いた中立的な印象を与える。この情景描写は、ひとりの眼でとらえたものではなくて、複数の人の眼でとらえたものと思われた。ここにいたって、当時の女性の立場について考えざるを得なくなった。

江戸時代は古代中世に比べて、女性はかなり窮屈な立場に置かれることになった。ことに武家の女性は身分が高いほどその度合が大きい。おそらく町子はこの儀式に参列できなかったであろう。建築工事中の場面にしても、根本中堂の建立現場という聖域に、立ちいることができたかどうか。総奉行柳沢吉保の側室であっても許されなかったであろう。とすれば町子は吉保や柳沢家の家臣たちから聞いた状況を、文章の上で再構築したと考えるほかはない。吉保の家臣たちは建設現場の各所にいたはずだし、落成供養の日には堂内の各所に詰めていたはずである。そこで町子は自分を除く複数の視点を得ることができ、知り得たことを優美な雅文を駆使して表現したのである。語彙の豊富さ、措辞の確かさ、描写の巧みさなど、町子の表現力の豊かさを強く感じさせる箇所である。町子の基礎的教養、その文章力は、生家正親町家での家庭教育によるものであることが日記の父を偲ぶ部分から推察できる。

をさなかりし比《ころ》はかたはらはなれず、あるは墨すり筆こゝろみなどしけるほどに物かき給はんとては、たまさかにことかたにありけるをも、あこはいずら、よばせよなどらうたくまつはし給ふに、大かた朝夕はなれずありきかし。

「山水」（巻十五）

父が物を書くかたわらに幼い娘をつねにまつわらせて、手をとって教え導く様子が眼にうかぶ。こうして町子の教育がなされ、その文章力が鍛えられたのであろう。公家階級の伝統と教養の底力を感じさせる部分である。

（1）江戸幕府の職名。若年寄に属し、将軍に近侍して理髪、膳番、庭方などの細事を掌ったもの。
（2）鮑の肉をうすく長く剝ぎ、引き伸ばして乾した物。もと儀式用の肴に用い、のちに永続の意をこめて、祝意をあらわすために進物に添えるようになった。
（3）比叡山延暦寺の本堂。東塔のを根本中堂、西塔のを転法輪堂という。

二　町子が描いた柳沢吉保像

日記の冒頭に町子は、自分の主人である吉保の器量がすぐれ、将軍綱吉がすべてのことについて吉保に相談し、その意見を重んずると書いている。そして多くの幕臣、大名たちが吉保に心を寄せている、と無邪気ともみえる筆致で書きつづける。

おほかたあめのしたになき御さかえになんをはします。いでやその御さかえのことを、われも人も此世に生れ、此時にあひて、ほどほどにをのがよろこびしつゝ、皆しり聞えためるを、今さら書いでむこそ、いとことさらめきをこがましけれど、さるはちかき御いつくしみにあひて、さま〴〵にためしなきも、をのづから見給へあつむるままに、かたはしつゝしりおくなりけり。

「むさし野」（巻一）

これは明確にこの日記の執筆意図を語った部分である。さらに別の箇所で「さま〴〵にゆゝしき事おほかれど、今さらなにかは女のまねび出べきならねば、男かたのふみにぞゆづるべき」と書いている。これは柳沢の家系について書いた部分であるが、『松蔭日記』全体の執筆姿勢をもしめしている。吉保の例のない栄達とその周囲の幸せを書くけれども、現実社会や政治上の動きは男性方の文章に譲ってふれないという態度で、『松蔭日記』の世界にひとつの枠を設けている。現実社会のことを知らないのではなく、書かないと決めているのである。それゆえに当時幕閣や世間を騒がせた赤穂浪士の討ち入りのことも、悪評高い「生類憐みの令」も、さらには将軍の継嗣問題が紛糾(1)したことにも、一切ふれていない。将軍の継嗣問題については、

御所にはいまゝで御つぎのをはしまさぬを、いかなることにかと、上下あかぬことに思ひ奉る事かぎりなし。はやう若君一《ひと》ところをはしましけれど、はかなふてかくれさせ給ひぬ。……やう〳〵御よはひなどつもらせをはしますにつけても、今はさるさだめ先せさせ給ふべくおぼしなる。……なべての世こゝろやすくおもはん事をぞ、何事につけてもおきてさせ給ふける。かくて甲府中納言の君と聞え奉るぞ、御つぎにゐさせ給ふ。　「御賀の杖」(巻二十)

と何の葛藤もなく将軍の跡継ぎが決まったように記している。町子が事情を知らなかったのではなくて、現実の政治上のことは書かないと決めていただけのことである。町子は綱吉の治世を理想の政治が行われた時代ととらえ、つぎのように書く。

今の世中《よのなか》御所の御心をきてひろくみち〳〵正しうをはしまして、……我御かた又あまねくおぼ

しわたして、こと〳〵にかたくなゝる事露《ことつゆ》をはせねば、天が下なべて御恵をいたゞき聞えぬものなし。「としのくれ」(巻六)

と、疑いもなく綱吉を理想の君主、吉保を理想の臣としてえがいている。しかし町子の文章は書き手の意図を裏切って、的確に吉保の人柄を写しとっている。

今の世の御おきてのすぢなども、さるべきつかさ〳〵のいとかしこきがおほかる比《ころ》ほひにて、大小の事おぼつかなからず、……つかうまつるに、もしいさゝかもみづからの心にさだめかねたる時々は、まづこなたの御心むけをうけ聞えてのちぞ、やすらかに物さだめしける。……ましてほどにつけて身のうれへうたへいでつゝとかくねがひわたれるかぎりは、たかきもいやしきも天がしたこぞりて、御門さりあへずまいりきつゝあふぎ聞ゆる事、いへばおろか也。「むかしの月」(巻十七)

幕府の各役職の人々は、政治上自分で判断のつかぬことにぶつかると、まず吉保の意向を伺い、はじめて安心してことを決裁するのである。また一身上の訴えや願いごとのある人々が、上下こぞって柳沢家の門に集まってくるようすは、いまさらいうまでもない日常のことなのであった。こうして多くの人々が吉保に面会を求めてくるが、それについての吉保の対応の仕方を、町子はつぎのように詳述している。

大かたさるべき人々にもわたくしには御たいめんなし。またまれ〳〵えさらぬ事にてまみえさせ給ふにはたゞ大かたのおほやけしきさまにのみもてなし聞え給ふて、さし向ひては、いとこまかなるわたくしの願などは、人もはゞかるべきさまし給へり。されどはたむらいならずさるべきまゝに聞しめしいれんほどは、なつかしうよきほどにあへしらひ給ふて、なめげなること露おはせねば、たまさかのたいめん給はり給ふ人も、限りなう嬉しきことに思ひ聞えていよ〳〵心よせ奉り給ふ。またいとさばかりならぬきはの人々なども、いでやこの君に一たびおろかならずしられ奉らんは、げに万戸侯に封ぜられんにはまさりぬべしとぞいひ思ひける。

「むかしの月」（巻十七）

たいてい面会を申しこまれても、吉保が私的に対面することはまずない。まれにやむを得ず対面することがあっても、儀礼的なもてなしをするだけで、差し向かいで私的な願いをすることは憚られるような雰囲気をただよわせる。そうはいうものの、無礼ではなくて、相応に聞き入れて従う人には、懐かしそうにほどよくもてなして、無礼なようすはすこしも見せないので、たまに対面を許された人々は嬉しく思い、いよいよ心を寄せる。またそれほどでない身分の人も、この君に一度でもしっかりと面識を得られたら、大大名になるよりももっとましだ、と言ったり思ったりする、というのである。

この時代の大名や幕臣たちが、吉保の顔色を読もうと窺うようすがリアルにえがかれている。吉保の政治の核心部分にこのような人心収攬の術があったことを、極めて身近な側室の眼からえがいた貴重な証言である。町子の眼はつねに愛情にあふれていて吉保を暖かく見守り、すぐれた器量人としてえがいているのであるが、無意識のうちに非情なカメラのように吉保の本質までを写しとっているのは、その非凡な文章力というべきであろう。

平戸藩主松浦静山の著書『甲子夜話《かっしやわ》(2)』巻二の三十五につぎのような記事がある。

以前、松平吉保権勢のとき諸大名等、其ほど〲の贈物あり。吾先世雄香君(壱岐守)、養子せられて相見を請はれしとき、金銀以て造《つくり》たる橘を石台に植たるに有しとぞ。是は祖母夫人の聞伝て語り給ふなり。此頃の風俗は今とは替りて優美なりき。

このような金銀造りの飾り物や太刀など、高価で華やかな物を持った大名たちが、吉保に面会を求めて門前に集まるさまが想像される。前章にとりあげた井上通女の『江戸日記』のなかに、ほぼ同時代の丸亀京極家江戸屋敷での日常がえがかれているが、柳沢家に比べれば遥かに質素で堅実なものであった。吉保がこれほどまでに綱吉の信頼を得て、多くの人々の心をもつかんでいたのは、彼が非常によく人の気持ちがわかり、人それぞれに適した細かい対応をする人であったからかも知れない。

元禄十六(一七〇三)年の三月十三日、駒込の山荘六義園に綱吉の息女鶴姫を迎えることになった。館をみがき、広大な園内にさまざまな趣向を凝らす。雛遊びに似た趣向、田舎家の茶店の趣、寺社の門前市の商いのようす、花盛りの吉野の山奥めいた景色などを園内の各所に作り出した。さらに前垂れをした茶店の女の人形、巫女の姿の人形も配置して鶴姫と大奥の女房たちをおもしろがらせ、一日中楽しく遊ばせた。その五日後に、綱吉夫人の養女八重姫が多くの女房を引きつれて六義園に遊びに来る。吉保はすべての趣向を鶴姫のときと寸分違わぬようにしつらえて、しかし調度品はみな色の異なる物を用意して八重姫を迎えるのである。

吉保の対応の仕方は、大奥の女中衆の心理を見通した、練達のセラピストのようだ。これが泰平の世の政治家に必要な資質であるのかも知れない。綱吉に対する吉保の心遣いも、綱吉自身よりもっとよく綱吉を知っていた人のもののようである。

六義園とは、江戸近郊の駒込村（現在の文京区本駒込）に幕府から四万六千余坪の土地を与えられ、吉保自身が設計、指揮して造った回遊式庭園である。千川上水の水を引き入れて池を造り、山を築いて石を配し、園内の見所おのおのに、日本と中国の名所、故実、歌枕などにちなんだ呼び名をつけた。吉保の文学趣味が存分に発揮されている。現在は東京都に寄贈され、都民の憩いの場となっている。山手線駒込駅で電車を降りると、大通りに沿って陰気な煉瓦塀が延々とつづくのが見える。広大な園内は樹木が茂って薄暗いほどである。晩秋には、見事な紅葉が池の面に散るのが見られた。

元禄十四（一七〇一）年十一月、自邸に綱吉を迎えた吉保は松平の姓をゆるされ、綱吉の名前の一字を賜った。これまでは保明と名乗っていたが、このときより吉保となるのである。町子は繰り返し綱吉に忠実に仕える吉保の姿をえがき、「いとしも物ほめがちなりと、心しらぬ人は猶こそいひしらふらめど、いでちかくめでたしと見聞し事をいへばえにいかゞはせん。さいへど、はた心あさくことさらめきてや聞えんと思へば、たゞ此ふでのみじかきぞくちおしきや」「みやま木」（巻十八）と無邪気なまでのかげりのない筆致で、吉保をほめたりない自分の筆に当たりちらしている。

史上伝えられる、老獪な政治家としての面影ばかりではなく、文化人としての吉保の姿も『松蔭日記』にはしっかりと書き留められている。吉保は和歌に心をよせ、おりにふれ多くの和歌を作っており、生涯に二度北村季吟から古今伝授を受けた。

元禄十六（一七〇三）年ごろ、時の上皇霊元院に自作の和歌を奉り、勅点を受けたいと願った。霊元院は後水尾天皇の皇子であり、父帝の志を継いで宮廷歌壇の振興に努力した人である。町子の兄権大納言正親町公通はこの時期武家伝奏の役にあった。この人を通じて院の意向を伺い、それまでに詠んだ名所百首の添削が受けられることになった。公通への手紙を添えて歌を奉ると、思いがけず早く、奉った歌が返されて来た。公通の奉書が添えてあり「忠勤のあまり風雅の心ざし、ことに歌ざま正路な、めならず」云々という院の御感の旨を伝えてきた。百首のうち、二十六首に点がつき、とくに高く評価されて長点[3]のついた二首。

いこま山
あらし吹くいこまの山の秋の雲くもりみはれみ月ぞ更ゆく

玉川里
あさ日影さらすてづくり露散りてかき根にみだす玉川の里

返されてきた歌を見るために、吉保は着替えをし身を清めて、あまたゝびぬかづき給ふて、さてひらき見給ふに、かしこき事いはんかたなし。ところ〳〵御添削ありて、おくに、点二十六首、内長二と、皆御みづからの御手にてかゝせ給へり。長点などいふは、さばかりならぬきはのをだに、世にはめづらしう打ずしがちにすめるを、是はさまことにやんごとなき御さだめのほどを、かへす〴〵おぼしくらぶるにも、みづからの御歌なれど、是ばかりは猶いとたぐひなしと思すべし。

「秋の雲」（巻十六）

このように吉保の感動した有様を伝えている。勅点を受けたお礼として吉保が院へ奉った物は白がね造りの鶴の香爐、長さ一尺余、直径五分ばかりの伽羅の香木二本、白絹紅絹に白金数多、肴ものである。二本の伽羅は、事を伝え聞いた綱吉がとくに江戸城の蔵から取りだして与えたものである。正親町権大納言はじめ、院に口添えしてくれた人々にたいして、絹、から絹、さらに数多の黄金を贈ったことはいうまでもない。

吉保はその後も千首を院に奉り、嫡子吉里、町子の歌も院の勅点を受けた。吉保が和歌に心を寄せていたことは、町子にとって幸いであった。いかに江戸幕府に権力と富が集中し、京が衰微していたとはいえ、和歌に関しては朝廷の権威は揺るがぬものであったし、町子と兄の権大納言のつながりがあったからこそ、吉保は院の勅点を受けることが出来たのである。

いとかく、あまさかるあづまぢよりはる〴〵雲のうへまで心ことにおもはれ奉らせ給へる、今さらにこよなき御さかえになん。さるは御心おきてのいみじう、且は和歌の道おかしうもてはやし給へれば、かへす〴〵えいかんありてこそ、事にふれてためしなき事もかくは侍りけめ。

このように、和歌に寄せる吉保の心ばえを院が愛でたことを町子はくりかえし書くが、吉保の権力と富の大きな裏づけがものをいったことも勿論である。

吉保と町子のあいだではときおり歌論議も交わされ、また日常のひとときにも、

このごろ、おまへちかき藤の花房いとながきにつけて給はせたり。

「みやま木」（巻十八）

さく藤のゆかりとならばかけてみよ花のしなひのながき契を

いとさし過たれど、

ふぢなみにかけてもうれしことのはのはなのゆかりもふかき契は

などまめやかに聞えつ。

「ゆかりのはな」（巻十九）

というほどの睦まじさであった。打てば響くように、お互いに知的刺激を感じあえる仲であったことが察せられる。ちなみに町子の生家正親町家は藤原氏であり、「さく藤のゆかり」とはそれを指している。吉保の正室定子、側室染子らも和歌、文章をよくして、家中に雅で柔らかな雰囲気があふれていたようすがうかがえる。

一藩をあげての文化的雰囲気のなかに育ち、その空気を存分に吸って、後年多彩な才能を開花させた人が柳里恭《りゅうりきょう》として知られる柳沢淇園《きえん》である。淇園は柳沢家の家老の次男で、幼時よりその利発さを吉保に愛された。七歳で馬廻役二千石、のち大寄合にまで進んだ。その恵まれた環境で、花鳥画、書、朱子学、禅、音曲、俳諧その他の諸芸を学んでいる。吉保没後、柳沢家が甲府から大和郡山に移封されると、彼は郡山の自邸に才能ある多くの食客を養い、また京坂に遊んで、池大雅、玉瀾夫妻など貧しい芸術家たちの物心両面の後援者となった。

吉保、町子らが作り上げた柳沢家の文化的雰囲気が、日本文化のある良質の部分を養い育む土壌となったことは否定できない。

（1）水戸光圀は五代綱吉の継嗣として甲府綱豊を推していた。綱吉は実子徳松を跡継ぎに望んでいた。しかし徳松は幼くして没し、宝永元（一七〇四）年にようやく綱豊が継嗣と決まった。その間二十年あまり、将軍の継嗣不在の状態がつづいた。

（2）肥前平戸藩主松浦静山の随筆。文政四（一八二一）年より起稿。正続各百巻、続編七八巻。大名、旗本の逸話、市井の風俗など、見聞を録している。

（3）長めの点。すぐれた和歌、俳諧に点をつけるが、その内とくに良いものにつける。

三　吉保のふたりの男子の母、町子

日記のなかで、町子は吉保の栄達を身近な立場から記録する者の位置に自分を置いている。しかし吉保をさしおいても町子の心情が直接前面に出る場面が幾《いく》つかある。

元禄七（一六九四）年十一月、町子は吉保の四男四郎を出産した。その年の春、吉保の三男（嫡男吉里と同母）が幼くして没し、その妹も病気がちで赤ん坊のうちから尼にしたが間もなく亡くなる。町子が四郎を産んだのは、その冬である。

かくてそのとし十一月十六日四郎君生れ給へり。れいのいかめしきぎしき、所々より御うぶやしなひなどさまゞ〵にめでたし。いでやそのはらといひ出《いで》んも聞えにくけれど、されどはたありとは見えじは、木ゞの今さらに何かはおぼめき聞えん。さるは木だかき花の咲いづる陰にかくれてわか草のもえ出る春にあひぬるほど、をのづから身のうへめきてかきなす事もうちまじるぞかし。……かくて君は侍従にならせ給へり。いとはへゞ〵しきとしの暮也。

「ちよの春」（巻五）

はじめて子の母となった喜びを、町子はみずみずしく誇らしげに書く。木だかき花とは他人よりひときわ丈たかい木にさく花すなわち吉保で、その庇護の下に若草（四郎）の萌え出る春に出会った著者の、生涯でもっとも幸せな一時期である。その年の暮れに、吉保は侍従に叙せられた。三男と女子を失ったにもかかわらず、吉保と町子にとって「はへゞ〵しきとしの暮」となったのである。

年が明けて二月、吉保邸を訪れた綱吉は四郎に対面し、祝いとして太刀、から絹などを与えた。二年後に町子は五男を出産し、四郎、五郎ふたりの男子の母となった。

吉保の正妻定子は一族の曽雌氏の出であるが、この女性には子どもが生まれなかった。そこで吉保は縁者の娘を何人か養女として、妻に育てさせている。

年比《としごろ》ゆるびなき御なからひながら、此御はらには御子などのなきが、さうぐしうあかぬ事とおぼすに、さるかたの御ゆかりあまたかしづきとり聞え給ふて、せめてこれをだに心ことに物めかしうなし聞えばやなど君はおぼすなるべし。「から衣」(巻十)

縁者の娘を養女として育てさせ、妻に親らしい思いをさせてやろうと、吉保が考えているのだろうと町子は書くのである。明石の上の姫君を紫の上に育てさせる光源氏のようだ。大名の側室とはこういうふうに考えるのか、と感心させられる。しかし子どものいない正妻のことをこのように書く町子は、四郎、五郎ふたりの男子の母である。ほかの側室染子の産んだ嫡男吉里は健在であるが、次男、三男は幼くして没した。もし吉里に何事かあれば、柳沢の家督は町子の子どもが継ぐことになるという状況で、その自信が町子にこのような余裕のある態度をとらせたともいえる。吉保の幾人かの側室に子どもが生まれても、町子はたんたんとして「おなじ月、君は姫君もふけ給ふ。御はらは重子と聞えし御かた也」「六郎君生れ給へり」と書いている。妻妾同居が武家社会の原則であるから、それを与えられた条件として受容したうえで、心の持ち方にさまざまの工夫をこらすのであろうか。

元禄十四(一七〇一)年、綱吉の母桂昌院が朝廷より従一位に叙せられた。この栄誉のために吉保の意を受けて、町子とその兄正親町公通が大きな働きをしたことはいうまでもない。町子はこのことについて、比較的簡単に述べている。

又の年の春、三の丸一位にならせ給ひぬ。いとさばかりやんごとなき御うへなれば、さこそと人も思ひ聞えさすれど今更にたぐひなき御事にぞ侍るめる。……さきに御位の事内《ことうち》へそうし奉らせ給はんの御心ばへを、こなたにうけ給はりて、三の丸へ申奉らせ給ひけるに、ことなくすゝませ給へるほどに、ろくなどとりわきて給はらせ給ふ。「こだかき松」（巻十二）

町子は桂昌院の叙任の成功を、自分ではなくて吉保の手柄として記している。しかしつぎの「山さくら戸」（巻十三）のなかでは、この功績により吉保に二万石の加増があったこと、三月には吉保の妻定子が江戸城に招かれて城内を見物し、大奥の上臈たち、綱吉夫人、息女、そして綱吉自身からも手厚いもてなしを受けたことを力をこめて詳細にえがいている。町子の心中の誇らしさが察せられる。

さらに町子の堂上名家の姫としての素顔があらわになるのは、柳沢家お抱えの学者たちをえがくときであろう。元禄十（一六九七）年九月、綱吉と桂昌院を吉保邸に迎えたとき、柳沢家の学者たちが周易の論議をした。町子がそのことを「みうちのはかせども易の論議す」と述べていることを一節に書いた。町子は柳沢家の学者たちについて何回かふれている。学問好きの綱吉の意にそって、吉保は家中に多くの学者を抱えて彼らを厚遇し、自らも儒学、禅などを深く学んだ。

荻生徂徠、細井広沢その他の学者たちは、綱吉の訪問のおりには必ずその講義を聞き、その前で学問上の議論をした。また度々江戸城に登って、綱吉の中国語会話の相手をしたり、『礼記』の字について中国語で論議したり、『大学』を中国語で講義するのを通訳したりして、綱吉を喜ばせている。

元禄十三（一七〇〇）年十一月、綱吉が長年続けて来た『易経』の講義が完了したのを祝って、江戸城で祝宴があった。吉保はじめ、柳沢家の学者たちは日ごろから講義を聞いてきたので、この日もみな召し出されて、多くの物を賜った。これにつき町子はつぎのように記している。

御内《みうち》のはかせどもは、年ごろまうのぼりて聞奉りたれば、はかせはまづしきもの、ように人おもひためるに、たび〳〵にもあまた物給はりたれば、けふも皆めしいでて物あまた給はす。今の世にはかやうのもの、時をえたるも、さるはかしこき御世のほどあらはれて、したりがほにえみさかえたる、ことはりなり。　「から衣」（巻十）

柳沢家では荻生徂徠のことを「家の飾り惣右衛門《そうえもん》」と言って、これほどの学者は公儀にもいないとたいそう誇りにしているが、町子は「御内のはかせども」「はかせはまづしきもの、ように」「かやうのもの、時をえたるも」などと一貫して容赦のない口調である。『源氏物語』の「乙女」の巻のなかに「せまりたる大学の衆」とあるのが連想される。この場合逼《せま》るは貧窮するの意である。このような町子の口吻には平安朝以来、公家たちのあいだで学者が低い地位に置かれていた事情が反映している。この部分に町子の誇りと高い位取りがうかがえる。

徂徠はその生涯にわたって柳沢家から厚遇を受け、学問をつづけたのであるが、のちに柳沢家での儒官としてのくらしをふりかえって「その愚劣さにおいて辛抱できないものであ」ったことを述べているようである。(1) しかし徂徠の古文辞学は彼が柳沢家に仕えたことと深く関係している。綱吉も吉保もともに中国語会話を好んだといわれている。特に吉保は黄檗禅に心を寄せ、たびたび宇治万福寺の中国渡来僧を六義園に招いて、得意の中国語で応対している。そのときに学者たちもかならず陪席して詩偈《しげ》贈答、(2)中国語での対話をしている。町子は「としのくれ」(巻六)のなかで次のように書いている。

その月二十日あまり、黄ばくの千呆和尚おはしたり。……これももろこしの人なりけり。れいのからめきたる御物語あり。つうじといふものはこの国かのくにゆきかよはして物よくいひとほれるが、かたみに聞つぎていとつぶ〳〵ときこゆ。こなたに申奉るはしかなりと聞ゆれど、かのかたにむかひていとみゝなれぬ事どもうち出るほど、ふともの〻くまなどにゐてきかんにはいとおかしう、ことにものふかゝらぬわか人などはふきも出しつべき事なりかし。ひじりのはさいへど、ぐうづき聞えたり。猶こまやかなる事の給ひかはさんとにやあらん、筆談せさせ給へり。

若いころから禅に興味をもつ吉保が、中国渡来僧に直接あるいは通詞をとおして、その奥義を問うているのである。当時、唯一の外国語であった中国語での会話は、吉保に大きな知的刺激を与えるものであったろう。現代の家庭で外国人をホームステイさせて、拙い会話を試みるようすを連想させる。元禄十六(一七〇三)年の秋、法雲和尚を駒込の六義園にむかえたときは、

その日は、こなたのはかせどもさるべきかぎりすぐりて、つかはし給ふ。詩など作りかはす御心もうけ成べし。……さて霜葉花にまされりという事を題にて、皆詩つくる。皆とり〴〵にお

もしろく、……はかせども、さま〴〵にをとらずいみじき心ばせのかぎり作り出《いだ》しけり。

「むかしの月」（巻十七）

中国人との漢詩の応酬が、学者にとっていかに刺激的であったかがわかる。同じころ、知識人たちは朝鮮通信使の一行と詩の応酬をすることを、たいへん名誉としていた。

柳沢家に仕官した荻生徂徠は当然の役目として綱吉、吉保の中国語会話の相手をするために、会話に習熟しなければならなかった。そのための訓練が彼の学問である古文辞学に深い影響を及ぼしたことが指摘されている。(3) 儒学を学ぶには日本古来の訓読や注釈を廃して、中国語に習熟し、原典をその表現のままに把握せねばならないと徂徠は主張している。言葉を学ぶことが、すなわち思想を直接学ぶことになる。町子の文章は、日常生活の場からのその貴重な報告である。

『松蔭日記』は「栄花物語を模し栄花と源氏との中間の文体で」書かれたことが『女流文学解題』（女子学習院編）に指摘されている。たしかにそのような文体で書かれて、江戸時代に平安王朝時代のような世界を展開しているが、それを成功させるために町子がとった手法がいくつかあった。

一節の冒頭の部分で、綱吉に従う諸大名を町子が「忠朝の侍従、正武の侍従、忠昌侍従、政直侍従……」とその官位で呼んでいることにふれた。これは『松蔭日記』のなかで一貫しており、このあとも尾張中納言綱誠卿、さつまの中将綱貴朝臣、会津少将などすべて官位による呼称で統一している。

『官職要解』（和田英松著）によれば、慶長二十（一六一五）年の公家法度には、武家は同じ官位の叙任にあずかるが、公家の列には加わらぬこととされている。ここに名の出る大名たちは、みな侍従に任ぜられているので、彼らを官位で呼ぶことは間違いではない。しかし殊更に官位で呼ぶことによって、彼らのイメージに王朝風の趣を与えることに成功している。もしこれを、老中大久保加賀守忠朝、老中阿部豊後守正武、老中戸田山城守忠昌と書けば彼らは元禄時代の武士の面影で読者の前に現れることになる。

町子の文章が喚起するイメージは、すべて京都御所風、公家風であり、それを損なうことは慎重に避けられている。言葉遣いは、食事に関しては「御ものまいる」「御もちひ」「おほみき」など御所風で通し、衣類についてはほとんど「御ぞ」ですませている。

前章に書いた井上通女の『江戸日記』は、ほぼ同時代の大名家の日常を描いているが、言葉遣いは微妙にちがう。食事に関しては「おぜんまいる」「おかゆ給はる」「朝くご食う」「御ゆづけ参る」衣類については「きぬきかえて」「小そで給ふ」「御ねまきやうの物」「御ゆまきに御わたいれて」など具体的、写実的である。

『松蔭日記』ですべてを御ぞ、御ものという御所風な言葉ですませて、その時代の具体性を消している所に、ある意図が働いていることを感じさせる。ことに全巻通して、服装に関する描写がほとんど省かれていることが、一層その感じを強く抱かせた。

王朝文学に接するときのひとつの楽しみに、服装についての細かな描写を読むことがある。『枕草子』二十三段の、中宮定子の兄伊周のおしゃれな姿、『源氏物語』の「玉鬘」の巻の衣装配りの場面などで、著者は心を込めてその着こなしぶりや、衣装の形、色、織り、柄の微妙な美しさをえがいている。読者は紅梅襲《こうばいがさね》、桜の細長《ほそなが》、葡萄染《えびぞめ》の小袿《こうちぎ》など、季節感と色彩感とがないまぜになった美しい言葉に堪能する。しかし『松蔭日記』で町子はほとんど服装の描写、説明をしていない。将軍綱吉に従う大名たちがどんな服装をしていたか。もしそれを写実的にえがけば、町子の夢見る王朝の幻影は壊れてしまうのである。元禄十三（一七〇〇）年の暮のこと。

年もやう〳〵くれゆくに、春の御まうけ又いとまなし。こなたかなた御ぞなどあまたくばらせ給ふ。北のかたへうつくしき御ぞにそへて、

心ざしあさからずみよとしどしに色もそめますくれないの袖

「から衣」（巻十）

と光源氏になぞらえるように、吉保が妻や側室たちに着物を配ったことを書いているが、その着物がどのような色、織り、柄であったかはまったく説明ぬきなのである。

町子に描写力がないわけではない。うつりゆく季節の庭の眺め、六義園の景色、吉保の墓参のおりの道中の眺めなど、『源氏物語』の一節と見まがうような確かな文章で、見事にえがいている場面はいくつもある。だから服装の描写を省いたのは、町子が登場人物たちに、江戸時代の武家の面影を与えまいと意図したためと考えられる。

このように江戸時代で最も華やかだった元禄時代を舞台に、王朝時代の幻影をむりやり紡ぎ出そ

うとした、町子の真の執筆意図はどこにあったのであろうか。もちろん『松蔭日記』の表向きの執筆意図は二節に書いたように、吉保の例のない栄達を身近で見聞きし、またその恵みを受けた者として記すということであり、それは疑いを容れない。しかし町子自身の潜在意識のなかにあって、執筆を促しつづけた力について問いたいのである。

ここで町子がなぜ江戸へ下り、吉保の側室になったかについて、彼女自身の語る所を聞こう。

まだいと十六ばかりの年にかありけん、御所にさぶらひ給ふ右衛門佐《うえもんのすけ》のさるゆかりにてあづまにて身のをき所もものすべきを、かくてあらんよりはとかく思ひたちねなど、たび〳〵いひおこせ給へるに、今はとはなれ奉らんことのいとかなしく、心もては猶あるまじき事と思ふを人々などいたくすゝめるにつきてくだりにけり。ほどなくこなたに参りなどして、此十とせあまり……

「山水」（巻十五）

元禄十六（一七〇三）年二月、京にいた父が亡くなったときの町子の述懐である。十六歳のころ、大奥に勤める由縁の右衛門佐局より、よき嫁ぎ先もなく御所へ女官として上がるよりも、江戸で身の振り方を考えるようにとすすめられるが、父と別れ難くてためらっていた。しかし人々から強くすすめられて江戸へ下り、まもなくその美貌と才気と、公家風の洗練された挙措《きょそ》を見染められて、柳沢家にはいったのである。そのころ朝廷は衰微して、公家たちも窮乏していた。大納言家の子女といえども、裕福な大名に嫁ぐか大奥にはいるかが、将来を切りひらく道であったのだろう。しかし町子は大名の妻ではなく、側室となった。相手がいかに権勢を誇る柳沢吉保といえども、町子のプライドはいたく傷ついたのではないか。

私ははじめて『松蔭日記』に接したとき、町子の傷心を思い、その屈折した内面を読むことを予想した。『松蔭日記』のなかに、平安女流文学の流れを汲む、内面に沈潜する文学を期待したのだ。しかしその予想は外れた。町子は新しい面を切りひらいていたといえる。

町子は『松蔭日記』のなかで、登場人物たちにその流麗な文章で王朝時代の貴公子の面影を与えることによって、これを読む吉保はじめ幕府関係の人々のスノビズムを満足させ、いい気分にさせることに成功している。そして京都朝廷に属する公家階級の人々に向かって、自分を主張している。彼らのなかには、大納言家の子女が東下りをして、権勢ある大名の側室に納まったことに対するひそかな蔑視があったに違いない。その冷たい眼差しに対して「あまさかるあづまぢ」にあふれるばかりの富と権力があり、雅やかな王朝さながらの明け暮れがあり、自分がそのまっただなかにいることを誇示しているのである。

表むきは客観的な記録を装いながら、将軍とその周囲の雅やかな部分のみをえがき、慎重な筆遣いで田舎風な、あるいは武家風なイメージを極力排除した町子の手法に、その深い意図が読みとれる。町子がそれをどこまで意識していたかはわからない。しかし町子が『松蔭日記』を書きはじめたときに、この潜在意識がいきがいとなって、町子を鼓舞したことであろう。

自分が置かれた状況のなかで、ひたすら内面を追及し続ける平安女流文学の著者たちと違い、自分の力量で、その利発さと行動力で状況を切りひらいて行く健気な町子は、近世の新しいタイプの女性としてうかびあがる。この場合文章力が町子の強力な武器となった。

また町子は『松蔭日記』を綱吉の没後から、過ぎ去った日々を振り返って書きはじめたのであるが、その文章はほとんど現在の時制で書かれている。けり、なり、たりなどが多く使われていて、現在進行中の事柄を叙述しているような印象を与える。町子自身も過ぎ去った華やかな半生を、再び生きなおしているような思いをしたことであろう。

前章の井上通女は武家の出身であった。ひたむきで生真面目、誠心誠意ことに対する人柄であった。正親町町子は公家の出身である。陰謀術数ただならぬ、宮廷政治の場に揉まれぬいてきた階級のうちに育っている。町子が『松蔭日記』のなかで、綱吉や吉保の華やかな日常をえがき、自分もそれを存分に享受しつつ自己の存在を誇示しようとしたことは十分に考えられるし、そう考えると町子の面目も躍如としてくる。

『松蔭日記』の内容の豊富さ、状況認識の確かさ、文章の優美さ、措辞の確かさ、すべてが町子の才能のなみなみでないことを物語っている。公家階級の文化伝統の、隠然としてあなどれぬ底力をみる思いがする。

大和郡山市にある柳沢文庫(4)には、現在町子の手になると思われる『松蔭日記』の草稿本四冊と、別人の手になる清書本がある。美しい筆跡で書かれた草稿本は、推敲のあと著しく、紙を貼って書きなおし、ある部分は墨で塗りつぶされている。本文と同じ筆跡で語釈の注記もある。「秋の雲」(巻十六)のみが別人の筆跡のように見えるが、文体の乱れは感じられなかった。また上欄の空白には、表現の典拠を示す朱筆の注記がある。出典は『古今和歌集』『拾遺集』『伊勢物語』『源氏物語』から『文選』『史記』『論語』『中庸』などの漢籍におよんでいる。詳細に調べればもっと多いだろう。清書本は草稿本とは筆跡が違い、文章の異同もあるようだ。

吉保は正徳四（一七一四）年に六義園で没し、町子はその十年後に亡くなった。四十八歳くらいであった。

＊ 文中の引用は、平林文雄編『松蔭日記』により、『江戸時代女流文学全集』『甲斐叢書 三』所収のものを参考にした。

（1）今中寛司『徂徠学の史的研究』一六頁（思文閣出版、一九九二年）。
（2）仏の徳を称える韻文。三字あるいは七字一句のもの。
（3）（1）と同じ。四六頁。
（4）大和郡山城跡に藩主の邸宅の一部を移し、所蔵する書籍、文書を公開。地方史専門図書館として利用されている。財団法人。

第四章

本居宣長と論争した強烈な個性、荒木田麗女

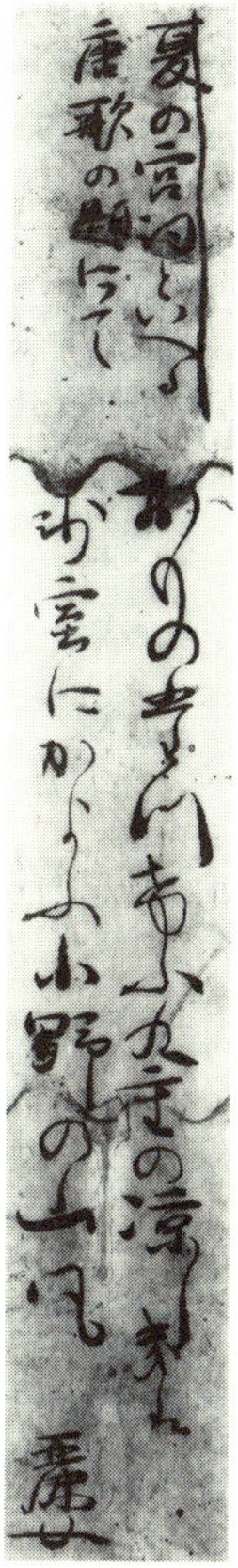

▶荒木田麗女詠草短冊（三重県伊勢市、神宮文庫蔵）

夏の宮詞といへる
唐歌の題にて

くものたつけふ九重の涼しきは
氷室にかよふ小野の山風　麗女

一　多数の王朝物語を連作した謎の存在

荒木田麗女《あらきだれいじょ》（一七三二―一八〇六年）といえば、ものさびた小さな社をかこみ鬱蒼と茂る杜《もり》のイメージが思いうかぶ。温暖で豊饒な、人の往来のさかんな伊勢の地に生い茂り、まだ誰も斧を入れたことのない自然の杜である。道しるべもないほの暗い木の下道をたどっていくと、さまざまな木々（作品たち）が枝をさし交わし、手入れされぬ無秩序のままに茂っている。厚くかさなり合う葉のあいだからは、文学批評の光はまだ射しこまず、研究者の眼差しさえも届いていない。多くの木々は識別も分類もされず、ただ濃密な香りを放って息づいているだけである。

荒木田麗女という強烈な個性が、江戸時代の中期、伊勢の豊かな土壌に種を蒔き、水をやり育て、こんもりと繁茂させた、この杜の木々たちのそれぞれの素性、成育歴、その姿かたち、遠くから見る立ち姿。それらはどう違い、どう関わりあっているのだろうか。

麗女は七十歳の賀を終えてから自伝を書いた。『慶徳麗女遺稿』(1)として残っている。麗女は享保十七年、伊勢に生まれた。父は内宮の神職正四位荒木田武遠《たけとお》である。幼い時から書を読むことを好み、女の技といわれる裁縫などは好まなかった。兄たちを見ならって、勉強好きの活発な女の子であった。七歳のとき、すぐ上の兄武世が書を懐にして、講義を受けに毎朝出て行くのを羨んで、自分も入学したいと願ったが、父母は許さなかった。兄が読む『大学』を聞いて暗誦すると、それを褒めて長兄の正富が『古今集』の序や『伊勢物語』を教えてくれた。麗女の学びはじめは四人の兄たちの愛情によるものであった。十三歳のころ、子どものなかった叔父荒木田武遇《たけとも》（慶徳藤右衛門）の養女となる。叔父は外宮の御師《おんし》(2)でかなりの檀家を持っていた。たいへん好学の人で、麗女の物覚えのよいのを愛して詩文のたぐい、文選などを教え、和歌の師にもつかせた。兄たちにもすすめられて連歌を習いはじめ、十七歳のとき、大坂の連歌師西山昌林の門人になった。さらに二番目の兄正紀《まさとし》の勧めで、京の里村昌廸にもついた。里村家は連歌を以て代々幕府に仕える家柄である。二十二歳のころ、笠井家雅《いえただ》を婿養子に迎えた。家雅も好学の人で、麗女の資質をよく理解して、彼女の文学を大成することを助けた。のち夫のすすめで京の儒者江村北海の門人となり漢詩文を学ぶことになる。家雅は多くの書物を筆写して麗女に読ませた。また神宮の豊宮崎文庫(3)の書物をかなり自由に読むことができた。荒木田麗女のまわりを兄たち、叔父、夫、指導者とたくさんの男性が取りかこんで、その才を伸ばすことに努めている。

三十一歳ごろから夫の勧めで文筆生活にはいるが、本格的に執筆しはじめたのは四十歳になってからである。明和八（一七七一）年の二月に歴史物語『池藻屑《いけのもくず》』十四巻が成立した。そののち、すすめられるままに、作り物語『桐の葉』『小手巻』と書きつづった。

麗女の自伝は、七十歳をこえてから書き始めたもので、正確を期しがたいが伊勢、津、近江、京坂の多くの儒者文人との交流や、歴史物語、作り物語、日記、紀行、連歌、俳諧、漢詩にわたる目まぐるしいほどの文筆生活は実感できるのである。

麗女はその生涯に、どれだけ多くの著述をなしたのであろうか。自伝の中で『桐の葉』『小手巻』を書いたあと「つゞきてあまた書きあつめて、書林などにつかはしけれど、さのみめづらしくもあらぬものゆゑ、後にはなかば反古になしき」と書いている。麗女自身にも茫々としてしまったようである。

昭和五十七（一九八二）年に出版された伊豆野タツ編『荒木田麗女物語集成』（桜楓社）に付された「荒木田麗女年譜」（以下「年譜」とする）によると、一種十七巻の歴史物語と五種十七巻の日記、紀行、随想の他に四十七種二百十六巻の作り物語を書いたことがわかる。これらのうち二十一種の著作が現存するが、ほかは題名だけ残り、麗女の言葉通り「なかばは反古にな」されたようである。

荒木田麗女という、ものさびた社をかこむ杜の中で、ひときわ高く大きく枝をはり葉を茂らせているのは、歴史物語の大作『池藻屑』と『月の行衛《ゆくえ》』であろうか。それよりやや丈は低いが、競い合うように伸びている多くの木々は、平安王朝を舞台とした作り物語群と紀行、日記のたぐいであり、それらのあいだを埋めるように密生している灌木は、無数の和歌、連歌、俳諧、漢詩の作品たちであろう。

総じて、これら無数の木々の葉のさやぐポリフォニックな響きが、荒木田麗女という大きな謎のような存在をしめしているのである。

これら多数の著述は明和七（一七七〇）年、三十九歳のころから十年あまりのあいだに集中している。その爆発的な創作活動は、昭和初期に岡本かの子が短期間に旺盛な作家活動をおこなったことを彷彿とさせる。天明二（一七八二）年五十一歳のとき、夫とともに京、大坂、大和に遊び『後午の日記』を書いたあと、麗女の創作活動はほぼ終息する。そのあとはもっぱら連歌、俳諧に親しんだ。自伝に「書林などにつかはしけれど……」と記しているが、著作が生前に刊行された形跡はなく、多くは夫慶徳家雅による清書本で伝わった模様である。一体、麗女はなぜこのような数多くの著作をなしたのであろうか。しかもその著作のほとんどが平安王朝時代を舞台とする擬古的な作り物語なのである。

『伊勢物語』や『源氏物語』、その他の王朝物語は江戸時代にはもはや古典となり、知識人たちの教養のための読み物あるいは文章のお手本、さらに学問研究の対象となっている。文章の難しさからいっても、日常の気楽な消閑の読み物とはなり難い。王朝物語のパロディーとして無数の擬古物語が生まれたが、その多くは散逸して手軽に読めるものではない。また室町時代にさかんに書かれた童話風、教訓的なお伽草子のなかに、王朝を舞台にした公家物語があったが、それらも江戸時代には書かれなくなった。

そんな時代になって、王朝物語をつぎつぎに書きつづけた麗女の創作活動の源泉は何だったのだろうか。巨大な時代錯誤的情熱だったのか。都からはなれた神宮のお膝もと伊勢には、のどかでそんな創作活動を許す気分があったのだろうか。疑問は尽きない。

同時代を見ると、伊勢からほど近い松坂には麗女より二歳年長になる本居宣長がいて、営々と『古事記伝』を執筆中である。宣長は町医者として篤実につとめながら、次第に増える門人たちに国学の講義を行い、『源氏物語』や言葉の研究に没頭している。のちに麗女は自作をめぐって宣長と激しい論戦を展開することになるが、それはあとに述べる。

上方では上田秋成が俳諧や和歌に親しみ、賀茂真淵の国学を学び、中国の小説に近づき『雨月物語』(4)を書いている。『雨月物語』は安永五(一七七六)年に出版された。麗女は安永六(一七七七)年と天明二(一七八二)年の二度にわたり夫家雅とともに近江、京、摂津、大和と歴訪して多くの文人たちと交流している。政治の中心が江戸に移ったといっても、京、大坂は依然として学芸の中心地であり、すぐれた学者文人たちが多い。麗女の自伝には龍草廬《りゅうそうろ》、野村公台、清田龍川《せいだりゅうせん》、頼春水《らいしゅんすい》、岡魯庵《ろあん》、木村蒹葭堂《けんかどう》、森蘭斎、悟心禅師、里村昌廸・昌桂・紹甫・奥田三角《さんかく》その他多くの名前が見える。麗女はおそらく『雨月物語』の評判を聞いたことであろう。しかし上田秋成と直接に出会った形跡はない。

その時代には書籍の出版がさかんになった。学術、文芸、宗教、洋学、歌書などさまざまの本が出版され、享受されていた。ことに文芸の面では、気鋭の戯作者たちが読本《よみほん》、滑稽本、洒落本、黄表紙、さらに狂歌、川柳と現実生活を活写し政治を風刺する斬新な創作を生み出している。麗女が創作活動をおこなった明和、安永のころは享保の改革以後、文化、ことに出版の面で華やかな活況がみられた時代であった。

人の往来のさかんな伊勢の地にあって、麗女ひとりそのような時代の風潮に取り残されていたのだろうか。麗女の才能をよく知り、その創作をうながし協力した夫家雅は、御師という仕事がらしばしば江戸へ赴き、各地の檀家へも旅して、さまざまな情報を妻に伝えている。近年、江戸文化の最盛期と位置づけられる十八世紀[5]に生きた麗女が、時代錯誤的な王朝物語を書くことに甘んじていたのかどうか。とにかくその作品を読んで見たいと思う。

(1) 麗女が七十歳の賀の翌年（享和二年）に書いたと思われる。『国学者伝記集成』、名著刊行会、一九六七年、所収。
(2) 伊勢神宮の神職。年末に暦や御祓を配ったり、参詣者の案内や宿泊を業とした。
(3) 慶安元年（一六四八）外宮の文庫として創設。神書、国書の収集保存、神職の研学機関、子弟の教育など、外宮教学の殿堂であった。多くの書籍が奉納され、当時の碩学たちが講義した。蔵書は現在の神宮文庫に引き継がれている。
(4) 読本。明和五年（一七六八）成立。「白峰」以下、日本、中国の古典から翻案した怪異小説九編からなる。
(5) 中野三敏「十八世紀江戸の文化」、『日本の近世12　文学と美術の成熟』、中央公論社、一九九三年。

二　『宇津保物語』『源氏物語』を下敷きにした『桐の葉』

『桐《きり》の葉《は》』は明和八（一七七一）年、麗女が四十歳のときにはじめて書いた王朝物語である。その前年から歴史物語『池藻屑』を書きはじめ、年を越して二月に脱稿した。夫家雅が巻末に付した後書によると、『桐の葉』は明和八年弥生二日に筆を起こし、卯月二十日に書き終わっている。四百字原稿用紙になおして二百六十枚ほどの雅文体の物語を、五十日たらずで書いたことになる。大作

『池藻屑』を書いた筆の余勢を駆って、一気に書き上げた感じがする。ジョルジュ・サンドがひとつの作品を仕上げたあと、すこし時間があまったので、すぐ次の創作にとりかかったと、どこかで告白していたのを連想させる。書くリズムが体のなかに脈うっているようだ。あるいは何か得体の知れない力に押されて書きすすんでいるようにもみえる。家雅は後書きのなかで「彼光《かの》源氏の物語にたぐへんは、おそれおほかるべけれど、まだめなれざる草紙やつくりてんと、おのが好《この》むにまかせて、麗女をそゝのかし侍るに、さらばとて」筆をとりはじめたと記している。夫の唆しにすぐ乗って、気軽に筆をとる妻。江戸時代の知識人夫婦の睦まじい日常が偲ばれる。

『桐の葉』は坊門の中納言と呼ばれ、のちに太政大臣に昇進する男の一代の物語である。「いつれの御代にか坊門の中納言と聞えしは三条坊門なる所にひろくおもしろき家つくりして住給ひけり」という書き出しではじまる。この中納言は容姿、才ともにすぐれ、心ばえも健やかでうわついた所はさらにない将来有望の青年である。

文月《ふづき》（陰暦七月）のはじめごろ、嵯峨へ詣でた帰途、とある山荘を通りかかる。木立、檜皮《ひわだ》屋根の佇まいもゆかしく、竹垣に朝顔をまつわらせている。これが夕顔であったらなぁと眺めていると、邸内の遣《や》り水《みず》の流れにのって桐の葉が流れてくる。

落初る桐の一葉はなへて世の秋の哀のはしめなりけり

と女手で書かれていた。これが題名の由来である。ここは誰の家かと随身《ずいじん》に尋ねさせると、故右大臣の未亡人が尼となり、故大納言の姫である姪と住んでいることがわかる。姫君は琴の名手で、故大納言が入内を望んでいたほどの美貌で、多くの公達が恋い焦がれているが、まだ誰も尼君の心に叶う者がいない、ということが判明する。

ここまで読むと『源氏物語』の「若紫」の巻を模した発端であることがわかる。中古までに書かれた多くの擬古物語が『源氏物語』を模倣しているのと同じ傾向である。坊門の中納言の随身も、光源氏の随身惟光と同様に抜け目なく働き、中納言と姫君とのあいだを取りもつ。中納言は首尾よく尼君の同意を得て、姫を妻とする。

時の帝の御妹の婿にと帝や院から望まれるが、中納言はひたすら嵯峨の山荘の女君一人を愛していて、これを拒む。これまで通っていた女たちともほぼ縁を断つ。坊門の自邸に女君を迎えとって仲睦まじくくらし、位階も大納言、右左大臣、太政大臣にまで進む。ふたりの子どもたちはそれぞれに昇進し、ひとり娘は入内して春宮《とうぐう》妃となり、春宮はやがて帝位につく。この夫婦は栄華を極めた生涯を送り、老境にはいって子どもたちに内密で嵯峨の山荘に隠退し、ともに出家しようとするところで物語は終わる。

女君の弾く琴が評判になり、帝や院がその音色をめでて、帝が女君を「内侍《ないし》のかみ」に任ずるようなことまでおこる。「内侍のかみ」となった女君が参内すると、帝や院から想いを懸けられ、夫である太政大臣は気を揉むが、破綻を招くまでにはいたらない。

夫のほうもただひとり通っていた女の邸へ別の公達がはいって行くところを発見するが、素知らぬ顔ですれ違って、もつれるまでにはならない。やがて帝が俄の病で退位したあと、坊門の大臣は八歳で即位した新帝の外祖父として摂政の座につくのである。

冒頭の嵯峨の山荘の場面から最後まで、文中いたるところ和漢の古典を踏まえ、引き歌をちりばめ、登場人物のあいだで贈答される夥しい和歌はすべて麗女の創作である。麗女の尚古趣味、豊富な古典の知識、あふれるような創作意欲が感じられる。しかし物語に波乱らしいことは何ひとつ起こらない。主人公がどのようにして権力の中心にまで上りつめたか、という現実面はきれいさっぱり切り捨てられているので、とうてい宮廷政治の場を泳ぎ切れないような好人物に見えてくる。そのほかの人物たちも絵にかいたような美男美女、好人物ぞろいである。唯一人、この夫妻の長男は甚だしい色好みで、軽々しい忍び歩きがやまずに心配をかけ、病で早死にして両親を悲しませる。

この物語のすべてをおおうのは夫婦愛、親子愛である。全体に現世肯定の気分に満ち、登場人物はまめやかで、あまり色好みをしないところを美徳とされている。はなはだ儒教的、道義的な作風から見て、これは『源氏物語』の影響のもとにあって、江戸時代の人が書いた擬古物語かと思われた。

しかし自伝を読みかえしてみると、麗女は三十七歳のころから『宇津保物語』(1)の研究に手を染めているのである。そのころから国史、有職《ゆうそく》の書も愛読している。あるとき、夫家雅が江戸土産に『宇津保物語』二十巻を買い求めてきた。はじめは理解できなかったが、夫の長い留守の間に根気よく読んでいて、その巻序の間違いに気がついた。

明和五年の春良人摂津国に遊行の跡、ことに徒然なれば、空穂《うつほ》物語とり出て、再遍読したるに、やうやう心得るやうなり。誤字とみゆる所おほく、一二の順違へるさまなれば、見るにしたがひて、押して一二の順をあらためみるに、いとよくわかりゆく様なり。良人家にかへられて後、かくと云へばよろこびて、やがて朱してあらためらる。夜なよな校合をもして、誤字をも改め、目録系図をもかきたり。

平安中期の歌人　源　順《みなもとのしたごう》の作と言われる『宇津保物語』は、いつのころからか巻の順序に混乱を生じている。はじめから統一した筋を持つ長編小説ではなく、俊蔭《としかげ》という貴族を主人公として、琴の奇蹟をえがく中編の物語であった。それが好評に応えてつぎつぎに連作されていった。紫式部も愛読し、『源氏物語』のなかにその影響が多くみられるという。筆写されて人々に広がるうちに誤写されたり、巻の順序が前後したり、重複や脱落を生じた。『源氏物語』もそのような状態であったが、鎌倉初期に藤原俊成、定家父子が文献学的に厳密な校合をおこない、ほぼ現在伝えられる形に整えたのである。

夫家雅が江戸土産にと求めて帰った『宇津保物語』もおそらく混乱し、乱丁があったものであろう。麗女は持ち前の勉強好きから熱心にこれを推理していく。江戸時代に多くの学者が流行のように一度はこの写本の校合を試みている。契沖、荷田春満、賀茂真淵、本居宣長、村田春海そのほか四十人を超える学者があり、麗女もそのひとりである。これほど『宇津保物語』に親しんでいるからにはその影響を受けないはずはないと思われた。

そこで『宇津保物語』を読みすすんでいくと、俊蔭（「俊蔭」の巻の主人公。天人から琴の秘曲を授けられた）の孫である仲忠《なかただ》が「初秋」の巻で、帝との賭碁に負けたのりもの（賭ける品物）として、自分の母（俊蔭のひとり娘）をひそかに参内させて、帝の前で琴を弾かせる場面がある。その演奏の見事さに感動した帝が、禄（扶持）として仲忠母を「内侍《ないし》の督《かみ》」に任ずる。そして帝は「内侍の督」に懸想し、数々の贈り物をして夫兼雅を驚かせる所まで『桐の葉』は『宇津保物語』の一場面をそのまま踏襲しているのであった。

さらに色好みの長男が軽々しい忍び歩きをして両親を悩ませる部分もよく似た話が『宇津保物語』の「国譲」の巻上にあって「若き人の好いたる、子にて持たるウタテキわざなりや」若くて色好みの人を子どもに持つことは心配なものですね、と嘆く言葉が出てくる。これを見ると、すべての平安貴族が光源氏風の色好みだったのではないとわかる。『桐の葉』の主人公もすぐれた容姿と才を持ちながら、色好みとは無縁の存在とはじめから設定されているのだ。これが麗女の『源氏物語』への批判的立場であったかもしれない。

『宇津保物語』の第一の主題は琴の神秘的な力の奇瑞を讃える物語である。『桐の葉』の女君もまた琴の名手とされているが、琴は物語のなかでそれほど大きな役割を担っていない。しかし『桐の葉』全編に見られる現世肯定の気分と夫婦愛、親子愛は『宇津保物語』の雰囲気をそのまま踏襲していて、この作品が江戸時代に『宇津保物語』の圧倒的影響のもとに書かれた珍しい物語であることがわかる。数々の宴の馳走や贈り物、装束、風習など有職故実[2]の細かい描写は『宇津保物語』の大きな特徴とされているが、『桐の葉』もそれにならって数々の宴の描写、登場人物の装束、坊門の邸内の眺めなど筆を尽くしてえがいている。麗女の古典に関する猛勉強がうかがわれる。しかしそれが上滑りな、空虚な言葉の羅列になっていることが残念である。例えば女君の奏でる琴の音色は、

しらへなし給へる爪音《つまおと》けたかく、めつらしき声のあやしうほそきやうなるに、いみしきひゝきありて、近やかなるよりも遠くて声増さりつゝ何となふ世の中しめやかになりて、きく人〳〵の心よのつねならす、物思はしけなるはとみになくさみ、病あるものはたちまちにこゝ地さはやき、そこはかとなく物哀《ものあわれ》に心澄果《すみはて》つゝしらぬ涙の出来《いでく》るさますゝろはしきまてなり、

この女君の弾く琴に感動した帝が、彼女を「内侍のかみ」に任ずるのである。この場面を『宇津保物語』の「初秋」の巻で仲忠母が帝の前で琴を弾く場面と比べてみよう。

仲忠母の姿は几帳に隠れ、灯火は消され、楽人たちも手を止めて琴の音色に聞きいる。

「あやし、このま井りつる人は誰ならん、只今の世に、盛のよしといはるゝなかにも、かくばかりの琴《きむ》ひくべき人のおモほえぬかな。誰ならん」とみな人驚《おどろき》つゝ、

「仲忠の中将こそ、かくばかりの声はいださめ。それ、はたかくてあり。あやしくもあるかな」

仲忠ならばこれだけの音色を出せるだろうが、仲忠は今ここにいる、几帳の陰で琴を弾いているのは誰なのだろうか。その夜、帝の前に侍う人々のあいだに、すぐれた演奏を聴いた驚きが波紋の

ように広がってゆく。人々の驚きをえがくことで、間接的に琴の演奏の素晴らしさをえがく。この巧みな展開、洗練された手法に比べれば、麗女の直接的な描写は空疎な紋切り型の表現にみえてくる。『桐の葉』全編にわたってこの傾向が見られ、人物の心理描写もこまやかさに欠ける。『宇津保物語』が文学の素材を現実から汲みとっているのにたいして、麗女はそれを先行の物語に、あるいは書物から得た知識に拠っている。そこに弱みがあると思われる。ただ物語に拠って物語を作ることは創作のひとつの手法なのだから、別に恥ずかしいことではない。『桐の葉』は麗女がはじめて手がけた王朝物語であり、二か月足らずの間に興のおもむくままに書きあげたもので、まずは習作とみてよいだろう。しかしそのなかに麗女の特質ははっきりと現われている。

麗女の文章は余韻に乏しいと言われている。『源氏物語』そのほかの、めんめんと続く繊細な文体に比べての批評であろう。しかし麗女が男性の筆になるとされる『宇津保物語』の、どちらかといえば歯切れのいい、闊達に展開する文体に親炙したことと、麗女自身の積極的性格を考え合わせると、これが麗女の文体と認めるべきではなかろうか。大正四（一九一五）年に与謝野晶子は麗女の物語十六編を選び『徳川時代女流文学 麗女小説集上下』として冨山房より出版した。序文の中で晶子は麗女を高く評価、顕彰し、さらにその物語について「麗子は自己と周囲との直接経験を写さずに、其等（王朝や支那）の文学や歴史から感染した古典趣味を基礎として空想の世界をえがいた。云ひ換へれば、麗子は源氏物語の写実的精神を領解するに到らないで、空穂物語の幻奇的結構に沈酔したのであった」と述べている。晶子の言葉は麗女の欠陥の一面を鋭くついているが、また不当な部分もある。

『源氏物語』を写実的、『宇津保物語』を幻奇的と、明快に二元的に片づけるわけにはいかないからである。

麗女のはじめての物語『桐の葉』を、手さぐりしつつ読んできたが、麗女の物語が内包する問題が幾らか浮かびあがってきたように思う。さらに新たな面に光をあてるために、つぎの作品を読んでみたい。

(1) 平安中期の物語。二十巻。作者は源順とも伝えられるが、定かではない。十世紀後半ころ成立。
(2) 古来の朝廷や武家の礼式、典故、官職、法令などを研究する学問。

三　唐の小説を翻案した『藤のいわ屋』

明和八(一七七一)年四月に『桐の葉』五巻を書き上げたあと、麗女は歴史物語『月の行衛《ゆくえ》』三巻を書き、作り物語十一編三十三巻を書き上げた。翌安永元年九月までには計八編二十一巻の物語を書き、十一月に『藤のいわ屋』二巻を完成、さらに十二月には、のちに宣長との論争を惹きおこすことになる『野中の清水』二巻を書きあげている。

この二年間(四十、四十一歳)がもっとも多作の年である。書くほどに書きたいものがあふれてくるという精神状態、なにかの衝動に突き動かされて書きすすめているようである。そのため推敲がおろそかになったかもしれない。

自伝によれば『藤のいわ屋』は、もと「桃源」という題であった。「其の頃、作物語は遊仙窟《ゆうせんくつ》を模して書きたるを、桃源と号したるに、藤堂御隠居御覧ありて、和文にはこはぐ〳〵しき名なりとて、藤の岩やとあらためたまへり」とあり、唐の伝奇小説『遊仙窟』の翻案であることが明らかにされている。それまでの作品とはこの点で異なっている。

『藤のいわ屋』は「藤の岩や」とも、舞台が富士山麓である所から「富士の岩屋」とも書く。自伝中に藤堂御隠居とあるのは、津藩主（七代）藤堂高朗《たかほら》をさす。そのころ隠居していた。麗女夫婦は津藩儒者奥田三角と親交があり、その推挙で津藩主の知るところとなって、その姉武子とも親しくなった。奥田三角と麗女夫婦は生涯にわたって親交を保ち、その縁で多くの人の面識を得ることができた。

さて『藤のいわ屋』は、帝の狩の使いに命ぜられた右近衛府の少将の、一夜の恋の物語である。都から東国におもむく途中で少将の一行は、富士山麓の人跡まれな境へと迷いこんでいった。流れにそっていくと、洗い物をしている女に出会う。一夜の宿を頼むと女は自分の女主の家へと導いた。そこへ近づくにつれて、松風にのった琴の音がして、少将をゆかしい気持ちにさせた。


かすかなる松のしらへは聞人《きくひと》の玉のをたへん声にそ有ける

と歌を贈ると、

わきてたれ聞かなやまん山里はとことはにふく松風のをと

と返しがあった。その夜二度三度と歌の行き来があって、ようやく簾を隔てて女君の住居の外縁に迎えられた。ここで少将は自らの身分を明かし、女君の身分をも知る。

彼女はさる親王の血統で、東国の国司の妻となり、兄とともに東国に下った。やがて乱がおこり夫と兄は戦死、女君は兄よめの御方とともに父の領地であった富士の麓の邸に住み侘びていると語った。そのあと少将は簾の内に招じいれられ、都風にさまよく振るまって人々を魅了するのである。そこへ西の御方とよばれる兄よめもやって来た。

邸内は源氏の六条院、すゞしの朝臣(1)の吹上の家にもまさる素晴らしさで少将を驚かせた。あざやかな衵《あこめ》(2)姿の童が給仕に出て、玉《ぎょく》や金の杯で各地のうま酒、葡萄の酒、蘭陵の酒をすすめる。雁のひしほ、鰻の鮓《すし》、紀の海の鯛、伊勢の海の鮑、精進物など山海の珍味、さまざまの木の実、果物が饗される。客をもてなす双六、碁盤、楽の音。舞い人が舞い、少将も琴を弾いた。そのあいだにもたえず和歌の贈答があり、こうして「又人には見えし」と誓っていた女君の心が次第に少将に傾いていく。庭をめぐり弓の腕前を披露し、夕暮れに女君の寝所にはいると、そこは綾錦の屏風、蒔絵の調度で飾られ、唐織物の衾がととのえられていた。ここでふたりは七夕の逢瀬のような契りを交わす。翌朝おそくおきた少将は従者どもにうながされ、泣くなく女君に別れを告げるが、しばらく行くと見送る人も素晴らしい邸も、たちまち霞んで見えなくなってしまった。

『藤のいわ屋』を読むと、麗女が『桐の葉』を書いた時より物語作者としてかなり上達したことが感じられる。『桐の葉』が盛り上がりに欠け、人物のえがき方も平板であったのにくらべ『藤のいわ屋』は引き締まった出来ばえをみせている。ことに女君の心がしだいに解けてゆく過程は、かなり読ませる力をもっている。これは原話である『遊仙窟』の出来ばえにもよるのであろう。狩の使の少将が仙境へ迷いこむ導入部をもっと綿密に書きこんだら、仙境としての素晴らしさが輝きだすように思われる。しかし内容に神秘的な要素はなく、仙境も現実世界への批評となり得ていない。また寓意性にも欠けるので、単なる王朝の恋物語にすぎないのが惜しい。原話である『遊仙窟』はどうか。読み比べてみたい。

唐の文人張文成の作と伝えられる『遊仙窟』は帝の命を受けた男が陝西省の西部から黄河の源へ向かって困難な旅に出発するところからはじまる。人も馬も疲れ果てたころ、断崖絶壁に突き当たり、青い淵を溯ると桃の花咲く境にでた。出会った小娘に休ませてほしいと頼むと、彼女は門のある家へと連れて行く。門の内から箏の音が聞こえてきたので、男が好奇心から詩を贈ると、侍女が答詩をもってきた。その夜女主十娘《じゅうじょう》に対して長い手紙と詩を贈る。十娘は手紙を見ると、美しく念入りに化粧して姿を現した。そして自分も兄よめも由緒ある名家の出であると語る。そこで男も自分の家柄と使命を語り、奥の部屋へ案内される。そこは魏の武帝（曹操）の銅雀台と、魯の恭王の霊光殿を兼ねたような素晴らしい御殿であった。兄よめの五嫂《ごそう》もあでやかに粧って現れ、三人で詩を唱和する宴となった。

野牛や犀の角の杯になみなみと美酒が注がれ、侍女が琵琶を奏でる。山海の珍味が運ばれる。鹿の舌、雁の味噌漬け、スッポンの塩辛、うずらの吸い物、鶩鳥の卵、鶏の羹、新鮮な膾、葡萄、ざくろ、さとうきび等々。そののち、碁盤を出してきわどい賭となり、座が乱れた。美しい侍女が男に流し目を使うと、十娘が不満をあらわにし、五嫂が叱りつける。京劇の女形の妖しい眼の使い方を見るようである。こうして交わされる言葉や詩は、しだいにエロティックなものとなっていく。

庭で雉子を射て武の腕前をも披露し、夜になって五嫂に導かれて十娘の寝室にはいる。そこはかぐわしい香やさまざまな衣裳、鴛鴦の八重の衾で飾られていた。ふたりきりとなって幾度か契りを交わす。夜が明けて泣くなく詩を贈りあって別れるが、しばらくして振り返ると、見送るふたりの女も広壮な邸第もたちまち霞んで見えなくなってしまった。

このように『藤のいわ屋』と『遊仙窟』は話の細部までよく一致し、細かい道具だてにいたるまで同じくしている。たんにあらすじを借りたという程度ではない。

主人公と女君が双六をするときのきわどい賭け物も、『藤のいわ屋』では「いで此のゝゝゝ、のりもの（賭け物）こそことゞしう、（略）只古へさまに、君まさらせ給はゝ、何かし一夜御もとにね侍りなん、まろが勝なんには、かしこくとも我とねさせ給へ」であり、『遊仙窟』では「十娘籌《カズ》ヲ輸《マ》ケナバ則《スナワ》チ下官ト共ニ一宿ヲ臥《フ》セ、下官籌ヲ輸ケナバ則チ十娘ト共ニ一宿ヲ臥サン」となる。しかし数多く贈答される詩歌が『遊仙窟』では四行、八行、十二行それ以上の長詩で、具体的で濃厚なエロティシズムをただよわせるのに比べて、『藤のいわ屋』では、それがすべて隠喩に満ちた柔らかな和歌に詠み変えられているので、味わいはずっと淡白になっている。

さらに『藤のいわ屋』の女君は公家の娘らしく几帳のかげにかくれ、こぼれる衣装の色とか乱れのない長い髪とか、たきしめた薫りでえがき出されるのに対して、『遊仙窟』の十娘は登場のはじめからあでやかに濃い化粧をこらし、きざはしにすっくと降りたつ物おじせぬ中国の娘である。「紅ノ衫《コロモ》ハ窄《セマ》ク裹《ツツ》ンデ小サク臂《ヒジ》ヲハサミ、緑ノ袂ハ帖乱レテ、細キ腰ニ纏《マト》ヘリ。時ニ帛子《キンシ》ヲモッテ払《ウチハラ》ヒ」という風情である。兄よめの御方はおだやかにふたりのあいだを取りもつが、五嫂は積極的にふたりを結びつける仲人の役を自覚している。

『遊仙窟』の内容は当時の長安の遊里での、理想的な遊び方をえがいているといわれている。つまり遊里での遊び方の指南書なのである。

遊里の文学ならば、江戸時代の町人文化の華やかなころに中国から伝えられたものかと錯覚したが、これは奈良時代文武天皇のころに、遣唐使によって伝えられたと知って驚いた。山上憶良、大伴家持ら『万葉集』の歌人たちに影響を与えたという。これは駢儷文《べんれいぶん》（四字六字の対句を用いた）という華麗な文体で書かれた、唐の伝奇小説のなかでもっとも長いものである。日本ではこの書は大切に伝えられ、写本として流布し、数多くの人々が影響を受けた。しかし中国では、ふざけた作として失われ、書籍目録にも記録されなかった。

日本では、古来つねに文学の大きな主題が男女の恋愛であったが、中国ではそれと異なり政治、人生、友情が優先する。男女の恋愛を描いた作は一段と低く評価されてきた。そんなお国柄が反映していたのかもしれない。清代の中期後期になって、ようやく中国の文学者たちが、日本に『遊仙窟』という佚存書《いつぞんしょ》(3)のあることを知ったが、この書の文学的意義を正当に評価し、重要な資料として認めたのが、作家魯迅であった。一九二九年に魯迅の序文をつけて、中国で『遊仙窟』が出版されている。

さて麗女は『遊仙窟』をどのように読んだのだろうか。さきにみたように『藤のいわ屋』と『遊仙窟』とは、プロットも状況も細部まで一致していることから、麗女が丹念に『遊仙窟』を読みこんだことが考えられる。おそらく『遊仙窟』も夫による写本であっただろう。『遊仙窟』の文章は非常に難解晦渋なものであり、通釈のついた江戸中期の本でさえ、現代人の眼にはなかなか難しいものであるが、麗女の学力ならば子細に味読することができたのであろう。そして漢文の生硬なイメージ、リアルな描写、濃厚なエロティシズムを柔らかな雅文で、淡白な味わいの王朝物語に読みかえてゆくところに、麗女の物語作者としての能力が最大限に発揮されたのである。

数多くの漢詩をすべて和歌に置き換えることで、登場人物の印象をはっきりと変え、部屋の調度類を細かい物まで王朝風に置き換え、少将に供される山海の珍味もすべて日本各地の食物に変えることで、中国風の雰囲気を払拭した。

『遊仙窟』のもっとも濃厚で写実的な部分も、すべて王朝式美学による隠喩によってしめされる。

例えばうちかはす袖の匂ひ、天の浮橋でかわされる言葉、きぬぐの別れ、いなおほせ鳥、かつらぎの橋、さらには比翼の鳥、連理の枝などの『長恨歌』からの引用句等々。麗女が古典の猛勉強から得た語彙を総動員していて、リアルな言葉をまったく使わずにその場をえがいている。日本の文学が古来、男女の愛をえがくのにどんなに多くのイメージをつみ重ね、言葉の洗練を経てきたかがよく感じられる。

また麗女は女主人公の美しさをえがくにも、源氏の宮（『狭衣物語』の女性）、女一の宮、あて宮（『宇津保物語』の女性たち）の面影を比喩として借りているので、読者がそれらの物語についての知識があることを、当然として書いているのがわかる。

麗女はこの物語にどんな読者を予想していたのだろう。麗女の読者は不特定多数の人ではなくて、古典の教養をもった限られた人々であったろう。この物語の題を『藤の岩や』と名づけた津藩主藤堂家の隠居とか藩主の姉の武子とか、また自伝のなかに名前の出てくる儒者文人たちであっただろう。自伝のなかに、明照寺上人という僧が身分を隠して訪ねてきて、終夜文学談をして、『藤の岩や』はもう読んだから『桐の葉』を読みたいと借りていった。あとでこの僧が庭田権大納言の弟であるとわかったという挿話も語られている。読者たちは当然もとの『遊仙窟』を読んでいる知識層で、麗女があの伝奇小説をどのように書き換えたかに興味を寄せ、麗女の才筆によって見事に日本の王朝物語に生まれ変わっていることに満足したのではないか。もっとも『遊仙窟』を知らなくとも、『藤のいわ屋』は充分おもしろいのだが。麗女の物語はこれら少数の知識人の読者に支えられていたと思われる。

江戸中期の知識人たちは唐の奇談、白話小説に魅了され、上田秋成や都賀庭鐘らが白話小説の翻案に力を注いだことがよく知られている。荒木田麗女の物語も、その時代の風潮のなかで考えるべきではないだろうか。

江戸時代になって教育が普及し、平仮名くらいは読める女性が増えた。しかし彼女たちが麗女の読者になったとは考えられない。王朝風美学と和漢の古典の知識と、古い難しい言葉を存分に駆使した麗女の物語の読者にはならなかった。では彼女たちは何を読んでいたのか。江戸時代後期にはいって大量の出版物が刊行されるが、そのなかで「泣本」ともいわれた人情本は女性の読者に支えられていたという報告[4]がある。これら人情本の舞台は日常の生活で、ひとりの男をめぐって、数人の女が争うといった通俗的な筋立てと、会話を主体とする読みやすいものである。そして新しく登場する貸本屋によって広まり、一般女性に支持されたのであった。しかし麗女の物語はそうはならなかった。麗女の読者は主として少数の男性知識人だったのである。

江戸女流文学の作品がほとんど「雅」の文学であり、一般女性に広く読まれるには難しすぎたのではないだろうか。江戸時代女流文学が世に知られなかった理由の一端もここにあったように思われる。

（1）宇津保物語の登場人物のひとり。
（2）貴夫人、童女が肌着とした着物。

（3）中国ですでに散佚したが、日本になお現存する書物。
（4）『日本女性の歴史・文化と思想』総合女性史研究会編、角川選書、一九九三年。

四　三十篇の不思議なお話『怪世談』

『怪世談《あやしのよがたり》』は安永七（一七七八）年四十七歳のときに書きあげられた。麗女はそのあと物語を書いていない。しかし随想、紀行などは書きつづけた。『怪世談』は物語として最後の作品であり、麗女が物語作者として熟達した時期の作といえる。これは三十篇の短い物語から成っている。題名だけを見ると怪異談のように思われるが、すこし違う。奇談、つまり不思議なお話ほどの意味である。時代はやはり平安王朝であり、中級以下の貴族の男女のさまざまな生態がえがかれ、麗女のやや皮肉な、乾いた人間観察の眼が感じられる。余韻に乏しいといわれる麗女の文体が、かえってこのような短編で、きびきびした効果をあげているようだ。第一話の「藍田《らんでん》」は玉《ぎょく》にまつわる話である。藍田美玉といわれるように中国陝西省藍田県にある山は、古来名玉を産するので、この題がつけられたのであろう。しかし舞台は近江の国となっている。

志賀の山あいに父母の墓を守りながら、ひとりの男が住んでいた。もと身分のある人の末裔である。谷川の水を汲み、日盛りに道行く人にふるまって喜ばれていた。ある日、水を飲んだ旅人が男に小石を与え、平らな良き所の石の上に植えておくように言った。その通りにすると石はやがて丸い露を生じ、いつしか玉となった。ここに一軒の名家があり、娘婿を探していた。男は伝手を求めて名のりでる。娘の親どもが試みに和歌を求めると、男は見事な筆跡で「よしあしの世にさえ遠き山人はいかがは知らん難波津《なにわづ》の道」と詠んだ。親たちは「瑕《きず》のない麗しい一対の玉をもって来るように」とさらに難問を課す。そこで男は早速石を植えた所へ行くと、えもいわれぬ美しい五対の玉が生いでていた。これを差し出すと、ただ人ではないと娘の親が驚き、ここに似合いの夫婦が生まれた。ことは朝廷へもきこえて、男は召し出されて五の位を賜り、妻を都へ迎えとって幸せにくらした。

唐の詩人李商隠《りしょういん》の代表作「錦瑟詩《きんしつし》」のなかに「藍田日暖カニシテ玉煙ヲ生ズ」という句がある。藍田の山に暖かい日がさして、埋もれていた玉が煙を立ちのぼらせるめでたいありさまだという。この句の気分を作品化したような趣で、『怪世談』の巻頭にふさわしい作である。石の上に生まれた露のような物が、やがて五対の玉になるというイメージが、瑞祥とはこうもあろうかと思わせる。この原話はやはり中国の古典にある。

東晋の時代に史家干宝が編んだ『捜神記《そうしんき》』という書物がある。その二八五番の「楊伯雍」という説話が元となっている。

洛陽県の人楊伯雍公は父母の墓のある山に住んでいたが、いつも水を汲んで通る人にふるまっていた。ある日水を飲んだ男が公に石を一斗くれて、平らな所に植えておくようにと言った。その通りにすると、玉の芽が石の上に生えてきた。そのころ徐氏という名家の娘が婿を探していると聞き、公が申し込むと徐氏は笑って、白璧《はくへき》一対を持ってくるようにと言う。玉の畑へ行って五対の白璧を採り結納品にすると、徐氏は驚いて公を娘婿にした。天子はこの珍しい話を聞いて、公を大夫に任命し、玉の畑を石柱で囲って玉田と名づけた、というこれだけの話である。原漢文でも二百二十字ほどの短いものである。

『捜神記』の編者干宝は、史家として聞いたままの話を忠実に、脚色を加えずに記録する態度をとったと伝えられている。麗女が説話の宝庫といわれる『捜神記』を読んだときに、あまりの素っ気なさに、彼女の本能的な創作意欲が刺激され、物語としてふくらみのある世界を展開したい気持ちになったであろうと感じられた。

親孝行の男のくらしぶりや玉が育つのを守る男の慎ましさ、貧しい境遇にも気おくれせずに豊かな家の婿に申し出る男を心にくく思う娘の気持ちなどをきめ細かく書き、歌物語の形で話を展開してゆく。朝廷に召し出された男が都に美々しい家を作り、近江から妻を迎えとる。婿取り婚がいつしか嫁取り婚の話にすり変わっていくが、最後は玉を巡る舅と婿のめでたい和歌の贈答で締めくくられる。

『捜神記』の「楊伯雍」の説話の筋を少しも変えずに、ふっくらした王朝物語に転換している。文章も破綻なく艶やかである。前節の『藤のいわ屋』が『遊仙窟』の忠実な翻案であったのに比べて、作者の筆が大いに働いたと感じられる作品で、麗女の満足感がうかがえる。彼女は『捜神記』から他にもいくつか題材を得ているのではないだろうか。

第四話「沢《さわ》の蛍」は唐代伝奇小説の「離魂記《りこんき》」から題材を採っている。この題はもちろん和泉式部の有名な和歌「物おもへばさはのほたるもわが身よりあくがれいづる魂かとぞみる」から採ったものである。この和歌は離魂を暗示する不気味な雰囲気をもっている。これには「をとこにわすられて侍りける比《ころ》きぶねにまゐりて御たらし河にほたるのとび侍りしを見て」という詞書があって、この和歌の詠まれた状況を語っている。貴船はつれない男を呪う女が丑《うし》の刻参《ときまい》りをしたりする社である。

麗女の物語「沢の蛍」も離魂現象を描いているのだが、登場人物が置かれた状況は和泉式部の場合と異なる。遠い任地へ赴く男を慕って、女の魂が体から抜けだし、男に添い子どもまで生まれて幸せにくらす話である。「沢の蛍」という題は直ちに和泉式部の和歌を連想させる点で、麗女の物語の題として相応しくないように思われる。ほかでもいえることだが、麗女の題名の付け方は無造作にすぎるようだ。

京に近いある国の郡司に大切にかしずかれる美しい娘があった。ある男が親の眼を盗んでいつしか娘と親しい仲となった。男は娘の婿に納まるかに見えたが、公の命によって国守に従い西国へ行くことになった。男は泣くなく女と別れて出発するが、しばらくすると追ってくる人がある。女であった。男は追っ手の目を避けようと、女を舟の奥に隠してともに西国へ下った。男は役人としておおいに能力を発揮して人々からも慕われ、ふたりのあいだには子どもも生まれて幸せになった。こうして五年が過ぎて故郷へ帰ることになる。故郷へつくと男はまずさきに舟をおりて郡司の家を訪ねた。郡司は快く男を迎えた。男が無断で女を任国へ伴ったことを詫びると郡司はけげんな面持ちで、娘はあれ以来ずっと患っていて、今日にも危ない命だと言う。男は貴方の娘は私の妻となり子どもまで生まれた、と言った。

やがて女が舟から下りてきた。一方、床についていた娘は、男が帰ってきたと聞くと嬉しそうにおきあがり、化粧をし着替えをして部屋をでた。舟からおりた女と、部屋をでた娘と両方同じ姿をして、人々が怪しみ見守るうちに近づいて、いつしかひとりの女になった。

男はそののち昇進し、夫婦仲も睦まじく子どもも増えて幸せにくらした。人々は「これは魂の離るる病なり」と言いあったということである。

物語のなかで男が「唐土《もろこし》にはかゝることもありけりとほのかに思ひいづるに」と語っているが、それは唐の伝奇集『太平広記』のなかの「離魂記」をさしていると思われる。

「離魂記」を見ると、話の筋は「沢の蛍」とほぼ同じである。しかしその結末がすこし異なる。「離魂記」の主人公の家では「事ノ不正ナルヲモッテ、之ヲ秘ス」とあるように、事柄があまり芳しくないので世間に隠していた。四十年余りたち、主人公夫妻が亡くなり、ふたりの子どもは立派な官吏となる。そのあと選者陳玄裕がこの話を採録したというのである。魂が体から離れるという考えは、古くから中国の民話などに幾つかあるようだ。ただ注目したいのは、「離魂記」では離魂の現象を恥ずべきこととしているのに対して、「沢の蛍」では世にも珍しいことと受けとめている点である。「沢の蛍」の男は、女の魂が自分を追ってきたことを知り、ふたりの縁が世にも珍しく有り難いものと悟るのである。

誠に世語《よがたり》にもしつべかりけり、と珍らかに覚えて、

なべて世のためし稀なる契とは身をし分けける思にぞ知る

女の親である郡司は娘の心根を憐んで、

ひたぶるに君によりける心とも身をし分けずばいかで知らまし

女自身は、外聞を憚るが、めったにないことが我が身の上に起こったことに驚いて、

人の漏れ聞かん事のつゝましう、比《たぐい》なき身なりけりと、我ながら浅ましう思ひて、

いかばかり思ひみだれし魂《たま》とてか現《うつつ》にさへもあくがれにけん

と三人三様に、この現象を世にも有り難い恩寵のように大切に受けとめている。麗女も事の真偽に言及して理詰めに陥ることなく、物語らしいふくらみを持たせて筆を納めている。男女の心理のあやもきめ細かく辿られている。

前にも述べたが、江戸中期には中国の奇談や白話小説を愛読し、さかんに翻案する文人たちがあった。『世説新語《せせつしんご》』(1)や『剪灯新話《せんとうしんわ》』(2)がこのんで読まれた。第二十二話「浮草」は『剪灯新話』のなかでも特に有名な「牡丹灯記」を下敷きにしたものである。

これは美しい女の死霊に誘われた男が、女とともに死んでしまう話である。「牡丹灯記」のなかでは双頭の牡丹灯籠をかかげた女中の後に若い女が歩いて行くが、麗女の「浮草」では女童が薄物の袖に蛍を包んでいる情景になっていて、幽艶な日本的情趣を醸しだしている。『大和物語』(3)四十段の桂の宮に仕えるうない（少女）が、式部卿宮に蛍を汗衫《かざみ》の袖に包んで差しだす可憐な場面を連想させる。

また「牡丹灯記」の最後は、男、女と女中の三人の霊が人に祟りをなすというので、捕らえられて折檻をうけ、地獄へ追放される凄惨な場面になるが、「浮草」ではこれは切り捨てられている。そういえば麗女の物語のなかには、血なまぐさい場面や凄惨な場面が見当たらない。これは麗女の好みによるものか。あるいは彼女が神道の家の人であることと関係があるかも知れない。「牡丹灯記」は日本ではたいへんこのまれたようすで、仮名草子『伽婢子《おとぎぼうこ》』に翻案され、三遊亭円朝の人情噺「牡丹灯籠」でも親しまれている。

さて麗女はもっとも深く親しんだ『宇津保物語』からも多くの題材を得ている。第七話「八十《やそ》の街《ちまた》」は『宇津保物語』の「俊蔭」や「蔵開」の巻を連想させる。

何とかの博士と言われて、世に時めく人がいた。晩年にようやく恵まれた美しい女の子を大切に育てていたが、やがて娘の行く末を案じ遺言を残して亡くなった。その妻もつづいて逝き、従者たちもひとりふたりと去ったが乳母のみが留まった。娘は美しく生い立ち、琴をみごとに弾くようになった。乳母は宮仕えをすすめたが本人は心すすまず、ひとり荒れた庭を眺めてくらしていた。美しい女がいるということを聞いて、あちこちから文が来るが返事もしない。それは易の占いに通じていた父の形見の扇があり「この扇に合う扇墜《せんつい》（扇の紐の先につける根付）を持った男がいたらその人を夫とせよ」と遺言があったからである。蔵人《くろうど》である男が乳母からそれを聞いて「私は父の形見の扇墜があって、これを尋ねる女がいたら妻とせよと言われた」と語った。それを聞いた女は家の内を掃除して男を待った。約束の日の前夜、男が扇墜を持って訪ねて来た。一日早いので乳母は驚いたがとにかく内へいれると、女は心地悪いと言って会わない。男は証拠の扇墜を差し出すが女は見ようともしない。男は諦めて帰ってしまったが、女は何とも思わぬようすであった。つぎの夜男は衣服を整えて急いでやって来た。今宵は女は待っていたようすですぐに対面して親しく話しあい、父の形見の扇を見せると、それには男の父の筆跡で和歌が書きつけてあった。乳母が扇墜のことを尋ねると、それも女の手元にあった。男は驚いて「さらば夜べ来つる人や有りし」と言った。昨夜来たのは男の友人であった。扇墜を無理やり借りだして、ついに返しに来なかったのである。男は約束の日に訪ねないのは無礼であると思い、大事な証拠の品もなしに来たことを詫びた。男の友人はすき心から女によこしまな望みを抱いたのであった。女の父は易の占いに長じ、娘の結婚相手が訪ねて来る日を遺言して、さらにそのおりに横から欺く人が現れると予言していたのであった。

ふたりの父親同士は友人で、子どもの将来を約束していたのである。女の父は多くの家宝や書物をあるところに隠しておいて、男に譲ることも細かく言い遺していた。男は女の家に住みついて家や庭を美しく修理し、文殿を造り譲られた家宝や書物を納めた。女は年頃淋しくくらしてきたが、男とつれそって子どももつぎつぎに生まれ乳母を喜ばせた。男は多くの書物を読み立派な博士となり、のちに式部大輔[4]にまで出世した。あの夜扇墜を借りた友人は暫く身を隠していたが、やがて宮仕えに戻った。男がそれとなくからかいの和歌を贈ると、友人はさすがに恥ずかしく思ったようすである。そして夫婦はかえすがえす父親の占いのめでたさを有り難く思ったのであった。

この話はさながらメルヒェンである。『宇津保物語』の「俊蔭」の巻で父母、乳母に先立たれた俊蔭女《むすめ》が零落して、乳母の下婢であった忠実な嫗に守られて美しく成人する。そこを訪れた兼雅と結ばれる場面は『宇津保物語』のなかでもっとも美しく哀れ深い部分といわれるが、この話はそれを下敷きにしている。女の父の遺言で書物や家宝を取り出す所は、仲忠が祖父俊蔭の宝庫の多くの書物を発見する「蔵開」の冒頭の話をヒントにしている。この物語にえがかれた女も男も乳母も、欠点のない珠玉のような人柄で、すべて献身的な愛情にあふれている。その点でも善人に満ちているという『宇津保物語』の気分をそのまま反映しているのである。

作者の視線は高みからすべてを見下ろすのではなくて、三人の主要人物に寄り添って話を展開していく。前夜よこしまな友人が欺きに来たときも、まず乳母の目から見た角度で事柄を叙述する。約束の夜本人が現れて、前夜の男は偽者であったことが三人のあいだで発覚する。その時点が読者にも事の真相が現われるときなのである。伏線を敷いて、読者にそれとなく知らせる工夫は一切なく、事の発覚が読者にも新鮮な効果をもたらしている。仕上がりはたいそう美しく、心ひかれるメルヒエンとなった。

第二十三話「絲薄《いとすすき》」は除目《じもく》（大臣以外の新しい官職に任ぜられる儀式）に外れた男の悲喜劇をえがいている。このほかにも、友人と深酒を飲んで大殿の召しに応じられず、友人ふたりが男の衣だけを大殿の前に連れて行く「空蟬」など、宮仕えをする男たちの失態が幾つか語られる。また色好みの男や醜女が露骨に笑いものにされる物語もあり、麗女のやや意地の悪い人間観察の眼をみることができる。

もうひとつ、たいそう好ましい第二十話「立田山」を紹介しよう。

時めいていたひとりの少将が、些細な罪を咎められて長門権介に流された。三年は辛抱しなさいと周りの人から慰められて、耐えていた。そのころ都には争乱があり、さらに南の海に海賊がでて都への貢ぎの船が襲われる。朝廷からは追討の使が遣わされるが、賊は手ごわく多くの討手が返りうちにあった。人々があの少将ならばきっと賊を平らげるであろうというのを聞いて、朝廷では少将の罪を宥し、海賊を討つようにとの命を下した。

少将の船が海賊の城に近づくと澄んだ笛の音がする。賊の誰かが吹いているのだ。少将が自分の笛を取り出して吹くと、かの笛はそれに合わせるようにいっそう高くなった。

> 少将はあなたの音をさだかに聞給ふまゝに、いとど心入れて雲居もひゞくばかりに吹給《ふきたま》ひき、かしこにもこなたの音をとむるにやとおぼしく、吹人《ふくひと》はちひさき舟に乗て、たゞこゝもとに来

にくるなりけり。

笛を吹きながら小舟で近寄ってくる賊が誰であるか、少将にはわかった。小舟がひたと近づいて少将の船へと乗り移った男がいる。少将の乳母の男子であった。ふたりは久方ぶりの対面に物も言われずに泣いた。男は少将を救いたい一心から、海賊の首領となったのである。追討の軍を困らせたら、やがて少将が討手に任ぜられるであろう。そのときこそ少将の手に捕らえられようと待っていたのである。

今や御船見ゆると、此頃は夜な〱かやうに仕うまつり侍るも、さりとも此声は聞召《きこしめ》しつるやうもやある、さらば我なりと思知《おぼしし》りなんとて、物し侍りし験《しるし》ありて、かう見奉るに、年頃の胸明きて、今はいと心安く、露思ふ事なくなりにて侍り。

その夜ふたりは酒を汲み交わし、翌朝賊は城を明け渡して少将に降った。少将は事を細かく奏上し賊の命乞いをした。朝廷でも哀れに思い、賊どもを都の外へ追放し、首領は山寺へお預けとなった。少将はこの手柄で三位に昇進した。乳母子《めのとご》とは普通の主従以上の忠誠心をもち、兄弟にも勝る濃い情愛を抱く。これは少将と乳母子との純一な兄弟愛の話である。ふたりの笛の音が広い海原に響き合ってやがてひとつになる。賊の首領の少将を想う気持ちもすがすがしくえがかれ、ふざけた所や辛辣さもなく、さわやかな一篇である。

『大和物語』の四段の冒頭に「野大弐《やだいに》、純友(5)がさはぎの時、うてのつかひにさゝれて少将にてくだりける」とある。この物語は藤原純友の乱にヒントを得ているかもしれない。

『怪世談』の三十の短編を通読すると、作者が湧き上がるような創作意欲を感じて書いたものと、無造作に投げだしているものとがある。三十の短編をどのような順序で書いていったのかわからないが、第一話から次第におもしろみが増していく。作者も興に乗って、筆が滑らかに進んでいる。しかし最後の第二十五話からあとは無造作に投げだしている感じをうける。例えば第二十五話の「橋柱」などは、丁寧に工夫をこらせばもっとおもしろくなりそうだ。これは美少年に恋をした高僧がその少年に謀られて、昔いちど関わったことのある九十九髪《つくもがみ》の老女に出会う話である。少年の妖しい美しさは遺憾なくえがかれているが、少年に心奪われる高僧の気持ちにはあまり踏みこんでいないし、老女はただ醜いだけである。トーマス・マンの『ヴェニスに死す』をちらと連想させるこの短編は、平安貴族という設定から見て、退廃的にもロマネスクにも仕上げられる題材であるが、麗女はあまり執着していないらしい。秋成ならどのようにえがくかと考えさせられた。第二十五話から第三十話までは、気がのらないのになんとか三十話にしようと焦ったようである。おもしろい素材もあるのに残念である。三十の短編をすべて粒ぞろいの作品で揃えることは至難の業であろうが、ここに麗女の執着心のない、正直な人柄をうかがわせるものがある。

『怪世談』にはすこし長い自序がついていて、この物語の執筆動機が記されている。大意を記すと、「私の住居は市中にあるが、あまり人中に混じることはせず、また訪れる人も少ない。神に仕える家なので後生を願うこともせず、家にある歌物語などを読んでいる。つれづれのままに宇治大納言に倣ってほのかに聞き置いたことを虚実確かめもせず、唐土や我が国のことをとりまぜて、またじぶんの虚構もおりまぜてなんとなく書きつけた。夫なる人はおおらかで、私のこんなつまらぬ仕事をとめだてもなさらないので、春雨の夜、秋の夜長に書き綴った。人に見せるような物ではなく、子どもの玩具にもならず、紙魚《しみ》のこの上ない住処となるだろう」。

これを読むと、麗女がこの物語を出版して、不特定多数の人に読んでもらおうという意図をほとんどもっていなかったことがわかる。ひとつの物語世界を作るという純粋な楽しみに支えられて執筆している印象が強い。この物語の最初の、そして最良の読者は夫家雅であり、彼はこの物語を清書して世に広める役をしたことであろう。

自序のなかで注意を引くのは「こといみ（事忌）もいとこたい（古代）に、神につかふる家とて後の世のいとなみも覚束なく」という箇所である。事忌は不吉な事や言葉を慎むことを言うが、この時代の神職の人たちの生活感情を彷彿とさせる。

以前、神宮文庫の職員の方からつぎのように聞いたことがある。「麗女は恐らくお初穂を大御神に捧げるような気持ちで物語を書いたことだろう」と。私はそのときはじめて、当時の神職の家族の生活感情というものに思いいたった。賑やかな笑い声やもの言う声があふれる庶民の家とは異なり、日常すべて、神に対する敬虔な感情をもち、言葉やおこないを慎む日々は物静かな時間が流れていたことであろう。それに加えて、仏教徒の家ならば聞こえてもおかしくない読経の声、鐘の音、香華の薫り、それらも一切ない寂しいような清浄さである。そんな時間を埋め、心を慰めるために歌物語を読み、執筆をする麗女の姿が思いうかぶ。その筆先から生まれた王朝時代の男や女たちが、賑やかにさまざまな生き方を繰りひろげて麗女の心を慰め満たしたであろう。「書いている時が私の賑やかな時間であった」と若いころの林芙美子が言っている。

『怪世談』に登場する平安貴族たちは『源氏物語』に出てくる、もののあわれを深く解する厭世的な高位の貴族たちと異なる。むしろ『今昔物語』や『宇治拾遺物語』など中世の説話や狂言に見られるたくましい人々や、庶民の笑いの対象となる高位の人達を彷彿とさせる。伊勢神宮ではのびやかな神楽舞いや奉納の能狂言がつねにおこなわれ、麗女がそれらに親しむ機会は多かったに違いない。また彼女は連歌、俳諧の作者として知られ、俳諧的感性を身につけている。麗女の文学観は平安王朝文学に憧れているが、それらに直接従属してはいないようだ。説話や狂言に見られる中世的変容を経過した江戸時代の文学観でもって王朝文学を読みこみ、自分の文学世界を構築している。そして農民がお初穂を神に捧げるように、自作の物語が神に嘉納されることを念じていたように思われる。

古くから神社仏閣には多くの書物が奉納されている。また連歌や詩歌も奉納される。人々が神に願い事をしてお初穂や新酒、絵馬を奉納するように、自分の作品を奉納する。具体的な願い事がなくとも、漠然とした大きな神の清めと祝福を期待してそうするのである。そして神仏の守護によってそれらの作品は長く伝えられ、よき読者に巡り会うこともある。自作が神を喜ばせ、神に嘉納されて作者は大きな充足感を得たのではないだろうか。神職の娘に生まれ、御師の家を継いだ麗女にはもっとも自然な心のもち方だったと思われる。

前述したように、この時代は出版文化がさかんであったが、自序を読むかぎり麗女はそのような時代の風潮とかけ離れたところにいた。何よりも、書くこと自体が麗女の心を満たす行為であり、自作を神に捧げたあと作者の気心を知る少数の読者に読まれれば、それで事足りたのではなかったろうか。しかし書かれた作品が独り歩きをはじめることは、麗女の場合も例外ではなかった。ある物語が独り歩きをして波紋をまきおこしたのであった。

(1) 宋の劉義慶編。後漢末から東晋末までの著名人の逸話を集めた書。
(2) 明の瞿裕著。伝奇短編小説集。日本の文人たちに多くの影響を与えた。
(3) 平安時代の物語。作者未詳。百七十余の小説話からなり、前半は歌物語、後半は伝説的説話で構成されている。
(4) 儀式を掌る式部省の長官。
(5) 平安初期に平将門の乱と前後しておこった天慶の乱。伊予掾藤原純友は瀬戸内海の海賊の棟梁となり世を騒がせ、天慶四年(九四一)に誅せられた。

五　不幸な出会い——宣長との論争

安永元(一七七二)年十二月に麗女は王朝物語『野中の清水』二巻を書きあげた。その前月に張文成の『遊仙窟』を翻案した『藤のいわ屋』を書いたばかりで、その筆の余勢を駆って書きあげた模様である。あらすじはつぎのとおりである。

時の帝の娘一品宮が后宮とともに里邸に滞在中、内大臣の息子左中将が見染めて近づき二夜《ふたよ》のはかない逢瀬をもつ。間もなく宮は宮中に戻り、左中将の手の届かないものとなってしまう。麗女の作品のなかでも深い意味のある、すぐれたものとはいえない。

この作品は安永元年に書かれたが、安永九（一七八〇）年夏に伊勢内宮のある禰宜がこれを借りて写させた物が、どのような経緯か松坂に住む本居宣長の手にはいった。麗女の住む伊勢山田と松坂はわずか十里ほどの距離である。交流はなくとも共通の知人はあり、互いに名前は知っていたはずである。宣長はちょうどそのころ自宅で『源氏物語』の講義をおこない、多くの聴講者を集めている。宝暦十三（一七六三）年には『紫文要領』(1)も成立している。また彼はひそかに『源氏物語』の文体で物語の一部を書いていたので、麗女の王朝物語に関心をもっていたにちがいない。『野中の清水』を手にした彼は、頼まれもしないのにこの作品に徹底した文章批評をおこない、添削を施して麗女に送りかえした。それを見た麗女が激怒して応酬するという事態がおこったのである。この論争はかなり激しいものであったらしい。自伝中に「野中の清水は、本居宣長、何国より伝わりけるにや、見て難じて返されしかば、則《すなわち》陳《ちん》じつかはす。後は三角先生取り次にて、難陳《なんちん》再三に及びて、終《つい》にしたがはず」とある。

宣長がどのような文章批評をおこなったかは、現在『本居宣長全集』別巻二（筑摩書房、一九七七年）に収録された『野中の清水添削』によって容易にみることができる。

麗女の自伝に「難陳再三に及びて」とあるが、ふたりが『野中の清水』を巡って交わした意見のすべてを見ることは出来ない。『野中の清水添削』とそれに付された解題を手がかりにして、宣長の批評添削と、麗女がそれをどう感じとったかを考えてみたい(2)。

『野中の清水添削』の冒頭の一頁を検討してみよう。

まつ和風をしてせうそこをほうぜしめ、ついて啼鳥をして来由をとかしむなる、春の光りの日々にあらたに、霞の色もうるはしう、野山のけはひはさらにもいはす、

という物語のはじめは、左中将が后宮の里である左大臣邸を訪れる部分である。この頭書(欄外に書き込む注や批評)に宣長はつぎのように書いている。

マツ、和風を云云、来由をとかしむ、此詞イトクダ〳〵シクウルサシ、発端ニ、カカル詞ヲオクヘキモノカハ、同ジカラ文ノ中ニモ今少シノビラカナル事モアルヘキモノヲヤ。

と麗女が王朝物語の冒頭に漢詩文を引用したことを厳しく批判している。ついで帝の使いとして左中将が登場するが、この人物の出自を説明する「此中将は内のおとゝの御子にて、おほき大臣のむまことや」という部分の頭書には「此中将はト云ル、ツタナシ」とこの語が無駄であることを指摘している。つぎに左大臣邸の門を入った中将について、

御かとさし入より、けはひことにきら〳〵しくて、れいなれたる人も、おくしかちにまはゆくのみおほゆるを、中将さまよくもてなして、

と描写している部分を宣長は、

御門サシ入ヨリ云々、カヽルコトハ、田舎人ナドノ始テ来タル所ニコソ云ヘケレ、サバカリノ

中将、オクセヌハ勿論ナリ。

と中将の身分とその動作がふさわしくないことを指摘している。また言葉遣いの誤りも徹底して直している。

「人〳〵の心さへまつはなやくはかりにて」とあるのを「まつはなやきて」と訂正し、「庭にまきつる白すなごさへ」を「まきたる」としている。この例でもわかるが、まことに徹底した訂正ぶりで、一頁十五行の間に三か所の頭書があり二十か所の訂正がある。

『野中の清水添削』全編（四十二頁）にわたって、このような厳密さで手を抜かずに批評を施している。ある部分では原文をほとんど残さずに書き改めたところもある。

これに対して褒めた部分は唯一か所、中将の和歌、

春の夜の夢より夢にまとひつゝさらに現のこゝちこそせね

の上の句を「まとはれて」と直し、「此歌、イトオモシロシ」と頭書している。

一字一句をもゆるがせにしない宣長の添削は、彼の文章に対する厳格、緻密な態度をよく表している。しかしその添削によれば、麗女の個性は完全に封じられる程のものであることもまた確かである。

このような宣長の態度は、門人もしくは鄭重に添削を乞うた人の作に対しては妥当であろうが、

面識のない人の、頼まれもしない作品に対してはどうであろうか。宣長の添削原本がいつ、どうして麗女の手元に返ったかわからないが、麗女がこれを見ていたく心を傷つけられただろうことは、容易に想像がつく。自伝に「見て難じて返されしかは、則陳じつかはす」とあるように、活発な麗女は即座に反論を書いた。

麗女は最初宣長の批判に対し、出典をしめして激しく反論を展開した。これについて宣長は出典はあっても作品に用いるには適不適があると再度批判。これらの応酬は津藩儒者奥田三角を通じてやりとりされた。宣長は自分の最初の批判の誤っていた部分は率直に認めているが、麗女は絶対に許さず、〝田舎のゐせ書生〟という言葉を使って激しく応じている。

たしかに麗女の作品には無造作な言葉遣い、洗練のたりなさがある。そして宣長の添削の通りに直せば見事に整った、優美な文章世界が現れる。しかし麗女の作品の持つ不思議な、いきいきした闊達な気分は消えてしまうのである。察するに、これは宣長と麗女の文学観の相違によるものではないだろうか。

宣長はあらゆる夾雑物を排して、古典そのものに触れ、その本質に迫る学問的態度を堅持した人である。それに対し麗女は前節でも述べたように、中世的変容を経過した江戸時代の文学観で王朝文学を感受し、自己の文学世界を構築している。ふたりの意識、立脚点は明らかに違っているのである。

従来、宣長と麗女の論争について、麗女の気の強さ、傲慢さとして語られることが多かったようである。同時代の人が「本居氏も慶徳の刀自も風雅をこのむ人かゝる争はせぬものと知りながらなほまけじ玉しひにいひやまぬこそいやしけれ」と批評したようである。たしかにそういう点も否定できない。当時まだ松坂の一町医として、後世ほどには高名でなかった宣長を軽んずる気持ちが麗女にあったかもしれないし、また麗女が親しく交流する漢学者たちと宣長が疎遠であったという事情もある。しかしこの論争を麗女が謙虚でなかったと人柄の問題にしてしまうと、本質がぼやける。宣長の文学観と麗女のそれとの違いに注目すべきではないか。その観点からみると、相譲らぬふたりの論争はいささか感情的ではあるが、真摯な自己主張であり爽快でさえある。

さて、この論争後のふたりの態度はどうであったか。名古屋の雲史という人が天明八（一七八八）年に伊勢に旅行し『雲史伊勢紀行』[3]を書いた。彼は松坂で宣長を訪問すると、宣長は山田へ行ったら麗女に会うようにとすすめたという。

慶徳隼人と申人《もうすひと》の内室《ないしつ》霊女と云あり。御逢あるべし。女義《おんなぎ》には稀有《けう》なる者なれども、漢学に耽り詩作等を出精、一むきに皇朝の真学ならず。聊志《いささかこころざし》齟齬《そご》する事有故《ことあるゆえ》、近くは絶交同様なり。

霊女とはもちろん麗女であるが、宣長は初対面の雲史に麗女との交渉を率直に語っている。雲史は山田へ行くと早速麗女夫妻を訪問して歓待された。そのとき麗女は雲史に、

本居御知る人に御なり被レ成候《なられそうろう》よし。定《さだめ》て本国にても高名たるべく、寔《まこと》に當時の豪才にて人尊《そん》信《しん》する事神《ことかみ》の如くにし侍れ共自分はいさゝか心得たがふ事あなれば、信さらになし。

と語り、本居は古事記万葉ならでは学問の道はないと言っているがはなはだ狭い、もっと広く学ぶ

べきである。浅く広く学んで深きにいたるべきだと臆せずに述べた。雲史はこれについて「流弁《りゅうべん》よどみなく、至理《しり》の的当《てきとう》驚嘆するばかり也」と感想を記している。麗女の頭脳明晰を感じさせる挿話である。雲史は麗女に「誠に貴女は紫清の再び生れ出《いで》たるならん」と称賛して数刻文学談を交わし、以後は互いに著述を見せ合うことを約束した。そして『池藻屑』『藤のいわ屋』を借りて帰ったが「一奇事と云べし」と最後に記している。

宣長が麗女に対しかなり理解をしめしているのに、麗女は宣長をすこしも認めていないようにみえる。麗女は自分の立場に揺るがぬ自信をもっているのである。前にも述べたが、ふたりの文学観は相容れぬものであるから、このこと自体は非難さるべきものではない。ただ、女性が男性よりつねに一歩退くことが当然とされていた時代に、雲史の言うようにこれは一奇事である。

麗女のような女性はどうして現れたのだろうか。麗女の自伝中に、女性であるための不利益を嘆く部分はごくすくないことが注目される。麗女は自伝に書いているように、学問したい望みを父母には理解されなかったが、四人の兄たちに愛され、養父や夫、指導者たちに大切に導かれた。そして当時の一流の文人学者たちと親しく交流した。彼らとは疎遠な、松坂の国学者から批判されることは、麗女にとって心外なことであったろう。

麗女が生まれ育った伊勢山田は、皇室の社である伊勢神宮のお膝もとであり、幕府の直接の支配を受けない土地柄である。豊宮崎文庫（現在の神宮文庫）には、お初穂さながらに神宮に奉納された多くの書物が収められている。文庫では天下の碩学といわれる著名な学者たちが度々講莚を開いていた。そこには室鳩巣、貝原益軒、伊藤東涯、大塩中斎らが名を連ねている。伊勢神宮の神職たちの学問の水準の高さが推察される。さらに神宮の大御神は女神であり、斎宮はじめ女性の奉仕者が多かった。ことに大物忌《おおものいみ》という童女の奉仕者は、禰宜にも優る奉仕特権をもって神に仕えていたといわれる。(4) このような土地柄であるから、麗女の育った環境は当時としては特殊なものだったのではないだろうか。

宣長との論争を麗女の思い上がりという点に帰せず、その育った環境、人との交流、文学観、それらすべての面から見ていかねばならない。また麗女の物語を読む場合、平安女流文学を最高とする批評基準で測ることを避けねばならないのはいうまでもない。

厖大な量になる麗女の作品は、まだほとんど読まれていない。たしかに彫琢の足りない退屈な物もあるが、さまざまな面からの麗女の全作品の検討を期待したい。

＊ 文中の麗女作品の引用は、伊豆野タツ編『荒木田麗女物語集成』、桜楓社、一九八二年、により、『江戸時代女流文学全集』、日本図書センター、一九七九年、を参考にした。

(1) 本居宣長著。宝暦十三(一七六三)年成立。宣長最初の『源氏物語』論。のち改稿され、『源氏物語玉の小櫛』となった。

(2) 宣長との論争については石村雍子「本居宣長の文章批評について——荒木田麗女の作品「野中の清水」をめぐって」、『日本文学』一九五八年八月号、を参考にした。

(3) 森銑三「賀茂真淵と本居宣長」九、十章、『森銑三著作集』第七巻、中央公論社、一九七二年。

(4) 中西正幸「神宮の大物忌」、『神道宗教』第一五五号、第一五六号、神道宗教学会、一九九四年六月、九月。

第五章

孤独な挑戦者、只野真葛

わか菜摘所
うくひす
なけり
つみためしわか菜をいれむ鶯よ
歌袋あらば明てかさなむ
真葛

冬の歌
よみける
なかに
糸の如氷のしたを行水や
ちかき隣の春雨のおと
真葛

夢
時しらぬ夢のふじの嶺いつみても
はるのはじめのこゝちこそすれ
真葛

▶只野真葛自筆和歌短冊（中山栄子著『只野真葛』より）

一　幸せな前半生を語る『むかしばなし』

只野真葛《ただのまくず》（一七六三―一八二五年）にはつねに他人の理解を拒むような、晦渋な印象がつきまとう。思索の書『独考《ひとりかんがえ》』を著し、江戸の曲亭馬琴に見せたが、手厳しく批判されて沈黙してしまった、という経緯も悲劇的である。大作家であるが、気難しいひととなりを伝えられる曲亭馬琴からそのように遇されたことは、悲劇性をいっそう大きく感じさせる。雪深いみちのくの地で、志を得ず理解者にも恵まれず、うずくまるひとりの老女というイメージがうかぶ。しかし彼女は強いエネルギーを発し、我々にメッセージを送りつづけてやまないのである。

真葛が仙台藩士只野伊賀に嫁いで、江戸から仙台に下ったのは寛政九（一七九七）年三十五歳の年である。そのころから夫のすすめもあって著作「みちのく日記」「松島のみちの記」『いそづたひ』『むかしばなし』を書きはじめた。夫の没後には代表作といわれる『独考』を書く。『独考』は真葛にとっては特別の著書である。それ以前の著作を読むと、真葛の恵まれた生いたち、聡明で愛情深く、人の気持ちのよくわかる寛容な人柄がうかぶのだが、『独考』に至ると真葛の印象は変わる。晦渋で悲劇的という先入観は、なかなか払拭されないのである。それはどこに原因があるのだろうか。不思議な女性だ、といつも感じさせられる。

真葛自身が、両親とその実家のこと、自分の生いたちを語った『むかしばなし』から読んでみよう。真葛が文化八（一八一一）年、五十歳前ころから、末の妹のために書きはじめた著書である。

只野真葛（工藤綾子《あやこ》）は宝暦十三年仙台藩江戸詰の医師、工藤球卿平助《へいすけ》の長女として、江戸日本橋に生まれた。二人の弟と四人の妹があった。

冒頭部分に叔父の乳母〆《しめ》の強い依怙贔屓のために母と叔父が不仲となり、ひいては工藤家と母の実家桑原家が不仲になったことが書いてあるので、『むかしばなし』全体が暗い沈鬱な色合いを帯びる。しかし読みすすむとその暗さは次第に晴れ、真葛の少女時代、すなわち父工藤平助の全盛時代が華やかに展開されてくる。はじめに真葛の心にあった工藤家衰亡への恨みは、書きすすむことで次第に癒されていったのであろう。

真葛の母は教養の高い人で、『古今集』『新古今集』『伊勢物語』などを暗誦し、『大和物語』も少女時代にくりかえし読んでいた。祖母も物語を好み、書を能くした。

真葛の父工藤平助は紀州藩の医師長井大庵の三男で、仙台藩の医師工藤丈庵の養子となり、この養父から厳しい教育を受けた。「工藤ぢゞ様の教へかたは、きびしきことといふばかりなし」と真葛は書いている。平助は『大学』からはじまり四書五経の読了を二、三か月で終えている。また丈庵はあらゆる武芸、芸能に達していた。

工藤丈庵と申ぢゞ様は、誠に諸芸に達せられし人なりし。いつの間に稽古有しや、ふしぎのことなり。医術はたつきの為に被《なさ》レ成《れ》しことにて、実は武士になりたき内心と見へて、やはら・剣術・馬・弓・鎗など、みな御きわめ被《なさ》レ成《れ》しなり。

しかし丈庵は医学については平助に直接教えなかったので、彼は実父長井大庵や中川淳庵《じゅんあん》、野《の》呂《ろ》元丈《げんじょう》その他の医師につき、また自分でも工夫して医学を治めた。青木昆陽《こんよう》、服部南郭《なんかく》に漢学を学んだ。彼は内科が本業であり、外科を主とする和蘭医学を正式に学ばなかったが、前野良沢、桂川甫周《ほしゅう》、長崎のオランダ通詞吉雄幸左衛門《よしおこうざえもん》らと親しく、とくに大槻玄沢《おおつきげんたく》とは親戚同様のつきあいがあった。これら友人たちとの幅広い交流によって多くを学び、平助は世界のなかの日本の位置について、ほぼ正確な考えを持つ人となった。ことに北方、ロシヤ情勢について、深い洞察力を持っていた。平助について「蘭学者ではなかったが、その思考方法は蘭学系の開明的知識人」[1]という位置づけがされているのも当然である。

真葛は父平助について、かなり的確な認識を持っている。

父様は三十代が栄の極めなるべし。日に夜に賑ひそひ、人の用ひもましたりし。御名のたかきことは医業のみならず……御才人なりといふ名の広まりしは、日本中にこへて外国迄も聞えし故、国の果てなる長崎松前よりも人のしたひ来りしなり……諸国にてもてあましたる公事沙汰《くじざた》（裁判）の終をたのみにくることにて有し。服部善蔵隣に住居せしも、まさかのとき知恵をかるによきとて其陰にやどりせしなり。

真葛のえがく平助の姿は大学者、名医ではなくて、時勢をよく見る警世家、良識の持ち主というイメージである。誇らしげではあるが、冷静によく父の姿をとらえている。

このように松前や長崎からも人が来る家であり、ことに東北の雄藩仙台藩の医師の家には、北方の事情に明るい人々が出入りする。同藩の林子平や高山彦九郎、谷万六ら憂国の士も来る。患家として大名からの依頼もある。平助から情報を得ようとする各藩の留守居役も出入りする。役者、芸者、幇間《ほうかん》もくる。そのもてなしのために豆腐屋への支払いが膨大なものになった。豆腐屋が「壱年に廿両豆腐をうる所は、築地にて門跡様（本願寺か）と工藤様とてほめしとぞ」と真葛は書いている。多くの客が出入りするので、築地に新築した家は二階に椹《さわら》の厚板で湯殿を造り、大名たちをもてなした。お返しに各大名方から桜の木やそのほかさまざまの贈り物がくる。

大名たちは患者としてくるだけではない。視野の広い平助の話を聞き、彼のもてなしの趣向を楽しむために遊びにくるのである。平助は器用な人で、料理さえ工夫して平助料理の名をとった。

平助とはいったい何者であろうか。当時の蘭学者たちは「（西洋の）社会・政治・経済・文化一般にたいして強い関心をいだき……すでに多くの矛盾を露呈し、危機的様相すらおびてきた幕藩封建体制にたいし……時局認識の先兵をつとめるにいたった」[2]といわれている。彼らに近い位置にあり、謹直な一学究ではなくて、融通無碍《ゆうずうむげ》の開放的な人柄である平助の家に人が集まるのは自然の勢いであった。

平助が天明三（一七八三）年に著した『赤蝦夷風説考《あかえぞふうせつこう》』は上巻でロシヤ南下の現状とその意図を述べ、下巻でロシヤ、カムチャツカ、千島、蝦夷地の地理的環境を的確に述べ、ロシヤとの交易を許すべきであることを説いている。

この著書は老中田沼意次に献上され、その結果天明五（一七八五）年に大掛かりな蝦夷調査が実現した。林子平の『海国兵談《かいこくへいだん》』(3)もこの著書を資料として成立している。平助の著書は娘真葛の運命をおおきく支配した。『赤蝦夷風説考』により老中田沼に認められた平助には、やがて蝦夷奉行に任ぜられるかもしれない希望がうまれたのである。

真葛が婚期に遅れた理由はいくつかある。十五歳のころ、縁談があると母は「可愛そうにそんなにはやく片付《かたづき》、子持に成《なる》と何もならぬから」と言い、父は「外へやると来年からぢゞ様といはれるから、めったに娘かたづけぬ」と言っていた。真葛の母は御殿奉公をしなかったことを残念に思っていた。その母の強い希望で、真葛は十六歳のときに仙台藩の奥御殿に奉公にあがる。藩邸は汐留橋の近くにあった。そののち姫君詮子《あきこ》の輿入れに従って彦根藩井伊家に移り、天明八(一七八八)年に奉公を辞した。『赤蝦夷風説考』を認められ、蝦夷奉行の希望がうまれたころ、平助は真葛に今すこし辛抱して奉公を続けるように、と言った。自分が蝦夷奉行になれば、真葛に一段とよい縁談があろうと思ったのである。

娘のためによかれという親心が仇となって、真葛は縁遠くなった。真葛は父の言葉に従い、六人の弟妹の長姉である自覚をもって懸命に勤めた。そのころに父の跡をついで嘱望されていた上の弟元保が亡くなり、築地の豪奢な邸宅も類焼した。当時はまだ、

田沼世界故、人もうわきにて金廻りよかりし故、進物の金ばかりも二百両ばかりはよりしなり。鍋島様の家老松枝善左衛門といひし人より五十両進物なりし。二十三十ヅ、権門つき合被《なされ》成しかたより御もらひ被《なされ》成しなり。

このように各大名より火事見舞いがあった。しかし火事後、家を普請するための金を信用してまかせた人に遣いつぶされる羽目になり、伝手をたよって浜町に借宅することになる。

天明六（一七八六）年田沼意次は失脚し、平助が蝦夷奉行に抜擢される望みが消えた。「世の中一変せしかば、その代に用ひられし人は残ず引込みしなり」。平助も山師などと言われて逼塞《ひっそく》するようになる。

真葛は「天なり運なり。時に叶《かな》ひて世の人の目をおどろかせし」と称えた素晴らしい父平助の運が、音たてて崩れて行くのを見ることになる。しかし「これ天命なり、世の変るべき時来りしなりと、父様仰せられし」と平助は時流に乗っていたおのれの有り様を冷静に見据えていた。真葛が御殿勤めを辞して浜町の家に帰ったのは天明八（一七八八）年三月、二十六歳のときである。翌七年に一家は数寄屋町に移っている。「とかくするうち白川様（松平定信）御世と変じて金廻りあしくなり、せんかたなき折ふし」、真葛のすぐ下の妹おしずはそこから雨森家へ嫁ぎ子どもを産み、その子とともに実家へ引き取られて亡くなった。

そのころ真葛は酒井家の藩士に嫁いでいるが、相手は老人で「（これが）一生に一人と頼む人なるか」と思い泣いてばかりいたので帰されるということがあった。三十歳のときに母が亡くなり、真葛は主婦がわりとなって、父や弟妹たちの世話をしている。このころの平助のようすを真葛はあまり書いていない。

寛政六（一七九四）年閏十一月十一日、江戸京橋にあった大槻玄沢の芝蘭堂に江戸にいた著名な蘭学者二十九人が集まって、太陽暦による元旦をオランダ正月として祝った。この席には桂川甫周、森島中良、杉田伯元、稲村三伯らのほか、ロシヤから帰国した大黒屋光大夫、江戸在府中の大垣藩医江馬蘭斎も出席している。しかし工藤平助が出席したかどうか、確認されていない。大槻玄沢との親交から見て、平助が健康で活躍中であればかならず出席していただろう。しかし『むかしばなし』には一行もそれに関する記述がない。

そのころ平助の患者の数も減っている。真葛の記すところによれば、平助は藩主の思いつきで還俗した。当時の医師は僧侶と同じ法体であった。還俗して武家のような身なりになったので、医師をやめほかの重い役についたと思われて患者が減ったというのである。これまでの平助の業績をみれば、世人が医師をやめたと思うのも当然だ。真葛も平助について、

医業をつとむるかた、心には天地にとほりてうごかぬことを考あつめて、論《あげ》つらふことをこのみ侍りき。……されば、子共が世人には似じと、おの〳〵はげみ侍りし。

（「昔ばなし」『独考餘編』所収）

と述べている。平助が、永遠に変わらぬ絶対の真理とは何かを考え集めて、論ずることを好んだというのは、まるで真葛自身のことをいっているようである。真葛はまさに父親のこの資質を受けついで、のちに『独考』を書いたのである。

真葛は三十五歳のとき仙台藩士只野伊賀に嫁ぎ、仙台へ下ることになる。伊賀は千二百石を領する上級武士であり、江戸番頭《ばんがしら》の地位にあった。この縁組は、平助の跡目を継いだ弟元輔のために、

娘のひとりを有力な藩士に嫁がせたいという、平助の願いからなったものである。先方も再婚で国元に舅姑、三人の男子があるのだった。夫伊賀は江戸に勤務があり、真葛ひとりさきに仙台へ下ることになる。このときの気持ちをのちに『独考』のなかで「真葛が如き、三十五才を一期ぞといさぎよく思切、死出の道、めいどの旅ぞと、かくごせしからに」と述べている。江戸でもっとも進歩的、開明的な環境で育った身には、みちのく仙台へ下るには、これほどの覚悟がいったのである。事実仙台は江戸にくらべて「百年ばかりも先つ世」(「とはずがたり」『独考餘編』所収)と真葛には感じられた。妹たちがみなためらったので、真葛は長女として弟妹を庇護し、我が家の命運を支える使命感で嫁いだのである。

しかし先妻の三人の男の子は真葛によくなつき、母と慕ったようすである。真葛のあとしばらくして帰国した夫只野伊賀も、柔軟な心情の持ち主であった。彼は江戸の工藤家を見舞い心を配り、帰国後は真葛に江戸のようすをこまごまと話して聞かせている。

(伊賀は)もの、ふのわざの外は、書よむことをこのみ猿楽のうたをぞ謡へりしとぞ。……唐うたのみ作りき。やまとのはよまざりしを、此処に持てわたりし書どもを取り見て、其ののちはよみたりき。(「みちのく日記」)

武芸のほかは漢籍を読み、謡曲をうたい、漢詩しか作らなかったが、真葛が仙台へ持ってきた書物を見て自分も和歌を作るようになったのである。おそらく『古今』、『新古今』などの歌書のたぐいであったろう。真葛が無骨な夫に対し、柔らかな知的刺激を与えているようすが感じられる。この夫婦はためにも似合いの組み合わせである。しかし夫の江戸在府期間が長いのが彼らの不幸であった。村田春海が王昭君《おうしょうくん》の故事を詠んだ長歌を見て、真葛は自分の身の上になぞらえて涙を流している。その気持ちはわかるが、真葛の被害者意識もかなり大きいものがある。

真葛の仙台でのくらしは、客観的にみてけっして惨めなものではない。江戸にいたときは外出時にはかならず供が三人ついた。仙台に下ってからは七人あるいは五人の供を召しつれて歩く身分である。また金銭に手を触れたことはないが衣食に不自由したこともない、と彼女は書いている。

「我身ひとつのことは歎くことなけれども、世界の万民金争ひの為にくるしみ、苦するさまのいとうたてしさは、旦夕《たんせき》心にはなるゝことなく、歎かしく覚侍るは、仁のいたる所ならんかと、みづからおもひ侍り」。真葛は世の人々の苦しみを我が身に引きうけて苦しむ感性の持ち主であった。

仙台へ下ってからは、松島遊覧をしたり塩竈《しおがま》にある一の宮に詣でたり、長沼という海岸へ網引きを見に行っている。これは女友達に誘われたもので、前日から脚絆を縫ったり割子弁当を用意したりしたと楽しげに書きつづっている。これらについては次節で述べる。

文化九（一八一二）年四月のこと、これまでさまざまの思い出を書きつづけてきた『むかしばなし』のなかに、突然現実のなまの情報が飛びこんできた。

こゝまで書さして、藤平誕生日の祝儀とて中目家へまねかれて行しは、四月廿五日なりし。二夜とまりて同じ七日の夕方帰りしに、江戸より急の便り有、同じ月の廿一日朝四ツ時より病付《やみつき》て、ひる八ツ過に伊賀むなしくなられしとてつげ来たり。人の世は常なしとは知りながら、今朝までも事なかりしを、只三時の程に命たゑんとは、夢おもひ懸ぬことなりし。日をかぞふれば其日は初七日なりけり。にはかにかたち直し、水そなへ花たむけなどするも、何の故ともわきがたし。

寛政十二（一八〇〇）年に父平助が亡くなり、七年後の文化四年に弟元輔が三十四歳で亡くなっている。これは真葛にとって痛恨のことであったが『むかしばなし』ではすこししかふれていない。しかし最後の頼みとしていた夫伊賀の急死に大きな衝撃を受けたようだ。原文の割註に「此ふしはうれいにしづみ、哀のはなしかく事能わず」と記している。そして夫が真葛の経歴、女には珍しい広い知識、考察の深さなどをよく認めて、つねづね「書きとめよ」と言っていたことを思い出して、「今はなき人のたむけにもと思ひなりて」『むかしばなし』を書きつづけてゆくのである。伊賀こそ真葛をよく理解していた人というべきである。

『むかしばなし』はそのあと目立って文体は変わらないが、自分の肉親についての話題はすくなくなり、さまざまな世間話、みちのくでの珍しい見聞が多くなる。柳田国男著『遠野物語』(4)を連想させる話題も混じる。

『むかしばなし』は巻六まで書きつづけられた。母の生家、父の生家、父の養家工藤家のことからはじまり、真葛が見聞した多くのことどもが記されている。そしてそれらは系統的に、あるいは時間的秩序を追って整然と書かれているものではない。しかし六、七歳のころからの思い出を、いきいきとえがき出している点で得難い記録といえる。またこの節で随所に引用した文章でわかるように、読みやすく的確な表現をしている。ことに父平助の全盛時代に工藤家にもたらされた、オランダ渡りの文物の細かい描写がすばらしい。毛織りの国王の宮服の大きさ、形、色合い、模様。ケルトルという酒盛りの道具。「角ふらすこ」にはいった黒い「ぶどう酒」、金の模様のついたのが二十ばかり、内に紺羅紗を張った箱に「びいどろきっと入て、少しもうごくことなし」と、昨日見たばかりのように隅々まで思いだし、図もえがいている。ほかにも「びいどろ」の鏡で反射するように作った掛け行灯が、呉服屋の店先のように明るく輝いたようすなど、十代の真葛が眼を輝かせて見入っているさまが想像される。

このころ長崎の通詞吉雄幸左衛門の紹介で樋口司馬という人が入門してきた。彼は吉雄から平助に贈った『ドニネウス・コロイトフウク』（正しくはドドネウス著『草木図誌』）を携えていた。ところが彼の乗った船が難破して本は海底に沈んでしまった。樋口司馬は海底から引揚げられたこの本を持って、物乞い同然の有り様で江戸の工藤家に辿りついたのである。彼は工藤家の人達に涙ながらに凄まじい海難のようすを語った。

だん〳〵浪あれて、船の中にたまられぬほどに成て、素人は小舟にてのがれしとぞ。船頭と名の付ては舟を明ることはならぬものなりとぞ。陸に上がりて沖をみやれば、大山のごとくなる浪のうへに舟上がりて、一寸ばかりの人のはたらく影みゆるとおもへば、浪の下に入するさま、おそろしといふばかりもなし。覚悟といへば皆髪をみだすとぞ。髪の結《ゆう》ふしに物のかゝれば、それにて命うしなふと有故《あるゆえ》なり。荷うち仕舞てのち、舟は山の上へ上りたるやうに、たかく浪の成たる時、水に飛入とぞ。引なみに入て、もしや岡に打上らるゝかと願故《ねがうゆえ》なり。

波が一気に海岸へ一里も打ち上げるとき、運がよければ木や草に取りすがって助かる人がある。運が悪いと失敗して、また海中へ「引たてられ」ていくのだ。さきに小舟で逃れた樋口司馬は、顔見知りの船人たちが髪を乱し、波に揉まれて苦しむさまを小高い所で見ていて、胸がちぎれる思いがしたのである。「水練上手も下手もいらず、たゞ運次第のことゝいひし」。この話を聞いたのは真葛がまだ十歳前後のことである。その後工藤家でおりある毎に繰りかえし語られて、真葛の脳裏にその情景が細部まで刻みこまれたのであろう。そして三、四十年後にこのようにリアルな文章で再現したのである。真葛の作家的力量は並々でない。このとき工藤家にもたらされたドドネウス著『草木図誌』はばらばらに解き、一枚ずつ洗って乾かし、桂川甫周ら蘭学者たちが和蘭文字の数字を見わけて仕立て直したのである。

真葛の文章修行はいつごろから始まったのであろうか。『独考』の序と思われる文のなかに「されど故父のおもふやう有とて、唐文読《からふみよむ》ことをとゞめられつれば、見もしらず。」とある。平助は女が博士ぶるのはよくないと言って、真葛に漢文を学ぶことを禁じた。『むかしばなし』のなかでは、母や祖母が古典の教養の高い人であったことが語られ、真葛自身も「歌よみのお民」に子どものころ「『古今』のよみくせを直してもらいに行て有し」と書いている。お民とは荷田春満の姪、蒼生子《たみこ》である。当時江戸では女先生として有名であった。また工藤家は国学者村田春海とも親しい間柄である。真葛が日本の古典に近づくのは自然の成り行きというものであった。しかしこれまで多く引用してきた『むかしばなし』そのほかを見るに、真葛の文体は雅文・擬古文という範疇にははいりがたい。真葛が書きたい事柄は雅文・擬古文には盛り切れない。もっと直截にいきいきと語る文体を必要とする。真葛は話言葉も多用している。これを俗文といっていいのだろうか。しかし品格は落としていない。真葛は文体に関してかなり意識的な人であったようだ。

次節ではその点に留意しながら、真葛の多くの作品の魅力を味わってみたい。

（1）『洋学　上』解説六三四頁、『日本思想大系』64、岩波書店、一九七六年。
（2）杉本勲「近世実学思想史の諸段階とその特色について」、『近世の洋学と海外交渉』巌南堂書店、一九七九年。
（3）海国として対外兵備の急務を論じた書。林子平著。寛政三（一七九一）年刊。幕府の咎めをうけ、同年絶版。
（4）岩手県南東部の遠野地方一帯に伝えられた説話を集めたもの。初版は明治四十三（一九一〇）年。
（5）オランダの本草（薬草）の図鑑。

二　仙台で花開いた作品群

前節では主として『むかしばなし』によって、真葛の生涯を辿ってみたが、『むかしばなし』にはそのほかさまざまな話題が含まれている。なかでも大猫、狐、山女の怪異を語る話が多い。それらは手短かに語られているが、『奥州ばなし』『真葛がはら』上巻にいくつか再録された。それについてはあとに述べる。『むかしばなし』は文化八（一八一一）年、真葛が四十九歳ごろから書きつづられている。真葛のもっと早い時期の作品に『月次文《つきなみふみ》』がある。それは月ごとの手紙の手本文で、優美な擬古文で書かれている。真葛が荷田蒼生子の所へ古典を習いにいっていたころのものであろうか。

荷田蒼生子は、賀茂真淵の師荷田春満の甥でその養嗣子となった在満《ありまろ》の妹である。蒼生子は幼いころから家学を修め、のちに兄在満に従って江戸に下り、しばらく紀州家に仕えた。真葛の少女時代にはその近くに住んで、子女に歌文の指導をしていた。蒼生子の歌文は春満の学統を伝えて、見事な平安王朝風の擬古文である。真葛はその教えを受けて、流麗な季節の消息文を書いている。

むつき　　をとめ心

いつしかと指を折りてかぞへられ侍りしを、一夜のほどに立替りて、春といふ名の嬉しさよ。
されどまだうひ〳〵しきほどは、鶴亀のよはひにたとへ……、

このような文体で十二か月の消息文があり、おのおのに和歌が添えられている。真葛のはじめのころの文章観は、平安王朝文学の規範に強くとらわれたものである。

真葛とほぼ同時代の、真淵門下の女性たちは、みなそのような擬古文を得意としていた。真葛も女性の文章は王朝風のものが好ましいと「女子文章訓」に書いている。「古事・古歌をも覚て」優しい文をつづれば、「心まで上臈しくなる」といって、人柄を上品に優雅に陶冶するための業と見ているが、どこか生活の実感には欠ける。当時、真葛の文名は江戸でもかなり聞こえていたようだ。

「武蔵の国にて、あや子てふ名は聞きつ」（「ゆふべの名残」『真葛がはら』所収）と言って仙台まで訪ねてきた尼がいたことを、のちに真葛が記している。仙台に下ったときから真葛は「みちのく日記」を書きはじめた。このころから生活の実感が籠められるようになる。しかし文体はまだ優雅である。

それのとし九月十日ばかり、住馴れし国を離れて、山や河やと渡り越えつゝ、もゝ里にすがふ駅路《うまやじ》を経て、おなじ月廿余日に、事なく来着きぬれば、やう〳〵心もおちゐたり。されど、われのみ先ず下りて、男はやがてといひしを、えさらぬ事ありて下らず、いとつれ〴〵に日をふるも、たよりなし。まゝ子三四人有りけり。紛るかたなき日暮しには、此の子どもをまつはしつゝ、するわざもなければ、つむぎ糸といふ物を習ひて取るとて、

思ひかね今日取りそむる片糸のよりあふ程を何時とかまたむ

只野伊賀に嫁いだが、夫は勤務の関係で江戸に残り真葛のみ仙台に下った。先妻の残した男の子が三人いたが、皆よく真葛になついたので、その子らを身辺において、糸つむぎを習った。それにことよせて「片糸のよりあふ程を何時とかまたむ」と夫の帰国を心待ちにしている。ついで、

雪深き処なれば、いつも積りてのみあるに、日のさしかゝれば聊《いささ》か解くれど、夕づけばいと長う垂氷《たるひ》となりて、尺にも余りたるが、いやへにさがりて、朝目などには、水晶を懸けわたしたらんさましたり。照子に見せばや。如何にめづらんと、あたらし。

長いつららが朝見ると、水晶をかけ連ねたように見える。照子に見せたい。どんなに珍しがって喜ぶか。自分が母がわりとなって育てた末の妹は、十二歳になっていた。つぎの年四月四日、時鳥《ほととぎす》を聞いた。それからは絶えず高い声で啼く。下女たちは時鳥をおとたか鳥と言う。「げに声の高ければ、似つかはしき名なり」。

真葛は仙台という北国にきて、つららや時鳥の名前などさまざまな発見をしている。仙台を江戸とくらべて見下しているようすはなく、相対的に眺める視点をしめす。夏になって、

故郷にて「みん〳〵」といふ蟬を、「大蟬」「ちからぜみ」などいふは、此処の言こそ増りたれなど思ひおり。

と仙台の方言に実感が籠もっていることを評価している。真葛は言葉に敏感な人である。

二月下旬には夫伊賀が帰国することになり準備に忙しくなる。「きさらぎ廿日あまりのころ、男下り着かんと聞きて、俄にまうけの物ども取り集むるはうれしかりき」と書いたが、すこし気恥ずかしかったのであろうか。原文に割註をして「此の男とても、故郷にて馴れたる人にもあらねば、まほにうれしき事もなけれど、何事も〳〵見知らぬ国にひとりあれば、かくあいなく人をも待たるゝ、なりき」と書いている。本当に嬉しくはないのだが、見知らぬ人ばかりのなかにいるので、こんな夫でも待たれるのだと、自分で自分に言い訳しているようにみえる。真葛はまことに正直な人である。夫は武骨者だが、真葛に習って和歌を作ったりする優しい人だった。

仙台で二度目の冬を越した春、夫が江戸へ戻るときに長男を修業のため江戸へ連れていった。そ

して次男は他家へ養子にやり八歳になる末の子のみ残ったので、真葛の身辺は急に淋しくなった。

ひとり残りし幼子も、友しなければ、竹むらの中をめぐりありきたりしに、珍しきものを得たりと、捧げもちて、いとうれしと思へるさまにて走りくるを見れば、椋鳥よりは少し小さき雛鳥の、まだ巣立たぬほどぞと思はるゝものなりけり。

長兄が江戸へ、次兄が他家へ養子にいってしまい、遊んでもらえない末の男の子が、所在なく竹やぶを歩いていて鳥の巣を見つけた。継母に見せようと、顔を上気させて走ってくるさまが目に見えるようだ。

どうして取ったのと聞くと、鶯の巣の雛がふたつはかしこくて、親について飛んでいったのに、これひとつ残っていたんだよ。僕飼ってもいいでしょ、と言って鳥籠に入れて軒に掛けた。珍しいものだけれど、餌を与えるのが難しいから放してやりなさいと言うが、子どもはなかなか納得しない。雛鳥は驚きもせず、止まり木に据えられたまま、ひひと鳴いている。それがとても愛くるしくて、真葛までが放すのが惜しくなってくるが、「はた飼ひ得つべくもあらねば、とかくいひつゝ、夕がたに本の藪にかへしやりしが、如何なりつらん」。ようやく言い聞かせて竹やぶに返したが、あの雛はどうなっただろう。このことはつぎの年、夫や長男が江戸から帰ったとき、只野家の楽しい話題になったのである。真葛は肉親の情にたいへん篤い人であるが、その愛情は先妻の子どもたちにも雛鳥にも惜しみなく注がれている。十六歳で父に従って江戸に出た長男も時折たよりを寄せてきた。

時鳥なくにつけても故郷の浅茅が原の園ぞ恋しき
　ふるさとに残りし君は我よりも猶淋しさはまさるべきかも

時宜《じぎ》にかなったやさしいたよりに真葛は涙を流した。
自分を「かひ鳥」のようだと言ったり、王昭君(1)になぞらえたりする真葛の泣き言を、額面通りに受け取るとすこしずれるかも知れない。漢詩しか作らなかった夫に和歌を作らせたり、三人の男の子にこんなに慕われている。この子たちにとって、花のお江戸から嫁いできた二度目のお母さまは、かなり楽しいハイカラな空気を只野家にもたらしたに違いない。長男図書《ずしょ》の思い出の記でもあればおもしろいのだがと思う。

夏になれば、仙台は涼しいところだから蚊や蚤はいないと思っていたのに「いぶせきまで烟《けむり》たて、」蚊やりを焚く。蚊はまだしも蚊帳に入れば防げるが、蚤は防ぎようもなく何処までもはいってくるのが憎らしい。

夏の夜は蚤のかたきに攻められてやすいしなさぬことぞ苦しき
手をくはれ足をくはれてすべもなく蚤の奴と我なりにけり

秋となりても、よろぼひつゝ、絶えずゐてくふぞ憎き。

これは狂歌ではない。真葛の日々のくらしの実情実感である。真葛が生活の実感を書いているうちに、それは優雅な擬古文には盛りきれず、写実的な俗文に近づいていく。女子の文章は優雅な教養を身につけ、上流婦人らしくみえるのがよいと、考えていた真葛であったが、仙台に下って異なる風土、文化に接し多くの発見をした。そして自分の心を慰めるために正直に内心を吐露していくうちに、優雅な擬古文の限界を悟ったのではないだろうか。写実的な文体が真葛の自己実現の手段となり、目的ともなっていくのである。

享和二（一八〇二）年の秋、真葛は松島遊覧にでかけている。「松島のみちの記」によれば九月五日早朝に出立するが、前日空模様を気にして雨降るなと祈っている。「まだ明やらぬ空よく晴て、星ぞふるべくきらめきたる。神やちはひ給ふらんと、しづ心よくて、先づ一の宮にまうでけり」。心うきたつような出発である。松島まで舟で渡るはずのところ、波が高くなったので山越えの道を行く。おみなえし、桔梗《ききょう》、かるかやが混じって乱れ咲くのを、めでつつ行くようすを細かに描き出している。

申《さる》の刻（午後四時前後）に松島に着いた。ふと見た所では、それほど比類ない景色とも見えないので、もどかしいような思いがする。五大堂(2)へ渡る橋は「五寸ばかりなる板を間一つおきて渡したれば、水の遠くすきてちらめくを、ようせずば落ち入りぬべく、いと仮相《けそう》（仮の姿）にて、渡りがたし」。危なげな橋の隙間からゆらめく水が見えるようすが実感される。その辺りの浦はすべて白い

巌石ばかりなので、ようやくたぐいない景色であると納得した。翌朝は天気よく、いよいよ船で島を巡る。四方の島々のようすは、

小さき島には、ちひさき松おひたり。大きなる島には、似つかはしう枝かはして、いさゝかも取りくはふべき所なし。鏡のごと照りたる海原に、浮めるむらしまの、行きのまに〳〵めぐりて、さまかはり行くは、見ぬ人の思ひよるべくもあらず。……ひとしまを目とゞむれば、百しまは見ずなり行けば、目二つにては見とりがたし。

これ以上ないほどによく形が整った島々が、巡りゆくままに姿を変えていく。ひとつの島の姿の変わっていくのを見つめていると、別の島を見逃してしまう。松島遊覧船では誰でも実感することだ。船縁でじっと見ていると、反対側の船縁から歓声があがる。あわててそちらを見ると、もうその島影は眼界から去ってゆくところである。まことに「目二つにては見とりがたし」である。

富山、福浦島、御島などという小島に上陸した。富山では坂を十余りも越えて、頂上にある馬頭観音の御堂を拝む。坂上田村麻呂が据えたものだという。こんな所にも僧侶がいて、景色をえがいている男もいた。御島では、伝説の香蓮尼が住んでいたという庵を探したり墓を尋ねた。

翌七日は瑞巌寺を拝観する。この寺の「妙なることのかぎりを尽した」結構をえがき、その昔、仙台藩主が朝鮮より持って帰ったという梅の古木の由来も記している。また寺の入口にある岩穴のひとつ、法身窟にまつわる北条時頼入道と僧法身とのエピソードを、案内の翁の語るままに詳しく記しているが、それはそのまま渾然たるひとつの物語となっている。

こうして三日間の松島遊覧を終わり、この道の記の最後に長歌一首と短歌三首を記している。長歌の一節に「七種《ななくさ》の玉なす島は　八《や》百万《およろず》　四方《よも》にうかみて　天つ星　めぐるがごとく　西見れば　東はおちぬ　北見れば　南は過ぎぬ」と「目二つにては見とりがたし」という実感を、真葛は繰りかえし詠んでいる。

真葛が江戸から仙台へ下ったのは寛政九（一七九七）年秋であるが、同じ年の春仙台から松島、瑞巌寺、中尊寺、高館などを回った人に、大坂の町人学者として有名な山片蟠桃《やまがたばんとう》がいる。蟠桃は仙台藩の御用商升屋を背負って立つ人であった。彼が仙台へ下ったのは、もちろん仙台藩の財政に関する使命を帯びたためであるが、それについては次節で述べる。蟠桃は松島を巡って、その著『夢ノ代』[3]地理第二の十のなかで「寛政九年癸巳ノ春、余奥州ニ下ル。探勝ノ暇ナシトイヘドモ、三月六日仙台ヲ発シ、多賀城趾・塩竈ヲ経テ松島ニ至ル。塩竈ヨリ松島マデ舟シテ洲々《シマジマ》ヲメグル　其勝景イフベカラズ。瑞岩寺ハ巨刹ナリ。松島ヨリ石ノ巻ニ至リ淹留三日」。

そのあと彼は中尊寺、高館へ向かっている。癸巳の年というのは蟠桃の記憶の誤りだそうだ。この年の蟠桃の東奥行きは、それより百八年前の芭蕉の『おくのほそ道』の跡を弔う情感の裡になされたといわれる。[4]『おくのほそ道』（岩波文庫）の松島の項は、

抑《そもそも》ことふりにたれど、松島は扶桑《ふそう》第一の好風にして、凡《およそ》洞庭・西湖を恥ず。東南より海を入て、江の中三里、浙江《せっこう》の潮をたゝふ。島〳〵の数を尽して欹《そばたつ》ものは天を指《ゆびさし》、ふすものは波に匍《はら》匐《ばう》。あるは二重にかさなり、三重に畳みて、左にわかれ右につらなる。負るあり抱るあり、児《じ》

孫愛《そんあい》すがごとし。松の緑こまやかに、枝葉汐風《しえふしおかぜ》に吹たはめて、屈曲をのづからためたるがごとし。其気色窅然《そのけしきえうぜん》として、美人の顔《かんばせ》を粧《よそほ》ふ。

彫琢無比と称えられるこの文章は、和漢の古典を縦横に踏まえた名文であるが、真葛の「松島のみちの記」はこれとは対蹠《たいしょ》的な姿勢に立っている。つまり古典の力を殆ど借りず、比喩を使わず、目前の現実から取材したものなのである。写実の文にしてよく、洗い上げたような松島の清潔な美しさ、その雄大さ、島々にくらす僧侶や貧しげな画かき、人珍しげに寄ってきて案内する翁などをえがいている。また「ふなばたに手さし出でて、あやまちなせさせ給ひそ。鮫といふ魚《いを》の見つくれば、必ず飛びつきて指をくひきるものなり」と注意する船頭の言葉は、真葛ばかりか読んでいる者にも寒気を感じさせる。

長らく古典に親しみ和歌を詠んできた真葛が、古典を踏まえる日本文学の伝統を知らないはずはないし、その力がないわけでもない。しかし筆をとると実感がまずでるのである。

真葛は別に「塩竈まうで」や「ながぬまの道記」を書いている。いずれもいきいきした観察眼のよく行き届いた、おもしろい文章であるが、成立年が特定できないようである。前節で扱った『むかしばなし』の執筆は文化八（一八一一）年からはじめられ、夫の急死のあともつづいた。

文化十二（一八一五）年には『独考』を書く決意をして執筆をはじめる。それと並行してそれまでに書きためた文章を『真葛がはら』天地二篇にまとめた。「松島のみちの記」「塩竈まうで」「ながぬまの道記」はこれに収められた。さらに多くの文章がはいっている。その後文化十四（一八一七）年には『奥州ばなし』が成立している。これは題名どおり、仙台に下ってから真葛が聞きとった話である。『むかしばなし』五、六のなかの話と重複するものが多いのと、いくつかの話の後に「解云《とくいう》……」として、曲亭馬琴の頭注を記しているので、真葛が馬琴に見せるために奥州に関する話をまとめたものと考えられる。解《とく》は馬琴の本名である。『奥州ばなし』のなかには、人間と対等にわたりあう年経た狐や大猫、大鷲の話、人を食う大猿、狐火、山伏の話などみちのくに伝えられた、または土地の人が体験した話が集められている。『むかしばなし』で短いエピソードとして語ったものを、ここで細部をくわしく、文章を整えている。題材は真葛自身が現実に取材したものはない。身近な人、只野伊賀の弟木幡四郎右衛門、沢口覚左衛門、その養父忠大夫、その他只野家の家臣と思われる人々が体験した話が多い。所々に割註して「是ははやく聞しことなりしが、偽にやといぶかしく思ひて有しを、藤沢幾之助と云人、其浜に知行有て、とし毎に山狩に行しかば、よくことのやうを知りて語るによりて書きとめたり」とか「……といひしも、より所あることなりき」などと書き添えているのは、真葛の実証精神が発揮されたものと思われる。

『真葛がはら』の天の部も、「へんぐゑの猫」「沢口覚左衛門きつね打の次第」など変化《へんげ》の話が多いのは、奥州という土地柄か真葛の好みによるものか。これらはすべて俗文体で書かれ、直接の話し言葉も多くまじる。「香蓮といふ菓子の由来」「名取のおほをさ」など古くから土地に伝えられた話は、人の口から口へと伝えられるうちに洗練されたのか、簡素典雅、古典的な文章に仕上がっている。真葛はその題材により文体を選び、さまざまな文体を自在に駆使した人である。

文化四(一八〇七)年ごろ、真葛は本居宣長著『古事記伝』を読んだ。そののち『むかしばなし』を書き、長い助走時代を経て、衰亡した実家工藤家の名をあげるために、世に出ようと決意する。そして文化十二(一八一五)年に『独考』を書きはじめたのである。

(1) 前漢の元帝の宮女。絶世の美人であったが、匈奴の王に嫁がされた。胡地にあって怨思の歌を作り、のち服毒自殺した。その墓にはたえず青草が生えていたという。
(2) 五大尊明王を安置した仏堂。
(3) 山片蟠桃の主著。天文、地理、経済から神代および鬼神にいたるまで、多くの事を論じている。『日本思想大系』43、岩波書店、一九七三年、所収。
(4) 水田紀久「蟠桃東遊」、『懐徳』六十四号、懐徳堂記念会発行、一九九六年一月。

三 天地のあいだの拍子を洞察した『独考』

「とはずがたり」(『独考餘編』所収)によると、文化十二(一八一五)年の秋のこと、明け方に「あきのよのながきためしに引葛《ひくくず》の」という、和歌の上の句が耳にきこえてきた。これを真葛は「多年信じ奉る観音ぼさつの、しめさせ給ふ」と感じとった。下の句のつけ方によって「おのが一世のうたとならん」と嬉しく思い、「たえぬかづらは代々にさかえん」とつけた。またある夏の夕方、端居しながら籠のなかの蛍がせわしく明滅するのを見ているうちに「光有身《ひかりあるみ》こそくるしき思ひなれ」という上の句がきこえてきた。御仏のしめしと目がさめるように思って、「世にあらはれん時を待《まつ》間《ま》は」と下の句をつけた。

あきのよのながきためしに引葛のたえぬかづらは代々にさかえん
光有身こそくるしき思ひなれ世にあらはれん時を待間は

このふたつの和歌を力として、真葛は「さらば心にこめしこと共を、書しるさばやとおもひ立つ。このふたつの和歌は、真葛の無意識の深層に潜んでいた自己実現の望みが、何も考えず恍惚としていたときに、ふと意識に上ったのではないだろうか。真葛の、自己を世に顕そうという願いは、人よりすぐれた父のこと、惜しまれながら早世したふたりの弟、さらに衰亡した実家工藤の家名を顕したいということと等価値である。江戸時代の人としては当然の孝の道である。ただ女性としてはその願いがなみはずれて熾烈であったといえる。

それにしても「光有身こそくるしき思ひなれ」とは、なんという強烈な自負心だろう。これまで幾人もの江戸時代の女流の作品を読んできたが、ひとりひとりの持つ強い自負心に圧倒されることがしばしばあった。その心が彼女たちの文学を支えていたことに気づく。

こうして真葛は『むかしばなし』や「みちのく日記」「松島のみちの記」そのほかの、それぞれに特色あるすぐれた文章でも表現できなかったこと、長いあいだ心に降り積もっていた疑問、人知れず考えつめひとりで答えを出してきた事柄を、吐き出すように書きはじめる。そのとき、長年自分の実感を拠り所として書きつづけた文章力が、強力な武器となった。

真葛の体内には亡き父や弟たち、金のために苦しむ「世界の万民」の声が聞こえてくる。その人々は真葛が声にだすことを迫ってくる。その内容は真葛が生きている政治体制のなかでは、公言するのが憚られるようなことをも含む。しかしこれを書かないでは、どうして生きてきた甲斐があろうか。真葛は考えを集中し、思いをこらし、自分に言い聞かせるように序の文を書いた。それは『独考』巻の上抄録の序文として残っている。

此書すべて、けんたいのこころなく過言がちなり。其故《そのゆえ》は、身をくだり、過たることをいとふは、世に有人《あるひと》の上なりけり。

と『独考』が謙虚にへりくだる心なく、言い過ぎている事を述べ、その理由は、へりくだって、出過ぎることを避けるのはこの世に生きている人の身の上だと説明する。つづけて「真葛が三十五歳を生涯の終わりと決めて仙台へ下ったのは、死出の道と覚悟してきたのだから、どんなに人の誹りを受けようとも痛くもかゆくもない。またこの書を憎み謗る人は恐れるに足りない。私の胸には慈悲哀傷の思いがみちみちている。我国の人は自己の利益のために、外国の脅威も思わず、国の浪費も気にせず、自分のためにのみこがねを狂ったように争うのが嘆かわしくて書くのだから、そのために真葛が人に憎まれるのはかまわないと心得てお読み下さい。文政元丑のとし十二月　みちのく真葛」、と冒頭からこのように激しい言葉で『独考』を著す意図を宣言し、ついで丁を改めて、

世にあやしとおもはるゝことはおゝけれど、人のさたすることは、それによりて、ともかくも

おもひとらるゝを、絶《たえ》て人のあげつらはぬことに、いとあやしとおもはるゝことの、ふたつみつ有《あり》しを、年をへて後、漸《ようやく》かゝる故にやと、思《おもい》とらるゝ事とは成《なり》ぬ。……

「世に不思議だと思われることは多いが、人が説明することはそれによってなんとか理解できる。しかし絶えて人が論じないことのなかに大変怪しいことが二、三あったが、何年か（自分で考えるうちに）やっとこのような理由かと自得した。けれども亡き父から漢文を読むことをとめられたので聖人の教えを知らず、まして経文は一頁も聞き知らないので、聖人孔子も仏陀もたんにひとりのすぐれた人間にすぎないと思い、ここ数年ようやく自分で考えぬいたことを、ここに述べつくさねばとさすがに気が晴れぬ思いで、異様とも見える独考を書きとめた。俗言でなくては考えが滞る部分はひなびた田舎言葉を使った」、とこの書を著すに至ったプロセスを具体的に述べ、文体を当時の女性の多くが規範とした優雅な擬古文では限界があるので、俗文体をあえて使ったことを書き留めている。著作の内容とそれにふさわしい文体の採用を意識的に述べた珍しい部分である。

『独考』の内容は上中下の三巻に分かれ、不完全なものしか残っていない。巻の上では「晴《はれ》ぬうたがひ　三」「願《ねがい》わたる事　三」と項目を立てた。

「晴ぬうたがひ」では、一「月のおほきさのたがふ事」――月の大きさが見る人によって盆ほどに大きく見えたり、猪口《ちょく》のように小さく見えるのはなぜか、二「わざをぎの女のふる舞」――現実の世間では女は男より慎ましくあるのがよいとされるのに、芝居浄瑠璃では女から男に積極的にぬれかかるのはなぜか、三「妾の家をさはがす事」――昔から妾（下す女）のために家内に騒ぎがおきるのはなぜか。と三つの疑問を提出している。「願わたる事」では、一「女の本とならばや」――九歳のころから女の手本となりたいと強く願っていた、二「さとりと云ことのゆかしき」――母方の祖母が寺の方丈に導かれて悟りを開いたというのを聞いて、自分も悟りを開きたいと願ったが、父母に笑われて取り合ってもらえなかった、三「人のゑきとならばや」――幼いころから人の為になりたいと願ったが、どうしたらよいのかわからなかった。以上を述べている。これらを見ると、真葛の生真面目で犠牲的な人柄が感じられる。

三十五歳になって只野伊賀に嫁ぎ、仙台に下ってから暇にまかせて「心を正し、くせをさり、身をせむることをわざとしてありし程に……」――自分の心を正しく持ち、くせを直し、欠点をなくするように修行しているうちに、ふと心が束縛を離れて、軽くなったと感ずる瞬間があった。それ以後はなんとなくひとり楽しく、心が進退自在になったのを実感した。ほかの人を見ると、何かにとらわれて石のように重く見える。江戸の弟にこのことを手紙に書いてやると、それこそ仏法に言う悟りでしょう、と返事があった。「あなうれしや、十三四の頃より願《ねがい》わたりしさとりの、かたはしにてもまねばずして得られつるよ」と心が勇みたった。それより真葛は、思索することの愉楽に身をまかせて、考えつづけていく。

天地の間に生《いき》たる拍子有ること、一昼夜の数と、おのづからしられたりき。聖《ひじり》の法にはたがへりとおもはるゝ人の、世に用ひらるゝはおほく、正しきをつとむる人の、世に出がたき事なども、いかなる故ぞとうらめしく思て有しに、正しきと見ゆる人は、天地の拍子に必《かならず》おくれ、宜《よろ》しからぬふるまひの交《まじ》るとみゆる人は、拍子をはづさぬ故なりけりと、おもひとられたりき。いかに引たつるやうにしても、世に出がたき人は、天地の拍子をはづす故なり。さらに異《あや》しむことならず。我が生立《おいたち》しさまをかへりみれば、殊《こと》の外《ほか》早過て、世人とつらなりがたかりしなりけり。

「この天地のあいだには何か脈打つ拍子がある。そして一昼夜の数がある。このふたつこそ絶対の不動のものである。聖の法（儒教道徳）にはひどく背いていると見える人が、世に時めくことが多く、聖の法をしっかり守っている正しい人が一向に世に用いられないのは何故かと、恨めしく思っていた。しかしよろしくない行為の多い人は、天地のあいだの拍子にうまく合っているからであり、いかに引き立てようとしても世に出られない正しい人は、天地の拍子にうまく乗れないだけである。なにも不思議な事ではない。私の来し方を顧みれば、ことのほか早過ぎて天地の拍子に合わず、世間一般とは同列になれないのである。」

自分は天地の拍子よりも早過ぎるのだという自覚も、かなり強烈な自信の現れといえる。「天地の間に生たる拍子」とは、真葛の思想のひとつのキーワードである。これは多くの人の浮沈を見てきたばかりではなく、「正しきをつとむる人の、世に出がたき事なども、いかなる故ぞとうらめしく」とあるので、真葛の肉親の不遇の実感から導かれた言葉だと推察できる。別の所で真葛は天地の拍子について、

天地の間に生出し人は、昼夜の数と、天地の拍子を本として、何事も是に合ことをゑりて用ひ、

あはぬことにはかゝはらぬ様にせば、一生おだやかなるべし。仏の教も聖《ひじり》の道も、共に人の作りたる一の法にして、おのづからなるものならず。動かぬものは、めぐる日月と、昼夜の数と、浮《うき》たる拍子なり。是をあだごとゝおもはんともがらは、真の事は知らじ。

と強調している。天地のあいだに生（浮）たる拍子とは、なにを指すのか。儒教や仏教の教えとは無縁の、目に見えないが確かに実感される、気の脈拍のようなものであろうか。真葛は儒教も仏教も、この宇宙を解釈するひとつの哲学に過ぎず、絶対的なものではない、と考えている。しかし確かに実感される、天地のあいだの拍子というものがある。「天なり運なり。時に叶《かな》ひて世の人の目をおどろかせしは、からくりのごとき生立にて有し故なり」と真葛が『むかしばなし』のなかで称えた父工藤平助の壮年時代が、天地のあいだの拍子にぴったり合った、最上の例であろう。その後田沼意次が失脚して、平助の蝦夷奉行になる望みが消えたとき、彼は天地の拍子にはずれた。「これ天命なり、世の変る時来りしなり」と彼は自分が置かれた状況を冷静にみていた。

平助は聖の法に背き、よろしからぬ振るまいをした人ではないが、聖の法などにはとらわれぬ鬼才縦横の人であった。そして聖の法を真面目に守り、懸命に勤めて不運にも早世したふたりの弟は、天地のあいだの拍子に合わなかった。真葛自身も「殊の外早過て」この拍子に合わないと自覚している人なのである。「うらめし」という言葉の出る所以《ゆえん》である。

しかしこの天地のあいだの拍子について、真葛はほかの所では別の使い方をしている。四十五、六歳のころ、真葛は本居宣長の『古事記伝』を読んで会得することがあった。『古事記』の神代二之巻の冒頭部分にある有名な国土生みの箇所である。「成り成りて、成り合わぬところ」のある女神と「成り成りて、成り余れるところ」のある男神のことを読む。真葛は長年多くの男女の関係がなかなかうまくいかないのを不思議に思っていたが、それが体の構造によると『古事記伝』で知った。そして体の構造により「余れりと思ふ男に、足らずとおぼゆる女の、いかで勝べき」と考え「男にしたがふべき女の身にして、をとこを見くだす心あれば、礼にたがふ故に、悪《にくま》る丶なり。此一事にて女の教は足《たり》ぬ」と納得した。

しかしそこからさらに一歩踏み込んで、「人の心といふものは、陰所を根として、体中にはへわたるものなりけり。男女のあひ逢ふわざは、心の本をすり合せて勝劣をあらそふなりけり」と論を展開している。人の心は性を拠り処にして体中に現われるので、男女があい逢うのは心の拠り処をすり合わせて勝負するのであるという。すべての生き物は勝劣を争うというのも、真葛の基本的認識のひとつである。そこで女には勝っているはずの男も「恋路の段にいたりては、弱女《よわきおんな》にながらる丶こと有」と一方的に女が男に負けてばかりはいないことも述べている。真葛の、性を心の拠り処とする考え方は、フロイトのリビドー[1]を連想させて、興味深い。

真葛が『古事記伝』を読んだのは、文化五、六（一八〇八、九）年のことである。『古事記伝』は寛政九（一七九七）年に上巻（十七之巻まで）が名古屋の永楽屋から出版された。真葛のところに届いたのは恐らく江戸の夫からであったろう。しかし真葛はあまり『古事記伝』に深入りしなかった。

天地の拍子を心に置きて文を見れば、その人の早さ遅さは、あらはに知られたり。試《こころみ》にいはゞ、本居宣長の著せし『古事記伝』に、事《こと》の本《もと》をときしは、いとたゞしくおごそかなれども、読《よむ》にいとま入《いり》て、ふとなしがたきは、昼夜の数を無《な》みせし故なり。いと遅し。

ここでは、天地の拍子は文章のテンポを測る基準となっている。宣長の『古事記伝』は日本古代の史書とされる貴重な文献の厳密な注釈書であり、思わず襟を正させるような労作であるが、あまりにも緻密すぎて、読むに時間がかかり気軽には手にできない。これは昼夜の数という動かぬ真理を無視したからだ、と真葛はいっている。あまりにも緻密な文章は、読む人の意識の流れを滞らせてしまうからだ。これに反して賀茂真淵の文章は、人の気持ちを引き立てようとするため、勢いがあるが早過ぎてついてゆけない、とも言っている。真淵の何を指しているのかは判然としないが、人が読んで理解する速度よりも、論理の展開が早過ぎるということのようだ。この考えでいえば、真葛の文章は早からず遅からず、読むのに過不足のないテンポである。

またあるところでは「茶の湯の法つたはりては、しらぬ国人に会するとも、手つゞきといふ拍子の有故、客・亭主の次第おごそかならずや」といっている。この場合の拍子は秩序とか作法を指している。さらに学者は礼の一字にこだわり過ぎる故、拍子におくれる、ともいう。真葛のいう「天地の間に生（浮）たる拍子」とは、まことに多義的な解釈を許すキーワードで、てこずらされる。

男女間のことについても、真葛はさまざまな考察を巡らせているが、『赤蝦夷風説考』を書いた工藤平助の娘らしく、ロシヤの結婚事情について言及している。

ヲロシヤ国のさだめには、うらやましくぞおもはるゝ。……子を生《うみ》、ひとゝなりて、つまどひすべき齢《よわい》となれば、めあはせんとおもふ男女を寺にともなひゆきて、先《まず》男を方丈のもとによびて、「あれなる女を其方一生つれそふ妻ぞと定めんや、もしおもふ所有《ある》や」と問時《とうとき》に、男のこたへを聞ていなやをさだめて、又女をもよびて前のごとく問あきらめて、同じ心なれば夫婦となす。さて外心あらば、男女ともに重罪なりとぞ。

教会で神父が男女それぞれの意志を確かめて、結婚させる事情をさしている。江戸の工藤平助の所へもたらされるロシヤの情報は、ロシヤの領土的野心や交易に関するものばかりでなく、民情についてもかなりくわしいものがあったようだ。つづけて、

又おのづから独《ひとり》に心のさだまらぬ若人も有とぞ。それは妻《め》をさだめずして、よき人の女《むすめ》もしばし、たはれめのごとく多人《おおくひと》を見せしめ、其中に心のあひし人を妹背《いもせ》とさだむとなん。

なかなかひとりの相手に心が決まらぬ若い人は、身分のある人の娘でも遊女《たわれめ》のように多くの人に会わせて、そのなかから気の合う人を定めるのだそうだ、と真葛は嘆息と羨望をこめて書いている。日本では顔も知らない相手に嫁ぐ女性が多かった時代である。ここを読むと、トルストイの『戦争と平和』の華やかな舞踏会の場面が連想される。よき人(伯爵)の娘ナターシャも年ごろになり、社交界にデビューして多くの人と舞踏して好ましい相手に出会うのである。『戦争と平和』は十九世紀初頭の、ナポレオンのロシヤ侵入を背景として、ロシヤの上流社会をえがいたものであるが、真葛はまさにナターシャと同時代に生きていた人なのである。真葛はロシヤをどのようなイメージで想像していたのだろうか。国王も位の高い役人たちも格式ばらず、供人もすくなく自由に市中を

歩行するとも書いている。かなり憧れを持って美化しているようだ。

このほか『独考』には経済問題、社会問題などさまざまなことについて、独創的な考えが述べられている。反面ひとり合点な部分も多い。真葛は『独考』を出版することを願い、文政二(一八一九)年二月、江戸にいる妹萩尼《はぎに》(栲子《たえこ》)を通じて、曲亭馬琴に添削を乞うたのである。

馬琴ははじめ、「みちのく真葛」とあるのみで、素性も住所も明かさぬ女性の著作を怪しみつつ見ると、「その説どものよきわろきはとまれかくまれ。婦人には多く得がたき見識あり」(「真葛のおうな」『兎園小説』所収)と驚く。そして「婦女子にはいとにげなき経済のうへを論ぜしは、紫女清氏にも立ちまさりて、男だましひある」と、当時の女性には珍しく、経世済民を論じた真葛を高く評価した。

『独考』に現れた真葛の経済についての考えをみてみよう。巻の上に「金の居所」、巻の下に「金のゆくへ」「物の直段《ねだん》のたゞよふ事」の項目があり、ほかにも随所で言及している。真葛は武家の立場に立ち、しかも藩主の利益を擁護する考えである。そのため町人、農民を経済の面では武家の敵とみなしている。さらに武家のなかでも、藩主と家臣を利害相反するものととらえている。つまり藩主が家臣の禄高を加増すると、それは自分の領地を削ることになるのを指摘し、それに気づかない藩主を真葛は嘆いているのである。この面から見れば、確かに君臣は利害相反するものといえる。

「金の居所」の項で真葛は先ず「金は、うやまひたふとむ人の本を居所とするものなり」と書いている。使うために金を好む人の所に居着かず、ただ金を増やすことを好む人の所へ、金は利を追って帰って行く。金を主人として、金のために身を奴隷にして働く町人のもとに集まるのは、当然である。武家は仕方なく町人に頭を下げて金を借りて暮らしを立て、利息を取られる上に彼らに卑しめられるのが無念である。

町人は日々月々に物の値段を揚げて、品をいやしうせんことをおもひ、百姓は年増に年貢をけづらんことをはかる、大乱世心の世にはさまれて、武家は其意をさとらで数年をおくりし内、いつか渠等《かれら》がおもひのまゝに金銀をせめとられ、今は何方の国主も町家を金主とたのみ給ひ、出物なりを任せて、其ちからにかゝりて、一日一月を送らせらるゝは、金軍《かねいくさ》の為には、すでに町人に虜《とりこ》とならせられしならずや。

真葛の生きていた江戸後期は、幕藩体制の含む矛盾が剝きだしになった時代である。多くの大名は米取引を業とする商人に莫大な借金をして体面を保ち、一方苛酷な年貢に苦しむ農民は、これを軽くしたいと一揆をおこす。日本中のどの藩も多かれすくなかれ同様の事情で苦しんでいた。しかし武家たちは置かれた状況をあまり自覚せずに、危機感を抱いていない。真葛はそれを武家の立場にたって、歯ぎしりするような思いで眺めていた。

仙台藩ももちろん同様の事情にある。ことに宝暦五（一七五五）年の奥羽飢饉に苦しめられ、明和四（一七六七）年には幕府から関東諸河川の修理を命ぜられて、巨額の借財をした。天明四、五（一七八四、五）年の不作、江戸藩邸焼失などで多額の借金をした。このときに仙台藩の蔵元御用を引き受けたのが、大坂の米取引業者であった升屋小右衛門こと山片蟠桃である。蟠桃は合理的唯物的思考に徹した町人学者として知られた人で、あとで述べるがその経済的手腕には抜群のものがあった。

蟠桃が寛政九（一七九七）年に仙台へ下り、松島から中尊寺、高館などを探勝したことは二節でふれた。彼が仙台へ下ったのは、傾いた仙台藩の財政立て直しに関してである。升屋と仙台藩の関係は、宝暦年中（一七五一年以降）にはじまる。財政不足に悩む仙台藩が、幕府の許可を得て、藩内だけに通用する仙台通宝を鋳造したのは天明四（一七八四）年十一月以降である。これは方泉といわれる粗悪な鉄銭で、藩外へ持ち出されて悪用されたので、七年七月に中止となった。蟠桃はこの鋳造にかかわったのではないかと思われるが、真葛の父工藤平助がこれに関係したと思われる記述が『むかしばなし』三に二か所出てくる。「父様四十ばかりの時、仙台よりめし有て、十月初御くだり被レ遊《あそばされ》し。其二年ばかり前に、仙台の町人鋳銭の願有て父様をたのみしが、ことすみし故、御礼とて金子など上しこと有し」。

平助四十ばかりのころといえば安永二（一七七三）年前後になる。そのころは他藩でも鋳銭座に関して問題がおきている。さらに仙台へ下った平助は「鋳銭を願し町人」の家に乞われて宿泊している。また真葛十四歳のころ（安永五（一七七六）年）「間もなく還俗仰せつけられし」とある。平助は四十すぎに還俗し、仙台藩の政治の中枢に深くかかわっていたようである。

工藤平助著『赤蝦夷風説考』（大友喜作編『北門叢書』第一冊、北方書房、一九四三年）の解説によると、平助はかつて「管見録」を著して「当世の急務を論じ」藩主に献上しておおいに認められた。藩主は平助を還俗させ、政務に参加させた。このとき彼は四十歳であった。真葛の『むかしばなし』の記述とほぼ一致する。そして「小姓頭より出入司に累遷し才量益々著る」とある。出入司とは仙台藩特有の官職で、財政を支配する重要な地位である。ただし『国史大辞典』(吉川弘文館)によれば、平助が出入司に任ぜられたことは裏づける史料がないという。また山片蟠桃の主著『夢ノ代』の解説(『日本思想大系』43)にも、出入司を数度勤めた萱場木工や青木内蔵之助の名はでてくるが、平助の名がでてこないところをみると、平助は出入司という重職ではなく、その周辺のブレインのような存在だったと思われる。そして医師としてよりも警世家として『赤蝦夷風説考』を著し(天明三〔一七八三〕年)、藩の財政にも深くかかわっていたようだ。真葛の『むかしばなし』は具体的事実にふれていないが、『独考』の経済論の基底にある認識は、おそらく真葛が父から聞いた、あるいは父の動静を見ながら推察した彼女の実感であるだろう。

一方升屋小右衛門こと山片蟠桃は、大名貸で大いに傾いていた升屋再建の使命を担っていた。『夢ノ代』の解説によれば、升屋は仙台藩のほかにも越後長岡藩、豊後岡藩などの蔵元御用を勤め、各藩から貸金の利下げを強要されていた。さらに升屋本家の相続問題がからみ、身代を投げ出すような危機に瀕していた。そこで蟠桃は仙台藩へぴったりと寄生し、「妙計」をもって仙台藩の財政を立て直すと同時に、升屋へも莫大な利益をもたらして、升屋を豪商に発展させたのである。

いま「妙計」と書いたが、この言葉は同時代の経済学者として知られる海保青陵が、蟠桃の仙台藩立て直しの手法を高く評価した言葉である。海保青陵はその著『稽古談』[1] 巻之二（『日本思想大系』44）のなかでこの言葉を使っている。莫大な仙台領内の米を江戸へ海上輸送するとき、仙台、銚子、江戸の三か所に吟味のため改め役を出張させる。この費用がまた甚大である。そこで蟠桃はサシ米の工夫を願いでた。これは米を吟味するときに俵のなかへ竹筒のサシを差しいれて、少量の米を取りだして調べる。この際にすこしこぼれる。三か所の改め所でこぼれる量を一合と見積もり、一俵につき一合のへり米を升屋へ下げわたすように仙台藩へ願いでたのである。これは即座に許可された。一俵に一合のへり米は一年に六千両もの金高を生みだし、三つの改め所の必要経費を差し引いても、莫大な利益を升屋にもたらした。仙台領内の米の産出量の大きさがわかる。これについて海保青陵は『稽古談』でいっている。三つの改め所の経費二百両といえば仙台藩では許さないが、一俵につき一合といえば、武家は見当がつかないのだと。

一体、武家ニテハ米ハ天カラデモフルヨフニ覚ヘテオルユヘニ、……米ヲ主人ヨリモロフタルトキモ、改テ見ルモノモナク、ナンボ入リノ俵ヤラ、何ヤラ一向ニシラズ……トントカマワヌ武士ノコトナレバ、早速コノ願ニ叶フタリ。

武家の「不学無術」につけ入った蟠桃の妙計であった。しかし彼は「仙台ノ大身上ヲ一人ニテ引受ケ」て、誠実に仙台藩の財政再建を成し遂げ、そしてサシ米の妙計によって、危機に瀕していた升屋の身代をも見事に立て直したのである。これが天明五（一七八五）年ころから寛政期にかけてのことである。これ以後仙台藩は升屋を銀主として全面的に依存し、升屋に頭のあがらぬ状態となった。

ここで真葛の「金軍《かねいくさ》のためには、すでに町人に虜《とりこ》とならせられしならずや」という主張がにわかに現実味をおび、精彩を放ってくる。「大乱世心の世にはさまれて、武家は其意をさとらで数年をおくりし内、いつか渠等《かれら》がおもひのまゝに金銀をせめとられ……」と真葛は足踏みするような思いで武家のうかつさ、呑気さを嘆いているが、これはたんに一般論を述べているのではない。この時代、どの藩も似たような状態であるが、二節でも見てきたように、真葛は徹底して自分の実感によって文を書く人である。今日のように新聞の経済欄やラジオの株式市況によって、広い視野を得られる時代ではない。ましてや千二百石どりの大身の妻女が、あちこち自由に取材して歩けるわけもない。仙台藩の経済事情について、真葛は父平助から聞いた話、江戸番頭をつとめる夫伊賀の話、かって仙台藩、彦根藩に奥勤めした自分の見聞などから、帰納的にこの一般論を導きだしたと考えられる。水面下で暗々裏に繰り広げられる武家と町人との死闘を見つめる、真葛の深い洞察力の確かさをみる思いがする。

これは一例に過ぎないが、『独考』に著されたさまざまな主張の裏には、真葛の知る多くの事実と、それに対する彼女の洞察の厚い積み重ねがあると思われる。いちいちその事実に当たって見ることができないのがもどかしい。一見錯綜する真葛の文脈のなかに潜む思索と、当時の男性知識人たち、蟠桃や青陵らの思想とを関連的にとらえられたら、どんな構図がうまれるだろうか、考えるだけでも刺激的である。

前述したように、文政二（一八一九）年に真葛はこの『独考』を妹萩尼に託して江戸の馬琴に届け、添削批評を乞うた。明和四（一七六七）年生まれの馬琴はそのころ五十歳を越え、『里見八犬伝』を執筆中の多忙な人気作家であった。馬琴は初めは好意的に『独考』を読み、親切な助言をした。しかし一年後、真葛がそれとなく添削の催促をすると、彼は一転して態度を硬化させ、『独考』に激しく反駁する『独考論』を書いて送ってきた。多忙な馬琴が二十日ほども費やして、『独考』を越える量の『独考論』を書いたのである。このなかで、真葛の経済論にふれた部分をみてみよう。

馬琴はまず前述した真葛の「金の居所」のわかりにくい文章を、実にわかりやすく、整然とした文章に要約した上で、「こは忠信の一議にして、うち聞く所道理に似たり。閨人（婦人のこと）にしてかくまでに経済をあげつらひしは、いとめづらかなりといはまし」と、真葛が女性の身でこんなに経済を論じたことを、まずほめている。つづけて「しかれども、そは只末《すえ》を咎《とが》めて、本《も》トを思はざるのまよひなり」という。ここで真葛の主張と馬琴の反駁は食い違ってくる。「末」とは真葛の生きる現代の現実である。「本ト」とは馬琴が理想とする古代中国をさす。真葛が現実の経済を論じているのに対して、馬琴は現代を見ずに、理想的な君主の支配していた中国の古代を見よと諭すのである。

利といふものは貴賤に法《わた》りて、亦これなくばあるべからず。只貪《むさぼ》らざるを善《よし》とするのみ。周《しゅう》公旦《こうたん》はその子伯禽《はくきん》を箴《いまし》めて「利シテ而不ザレレ利セ」といひし事などを思ふべし。

利を取ることは誰にも妥当なのだが、それを貪りすぎるのがよろしくないと、古代の人が教えていることを考えよ、というのである。真葛が「金の居所」のなかで、金は使うことを好む人の所に居着かず、それを増やすことを好み、その奴隷になって尊ぶ人の所へ、利を追って帰っていくものだ、と書いたことに対する馬琴の反論である。

『独考』と『独考論』の双方を照合すると、このような食い違いが随所にみられるのである。ここで、あくまでも現実に即したリアリストの真葛と、経済論を道徳論にすりかえて、古代中国の聖賢の教えを胸に、じっと現実に耐える馬琴との違いをみるべきなのだろうか。それとも馬琴は何かほかのことを真葛に教えたかったのだろうか。いずれだろうか。

(1) 精神分析の用語で、性的衝動を発動させる力(フロイト)。またすべての本能のエネルギーの本体(ユング)。

(2) 海保青陵の主著。田沼時代から文化のころまでに、商業を肯定し、現実的経済論を強く主張した。『日本思想大系』44、岩波書店、一九七〇年、所収。

四 『独考』を批判した馬琴の『独考論』

前節にすこし引用したが馬琴の『兎園小説』のなかに「真葛のおうな」という一文がある。馬琴が執筆の時間を割いて、兎園会(1)の集まりに真葛のことを紹介しようと、書いて届けたものらしい。そのなかで、馬琴ははじめて『独考』を読んだときの印象を、つぎのように記している。

ふみの書きざま尊大にて……その説どものよきわろきはとまれかくまれ。婦人には多く得がたき見識あり。只惜むべきことは、まことの道をしらざりける。不学不問の心を師としてろうじ（論じ）つけたるものなれば、傍《かたわら》いたきこと多かり。はじめより玉工の手を経て、飽まで磨かれなば、かの連城《れんじょう》の価におとらぬまでになりぬべき。その玉をしも、玉鉾《たまぼこ》のみちのくに埋《うず》みぬることよとおもへば、今さらに捨てがたきこゝろあり。

さすがに馬琴は、真葛が磨けば素晴らしい光を放つ宝玉の原石であることを、ひと目で見抜いた。そして基礎教養に欠けることを惜しんでいる。それにつづけて、

そも〳〵この真葛の刀自は、おのこだましひあるものから、をさなきよりの癇性の凝り固まりしにもやあらん。さばれ心ざますなほにて、人わろからぬ性ならずは、予がいひつることどもを速《すみやか》に諾《うべな》ひて、とほつおやの事をさへしるして見することやはせん。

真葛は『独考』を送ったとき、自分の身分を明かさなかった。それを馬琴から指摘されると、彼女はすぐ「とはずがたり」を書いて、先祖、両親のこと、自分の身の上、さらになぜ『独考』のような風変わりな著述をなしたかを記して、馬琴に届けた。馬琴が真葛を「おのこだましひある」とか「をさなきよりの癇性の凝り固まり」など言っているのは、「とはずがたり」のなかで「世界万民金争いの為にくるし」むのを嘆いたり、「何の為に生れ出」たのかと考えたりしていることを指している。けれども真葛の素直さ、性質の良さはまっすぐに馬琴の胸に伝わった。

『独考』のなかに現実の政治体制に批判的な箇所もあるのを見て、馬琴はこれを出版することに危惧を感じ、写本で広めるようにと親切に助言したり、和歌の贈答があったりして、妹萩尼を介し

て一年ほどの交流があった。しかし真葛から『独考』の添削をそれとなく催促されると、馬琴は激怒して『独考論』二巻を書いて送った。

その言、つゆばかりも諂《へつら》ひかざれる筆をもてせず。その是非をあげつらふに、教訓を旨として高慢の鼻をひしぎしにぞ。いとおとなげなきに似たれど、かくいはでかたほめせば、いよ〳〵さとるよしなくて、にぶしといふとも、予が斧をうけたる甲斐はあらざるべし。

馬琴は真葛をすこしも甘やかさず、二十日間かけて厳しい批判の書『独考論』を書き上げた。他人に自分の文を批評してもらうことを、斧正《ふせい》を受けるという。馬琴は教訓を目的として、力一杯の斧を真葛の頭上に振りおろしたのである。ここで江戸後期のすぐれた男女の文学者が、全力でぶつかりあって、火花を散らしたのをみるように思う。

しかしこの斧は、真葛にとってすこし痛すぎたようだ。真葛は馬琴に丁寧に礼を述べて、心のこもった品々を贈ったのち、ほとんど沈黙してしまった。

いま真葛の『独考』と馬琴の『独考論』を読み比べてみるに、『独考』はあくまでも真葛その人の、素朴で独創的な議論である。馬琴が「不学不問の心を師として」論じたものといっているように、儒仏の学を学ばず、誰かを師として問い質すこともせず、自分の心だけを指針として、題名通りにひとりで問題を追及していったものである。そのプロセスは意識の底から考えを絞り上げるような、苦しい道を辿ったことを感じさせる。不器用に自問自答して、渋滞しつつ力業のように議論をすすめていく。そのためはなはだ晦渋な部分をも含む。そして既製の言葉に頼らず、ときには田舎言葉さえまじえて、行きつ戻りつする思索の流れにふさわしい、とつとつとした文体を作りだした。

これに対して、馬琴の『独考論』は儒教的な教養を持つ作家の堂々とした反論である。相手が婦人のことであるから四書（論語・孟子・大学・中庸）からのみ引用したと、はっきり断っている。その長編の反論は激しく徹底したものであり、当時の知識人の常識であった儒教倫理と既製の言葉で書かれている。文章は明晰で、隅々まで晦渋な部分はなく、その点で馬琴の文章のプロフェッショナルな見事さに圧倒される。一読したところでは、馬琴は真葛の幼いかもしれないが、体験に基づく思索の微妙なプロセスと真実をみないで、一刀両断してしまったようにみえる。しかし本当にそうだろうか。

馬琴は「真葛のおうな」のなかで、「まことの道をしらざりける」と惜しんでいるのである。まことの道とは、儒教道徳を指すようにみえるが、前後の文脈から読みこむと、それだけではない。馬琴はむしろ、真葛が真の学問的方法論を身につけていないことを惜しんでいるのである。だからつづけて「はじめより玉工の手を経て、飽まで磨かれなば、かの連城の価におとらぬまでになりぬべき」という文章が出てくるのである。連城の価とは、連城の璧といって、秦の昭王が十五の城と交換しようとした宝玉をいう。初めから正式の師についていたら、その宝玉にも劣らぬほどになっただろうというので、大袈裟だけれども高い評価である。馬琴の指摘はかなり深いところを突いている。『独考』に見られるひとりよがりな論理の飛躍、錯綜する文脈、言葉の概念の混乱は痛ましいものがある。読む者も行きつ戻りつ考えなければ理解できないところがあり、書く人の苦しい息遣いが感じられる。

もし真葛が儒学を学んでいたら、もっと楽に息がつけたのではないだろうか。当時の学問のすべての基礎に儒学があった。真葛がそれを学べば、もちろん四書五経からはじまるのだけれど、漢詩文という豊饒な文学の世界にふれられる。倫理、論理学を学ぶことができる。「人のゐきとならばや」という望みに応えてくれる書物は限りなくある。また自然科学の分野では医学・天文・地理・暦学・算学・舎密《せいみ》（化学）・窮理《きゅうり》（物理）などあらゆる部門を漢文で学ぶことができ、真葛の知的好奇心にこたえてくれる。さらに西洋事情も漢訳洋書で読むことが可能なのである。

当時の知識人はあらゆる学問の基礎を、こうして儒学で学んだ。からごころを激しく排除した本居宣長さえも、京の堀景山の下で儒学を学び、荻生徂徠（景山と親交があった）の古文辞学の方法論をしっかりと身につけて、自らの国学を発展させたのである。

さらに真葛の父工藤平助の友人には蘭学者が多いが、蘭学もまた儒学の実学的部分から発生した学問なのである。彼らの頭のなかでは、儒学と蘭学が矛盾することなく共存している。真葛が育ったのは、こういう環境だった。工藤平助の娘なら、当時のたいていの書物は入手して読むことができたはずである。しかし平助は真葛に儒学を学ぶことを禁じ、和学のなかに閉じこめてしまった。真葛が男子であったら考えられないことだ。平助ほどの人がなぜそうしたのだろう。

真葛のような知的能力抜群の女性ならば、それを学ぶことにより、「人のゐきとならばや」という望みをどう実現したらよいかわかったであろうし、自分の思索を整然と、体系的に展開させることも可能であったろう。環境と教養の系譜と表現形式の混乱が、真葛を苦しめている。『独考』のなかに、彼女の呻吟の声をきく思いがする。

真葛と同じく、儒学的蘭学的環境に育った大垣藩医の娘江馬細香は、儒学による精神形成をし、漢詩文、南宋画にその表現形式を求めた。環境と教養の系譜と表現形式との一貫した、渾然とした世界を創造した幸福な例である。そのためか、彼女の精神の形はくっきりとした輪郭をもっている。

真葛は儒学的蘭学的さらに国際的環境に育ち、実証的合理的な感性と思考方法を身につけた。著作の随所にそれは現れている。しかし彼女は儒学を学ばず、日本の古典を学び、和文を表現の形式とした。この混乱が彼女の世界のわかりにくさの大きな原因をなしていると思われる。和文で表現することが悪いといっているのではない。当時、一番身近であった外国語（漢文）を学ばなかったため、言語を鍛えて論理的なものとする機会を逸したことを、惜しいと思うのである。母国語のほかに、ひとつでも別の言語を学ぶときに、誰でも無意識の内に自分の言語を解体し、吟味し、再構築する。こうして自分の言語を鍛えるのである。紫式部は深く漢詩文を学んでいる。彼女は懸命に隠しているが、それを学ぶことにより、自分の言語を鍛える時間をたっぷりともったはずである。これまで読んできたように、真葛の和文はさまざまなイメージを豊かに定着させた。しかし議論の書を書くときにその弱みを露呈した。真葛のためにかえすがえすも残念に思う。

馬琴が『独考論』を「教訓を旨として」書いたのは、以上のように当時の知識人の常識であった道、つまり学問の方法論（物の考え方の筋道）をまず教えようとしたのであって、真葛を対等の論争の相手とみたのではない。しかしつづけて「高慢の鼻をひしぎしにぞ」とある。真葛が宣長や真淵のことにまったく敬意を表さずに、彼らの文章の拍子の早さ遅さを論じたり、儒教道徳について歯に衣きせず率直すぎるほどに論じていることに対し、いささか癇にさわった点があったのか。馬琴はかなり感情的になった。さらに馬琴の女性に対する屈折した思いも頭をもたげた。『独考論』に添えた手紙のなかで「をとこをみなの交りは、かしらの雪を冬の花と見あやまりつゝ、人もや咎《とが》めん。且わがなりはひのいとまなきに……かかれば御交りも是を限りとおぼし召されよ」と書いた。

こうして真葛が全力で書いた『独考』は、唯ひとりの師と頼もうとした馬琴から手厳しく反論、拒絶されたのである。真葛の絶望の深さが思いやられる。

何年かのちにさすがに馬琴は後悔し、すぐれた女性であったと思い返した。松島へ行く知人に頼んで消息を尋ねたが、亡くなった（文政八年）あとであった。馬琴は嘆いて、真葛の晩年の面影を伝えている。「件《くだん》の老女は癇性いよ〳〵甚しく、終に黄泉《よみ》に赴《おもむ》きしといふ。予はじめて其訃を聞て嘆息にたへず、記憶の為めこゝに記す」（『著作堂雑記』文政九〔一八二六〕年四月七日）。

真葛は誰をも師とせず、儒仏の学を学ばず、まったくの独り学びでこの著作を書きあげた。だからこそ、その独創的なういういしい思索の芽が、教養の力によって摘みとられずに残されたとも考えられる。

学問といい、教養というものは常に二面性を持つ両刃の剣である。無知、因習から人を解放する力を持ち、また自然の、無垢の人間性を束縛する働きをも持つ。真葛は『独考』のなかで鋭く指摘している。

聖《ひじり》の教のあらましは、人の心にしまりがあれば、とりあつかひ仕よき故、〆縄《しめなわ》をかけて道引《みちびく》仕方なれども、鼻にもかけぬわるものどもが、勝手次第にはたらく時は、心を〆られたる方、劣ねばならず、常に損をする事、聖人の教を誠に存ておもしろく思ふ時は、我しらず我手にて心を八重廿一に〆くゝりて、わが国の人気にうとく、天地の拍子にたがひはつるものなり。おそるべし〳〵。

聖人の教えは心を束縛するもので、学のない連中が勝手次第に振るまえば、学のある人は一歩退かねばならず損をする。聖人の教えを信じて深く学ぶほど、自分で自分を束縛することになる、と言うのである。このような天衣無縫の自在な考えは、儒学の教えで身を修めた人には出来ないことかも知れない。真葛はしっかりとそのことをも認識していた。

真葛、唐文《からふみ》よむことをとゞめられて不自由なる事、いくばくといふ事なければ、父の心むけにさへ、うらめしく思ひし事も有き。今おもへば、唐心《からごころ》に落いらで有し故、かゝる事も考《かんがえ》伝《つたえ》られし。さて、父のたふとさもおもひ知られき。

馬琴に拒絶されて真葛は絶望したかも知れないが、彼女が心血を注いだ著作『独考』は、不完全な形であるが残り、現在我々の前にある。そして「身を八ツにさくとても、工藤平助といふ一家の名ばかりは残さんものを……」と真葛が天地に祈ったように、父平助の面影、ふたりの弟たち、そして妹たちのことは、真葛の筆に書きとめられ、いきいきと現在によみがえる。これをもって、真葛の志は見事に達成されたというべきである。

＊ 文中の真葛の著作の引用は、叢書江戸文庫『只野真葛集』（国書刊行会、一九九四年）により、東洋文庫『むかしばなし』（平凡社、一九八四年）を参考にした。

（1） 文政のはじめ、曲亭馬琴らの発起で、好事家が集まり組織した会。世上の珍説奇談を持ち寄り、見聞を広めることを趣旨としていた。

II　漢詩文、和歌、俳諧を作った女性たち

第一章　漢詩文

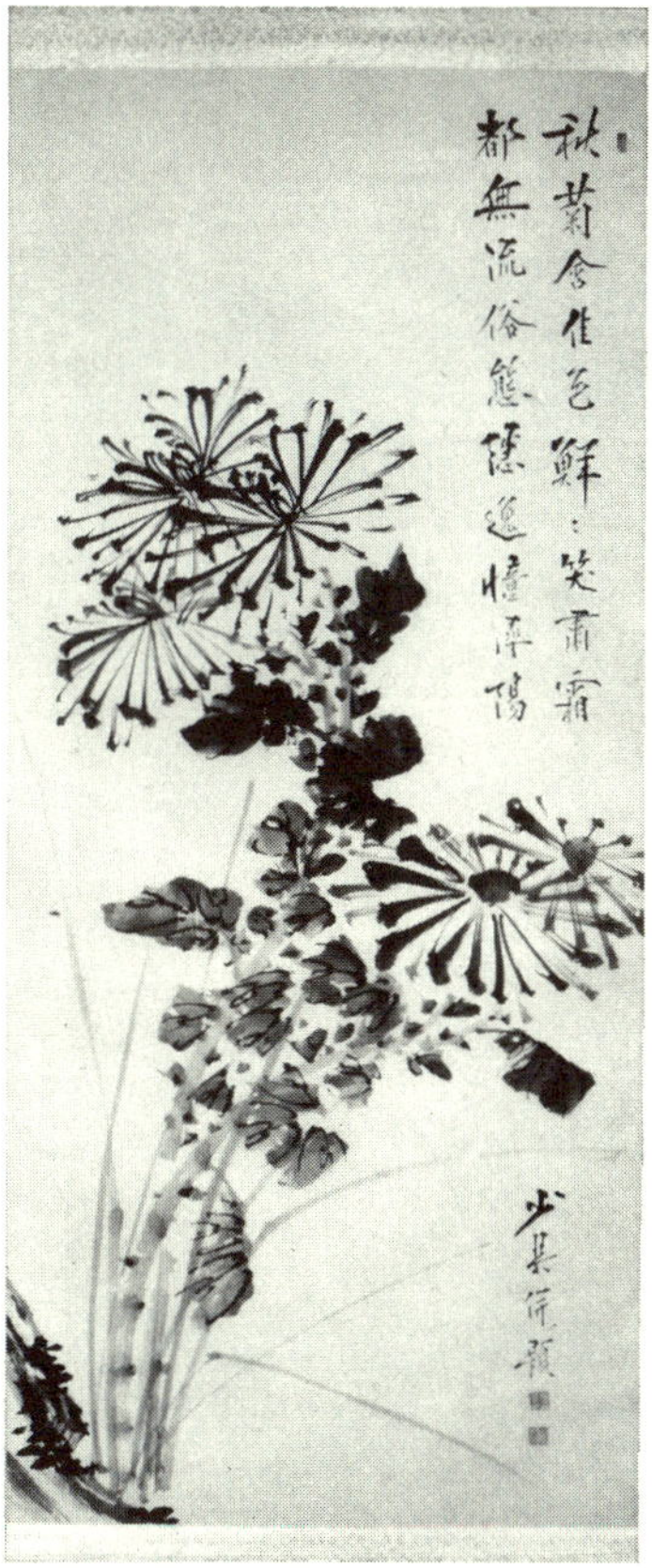

▶亀井少琹画（財団法人亀陽文庫・能古博物館蔵）

はじめに――女流漢詩の流れ

江戸後期になって多くの女流漢詩人が輩出して、すぐれた作品が作られた。また自分の詩集を持つ人も現われた。しかし女性が漢詩を作ったのは、この時期がはじめてではない。I部で述べた井上通女、荒木田麗女らはみな漢詩文に通じ、おりおりに漢詩を作っている。通女と同時代では京の了然尼、土佐の野中婉《のなかえん》らが漢詩をよくしたことがしられている。江戸中期には、柳川藩主の一族の立花玉蘭が『中山詩稿』という自分の詩集を江戸で出版した。女性の詩集としてははじめてのものである。また俳人として有名な田上菊舎尼《たがみきくしゃに》は、中年以後、多くの漢詩を作っている。

平安時代には紫式部や清少納言が漢詩文に精通し、『白氏文集』などをよく読んでいたことは周知の事実である。ただし彼女たちは漢詩を作らず、和歌や仮名文に文学表現をした。とくに紫式部は漢詩文に深く親しんでいたが、彼女はそれを隠したがっていた。

嵯峨天皇の勅で撰ばれた『文華秀麗集』(1)(八一八年)には、宮女大伴氏の詩がある。さらに嵯峨天皇の第二皇女有智子《うちこ》内親王(八〇七-四七年)がすぐれた漢詩を作り、父帝を喜ばせた。内親王の作品は『経国集』(2)(八二七年)に載せられている。『経国集』にはそのほかにも女性の作が載っている。嵯峨天皇の治世は外来文化を積極的に取りいれた時代で、漢詩文が全盛であり、天皇自身もその兄弟も詩人としてすぐれ、文化サロンを形成していた。そのなかで有智子内親王の漢詩が、女性であるゆえに劣ることはなかったのである。

やがて仮名文が次第に発達し、十世紀のはじめころに『竹取物語』や『伊勢物語』が作られ『古今和歌集』が編まれて、女流文学者たちは和歌と仮名文に表現の場を求めるようになった。細かい表現が可能な仮名文は、こわごわしい漢文にくらべ、後宮の女性の日常や心理の襞にわけいってえがくに適している。この時代に仮名文は、新しい文体として新鮮な魅力で人々を惹きつけたのではないだろうか。その結果女性は漢詩文の世界から次第に遠ざかっていった。

江戸後期になって華々しい女流漢詩人の活躍がみられるのは、時代の趨勢と無関係ではない。江戸中期ごろまでは唐詩を手本とする格調派の漢詩が多く作られていた。古文辞学者荻生徂徠は人間の情を詩に表現することを重視した。その門人たちは唐詩を学んでさかんに詩を作り、典雅で厳格な唐詩一辺倒の時代が長くつづいた。

やがてこの風潮にたいして批判が出るようになる。江戸の山本北山は『作詩志彀《さくししこう》』を著して、詩は宋詩のように平明な言葉をもって、清新な心情や日常の情景を詠まねばならないと説いた。こうして詩の新しい機運がおこってくる。僧六如《りくにょ》や菅茶山《かんちゃざん》らがこれに共鳴して清新な詩を作り、つづいて江戸では江湖社の詩人たちが、京では頼山陽たちがこの詩の革新運動を広げた。日常生活に題材をとり、わかりやすい言葉で実情、実感を詠むという新詩運動が多くの詩人の心をとらえた。文字を読み書きできる人がふえるにつれて、漢詩文の古典を読みこなし、指導者について作詩する人々がでてきた。この機運は全国の富裕な庶民層、農民層におよび、女性にも多くの参加者をみたのである。しかし徂徠の古文辞学を正統的に受けついだ九州の学者原古処《はらこしょ》の娘采蘋《さいひん》や、亀井昭陽《しょうよう》の娘少琹《しょうきん》は古典的な格調を保ちつづけ、宋詩風の詩を詠んだ頼山陽の指導を受けた江馬細香《えまさいこう》は清新な詩を作っている。また直接間接的に江戸の詩風にふれた仙台の高橋玉蕉《ぎょくしょう》や、金沢の津田蘭蝶《らんちょう》は女性の柔らかな心情を詠んでいる。さまざまな詩風が同時代に並立してみられるのである。

日本の伝統的な和歌、江戸時代の新興文芸である俳諧にくらべて、はるかに多くの内容を盛りこめるのは漢詩の大きな魅力のひとつである。また漢詩は音韻の約束事があって難しい反面、知性と感性の程よくバランスのとれた世界を構築することができる。長い間ほとんど男性知識人に独占されていた漢詩は、この時代の知的女性にとって挑戦してみたい、新しい刺激に満ちたジャンルであったろう。社会にもそれを許容する雰囲気が生まれてきていた。なにしろ漢詩文は、このころ唯一の外国文学なのであった。

明治初期に活躍した女性たちの多くは、まず漢詩文の素養を身につけ、それから欧米の語学、文化を学んでいった。漢詩文から洋学へ、というのが幕末から明治への新しい文化的流れであった。女性知識人たちもまた、その流れのなかにいたのである。

江戸後期にさかんに作られるようになった漢詩は、大正の中期までつづいた。女流詩人もそれにあわせて輩出している。そのなかには詩人としてよりも学者として評価される女性もいる。明治以後の女性が、英語やフランス語で文章を書いてみようとするのに似た魅力をもっていたのではないだろうか。明治時代から大正の中期まで、漢詩文はまだまだ多くの知的女性の心をとらえていた。

明治十三（一八八〇）年水上珍亮編集により『日本閨媛吟藻《にほんけいえんぎんそう》』上下二巻が出版され、五十四人の詩が収められた。また明治十六年に上海で日本人の漢詩を集めた『東瀛詩選《とうえいしせん》』が出版された。これには古代から明治までの詩が広く選ばれており、編者は清末の著名な学者兪曲園《ゆきょくえん》である。そのうち最後の巻四十が閨秀の部に当てられ、三十四人の詩が載せられた。江馬細香の詩は二十七首、張《ちょう》紅蘭《こうらん》は十四首、篠田雲鳳《うんぽう》四首、原采蘋は二首、立花玉蘭二首選ばれており、いずれも高い評価を受けている。また一九九五年に北京で出版された日本人の詩華集『日本汉詩擷英』にも、有智子内親王、宮女大伴氏、江馬細香、梁川（張）紅蘭の詩がはいっている。

（1）勅撰漢詩集三巻。嵯峨天皇はじめ二十八人の詩百四十八篇を集めている。

（2）平安時代の勅撰詩文集二十巻。淳和天皇の勅命により編まれた我が国最初の詩文総集。天長四（八二七）年撰進。六巻のみ現存。

一　唐詩を学んだ九州の三女性

立花玉蘭

立花玉蘭《ぎょくらん》（一七三三？—九四年）は筑後柳川藩主立花氏の一族、立花茂之（号道印）の長女である。立花帯刀家と呼ばれ、領内の中山村、山崎村を知行地として領主につぐ実力があった。

玉蘭は中山村の邸内で生まれた。生年は不明であるが、夫矢島行崇の年齢からみて、享保十八

（一七三三）年ごろと推測されている。六十歳ごろ没した。

玉蘭が生まれたとき、父茂之の弟貞俶が立花宗家をついで藩主の座にあり、彼女は藩主の姪として、祝福されて誕生した。中山村の立花帯刀家には多くの漢籍が蔵されており、玉蘭は文事を尊ぶ家風のなかで育ったと伝えられる。

玉蘭の自選による『中山詩稿《ちゅうざんしこう》』は、古文辞学者・詩人服部南郭《なんかく》の序を付して、明和元（一七六四）年江戸の書肆嵩山房《すうざんぼう》から出版された。

南郭の序（原漢文）の冒頭に「柳川立花氏の女《むすめ》。名は玉蘭、字は蘊香《うんこう》。未だ笄《けい》せざるより学を好み、詩を善くす」とある。さらに「幼きより麗靡《れいび》脂粉《しふん》の習に染まず、超然として志を流俗の外に抗す」と続く。幼時より学問を好み詩を作り、化粧もせず、世俗に超然として志を持続していたことがわかる。

玉蘭の志は文学を究めることにあった。そこで師である僧大潮《たいちょう》や曇龍《どんりゅう》、さらに曇龍の師である芝増上寺の円海《えんかい》らの紹介によって、江戸の服部南郭に詩の批評を乞うていた。

肥前の名僧として名高い大潮は、荻生徂徠の古文辞学を九州に伝えた重要人物のひとりであり、亀井少琹の祖父南冥も若いときその教えを受けて、九州に正統的な古文辞学を根づかせた。

南郭の序はさらに続けて、玉蘭の父茂之の言葉をつぎのように記す。すなわち玉蘭は奥深い女部屋に育ち、ひとりでに書に親しみ、唐詩があることを知った。そして思いを尽くして詩を作り得るようになったと。つまり玉蘭の詩作は誰かに強く導かれたものではないのである。

茂之は詩は女の道ではないと玉蘭に諭したが、一向に聞きいれない。「性の好む所と雖《いえど》も、其の志蓋《けだ》し在ること有らん。是れ憐むべきのみ」。生れつき好きな道に違いないが、恐らく志があるのだろう、娘の志を大切に思うばかりだ、と茂之は円海に語った。そののち手紙を書くごとに「師は四方の人なり。願はくは、師、為《ため》に慈念《じねん》を垂れよ」と広く諸国を遍歴した円海に、娘の詩集出版の労をとってほしいと懇願し、臨終に遺言して、なおそのことを頼んだのである。まれにみる美しい父性愛の発露といえる。

これを聞いた南郭は、中国に女流詩人はあるが、日本の女流に歌人はいても詩人はないことを考え、かつ自分の娘をすぐれた存在と思う父茂之の心もまた宜《よ》しとして、円海と謀って序を書き、板行せしめた。以上が序に書かれた出版事情である。

南郭は序の最後に、自分は老いたので、文を作って玉蘭の詩を誉めることはできないが、世人がこれを見れば、自ずからその秀れたところはわかるだろう、と結んでいる。老学者詩人の序は委曲をつくし人間愛に満ちたもので、宝暦八（一七五八）年に出来上がった。彼はこの序を書くために推敲を重ねたと伝えられる。六年後の明和元（一七六四）年に玉蘭の自選詩集『中山詩稿』は刊行された。南郭は宝暦九年に没したので、これを見ることはなかった。

玉蘭自身は宝暦の初めごろ、柳川藩の家老職のひとり矢島行崇に嫁いでいる。結婚後も詩作を続けたと思われるが、見ることはできない。

『中山詩稿』に収められた七十七首の詩は、大方結婚前の作とみられる。古詩、律詩、絶句と詩形はさまざまであり、内容も変化に富んでいる。僧侶や藩内の詩人たちとの交流、招かれて詩会で分韻した作、寺院へ詣でたときの即事詩など、自由闊達な玉蘭の日常を感じさせる。また中国古典に取材したものも多い。当然のことかもしれぬが、女友達との交友がまったくみられないことが淋しい。

『中山詩稿』のなかから五言絶句一首、七言絶句二首を紹介しよう。

送人之江南
離席歳将暮
江南路且賒
請君逢駅使
莫憚寄梅花

人の江南《こうなん》に之《ゆ》くを送る
離席《りせき》 歳《とし》 将《まさ》に暮れんとす
江南 路《みち》 且《ま》た賒《はるか》なり
請う 君 駅使《えきし》に逢はば
梅花を寄《き》するに憚《はばか》ること莫《なか》れ

江南一枝春の故事(1)を踏まえて、年の暮に江南に下る人を送る。巧まず、ういういしさの感じられる佳詩である。

宮詞
御溝西畔数蛍流

宮《きゅう》 詞《し》
御溝《ぎょこう》の西畔《せいはん》 数蛍《すうけい》流る

斜倚瑤階望女牛
半夜清風吹玉樹
自憐紈扇不堪秋

斜めに瑤階《ようかい》に倚《よ》りて　女牛《じょぎゅう》を望む
半夜《はんや》　清風　玉樹《ぎょくじゅ》を吹き
自ら憐む　紈扇《がんせん》　秋に堪えざることを

宮詞は宮中の物事を詠む詩の一体である。楽府《がふ》「長門怨《ちょうもんえん》」を踏まえて、帝の寵愛を失った后の悲しみをテーマとすることが、女流詩人たちに好まれた。女牛は織女と牽牛のふたつの星、紈扇は白い練り絹のうちわ。秋の扇と見捨てられた女の嘆きを重ねる着想は、漢詩の常套句である。しかし漢詩がまだ一般的に広がっていない江戸中期、都からは遠い柳川に育ったことを考えれば、玉蘭の漢詩文の勉強が本格的なものであったことに、感動を覚える。

水亭即事
江頭亭榭接蒹葭
両岸清風払露華
檻外新開名月色
却疑銀漢泛仙槎

水亭即事《すいていそくじ》
江頭《こうとう》の亭榭《ていしゃ》　蒹葭《けんか》に接す
両岸の清風　露華《ろか》を払う
檻外《らんがい》　新たに開く　名月の色
却《かえっ》て疑う　銀漢《ぎんかん》　仙槎《せんさ》を泛《うか》ぶるかと

露がしげくおりた、水際のあずまや。雲が切れて、手摺りの外に名月の光がさしてきた。もしや天の川が天人の筏を浮かべているのではないだろうか。結句は月光の非現実的な美しさを詠んでいる。

漢籍の深い教養の上に、玉蘭の詩人としての素質が花開いた。玉蘭が育った十八世紀前半は、唐詩選の和刻本がようやく江戸で出版されはじめたころ[2]である。柳川の立花帯刀家にあった多くの蔵書は、ほとんど舶載の原典であったろう。その点から見ても、玉蘭のパイオニアとしての位置は高く評価されなければならない。古詩、律詩も多くの佳句を含むが、紙幅に限りがあるのが残念である。

（1）三国時代、呉の陸凱が長安の范曄に、江南から一枝の梅花に詩をそえて贈った故事。
（2）船津富彦「古文辞派の影響——近世日本の唐詩選ブームを追って（唐詩選版本考）」、『明清文学論』、汲古選書8、汲古書院、一九九三年。

亀井少琹

亀井少琹（一七九八—一八五七年）は古文辞学者亀井昭陽の長女である。名を友という。友之と中国風に書くこともある。立花玉蘭の項ですこしふれたが、祖父亀井南冥《なんめい》は荻生徂徠に私淑し、僧大潮に古文辞を深く学び、福岡藩の西学問所甘棠館《かんとうかん》を預かる教授となった。

寛政二（一七九〇）年幕府は昌平校で朱子学以外の学問を禁じた（異学の禁）。その影響が福岡にもおよび、寛政四年、南冥は藩儒を罷免され、終身蟄居の苛酷な処分を受けた。少琹の生まれる六年前のことである。父昭陽は、家禄十五人扶持を受ける平士に編入されていた。しかし私的に家塾を営み、門人を教えることまでは禁じられていなかった。

　そのころ江戸、京坂では儒学は次第に朱子学が主流を占め、詩も唐詩から平明で日常的な宋詩が好まれるようになった。しかし九州では亀井塾が徂徠以来の古文辞学を堅持し、秋月の原古処、日《ひ》田《た》の咸宜園《かんぎえん》の広瀬淡窓《たんそう》がその学統を伝えていた。ふたりはともに南冥以来の亀井塾の門人であり、亀井家とは終生の親交があった。

　少琹が生まれたとき、昭陽は原古処にあてて、十九日、妻が無益の児を生んだ。しかしながら何とも美しく、自分は世の父親の情態を免れず、是又笑うべし……という意味の手紙（寛政十年二月十九日付）を書いている。少琹の下ふたりも女児で、四人目にようやく男児が生まれた。弟が幼かったため、少琹の肩に亀井家を支える重責がかかることになった。

　少琹が生まれた二か月後に、原古処の妻も女児を産んだ。つぎに述べる原采蘋である。ふたりの娘は、八、九歳のころからお互いに行き来して親しみあった。

　文化五（一八〇八）年少琹は眼を患った。そのころ昭陽から古処への手紙のなかに「メノイタミマスユヘテカミハアケマセント道君ニ伝語仕候」という、少琹からの伝言が書かれている。道君とは采蘋の本名猷《みち》を指す。つづけて昭陽は、太宰府に一泊、一日五里の道程で、道君御再遊はできないだろうか、と書いている。秋月の原家から福岡の亀井家までは十里ほどであろうか。大人なら一日の行程であるが、娘を連れて二日かけて、眼を病む少琹のために遊びにきてほしいと懇願しているのである。

いかめしい名声をもつふたりの古文辞学者が、幼い娘の手を引いて行き来する姿は、世間一般の父親像と変わらないし、それが人間の自然な姿といえよう。ふたりの娘は、のちに鎮西《ちんぜい》の二女史と並び称されるようになった。少琹は四歳ごろより、父から教えられて『孝経』『論語』『詩経』を学びはじめている。

文化三（一八〇六）年江戸や京でさかんだった書画会を、太宰府天満宮で催すことになった。秋月藩主黒田長舒はその計画・実行を昭陽と古処に命じた。

「西都雅集」と名づけられたこの会には、秋月藩主一族はじめ多くの人々が作品を出品した。亀井家は南冥、昭陽とその一族に伍して、九歳の少琹が行書一行を出している。これが秋月藩主の眼に留まり、縮緬の帯を賜った。少女時代のこの栄誉はながく少琹の文名を飾ることになった。

このの ち少琹は父昭陽をたすけて、昭陽の文章を筆写したりしながら、勉学に励む。詩書画は古文辞学者にとっては、あくまでも学問を深く理解し、人格を陶冶するための余技に過ぎなかった。しかし少琹は、この方面でも才能を発揮するようになった。

文化六（一八〇九）年五月、広瀬淡窓が亀井塾を訪問した。このとき十二歳の少琹は淡窓に詩を贈ったらしい。残念ながらその詩は残っていないが、それに和した淡窓の詩がある。それをみると少琹の詩風がうかがえる。

小女裁詩彤管軽
洋々南雅使人驚
国風千載推清紫
多是鄭声兼衛声

小女詩《しょうじょし》を裁《さい》し　彤管《とうかん》　軽やかなり
洋々たる南雅《なんが》　人を驚かしむ
国風《こくふう》　千載《せんざい》　清紫《せいし》を推《お》すも
多くは是《こ》れ　鄭声《ていせい》と衛声《えいせい》

南雅の南とは、『詩経・国風』にある周南と召南の詩をさす。孔子が理想とした時代の詩である。鄭声、衛声とは同じく『詩経・国風』の鄭風と衛風の詩をいう。これは男女間の淫らな歌声を意味する。淡窓の詩を意訳すれば「少女の赤い軸の筆先から生まれるのは、『詩経』の正風を承けた、のびのびとした詩で、人を驚かせる。我国の文学は千年以来、清少納言と紫式部を推してきたが、この多くは男女の淫らな仲を歌うものだ」。

淡窓は少琹の詩が、恋を主要なテーマとする日本文学的でないことを称揚している。これは温雅な学者としてしられる淡窓の、文学観の一端をしめしていて興味深い。

その年、昭陽は突然、藩の烽火台の勤番を命ぜられた。長崎警備の役目を担う福岡藩は、領内に六つの烽火台をもち、番士三名を昼夜の勤務に当たらせていた。上番十日、非番十日というきつい勤務である。昭陽は二年あまりを皆勤した。そして『烽山日記』というすぐれた文学的記録を残した。

昭陽の勤務中の亀井家には、まだ蟄居の解けない高齢の南冥と幼い弟妹たちがいる。母いい、ちと少琹が門人たちとともに守るのである。『烽山日記』文化七（一八一〇）年八月十日の項に、前夜、唐詩五言絶句の会講を終え、少琹が最優秀であったとある。少琹に対する教育は、男性の門人たちと同等のものであり、少琹の高い学力が、留守がちな昭陽にかわって、亀井塾の門人たちの気分を引き締める力になったことであろう。

十五歳になったとき、昭陽は少琹のために一室を増築して与え、窈窕邱《ようちょうきゅう》と名づけた。窈窕の語は、物静かで美しいという意味で、『詩経』冒頭の詩の「関雎《かんしょ》」に「窈窕たる淑女」とあるのに拠る。少琹をそのような女性に育てたいというよりも、むしろ古文辞学を家学とする亀井家の長女にふさわしい名として選んだのであろう。少琹は十九歳で結婚するまでを窈窕邱で過ごした。

少琹の夫雷首《らいしゅ》（三苫源吾《みとまげんご》）は昭陽の門人で、少琹より九歳年長である。結婚当初は井原村にある雷首の生家の屋敷内に新居を建てたが、まもなく亀井家に移った。

昭陽は少琹夫妻をたいそう頼りにして、ついに雷首を亀井家にいれ、もうひとつの家業である医業を継がせた。雷首の孝心は篤く、昭陽はつねに彼に気楽な晩酌の相手をさせ、そのため雷首は健康を害したらしい。師弟であり義理の親子となったふたりは、ともに酒が好きであった。そののち夫妻は今宿村に移転している。

結婚八年目で少琹は女児を産んだ。昭陽は孫娘に紅染《こぞめ》と命名した。しかし紅染は六歳で亡くなって、周囲を悲しませた。天保六（一八三五）年に、少琹は二歳になったばかりの、弟の二男雋永《しゅんえい》を養子として迎えている。

雷首が天保二（一八三一）年四月からひと月あまり、生月島へ往診に出掛けたことがある。そのあいだ少琹は『守舎日記』（原漢文）を書いて留守を守っている。後年にも「衣類大数備忘」という丹念な覚書があり、少琹が主婦としてもきめ細かい配慮をしていたことがわかる。

雷首の留守中に、昭陽は妻に弁当を作らせ、少琹の妹や大勢の門人知人を率いて留守見舞いに訪れ、少琹を感激させた。少琹への溺愛は、終生変わらなかった。

少琹は結婚するときそれまでの詩を『窈窕稿乙亥』として浄書している。刊行の意図があったかどうかはわからない。そのなかから二、三の詩を見てみよう。

江春晩望
返照入江沙鳥白
夕霞飛散千山赤
誰家粉黛踏陽春
連袂同帰楊柳陌

江春晩望《こうしゅんばんぼう》
返照《へんしょう》　江《こう》に入《い》りて　沙鳥《さちょう》白《しろ》く
夕霞《せきか》　飛散《ひさん》して　千山赤し
誰《た》が家《いえ》の粉黛《ふんたい》か　陽春《ようしゅん》を踏み
袂を連ねて　同《とも》に帰る　楊柳《ようりゅう》の陌《はく》

夕日が川面さして、砂浜の鳥は白く、夕焼けに山々は赤く映える。野山で遊んでいた化粧した女性たちが、袂を連ねて柳の並木道を帰っていく春の夕方の景色。おそらく福岡の郊外でよく見かける光景だったろう。それが粉黛、楊柳陌などの古い詩語の使い方により、古典的詩風となる。

江村書事
秘稼如雲阡陌連
田家楽事属豊年
翁嫗鼓罐歓声合
満巷児童竹馬烟

江村書事《こうそんしょじ》
秘稼《ひか》　雲の如く　阡陌《せんぱく》連なり
田家《でんか》の楽事《らくじ》　豊年《ほうねん》に属《しょく》す
翁嫗《おうおう》　罐《かん》を鼓《こ》して　歓声《かんせい》合す
満巷《まんこう》の児童　竹馬の烟《けむり》

はかり知れないほどの稲穂が、畦道の四方に雲が湧くように実り、農家は豊年の楽しみの最中にある。老いた男女は瓶《かめ》を叩いて歓声をあげ、村中の子どもたちは土煙をあげて竹馬で走りまわる。この詩もおそらく福岡郊外の農村の情景であろうが、阡陌、鼓罐などの詩語により、まるで中国古代の農村の実りの秋のような趣を感じさせる。

これらはもちろん父昭陽の厳格な指導を受けたものであるが、『詩経』や盛唐詩をよく学んで、その詩語を駆使しており、少琹の詩が格調ある正風のものであることをしめしている。詩形も絶句、律詩、古詩などさまざまで、かなり熟達している。ほかにも題材を古代に取ったものが多い。楽府「長門怨」を踏まえた「宮詞」や辺境の兵士の労苦を詠んだ「塞下曲《さいかのきょく》」、さらに陶淵明への憧憬を詠んだものが多い。十九歳までの女性のたおやかな心情を詠んだ詩は、ほとんど見当たらない。

少琹にとって、作詩は古代の学問を深く理解する手段だったのであり、徂徠学を伝える亀井塾の古文辞学とは、まさにそのようなものであったと察せられる。

少琹の筆跡も亀井風といわれる、隷書《れいしょ》ようの強い直線的な書体で、女性らしいなだらかな曲線や、か細い線の全く見られない緊張感あふれるものである。夫や子どもにあてた手紙もいかつい書体で、漢文あるいは仮名まじりの漢文で書かれている。しかしそれに盛られた心情は、濃《こま》やかな思いやりに満ちている。いかめしい文面と柔らかな心情の隙間に、少琹の実像がほのかに読みとれる。

少琹が存分に自分を解放し、自己を表現したのは、むしろ絵画ではなかったか。少琹のえがく蘭竹梅菊いずれも、伸び伸びと大胆な筆使いであり、山水画は俳画のような、自由で飄逸な味わいをただよわせる。これは彼女の性格的なものかも知れないが、少琹の画が独学であったからだという指摘[1]がある。独学であったことが、自由な画風の形成をうながした。

文政元（一八一八）年九州遊歴中の頼山陽は亀井家を訪問し、少琹の画に讃詩を贈った。

過元鳳題其女少琹墨竹
纎指尖辺龍頭横
胸中有竹一揮成
匠心何似爺文苦
万葉千枝逐次生

元鳳《げんぽう》を過《よ》ぎりて、其女《そのむすめ》少琹の墨竹《ぼくちく》に題《だい》す
纎指《せんし》の尖辺《せんぺん》に　龍頭《りゅうとう》横たわり
胸中に竹有り　一揮《いっき》して成《な》る
匠心《しょうしん》　何ぞ似《に》ん　爺《や》の文苦《ぶんく》に
万葉千枝　逐次《ちくじ》に生ず

元鳳とは昭陽の字である。少琹は山陽を迎えての詩宴で席画をえがいたのであろう。「少女のか細い指先で竹竿がえがかれた。胸中にはえがくべき竹の姿が有り、迷いのないひと筆で成ったものだ。画家としての心がまえは、お父上が文章に骨身を削るのとはまったく似ていない。幾本もの竹が筆先から次々と生まれでる」。

昭陽は文章に心血をそそぐ。しかし少琹の画には天性のものがほとばしる。山陽の詩は先に述べた指摘を思い出させる。少琹にとって詩は「基準を左右する支配的な[2]」師、すなわち昭陽の存在が厳然としてあり、少琹はその規範から抜けられなかったし、抜け出ようともしなかった。それは少琹の孝心でもあったろう。しかし父の支配の及ばない絵画の世界で、彼女はのびのびと息をついている。

のちに少琹は養子雋永への手紙の中で「母ハ……書画ヲ日々カキ居リ申候、書画ガ、ナニヨリ、マギレテ、宜候《ヨロシク》」と書いている。書画を楽しんでいるようすがわかる。

少琹は生涯を福岡周辺より出ず、苦境にある祖父南冥の近くで、父をたすけ母を手伝い、亀井塾を支えた。しかし少琹が家の犠牲になったとは思われない。少琹はそこに自分の果たすべき役割をみていた。そして男性に伍して高い学問を修め、詩書画に才能を発揮した。

少琹の作と伝えられる詩がある。少琹が雷首から贈られた詩に答えたものとされ、明治十三（一八八〇）年に出版された『日本閨媛吟藻』にもこの一首だけが採られている。

無題
扶桑第一梅
今夜為君開
欲識花真意
三更踏月来

無題
扶桑《ふそう》第一の梅
今夜　君が為に開く
花の真意を識《し》らんと欲せば
三更《さんこう》　月を踏みて来れ

この詩はいまも出典が明らかでなく、亀井塾の門人たちの戯れの作ではないかといわれている。少琹の生涯、その端正な詩風からみて、この詩はどうもしっくりとしない。しかし当時の青年たちが、少琹にいかに憧れていたかをしめすものでもある。

（1）パトリシア・フィスター『近世の女性画家たち——美術とジェンダー』、思文閣出版、一九九四年、七二頁。
（2）（1）に同じ。

原　采蘋

原采蘋《さいひん》（一七九八—一八五九年）は筑前秋月藩の儒者原古処の長女として秋月に生まれた。名前は猷《みち》である。父古処は藩士手塚甚兵衛の次男であったが、藩校稽古館教授原坦斎の養嗣子となった。青年時代に福岡の古文辞学者亀井南冥について学び、頭角を現す。特に詩にすぐれていた。南冥の嗣子昭陽は文章にすぐれていたので、亀井塾では文の昭陽、詩の古処と並び称されるようになった。二十一歳で家督をついだ古処が藩校稽古館の教授になると、彼の人柄と学識を慕って他藩からも入門希望者があいついだ。やがて古処は、御納戸役の兼務を命ぜられるほどに藩主の信任を得た。

采蘋の母は佐谷雪《さたにゆき》という。藩医佐谷家の出である。福岡藩に儒医として仕えた古い家臣に福岡佐谷家があり、藤原惺窩《せいか》、林羅山に入門したすぐれた人物が出ている。その分家は秋月藩や久留米藩に儒学と医学で仕えている。原古処の実母も秋月佐谷家の人である。恐らく采蘋の母も一族の人であろう。采蘋には兄瑛太郎と弟謹次郎があったが、ともに病弱であったためか、父の采蘋に対する愛情と期待は過度に大きなものであった。

采蘋と同年に、亀井昭陽の娘少琹があり詩をよくした。父親同士に親交があったためふたりが幼いころからの友人であったことは、前項で述べたとおりである。

古処はしばしば藩主に従って江戸へでて、その世界を広くしたが、文化九（一八一二）年に突然お役御免となり藩校教授の地位も追われた。政争に巻きこまれたためと伝えられる。そこで古処は家督を長男白圭（瑛太郎）に譲って隠退した。そののち秋月に私塾古処山堂《こしょさんどう》を開いて門人を教え、また妻雪や采蘋を伴って九州、中国地方を遊歴した。そのため采蘋の詩才が広く知られるようになる。また采蘋は父の代講をつとめるほどの学力があった。

豊後日田の咸宜園の広瀬淡窓は、古処・采蘋父娘の来訪の印象をつぎのように記している。「原震平其娘采蘋ヲ携ヘテ。来訪セリ。……采蘋時ニ歳二十三四ナルヘシ。幼ヨリ読書文芸ヲ学ヒ。尤モ詩ニ長セリ。其行事磊々落々トシテ男子ニ異ナラス。又能ク豪飲セリ……采蘋後東都ニ在リ。謙吉東遊ノ時。相見セリ。詞林ニ於テ。頗ル名誉アルヨシ」（『懐旧楼筆記』巻二十　一八一七年）。若い采蘋の面影をありありと感じさせる。

　采蘋の兄白圭は家督を継いだが病気のため長く勤めがつづかず、他家から養子を迎えて隠退した。豊前岩熊に転居し、巌邑堂《がんゆうどう》で土地の人々に学問を教え、采蘋も時々ここで代講をつとめている。弟の謹次郎もまた病弱で、父の期待に沿うことが難しく、結局古処は原家の命運を娘の采蘋に託すことになった。

　文政八（一八二五）年、父のすすめにより単身江戸を指して遊学の旅にでた。そのとき父が采蘋に贈った餞の詩の結句は「名無クシテ　故城ニ入ルヲ許サズ」であった。このような言葉を贈る父も、その意を体して旅立つ娘も江戸時代にあっては型破りの存在といわねばならない。伝記によれば、長身で瓜実顔の美人であった采蘋は化粧せず、髪は長くくしけずり、一刀を腰に男装していたという（三浦末雄著『物語秋月史』秋月郷土館、一九七二年）。

　東行途上の作といわれる七言絶句「客中偶成」が、現在秋月中学校の校庭（秋月城跡）の一隅に詩碑として建っている（二三七頁参照）。

此去単身又向東
神交千里夢相通

此《ここ》を去って　単身　又東に向う
神交千里《しんこうせんり》　夢　相通ず

家元天末帰何日
跡似楊花飛任風

家は元天《もとてん》の末　帰るは何《いず》れの日ぞ
跡は楊花に似て　飛んで風に任す

旅の途中に訪問した父古処の友人亀井昭陽、菅茶山、頼山陽たちはみな、女性が単身遊学する無謀を説いてとめたが、采蘋は意志を曲げなかった。その年の六月に京都にはいった采蘋は翌年まで滞在し、山陽や僧雲華らと詩酒の会をしている。また吉野、丹波へも遊歴を試みた。文政九（一八二六）年の冬、父古処が倒れたという知らせがはいり、采蘋は急いで秋月へ戻った。古処は翌年正月に六十一歳で没した。

その年六月、采蘋は父の遺命に従いふたたび遊学の旅にでる。そのとき豊前岩熊の兄を訪ねて暇乞いをした。翌年白圭は三十五歳で没したので、このときが最後であった。岩熊を出発するときの五言古詩がある。

発巌邑、留別
秋風吹一葉
無見不悲哉
同根客異郷
客中又分離

巌邑《いわむら》を発す、留別《りゅうべつ》
秋風《しゅうふう》　一葉《いちよう》を吹く
見るものとして　悲しまざるは無きかな
同根《どうこん》　異郷《いきょう》に客《かく》たり
客中《かくちゅう》　また分離《ぶんり》す

兄弟がみな故郷をはなれ、旅先でまた別れわかれになる悲しみを、秋風に吹かれる木の葉にたとえている。采蘋の生涯にはつねにこの悲哀がつきまとう。

采蘋は文政十一（一八二八）年冬、三十一歳のときに江戸にはいり、それから嘉永元（一八四八）年まで、ほぼ二十年間江戸でくらした。そのあいだ二度の房総旅行、松島、上野、下野、信州への旅をしている。江戸滞在中の詩はあまり残っていないが、二度目の房総への旅の『東遊漫草』がある。江戸で同郷の人に会ったときの詩、

与辺東里広瀬梅墩
二子同遊向嶋
毎逢西州人
恋恋情無窮
何況旧来交
宛如対春風
為客他日恨
氷釈意融融

辺東里《へんとうり》、広瀬梅墩《ばいとん》二子と
同《とも》に向嶋《むこうじま》に遊ぶ
西州《せいしゅう》の人に逢《あ》う毎《ごと》に
恋恋《れんれん》として　情窮《じょうきわ》まり無《な》し
何《なん》ぞ況《いわん》や旧来《きゅうらい》の交《こう》
宛《さなが》ら春風に対するが如し
客《かく》と為《な》る　他日の恨み
氷釈《ひょうしゃく》して　意融融《いゆうゆう》たり

他郷に在って、同郷の旧知の人に出会った喜びがほとばしる。広瀬梅墩は淡窓の弟旭荘、『懐旧楼筆記』にある謙吉である。采蘋が江戸に滞在中に兄瑛太郎・弟謹次郎が病没し、故郷に母雪が残された。采蘋は母を江戸へ迎えたいと、秋月藩の重役に二度願いでたが許されなかった。そのため嘉永元（一八四八）年八月江戸を立って帰郷し、母とともに下座郡屋永村に寓居し、そののち三笠郡山家駅に家塾を開いた。この塾には多くの知名の士が来訪した。母の没後、肥薩地方に旅をし、九州各地を訪ね、六十歳の時には阿蘇山に登山している。

安政六（一八五九）年、父の遺稿の出版を志し、大坂か江戸を目指して出発する。この時代、福岡地方には、三都か名古屋のようにすぐれた出版のできる書肆がまだ無かった。詩人として名高い父古処の遺稿は、是非とも名の通った書肆から出版したかったのであろう。そのためには、費用も用意しなければならぬ。采蘋は老骨に鞭打って旅にでた。豊前から長州にはいり、八月、萩の詩人たちに温かく迎えられたが、不幸にしてここで流行病にかかり、十月没した。六十二歳であった。

このような生涯を送った采蘋の詩は、悲愴感にみち孤愁をおびている。見知らぬ土地で詩文を作り、揮毫《きごう》をして潤筆料を得る苦しい旅がつづく。兄弟が早く病没して、采蘋の強力な後盾はなかった。つぎつぎと移動する旅の日々も、采蘋の精神を痛ましめたことだろう。しかしその境遇を嘆く詩を、采蘋は作っていない。立派な詩人となり、名を挙げて父の期待に応えようと困難をおして前進するところに、采蘋の人生の意義があり面目がある。

二度目の房総の旅の詩をふたつ読んでみよう。

新晴植野採蕨
一丘一壑弄春妍
何事東皇慳霽天
微物猶嗔風雨暴
満山柔蕨奮空拳

新晴《しんせい》　植野《うえの》に蕨《わらび》を採《と》る
一丘一壑《いっきゅういっかく》　春妍《しゅんけん》を弄《ろう》す
何事ぞ　東皇《とうこう》　霽天《せいてん》を慳《かん》す
微物《びぶつ》　猶《な》お嗔《いか》る　風雨《ふうう》の暴《ぼう》を
満山の柔蕨《じゅうけつ》　空拳《くうけん》を奮《ふる》う

春のまっさかり、理不尽にも荒れ狂う天空に向かって、柔らかな蕨《わらび》が小さい拳を奮って抗議している図。采蘋らしい気概を詠んでいるが、愛らしいユーモアさえただよう。そして采蘋は至る所で心を開いて友人を作り、意にかなえば痛飲した。

十一月初四風雨、
訪景山含翠
飄然蹤跡興何孤
不是詩盟是酒徒

十一月初四　風雨、
景山含翠《かげやまがんすい》を訪《と》う
飄然《ひょうぜん》たる蹤跡《しょうせき》　興《きょう》　何ぞ孤《こ》ならん
是《こ》れ詩盟《しめい》ならずんば　是れ酒徒《しゅと》

家在西天天尽処
身遊東海海窮隅
時衝風雨求吟侶
或向燈窓評画図
会意安能得不飲
玉山若倒倩人扶

家は西天《せいてん》　天の尽《つ》くる処に在り
身は東海《とうかい》　海の窮《きわ》まる隅に遊ぶ
時《とき》に風雨を衝《つ》きて　吟侶《ぎんりょ》を求め
或いは燈窓に向かいて　画図《がと》を評す
会意《かいい》　安《な》んぞ能《よ》く飲まざるを得んや
玉山《ぎょくざん》　若《も》し倒るれば　人の扶《たすけ》を倩《か》る

飄然とした旅であるが、いたるところに詩友がある。そして会心のときには酒を飲む。玉山崩るは美人が酔って倒れるさまをいうから、自他ともに認める酒豪であったようだ。

采蘋は亡き父から譲られた「東西南北人」の印章をつねに持ち歩いていた。東西南北人とは『礼《らい》記《き》・檀弓篇《だんぐうへん》』にあり、住所の定まらぬ人、すなわち孔子が四方に道を説く身の上である自分を指していった言葉である。この印章は非運で亡くなった亀井南冥の遺品であり、古処に贈られたものである。

采蘋は『詩経』の序にある「詩は志の之《ゆ》く所也」という、漢詩古来の在り方を身につけた女性であった。これは古文辞学派の詩人であった父原古処の教育の賜物であったろう。采蘋の生涯には最後まで父の面影がつきまとう。

采蘋は母を江戸に迎えたいと藩の重役に嘆願書を出したときに、次のような意味の意見書を添え

▶**秋月城跡に建つ原采蘋詩碑**（福岡県甘木市秋月中学校内）二三一頁参照

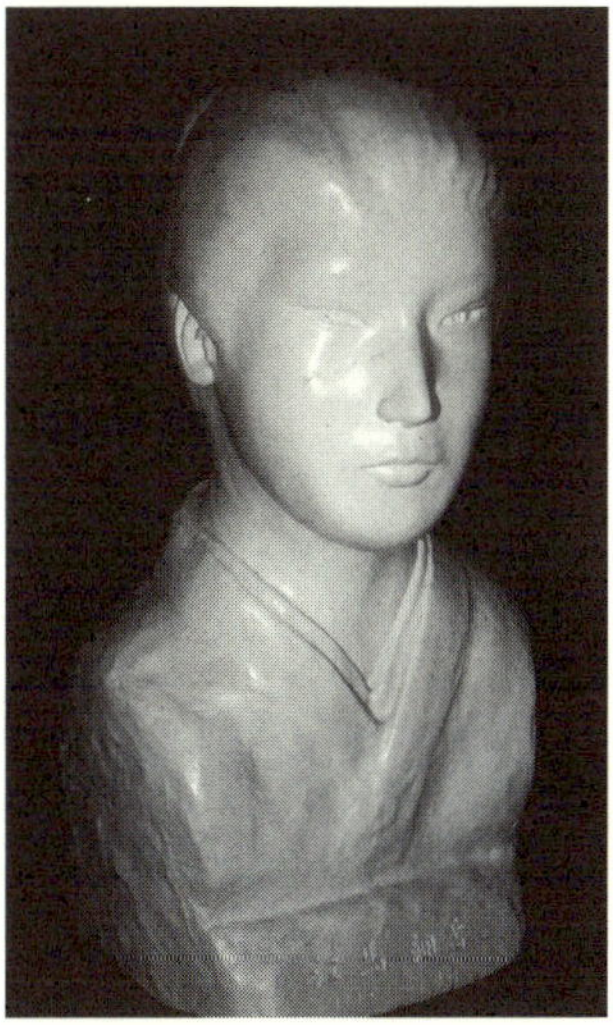

▶**江馬細香胸像**（故江馬庄次郎氏制作）二四一頁以下参照

上師聖人下友群賢　九畹女史筆

▶**片山九畹の気概を示す雄渾な書**（上は聖人（孔子）を師とし、下は群賢（多くの学者、文人）を友とす）（片山勇氏蔵）

ている。我が秋月には女性の手仕事としては木綿生産しかない。秋月は桑を植えるに適している。だから養蚕に転換すべきであると。藩ではこの意見を取りいれて、幕末から明治まで養蚕がさかんにおこなわれた。

儒者の重要な任務のひとつに、為政者に政策を進言することがある。采蘋は藩儒原古処の娘として、儒者の勤めも立派に果たしたのである。

九州では福岡の亀井塾を原点として、秋月の古処山堂、日田の咸宜園などで正統的な古文辞学が営々と伝えられ、多くのすぐれた人物が育った。この人たちが幕末、明治時代に各分野で活躍したことは、広く知られた事実である。しかし同時代の江戸や京、大坂では、儒学の主流は朱子学に移り、また詩文も宋詩を手本とした平明なものとなっていた。

二　京の詩壇の作風を身につけた女性たち

はじめにすこし述べたが、江戸中期までは学者の余技として、格調高い詩がさかんに作られていた。唐詩にならって典雅な言葉を使わなければ詩ではない、といわれるほどの厳格な風潮であった。これに対して、江戸の儒者山本北山は宋詩を手本として、やさしい言葉で日常の清新な感覚を詩に詠むべきであると主張した。この説は大きな影響をおよぼした。まず僧六如や菅茶山らが、従来は詩の題材にならなかったような、身辺の情景をわかりやすい言葉で詠み、それが新しい詩として迎えられた。ちょうど時代は天明、寛政ころの俳諧の中興期にあたり、庶民文化がさかんになりかけていた。詩が知識人だけのものであった時代は去って、庶民にも手の届くものになろうとしていた。関東では市河寛斎の江湖社の詩人たち、関西では頼山陽がでて、さかんに清新な感覚の詩を作り、詩風は一変した。そして詩を作る庶民農民、さらに女性がふえた。山陽は女性の門人が多かったことで知られている。

片山九畹

片山九畹《えん》（一七七七―一八三六年）は越前福井藩の御用商人片山平三郎の娘である。名を蘭という。家業は蠟燭鬢付を扱っていた。平三郎が和歌を詠む風流人であったため、九畹の姉妹はいずれも文学を好んだ。

九畹は藩儒高野真斎に漢学を学び、漢詩は江湖社の菊池五山の添削を受けた。文化十（一八一三）年ころ、京にでて、頼山陽や十時梅崖らと交流した。九畹を山陽の女弟子とする見方もあるが、むしろ詩友というにふさわしい。山陽とその高弟である美濃《みの》上有知《こうずち》の庄屋村瀬藤城《とうじょう》らとともに、下鴨神社の糺《ただす》の森へ納涼に出掛けたりしている。

京の儒者梅辻春樵《うめつじしゅんしょう》に嫁いだが、一年たらずで離婚する。春樵が九畹の連れてきた下女と通じて、子が生まれたことが原因である。頼山陽は菅茶山にあてた手紙のなかで「梅辻春樵はお蘭を妻としたが、持参金を取り上げてお蘭を追い出した」と書いている。離婚する場合は婚資を妻側に返すのが江戸時代の習慣であるから、山陽は九畹のために義憤を感じたようである。そのあと九畹は福井に帰ったが、また江戸にでて詩を学んでいる。父平三郎が没したので帰郷し、父が建立した赤坂の興楽寺の巨大な寝釈迦像を守って晩年を過ごし、天保七（一八三六）年五十八歳で没した。
九畹にかなりの量の詩稿があったことは、山陽が手紙のなかで詩集出版に関して書いていることから推察される。しかし九畹の生家は福井空襲で全焼し、それらはすべて失われてしまった。さいわい『越前人物志』に収録されている数首のなかから二首をここに引く。

餐氷
六月満盤何処伝
団団先見素光鮮
直方一嚼肌生粟
沁得枯腸骨欲仙

氷《こおり》を餐《さん》す
六月満盤《まんばん》　何処《いずこ》より伝《つた》う
団々《だんだん》　先ず見る　素光《そこう》　鮮《あき》らかなるを
直《ただ》ちに方《まさ》に　一嚼《いっしゃく》すれば　肌《はだ》粟を生ず
枯腸《こちょう》に沁《し》み得て　骨《こつ》　仙《せん》ならんと欲す

六月、氷室から出したばかりの氷を鉢に盛り、その水晶のようなきらめきをまず愛でる。匙でひと掬いして口に運ぶと、おなかに沁みて、骨が透き通るように思う。

無題

無題

廿里無山地
買薪乏炊煙
朝朝詣野廟
手拾松枝還

廿里《にじゅうり》　山地無く
薪《たきぎ》を買えども　炊煙乏《すいえんとぼ》し
朝朝　野廟《やびょう》に詣で
手　松枝を拾《ひろ》うて還《かえ》る

江戸に在るときの詩である。故郷福井と違って、すこしの物でも金で買わねばならない。毎朝、小さな祠に詣でて松の枯枝を拾って帰り、それを燃やしてひとりの食事を作る。

二首の詩をみただけでも、九州の亀井少栞や原采蘋らの古典的な詩風との違いが感じられる。生家が蠟燭を扱っていた関係から寺院との縁が深く、永平寺や宇治の万福寺をたびたび訪ねている。九畹の詩には何処か悟りを得た僧侶のような禅味がただよう。

江馬細香

頼山陽の女弟子のなかで、もっともすぐれているといわれるのは、美濃大垣の江馬細香《えまさいこう》（一七八七—一八六一年）である。細香は大垣藩の藩医江馬蘭斎《らんさい》の長女である。名は多保、号は湘夢という。細香は字であるが、細香と署名した書画が多く、この名で最もよく知られている。江馬蘭斎はもと漢方医であった。四十六歳のころ、江戸で杉田玄白、前野良沢に蘭学を学び、美濃蘭学の基礎を築いた。『論語訓詁解《ろんごくんこかい》』という著書を著すほど漢学に深い造詣があり、漢詩を作ることを好んだ。この時代、地方の知識人の多くは生業の傍ら漢学や国学を学び、漢詩あるいは和歌、俳諧をよくするのがつねであった。また江戸へ出府したり、地方遊歴の文人を自宅に滞在させて話を聞いたり、同好の士と頻繁に通信を交わして、情報の交換、収集は驚くほどの量になる。知識人階級に限れば、僻地に住む人が世の動きに疎いとはいえない時代になっていた。まして大垣は美濃路の要衝である。京へも便利で、揖斐川を下り桑名へ出れば、東海道ともつながる。美濃路を往来する人々のなかに、蘭斎を訪問する人が多かった。江馬家は情報のひとつの中継点となっていた。

江馬細香はこの父から漢詩、絵画の手ほどきを受けた。後に京に住む画僧玉潾《ぎょくりん》について墨竹画を学んだ。玉潾の主宰する書画会にたびたび出品して、その名前はかなり知られていた。漢詩も十代後半から作っているが、初期の師はわかっていない。

文化十（一八一三）年京都に住む漢学者・詩人頼山陽が地方遊歴の途中、大垣の江馬家を訪問して歓待を受けた。このときはじめて細香の詩を見た山陽は、その才能に驚いた。後日江馬蘭斎にあてた手紙のなかで細香の詩について「越前蘭女などより八柔婉《じゅうえん》の趣これ有り、甚だ感吟仕り候」と、片山九畹との資質の違いを指摘している。これ以後細香は山陽に入門し詩、書を学ぶことになった。また絵画の師として山陽の友人浦上春琴《うらがみしゅんきん》についた。

山陽と細香のあいだには恋愛感情が芽生えたが、結婚には至らなかった。理由は父蘭斎の反対にあったためと伝えられている。細香は師山陽に対する憧れの気持ちを終生抱き続けていた。細香の詩のいくつかにその気持ちは表現されていて、作品に奥深さを感じさせる。

細香は京に住む山陽や春琴に飛脚による郵送で作品を送り、添削指導を受ける。二、三年に一度上京して直接の指導を受けた。この時代、男女を問わず、遠隔の地にいて指導を受ける者はこのような方法をとった。山陽の指導の方針は、細香の詩の特徴である清婉優美な趣をさらに伸ばし、女性の詩らしい詩風を作ること、また宋詩にならって日常の真実を素直に詠むことであった。男性の文学である漢詩の世界にはいりこむために、女性らしい詩風を強調する必要があったのかも知れない。細香の没後十年目の明治四（一八七一）年に、詩集『湘夢遺稿《しょうむいこう》』が出版されている。

細香の詩の題材は生涯彼女の心にかかわった竹を詠んだもの、日常生活の細やかな情景や『源氏物語』や歴史を詠んだもの、同学の友人との交友、一生嫁がずに芸術の道に精進する決意を詠んだものなど多岐にわたっている。

冬日偶題

流光倏忽箭離絃
小姪過腰大姪肩
閨裡看他両児長
儂身更覚減芳年

冬日偶題

流光倏忽《りゅうこうしゅくこつ》として　箭《や》　絃《つる》を離る
小姪《しょうてつ》は腰を過ぎ　大姪《たいてつ》は肩
閨裡《けいり》に看他《み》る　両児の長ずるを
儂身《わがみ》　更に芳年《ほうねん》の減《げん》ずるを覚《おぼ》ゆ

矢のように飛び去る月日と、ひとつ家で暮らす甥たちの早い成長ぶりをとらえ、すべての女性が二十代の終わりに感ぜずにはいられない切実な思いを詠んでいる。師山陽はこれに対し「風情悽惋、真に是れ閨秀の語なり」と絶賛し、とくに三句四句を高く評価した。

冬夜
爺繙欧蘭書
児読唐宋句
分此一灯光
源流各自泝
爺読不知休
児倦思栗芋
堪愧精神不及爺
爺歳八十眼無霧

冬夜
爺《や》は繙《ひもと》く　欧蘭《おうらん》の書
児《こ》は読む　唐宋《とうそう》の句
此の一灯の光を分かちて
源流　各〻自ら泝《さかのぼ》る
爺は読みて　休《や》むことを知らず
児は倦《う》みて　栗芋《りつう》を思う
愧《は》ずるに堪《た》う　精神　爺に及ばず
爺は歳《とし》八十　眼に霧《きり》なし

江戸後期の美濃の一隅で、ひとつ灯火の下にオランダ語の医書を読む父と唐詩宋詩を読む娘の姿。遠いヨーロッパと中国の文化がそれぞれ光を投げかけてくる風景である。また蘭学者である大きな存在の父に負けじと張り合う娘の、はりつめた精神をみることもできる。細香は終生、父蘭斎との絆から抜けでることが難しかった。しかし抜けでようと決意した詩を詠んでいる。

自述

三従総欠一生涯
漸逐衰顔益放懐
…………
唯恐人間疎嬾婦
強将風月倣吾儕

自ら述ぶ

三従《さんじゅう》 総て欠く 一生涯《いちしょうがい》
漸《ようや》く 衰顔《すいがん》を逐うて 益〻懐《かい》を放つ
…………
唯《た》だ恐る 人間《じんかん》 疎嬾《そらん》の婦《ふ》
強いて 風月を将《も》って 吾儕《われ》に倣《なら》うを

三従とは、女は父・夫・子どもに従わねばならぬ、という儒教の教えである。それに対して、それら三つをすべて無視するときっぱり宣言し、年とって容貌が衰えるにつれて、心はいよいよ解放されたと詠んでいる。さらに結句で、世間の怠惰な婦人が風流ぶって私をまねてほしくはない、といっている。こんな自由な生き方ができるのは私だけなのだから、と言外に自負心をのぞかせた。
細香の詩は、しばしば師山陽が期待する清婉優美な女流詩の枠を大きく逸脱して、心の赴くままに気宇の大きい詩を作った。

題自画墨竹

独立湘江霜雪中

自画の墨竹に題す

独り立つ 湘江《しょうこう》 霜雪《そうせつ》の中

終年裊裊帯清風
揺来数丈青天箒
掃却人間塵土空

終年《しゅうねん》　裊々《じょうじょう》として　清風を帯ぶ
揺《ゆ》らぎ来る　数丈　青天の箒《ほうき》
人間《じんかん》を掃却《そうきゃく》して　塵土《じんど》空《むな》し

湘江のほとりに寒さにも負けずしなやかに立つ一本の竹が、この世の塵を掃き清めてくれているようだ、という壮大なイメージの詩である。これにつき山陽は、もし男子の詩ならば真の傑作だ、という讃め方をしている。しかし師の権威でもって、細香の可能性をおしつぶすことはしなかった。これは山陽の人格の柔軟さと大きさをしめしている。

江馬家には細香の蔵書、詩稿のたぐいが多く残っている。これを見るに、細香が漢籍、詩文を深く学び、徹底して読みこんだ跡が歴然とあり、細香が当時の男性と同じ水準の学問をしていたことがわかる。

天保三（一八三二）年九月、山陽が病没したあとに、細香に転機が訪れた。それまでの詩にあった緊張感からの解放がみられるのである。そして詩人としての地位が定まるにつれて、ことさら女性的な優美さを表現することがすくなくなった。

山陽の没後、細香の詩の添削批評を主として引き受けたのは、大坂の後藤松陰《しょういん》である。松陰は美濃安八郡の人で、二十歳ごろから山陽の門人となった。細香より十歳年下で、誠実な人柄で周囲から信頼されていた。松陰の批評添削は、はじめおずおずと遠慮深いところがみられる。しかし松陰も成長していく。弘化二（一八四五）年、細香五十九歳の作をみてみよう。

夏夜

碧天如水夜清涼
月透青簾影在觴
細酌待人人不到
一繊風脚素馨香

夏夜

碧天《へきてん》　水の如く　夜　清涼
月　青簾《せいれん》を透《とお》りて　影　觴《さかずき》に在り
細酌《さいしゃく》　人を待つも　人　到らず
一繊《いっせん》の風脚《ふうきゃく》　素馨《そけい》　香《かお》る

青く晴れた涼しい夏の夜。酒を呑みつつ人を待っていると、そよと風が吹いて、ジャスミンが香った、という詩である。この詩に対して松陰は「二十八字、此の巻を圧す」と批評して、さらに詩稿末尾につぎのように記した。

「公、近来作る所、往々にして理屈臭を帯ぶ、此の巻中、夏夜一首の若《ごと》きは其の比覯《たぐいあ》うこと希《まれ》なり、此の首、字面に色沢有り、景中に情致有り、近体の妙境なり、上乗なるかな」。

細香は年とるにつれて学問も進み、やや理屈っぽくなったのか。後述するが、梁川星巌が妻の紅蘭を道学者先生と揶揄していたことが連想される。ここでは批評する者もされる者も、真剣勝負で火花を散らし、ともに成長していく姿がみられるのである。

細香の生き方は、男性優位の社会に表立って異議を唱えていないが、詩作において、また生きる姿勢において、当時の女性のあるべき姿を大きく突き破っていた。

富岡吟松

江馬細香よりかなり年長であるが、詩文を通して親交があった女性に富岡吟松《ぎんしょう》（一七六二―一八三一年）がいる。伊勢の津、大門町の呉服商富岡太郎兵衛の長女である。女流博士と言われ、詩人としてより学者として評価されている。名は徳章、号を吟松あるいは嘯月亭《しょうげってい》という。幼時から聡明で津藩儒津阪東陽《つさかとうよう》の門人となった。生涯独身で学問の道にすすみたいと願ったが、はじめは許されなかった。しかし師東陽の強い助言もあり、懸命に学問に励むその姿を見て、両親は娘の志を奪うことができないと悟った。

三十歳過ぎたころ、両親、弟妹があいついで没し家運が傾いた。吟松はこれでは祖先の祀りもできなくなると思い、自ら家業を担う決心をした。祖先を祀ることは、儒者として最も大切な勤めのひとつである。吟松はたびたび京坂へ仕入れに赴いて努力し、奉公人たちも心服して働いた。その結果十数年で家運を盛り返し、家産は以前より増した。ここでようやく吟松は相続者を決めて家業を譲り、一室を建てて隠居した。

そののちふたたび吟松は学問、詩文の勉強に励み、師東陽の著書を自力で刊行した。津藩儒斎藤拙堂《せつどう》や京の皆川淇園《みながわきえん》、その他の文人と交流したが、江馬細香とは女性同士の親交を結んだ。文政十二（一八二九）年伊勢参宮の折に、細香は吟松を宿舎に招いて、共に杯を交わしながら歓談している。

細香の詩集『湘夢遺稿』に「吟松女学士の七十を寿《ことほ》ぐ」という七言律詩がある。そのなかで細香は「業を興《おこ》すは正《まさ》に聞く女手《おんなで》に因《よ》るを／家を持《じ》する何ぞ必ずしも男児《だんじ》に在《あ》らん」という対句で、吟松の努力を称えた。

この詩を評して頼山陽は「吟松は何人《なにびと》ぞや、能《よ》く之《これ》を表章《ひょうしょう》せり、真《しん》に可《よ》き人なり」と書いている。吟松の業績を詩で顕彰した細香の友情を称えたのである。

吟松の詩稿もあったはずであるが、津市大門町も空襲のため焼失して、今は富岡呉服店の名を知る人もない。

三　江戸詩壇の影響を受けた女性たち

津田蘭蝶

津田蘭蝶《らんちょう》（一七九五？―一八一五年）は文化十二年正月に、二十一歳の若さで難産のために没した。加賀藩の重臣のひとり、一万石を領する横山致堂の妻である。致堂は深く詩文を愛し、詩作を好んでいた。

加賀藩は五代藩主前田綱紀の治世に文化政策に力を入れ、すぐれた学者、芸術家を金沢に迎え、多くの書籍を蔵していた。新井白石は「加賀は天下の書府なれば」といっている。金沢ではそのころから詩会がさかんにおこなわれていた。そこでは盛唐詩が尊重され、古文辞を駆使した格調ある詩が作られていた。

前述したが、天明から寛政期に江戸で山本北山や市河寛斎らが、平易な言葉で日常の心情を詠むことを主張していた。それに共鳴した学者、詩人たちは宋詩風の、生活の実情実感を詠む詩をさかんに作るようになった。しかし金沢では、依然として格調を重んじた詩風が墨守されていた。

市河寛斎門下の有力な詩人のひとりに大窪《おおくぼ》詩仏《しぶつ》がいた。詩仏の平明で清新な詩は、一般庶民にもわかりやすいものであり、彼の住居、神田お玉が池の詩聖堂にはさまざまな身分の人が集まった。加賀藩の横山致堂もそのなかのひとりであった。

致堂は詩仏の指導を受け、また金沢に詩仏を招いて大いに歓待した。文政五（一八二二）年刊行の詩仏の『北遊詩草』には、致堂と唱和した詩が多く収められている。詩仏が北陸に来遊してのち、金沢の詩風は大いに変わったといわれている。

十二歳ごろ、横山致堂の妻となった蘭蝶は、同じく加賀藩士で一万石を領する津田玄蕃の娘である。津田家も文学を好む家風であるが、蘭蝶が少女時代から詩を作っていたかどうかはわからない。おそらく致堂に嫁いでから、夫の好みに合わせて本格的に作りはじめたのであろう。致堂が詩仏の指導を受けていたために、蘭蝶の詩は平明で、若い女性らしい素直な感性の現れたものが多い。

当時の武士は、一年ごとに参勤交代する藩主に従って、江戸に出ることが多い。そのあいだ、現代の単身赴任と同様に、夫婦は江戸と国元に別れてくらすのである。致堂と蘭蝶はその期間を詩の贈答によって互いに心を通わせている。

寄外　蘭蝶

淡日晴来近午天
春帰四月昼如年
穿簾乳燕双飛去
独倚欄干懶撫絃

外《がい》に寄《よ》す

淡日《たんじつ》　晴れ来たる　近午《きんご》の天
春帰りて　四月　昼　年《ねん》の如し
簾《れん》を穿《うが》ちて　乳燕《にゅうえん》　双つ飛び去る
独《ひと》り欄干《らんかん》に倚りて　絃《げん》を撫《ぶ》するに懶《ものう》し

外とは夫をさしている。くもり空が晴れてきた初夏の昼近く、子育て中のつがいの燕が軒の簾すれすれに飛び去った。私は欄干にもたれたまま、琴を弾く張り合いもない。だって聞いて下さる方がいないのだから。

答内　致堂

郷心客思日沈沈
胡蝶夢中離恨深
寄語家人苦看取
一杯只解破愁唫

内《うち》に答《こた》う

郷心客思《きょうしんかくし》　日に沈々たり
胡蝶夢中《こちょうむちゅう》　離恨深《りこんふか》し
語《ご》を寄す家人《かじん》　苦《ねん》ごろに看取《かんしゅ》せよ
一杯　只《た》だ愁唫《しゅうぎん》を解《と》きて破《やぶ》る

望郷の思いは日々に増す。夢に蝶となって舞うあなたと、離れて暮らす悲しみは深い。酒で愁いをまぎらわせて詩を作る私を、どうか優しく見守ってほしい。

これは蘭蝶が亡くなった年の秋、致堂が自作の七言絶句百首と、蘭蝶の百首を選んで上梓した『海棠園合集《かいどうえんがっしゅう》』のなかにある。

さらに致堂は、蘭蝶の遺作百二十六首を選んで、文政七年に『断香集』として上梓した。

柳橋晩眺

一株新柳緑初成
待月橋辺立晩晴
流水夕陽無限好
領巾不覚薄寒生

柳橋晩眺

一株《いっしゅ》の新柳《しんりゅう》　緑《みどり》　初めて成り
月を待ちて　橋辺　晩晴に立つ
流水夕陽《りゅうすいせきよう》　限り無く好《よ》し
領巾覚《りょうきんおぼ》えず　薄寒《はくかん》の生《しょう》ずるを

月の出を待って、橋のあたりに立っている。芽吹いてきた柳、流れにきらめく夕日、春の夕暮れの好ましさ。衿元にすうっと寒さがしのびよったのに、気づきませんでした。

大窪詩仏はこの詩を評して、行雲流水の如く自然に出たもので、思索して得た詩ではないといい、若くして逝った佳人を悼んでいる。このような詩が、女性の心情を詠んだ清新な詩として喜ばれたのである。

しかし蘭蝶の詩の世界は狭く変化に乏しい。そのほとんどが自邸の庭の季節の移ろいであり、なかに夫に寄せる詩、別荘での詩が混じる。わずかに二、三首兄津田温基たちとの詩会の席上での作がある。他の人々との唱和はまったくないし、詩形も七言絶句のみである。

これまでみてきた女流詩人たちは多くの人々と交流し、寺社や名勝の地へ出かけて、いきいきとその印象を詩に表現している。蘭蝶にはそれがまったくない。この時代の上級武士の妻の、閉鎖的な生活を現わしているのであろうか。痛ましい気がする。蘭蝶がもっと長生きしたら、世界が広がったであろうか。疑問である。

致堂は蘭蝶の没後、後妻蘭婉《らんえん》を迎えた。蘭婉もまた多くの詩を作り、それらを選んで天保五（一八三四）年に大窪詩仏の序を付して上梓した。詩集の名を『続香集』という。

張　紅蘭

張紅蘭《ちょうこうらん》（一八〇四―七九年）は幕末の漢詩人梁川星巌《やながわせいがん》の妻である。名をきみ、のちに景といった。美濃国安八《あんぱち》郡曾根《そね》村（現大垣市内）の郷士稲津《いなづ》長好の次女として生まれた。星巌と紅蘭は同じ稲津家の血を引くまたいとこである。稲津家はもと稲葉伊予守一鉄の家臣であったが、関ヶ原の戦ののち帰農して、一鉄の築いた曾根城のあたりに住みついた。富裕な一族で、星巌の曾祖父長直の代から苗字帯刀を許されていた。星巌の祖父長宅の異母弟長朝は分家して、西稲津家となった。その子長好も庄屋をつとめたが、その娘が紅蘭である。母は安八郡古宮村の素封家の娘川瀬貞子であるが、紅蘭十三歳の年に病没した。

文化十四(一八一七)年九月、江戸から帰郷した星巌が自宅を「梨花村草舎」と名づけて塾を開いた。星巌の姓名は稲津長澄であるが、二十二歳のころ梁川と改め、星巌と号した。ほかにも伯兎《はくと》、詩禅《しぜん》などと称している。文化四(一八〇七)年十九歳のとき、家督を弟長興に譲ってはじめて江戸に遊学し、古賀精里、山本北山について漢詩文を学んだ。このとき星巌はしばしば放縦な生活をして学業を怠り、親代わりでもあった祖父の弟、華渓寺住職の太随和尚に諫められたと伝えられる。文化六(一八〇九)年春いったん帰郷し、翌年ふたたび江戸に出て市河寛斎の江湖社の先輩詩人たち、大窪詩仏、柏木如亭《じょてい》、菊池五山《ござん》らと親しく交流した。星巌がすぐれた詩才を現したのは、このときからだといわれている。そして各地を遊歴して文化十四(一八一七)年に帰郷したのである。

紅蘭は幼いころから太随和尚について詩文の手ほどきを受けた。星巌が帰郷して塾を開いたので、十四歳のときにその門人となった。紅蘭の詩文の才は早くから現れて、星巌がしばしば称賛したことが伝えられている。

紅蘭は星巌の門人となって親しく接するうちに、その人となり、すぐれた詩才にひかれ、星巌の妻となることを望んで、自ら父長好に申してでたといわれている。このとき紅蘭は十七歳、星巌は三十二歳であった。これは当時としては非常に珍しいことで、のちにしばしば彼ら夫妻が後漢の梁伯鸞・孟光夫妻になぞらえられる理由となった。孟光は梁伯鸞がすぐれた人であるのを知って、自ら望んでその妻になったという故事がある。また星巌・紅蘭はともに稲津姓であったが、紅蘭は張姓を名のった。当時の漢学者や文人は中国風に夫婦別姓を習慣としていたからであった。尾張藩士の出であった祖母を誇りとして張の字を姓としたという説と、同村の名家長谷川氏の養女となり、その姓を中国風に張としたという説がある。いずれも推測である。

結婚後三か月ほどして、星巌は妻に旅に出かけると告げた。そして『三体詩』の絶句の部を教え、留守の間にそれを暗誦しておくようにと言いつけて、東海地方へ遊歴に出てしまった。そのまま二年余り、星巌は帰らなかったのである。星巌の生涯は詩人としてのそれであり、詩想を求めて各地を放浪することがしばしばあった。二年間便りのない夫を待ちながら、紅蘭は『三体詩』の絶句ばかりでなく律詩の部もすべて暗誦してしまった。そのころの紅蘭の作った五言絶句がある。

無題
階前栽芍薬
堂後蒔当帰
一花還一草
情緒両依依

無題
階前《かいぜん》には芍薬《しやくやく》を栽《う》え
堂後《どうご》には当帰《とうき》を蒔《ま》く
一花　還《ま》た一草
情緒《じようしよ》　両《ふた》つながら依依《いい》たり

前庭に芍薬を植え、裏の背戸に芹（当帰）を蒔きました、私の心はこのふたつの植物と離れがたい、という意味である。おそらく二年余りも帰らぬ夫と離別せよという周囲の声があり、それに対して自分の心情をしめしたものであろう。芍薬は『詩経・鄭風』に愛し合う男女が互いに贈る花であり、当帰は当《まさ》に帰るべし（きっと帰ってくるだろう）と読み下すことができる。ともに沈静の効果のある薬用植物である。若い女性の柔らかな情緒を、ふたつの植物の名に託して素直にういういしく、ほとんど古典的な完成度を感じさせる。紅蘭の詩才はなみなみではない。

文政五（一八二二）年の春、星巌は飄然と帰ってきた。そして同年九月、星巌はまた西国への旅に出ることを紅蘭に告げた。このとき紅蘭は旅に同行することを申しでて、当時としては珍しい夫妻同伴の旅が実現した。おそらく紅蘭は夫星巌の抱く詩人の魂が、彼を漂泊の旅に駆りたててやまないことを察したのであろう。この旅は伊勢にはじまり山陽道を下り、九州にはいって長崎にいたる往復五年ちかい長旅となった。

各地の文人、有力者たちを頼り、詩を作り揮毫をして潤筆料を得てつづける放浪の旅は、旅費も乏しく、着替えの衣服を幾揃いももって歩けるわけではない。それまで旅の経験のない若い紅蘭には、つらいことが多かったことだろう。九州にはいってから作った、故郷を思う詩がある。

思郷　二首
西征千里更西征
雲態山容関遠情

郷を思う　二首
西征千里《せいせいせんり》　更に西征
雲態山容《うんたいさんよう》　遠情《えんじょう》に関す

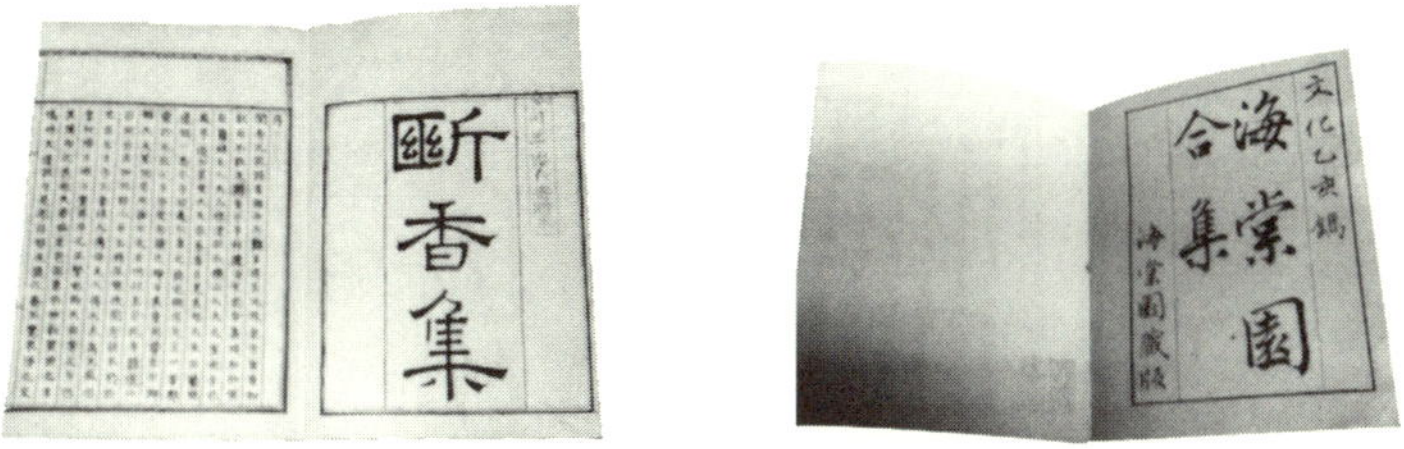

▲『断香集』『海棠園合集』（石川県金沢市立玉川図書館蔵）

▶西国遊歴に旅立つ梁川星巌・張紅蘭銅像（岐阜県大垣市曾根町・曾根城公園内）

又是刈萱関外水　　又た是れ　刈萱関外《かるかやかんがい》の水
似聞阿爺喚児声　　聞くに似たり　阿爺《あや》　児《じ》を喚《よ》ぶの声

西へ西へと旅をして、遠い故郷を偲ぶ心も刈萱の関に遮られてしまった、父が私を呼んでいる声を聞くようだ。

紅事蘭珊緑事新　　紅事《こうじ》は蘭珊《らんさん》として　緑事《りょくじ》は新たなり
毎因時節涙霑巾　　時節に因《よ》るごとに　涙　巾《きん》を霑《うるお》す
遥知桜筍登厨処　　遥《はる》かに知る　桜筍《おうじゅん》　厨《ちゅう》に登る処
姉妹団欒少一人　　姉妹団欒《しまいだんらん》して　一人《いちにん》を少《か》く

花々が散り、新緑が盛んに伸びるころ、故郷ではさくらんぼや筍が食卓にのぼり、姉妹たちは楽しく語らっているでしょう。そして私ひとりがそこにいないのです。

紅蘭は後年、国事に奔走する夫を助けた女丈夫、あるいは星巌が評した言葉としての道学者先生という堅苦しい印象が強いが、若い時代の詩には柔軟で愛らしい作が多いことに驚かされる。これは星巌が紅蘭に『三体詩』を暗誦させたことが大きな教育的効果を生んだのではないだろうか。

『三体詩』とは唐詩、とくに中唐・晩唐の詩を選んで、五言律詩・七言絶句・七言律詩の三つの詩形を収めたものである。とくにこの本は詩の作り方の手本として編集されており、江戸時代に好んで読まれた。この三つの詩形は壮大な悲愴な感情を盛りこむよりも、愛らしい華やかな叙情詩にふさわしいといわれる。夫星巌もまた中唐・晩唐の詩を好んだことが指摘されている。(1)

紅蘭は二年間の夫の留守中にそれを暗誦し、すっかり自分のものとしてしまったようだ。詩中に彼女の父や姉妹のことがみえる。紅蘭に絶対的な影響を与えたのはもちろん星巌であるが、自ら夫を選ぶ女性にまで成長したのは家庭環境の大きな力であろう。彼女は曾根村の豪農の四人兄弟のひとりであった。兄の長豊は関流和算の大家であり著述もある。姉は星巌の弟仲建に嫁いだ。遠く故郷を思う詩でも、原采蘋の場合は家族団欒のイメージがすくないが、紅蘭には団欒のイメージが豊かにある。温かく裕福な家庭に育った、ものおじしない女性と思われる。

文政六(一八二三)年の五月、大坂で雌雄二頭の駱駝《らくだ》が見世物にかけられていた。太鼓を打ち、銅鑼を鳴らして見物人を誘っている。西国への旅のはじまりにこれを見た星巌は、遠い砂漠から連れてこられたつがいの駱駝に、これから放浪の旅に出ようとしている自分たち夫婦の姿を重ねて「駱駝嘆」という七言古詩を作った。詩人の直感といえるかもしれない。はたして星巌夫妻の一生は、この詩に暗示されるような、一か所に定住できないものとなった。

文政九(一八二六)年に帰郷したふたりは翌年京に住まいを移す。そののち彦根、桑名、津と転々と流寓し、再び京に戻る。天保三(一八三二)年に江戸にでて玉池吟社《ぎょくちぎんしゃ》を興し、傘下に多くの著名な詩人を集めた。ここで星巌は藤田東湖《とうこ》や佐久間象山《しょうざん》らと親交を結び、急速に政治的視野を拡げていく。このころ清国とイギリスとのあいだに起きたアヘン戦争とその結末は、知識人たちの間に大きな危機感を生んだ。星巌ももちろん海防に大きな関心を抱いたのである。

弘化二（一八四五）年、夫妻は江戸を離れていったん故郷に戻り、翌年京に移った。鴨川東岸の家には頼三樹三郎《らいみきさぶろう》・池内大学《だいがく》・梅田雲浜《うんぴん》・松浦武四郎《たけしろう》ら多くの憂国の士が出入りした。安政の大獄直前の安政五（一八五八）年九月に星巌は病没し、紅蘭は夫の身代わりとして捕縛され、半年間入獄した。

紅蘭は長い放浪の時代を含めて苦楽の生涯をともにし、夫星巌の詩業と政治運動を助けてきたが、星巌もまた妻紅蘭を無視することはなかった。この時代の知識人のあいだによくみられた、自覚的な夫妻といえるだろう。星巌の没後も紅蘭は京に留まり、夥しい星巌の遺稿をまとめて出版することにつとめた。今日、星巌の全集が編まれ、容易にその作品にふれることができるのは、ひとえに紅蘭の努力による。紅蘭はまた自宅に女子のための私塾を開いて、詩文を教授した。明治維新以後も夫星巌の顕彰につくし、京都府から二人扶持を与えられた。明治十二（一八七九）年、七十六歳のとき京で没した。

女流詩人たちのうち、アヘン戦争に大きな関心を抱いた人は多い。江馬細香や原采蘋もそれについて詩文を書いている。ここでは紅蘭が国を憂えた、弘化二（一八四五）年の詩をあげよう。

偶成　　　偶成

聞説海西揚戦塵
皇朝誰是爪牙臣
慨然有涙君休笑
英吉夷酋亦婦人

聞説《きくなら》く　海西《かいせい》　戦塵《せんじん》揚《あが》ると
皇朝《こうちょう》　誰《たれ》か是れ　爪牙《そうが》の臣《しん》
慨然《がいぜん》　涙有り　君笑うを休《や》めよ
英吉《えいきつ》の夷酋《いしゅう》も　亦た婦人なりと

聞けば海の西、清国で戦いが始まったとか。もし我国がそうなれば国を守るのは誰であろうか。女が国を憂えて涙を流すことを、どうか笑わないでほしい。イギリスの国王もまた婦人だと聞いている、と女性が政治を担い得ることを、詩によってしめしている。

（1）入谷仙介『頼山陽・梁川星巌』江戸詩人選8、岩波書店、一九九〇年。

高橋玉蕉

仙台の商家の娘高橋玉蕉《ぎょくしょう》（一八〇二—六八年）は名を龍、字を水龍、玉蕉を号とする。嘉永二（一八四九）年秋に七言絶句を集めた詩集『玉蕉百絶』を刊行した。題字を菊池五山が書き、序を仙台藩の大槻磐渓《ばんけい》、東條琴台《きんだい》が書いた。巻頭に諸家題詞として、五山、磐渓、横山湖山《こざん》、大沼枕山《ちんざん》ら江戸江湖社、玉池吟社および仙台の詩人たちが詩を寄せている。

大槻磐渓の「贈玉蕉女史」は、江馬細香、原采蘋、張紅蘭のあとを追う者として、玉蕉を位置づけている。

磐渓は序のなかで「玉蕉の生家は仙台城の東、豪商の家屋が軒を並べ、府下で最も繁盛をしている市中にある。玉蕉は努力して文学を学び、書を学び一家を成した。やがて江戸へ出て詩文の教授をするようになり、その名が広く人々に知られるようになった。それを聞いた仙台藩主夫人が、玉蕉を藩邸に召しよせ経書を講じさせた。そして章服（紋服か）を賜った。これはまことに栄誉である」と述べている。つづけて仙台には多くの碩儒、高僧、画家があり、三都に比して劣らないが、今ここに優れた女子を産んだ。もし余の言を信じない人は、試みにこの百篇の詩を読んでみるがよろしい、と結んでいる。

江戸の新しい詩風の詩人たちと交流した玉蕉の詩には、古文辞学風の難解な詩句はなくて、平明に日常の情景、情感を詠んだものが多い。ときおりはっとさせるような鋭い近代的な感覚を感じさせる。

早春雨中

無酒無花空渡時
春寒料峭粟生肌
新泥細雨情慵出
独向窓前覆昨碁

早春雨中

酒無く花無く　空《むな》しく時渡り
春寒料峭《しゅんかんりょうしょう》として　粟《あわ》肌《はだ》に生ず
新泥細雨《しんでいさいう》　情《じょう》出《い》ずるに慵《ものう》し
独《ひと》り窓前《そうぜん》に向かいて　昨碁《さくご》を覆《くつがえ》す

早春の肌寒い雨の日、外へも出ず、ひとりで窓辺の碁盤に並べたままの、碁の一手一手を検討する。玉蕉は昨日の棋譜を検討しつつ、なにか自己省察をしているようだ。

秋日郊行
風透衣襟覚体軽
斜陽影尽片時程
野塘虫語清堪聴
秋草深辺行又行

秋日郊行
風　衣襟《いきん》に透《とお》りて　体《たい》の軽きを覚え
斜陽《しゃよう》　影尽く　片時《へんじ》の程《てい》
野塘《やとう》の虫語《ちゅうご》　清きこと聴くに堪えたり
秋草深き辺り　行き　また　行く

秋風が襟元から吹き入って、体が軽くなったのを感ずる。夕日が落ちる前のしばらくの時間、虫の声の清らかさを愛でつつ、秋草の茂みをひとりでずんずんと歩いていく。ある爽快な心境。玉蕉の詩は典故によるものがすくなく、身辺に題材を多くとっているために、親しみやすい。藩主夫人に従って仙台に帰ってからも、文人、僧侶たちと親交をもった。自立した精神を感じさせる女性である。慶応三（一八六八）年二月、六十七歳で没した。

篠田雲鳳

篠田雲鳳《うんぽう》（一八一〇―一八八三年）は伊豆下田の医者篠田化斎の娘である。名をふじ、儀《のり》ともいう。兄、妹がいたといわれるがくわしくはわからない。父化斎は雲鳳が五、六歳のころ、一家を伴って江戸にでた。

雲鳳は幼いころから書を習い、九歳ごろから稗史《はいし》を読んだと伝えられる。朝川善庵や中井董斎に儒学を学び、また書を巻菱湖《まきひょうこ》に学んだ。早くからすぐれた才を現わして周囲を驚かせた。十三歳のころ、津藩主夫人（娘ともいわれる）に招かれて儒学を教授している。

雲鳳は梁川星巌に詩を学び、玉池吟社の詩人大沼枕山、遠山雲如《とおやまうんじょ》らと親しく交流した。十代後半からのことである。早熟の才をよくしめしている。

菊池五山の『五山堂詩話』にも詩三首が紹介されている。五山は「経史に明るく、詩や書にもすぐれている」と評した。明治十三（一八八〇）年に出版された水上珍亮編『日本閨媛吟藻』には、張紅蘭、江馬細香に続いて六首が載せられている。

春日

無客柴門昼自扃
模糊花影上窓櫺
笑他眠柳懶於我
直到黄昏猶未醒

春日

客なく　柴門《さいもん》　昼　自ら扃《とざ》す
模糊《もこ》たる花影　窓櫺《そうれい》に上る
笑う　他《か》の眠柳　我よりも懶《らん》なるを
直ちに黄昏に到るも　猶お未だ醒めず

誰も訪ねて来ない春の午後、薄曇りにぼんやり映る花の姿。風がないので柳も生気がなく、もう夕方なのにそよりとも動かない。私よりもっと物憂げだ。春の午後の倦怠感。

この詩は二十歳前後の作らしいが、かなり熟練した表現だ。このころから雲鳳は、当時続々と出版された名士人名録のたぐいに、女子儒として名を連ねている。

雲鳳は二度結婚したが、二度とも自ら望んで離婚している。三度目の結婚相手の工藤東平（俳号怡年）と、娘の愛とともに安政六（一八五九）年から二年余り弘前へ下ったことが知られている。(1) 弘前は東平の故郷であった。その間弘前の文人たちと交流し、ことに女流歌人毛内滝子とは同年輩でもあり、親交をもっている。夫東平が万延元（一八六〇）年秋に没したため、雲鳳は文久元（一八六一）年冬に娘とともに江戸に戻った。

明治五（一八七二）年芝増上寺内に北海道開拓使仮学校が作られ、ここに女学校が併設された。雲鳳はこの女学校の専任教授として採用され、和漢の学を教授した。月給が二十五円であったというから、当時としては破格の待遇と思われる。

やがて仮学校が北海道へ移転することになり、雲鳳は老年多病を理由に辞職を願いでて許された。風土の厳しい北海道へ赴任することは、ためらわれたのであろう。この仮学校がのちの札幌農学校である。

その後、明治八（一八七五）年六十五歳のときに、雲鳳は私塾「知新塾」の開業願いを提出し、明治十一（一八七八）年まで子弟の教育につくした。明治十六（一八八三）年七十三歳で没した。

『日本閨媛吟藻』からもう一首紹介しよう。

雨後所見
驟雨旋風忽快晴
十分涼気溢簾影
灑然洗出松間月
一串珠成万顆明

雨後所見
驟雨旋風《しゅううせんぷう》　忽ち快晴
十分の涼気　簾影《れんえい》に溢《あふ》る
灑然《さいぜん》　洗い出す　松間の月
一串《いっかん》の珠《しゅ》は　万顆《ばんか》と成りて明らかなり

にわか雨とつむじ風が収まって涼風が簾を動かす。洗われたようなさわやかな月が、松の間に現れた。松葉にたまった滴は、無数の光りの粒となって輝く。

中世の女流歌人の和歌にも通ずるような美意識である。

雲鳳に関しては、詩人としてよりも儒学者としての評価が高いように思われる。雲鳳は大きな資産や強い後ろ盾のある女性ではなくて、まったく自分の学力と能力で、広く世間に自分の真価を認めさせた実力のある女性であった。江戸時代の後期は、このような女性の存在を容認する風潮のある柔軟な社会であった。

（1）田澤　正「篠田雲鳳と弘前」、『江戸期おんな考』第四号、桂文庫、一九九三年。

おわりに

江戸中期に詩集を出版した立花玉蘭をはじめに、十人の女流詩人を紹介した。このほかにも学者、文人の妻、娘で漢詩文に親しんだ女性は数多い。江戸時代後期はこのような女性の存在を容認する風潮のある、柔軟な社会であった。このあと、日本の漢詩文は明治大正期までさかんに作られて、最後の輝きを放つ。それにつれて女性の漢詩人も輩出した。そのころの女性知識人たちは漢学、洋学の両方を修めている。しかし時代は漢学から洋学へと移る流れのなかにあり、漢詩文は急速に輝きを失っていった。明治大正から現代にいたるまで各方面で活躍する女性たちは、江戸後期の女流漢詩人たちの存在の延長線上にあると感じられる。

第二章 和歌

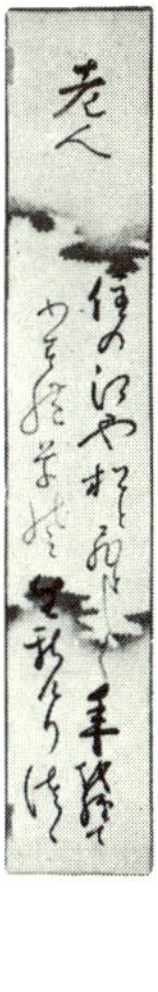

住の江や　松とひとしく年を経て
わすれ草のみ生しげりつつ

▶岩上登波子　老人　（古橋懐古館蔵）

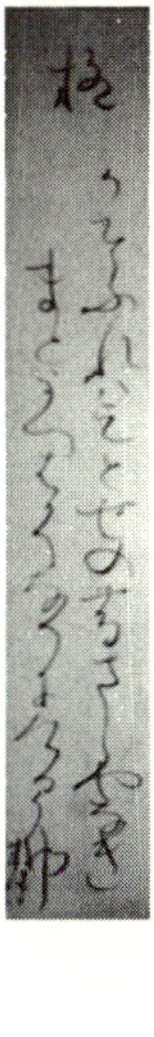

かぞうれば　ひとよの昔　さしやなぎ
まどうつばかり　なりにけるかな

▶太田垣蓮月　柳　（古橋懐古館蔵）

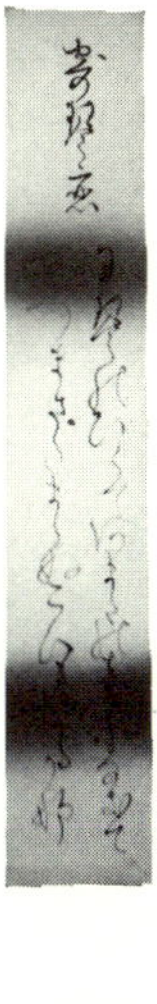

玉琴のひくてあまたの音になきて
つまさたまらぬこひもするかな

かりそめに契りしまゝのつきはしを
こゝろにかけてこひわたるかな

▶遊女桜木　寄琴恋（右）、寄橋恋（左）
（矢萩美也子氏蔵）

はじめに――女流和歌の流れ

近世の女流和歌にはみるべきものがない、という見解が長年ゆきわたっていた。奈良、平安時代にはかずかずの輝かしい女流歌人たちの活躍がみられるが、鎌倉時代から南北朝ころの、勅撰集時代の末期には女流歌人の影が薄くなることは確かである。なお阿仏尼《あぶつに》や永福門院《ようふくもんいん》、京極為子《きょうごくためこ》の存在がしずかな光をはなっているが、やがて空白期が訪れる。もちろん女性が和歌を作ることをやめたわけではないが、すぐれた女流歌人の姿をみることがすくなくなった。勅撰集の時代から多様な家集の時代へと移行する時期に、女流歌人たちの生活の基盤の大きな変動が、その空白期を招来したということが指摘されている(1)。

和歌はそれぞれの時代の政治権力と密接に結びついてきた。そして古代から中古まで、朝廷を中心として隆盛をきわめた。時の帝の命による勅撰集が、その時代の文学の最高の達成点とされてきた。当然のことながら、政治家であり歌人でもある公家たちは、その撰者に指名されるのを最高の名誉、自己の文学的地位の保証と考え執念をもやした。

藤原定家の孫たち、御子左家《みこひだりけ》といわれる二条家、京極家、冷泉家《れいぜい》は歌道師範の家としてそれぞれの歌風を作りあげた。後嵯峨天皇以後、皇統が大覚寺統と持明院統に分かれると三家はそれぞれの皇統と手を結んで、勅撰集の撰者となることを競ったが、おおかたは定家嫡流の二条家が独占した。

持明院統の伏見天皇は、政治的に有能であった京極為兼《ためかね》をいたく信任し、勅撰集『玉葉和歌集』(一三一二年)の撰者に任命した。その後の政争により為兼は逮捕され流刑となる。残された『玉葉和歌集』の歌人、永福門院や為兼の姉妹為子そのほかの女房たちが京極家の歌風を守り、一層洗練、深化させていった。地味で寂しい、しかし緊張をはらんだ永福門院の和歌が数多く生まれた。まもなく政変によって、京極家は絶える。ふたたび歌道師範として台頭してきた二条家は、宮廷ばかりでなく外部にもその歌風を伝えていったが、やがて二条家も政治的に滅ぼされた。この流派には主要な女流歌人の名はみられない。建武三(一三三六)年に朝廷が南北に分裂してからは、政治的抗争はさらに激化した。百二代の後花園天皇のときに『新続古今和歌集』(一四三九年)が撰ばれ、勅撰和歌集の時代は終わる。

政治権力をめぐる争い、勢力の変動から起こる戦乱の時代に、すべての文化を育てる土壌が荒れるのは当然のことだが、女流和歌はそのもっとも大きな打撃を受けたのかもしれない。

前江戸期といえる戦国時代の武将たちは、京に上り、天皇や将軍を奉じて天下に号令することをめざしていたので、みな公家から伝わった伝統的な優美な和歌を重んじた。その妻たちも和歌をたしなんだはずであるが目にふれるものは少ない。わずかであるがそのなかの三人の武将の妻の辞世の歌をあげてみよう。

武田勝頼の妻(天正十(一五八二)年)

くろかみの乱れたる世ぞはてしなき思ひに消ゆる露の玉の緒
　柴田勝家の妻（お市の方・天正十一〔一五八三〕年）
さらぬだに打寝《うちぬ》るほども夏の夜の別れを誘ふほとゝぎすかな
　細川忠興《ただおき》の妻（ガラシャ夫人・慶長五〔一六〇〇〕年）
散りぬべきとき散りてこそ世の中の花も花なれ人も人なれ

これらの和歌をどう考えたらよいのだろうか。辞世と伝えられる歌が真にその人の作とは定めがたいし、優劣を問える性質のものではない。しかし伝統的な優雅な言葉のあいだからちらとその人柄がみえ、現世をどうとらえているかもみえる。武田勝頼の妻は北条氏康の娘である。勝頼の滅亡に殉じたときは二十歳ごろだった。可憐で無垢な人柄を思わせる辞世である。お市の方の辞世は、あの肖像画にみられる高貴な精神性と、決然とした覚悟を感じさせる。細川忠興の妻ガラシャは明智光秀の娘であり、その時代の歌人として重要な位置を占める細川幽斎《ゆうさい》の嫡子に嫁いだ。しかも熱心なキリスト教信者である。この辞世には彼女の歌道の教養やキリスト教信者としての思いがみられない。彼女自身の作であろうかと疑われるのだが、死生のきわにたたされた女性の最後の和歌をあげつらうことはできない。近世の女流和歌をみるには、やはり江戸中期（元禄ごろ）まで待たねばならない。

慶長五（一六〇〇）年関ヶ原の戦のとき、徳川方の東軍に属した細川幽斎は丹後田辺の城に籠城して西軍に包囲された。幽斎は好学の武将ですぐれた歌人であり、三条西実枝《さんじょうにしさねき》から古今伝授を受けた。その後も彼は歌学の研鑽をつんで歌壇の指導的地位にあり、公家そのほかに多くの弟子をもっていた。彼が丹後田辺の城に籠城したとき、八条宮智仁《はちじょうのみやとしひと》親王に古今伝授の最中であった。このことを惜しんだ後陽成天皇は、勅命で西軍の包囲を解かせて幽斎を救った。こうして幽斎から智仁親王に中世の歌学が伝えられたことは有名な話である。

古今伝授とは『古今和歌集』の語句の解釈や和歌、古典に関する知識の重要部分を秘事として、口伝《くでん》あるいは切紙に記して個人に伝えるのである。十五世紀の中ごろ、東常縁《とうのつねより》から連歌師宗祇《そうぎ》に伝えられ、三条西実隆《さねたか》を経てその孫実枝から幽斎に伝えられた。その時点で幽斎は、古今伝授ただひとりの継承者となったのである。

そののち、智仁親王から歌学を伝授されたのが後水尾天皇である。天皇はすぐれた文学的感性と強い指導力を発揮して、衰微していた宮廷歌壇の復興に尽力した。徳川幕府とのあいだに軋轢《あつれき》があり、譲位後も公家たちの和歌、学問を隆盛に導くことによって、朝廷の権威をしめそうと執念をもやした。後水尾天皇の十六皇子である霊元天皇も父帝の意志を継いだ。ふたりの天皇の才能と強い指導力によって、宮廷歌壇は繁栄し、すぐれた歌人が輩出した。これらを堂上歌人《とうしょうかじん》という。

一方、べつに幽斎に古今伝授を受け、その歌学を継承した連歌師松永貞徳《ていとく》から北村季吟《きぎん》へと伝わる地下《じげ》歌人の系統がある。これには荷田春満、賀茂真淵、本居宣長そのほか多くのすぐれた歌人があり、そして厖大な庶民の歌人たちへと拡がっていく。ことに近世の国学を創りあげた春満、真淵、宣長たちには多くの女性の門人があった。古代から江戸以前まではほとんど公家、上層武家の女性で占められていた和歌の世界は、ここで庶民の女性たちにも開かれ、くらしを感じさせる身近な和歌が生まれるようになった。

江戸中期の堂上歌人の代表的存在であった冷泉為村《ためむら》は、霊元院の最晩年のころ、宮廷歌壇のさかんな雰囲気のなかで育った人である。さきの世代のすぐれた和歌の遺産を十分に生かし、さらに新しい世界を切り開いていった。公家でありながらその枠を破り、江戸幕府と密接な関係を保ち、また地域、身分をこえて広く門人を集め歌学を伝えた。京の冷泉邸にはさまざまな身分の歌人が出入りした。池大雅の妻徳山玉瀾が「糊こわき綿衣に魚籠を引提」げて、飾らぬ身なりのまま伺候して指導を受けたことが、伴蒿蹊《ばんこうけい》著『近世畸人伝』に記されている。

京の地下歌人小沢蘆庵《ろあん》ははじめ為村の門人であったが、やがて歌は真情を「ただこと」(日常の言語)で詠むべきであると主張し、和歌革新の先駆者となった。香川景樹は蘆庵の「ただこと歌」に強くひかれ、その影響の下に「歌は調べるもの」という調べの論を主張した。

さらに近世の末期、いわゆる幕末に近づくと堂上歌壇、地下歌壇の系譜に属さない地方歌人たちが現れる。そして歌壇や流派にとらわれない自由な和歌を詠んだ。越後の良寛、越前の橘曙覽《たちばなあけみ》、筑前の大隈言道《おおくまことみち》らである。伝統にとらわれずに和歌を詠むという姿勢に、近代に近いものを感じさせる。彼らにもすぐれた女性の門人があった。

和泉式部や赤染衛門など、平安女流歌人たちの和歌の指導者は誰であったのだろう。それはわかっていないのだろうか。それとも彼女たちが見事に完成した歌人であるため、問題にもならないのだろうか。しかし時代がくだって中世になると、歌学が古今伝授のような形の秘儀となり、幾世代も相伝されるにつれて、その伝統の系譜が重要視されるようになる。いわば江戸時代の歌人たちは、この系譜のしがらみにしっかりとからめとられていることが、存在の条件となっているようにみえる。女流歌人たちももちろん例外ではない。

江戸時代の女流歌人たちの存在は、平安時代以来の連綿とした女流和歌の系譜のなかに探るよりも、近世の和歌の世界のこうした動向との関連性においてとらえねばならないように思われる。江戸時代の女流歌人たちは、すべてこれらの指導者たちと密接につながっているからである。

（1）　長沢美津『女人和歌大系　私家集期　江戸』、風間書房、一九六八年。

一　堂上和歌の流れを汲む女性たち

本書のI部に書いた井上通女、正親町《おおぎまち》町子、只野《ただの》真葛《まくず》らは、みなそれぞれに和歌をよくした。

井上通女

井上通女は『和歌往事集』という家集をもっている。通女の父は彼女の歌稿を京の公家に送り添削を受けた。指導者の名前は明らかではないが、通女の少女時代は後水尾天皇の治世にあたり、中《なかの》院通茂《いんみちしげ》、日野弘資《ひろすけ》、烏丸資慶《からすますけよし》らすぐれた堂上歌人が輩出したころである。通女はこれらのなかの誰かについたのであろう。そして通女自身は『古今和歌集』に深く傾倒して影響を受けた。『和歌往事集』冒頭の歌、

はるたちける日読侍《よみはべり》ける
梓弓《あずさゆみ》やまともろこしをしなへて春といふ名や今朝は立つらん
のとけさを空にしらせて立そむるかすみや春の心なるらん

四国丸亀に二十二歳までをすごしたが、父の配慮によって堂上歌人の指導を受け、生涯和歌を詠むことをつづけた。和歌が彼女の心の支えであったと思われる。弟井上益本が不本意な死を遂げた時、それをいたんで、

たのもしき陰とたのみし井の上の桐の落葉ぞ霜にくちぬる

通女の家は豊臣の臣片桐勝元の血筋であり、通女はそれを誇りにしていたことがわかる。

正親町町子

正親町町子は権大納言正親町実豊の庶出の娘である。のち江戸に下り、柳沢吉保の側室にはいった。元禄十六（一七〇三）年ころ、吉保とともに霊元院に和歌の指導を受けている。前述のように霊元院は当代の傑出した歌壇の指導者であった。吉保は北村季吟から古今伝授を受けているが、町子はその出自からいっても堂上派に属する。

こだかき松　　　　　　　『松蔭日記』から
たれをまつこゝろの花の色ならんたち枝ゆかしき軒の梅がえ
二もとの松
しげりそふ此二もとの松蔭にさかゆくちよをともにかぞへん

祇園三女

元禄の末ごろ、京都祇園感神院の門前茶屋の女主人梶女《かじじょ》（元禄・宝永ごろ）は和歌にすぐれていたことで有名であり、家集『梶の葉』がある。冷泉為村にその才を愛されたとも、中院通茂に指導を受けたともいわれる。その養女百合女（?—一七五七年）も和歌をよくし、家集『佐遊李葉《さゆりは》』がある。百合女の娘町子（一七二七—八四年）は池大雅の妻徳山玉瀾であり、夫大雅とともに冷泉為村の門人であった。玉瀾の和歌は十九首残っている。明治四十三（一九一〇）年に刊行された『祇園三女歌集』にこの三人の和歌が収められた。

梶　女

山家郭公《やまがほとゝぎす》

世にとほくすめばこそあれ忍びねも我にやゆるす山ほとゝぎす

のこりの菊といふ事を

なにゝかはくらべてもみむ枯れはてゝ花なき頃のしら菊のはな

百合女

梅遠薫《うめとおくかおる》

たが里としらぬ木末をさそひ来てにほふもよしや風のうめが香

谷残雪《たにのざんせつ》

ふるとしのかたみとや見む春来てもまだ消えのこる谷のしらゆき

玉　瀾

菫《すみれ》

すみれさく春のすゑ野をむらさきの色のゆかりにならしつるかな

三月尽《やよひじん》

あやなくもはるはすぎぬる花の枝を見せばや人にかたみなりとて

これらの和歌を読むと、母から娘へ、孫へと和歌を詠むことが伝えられていったのではないかと思わせるものがある。

二　国学の影響を受けた女性たち

荷田蒼生子

細川幽斎から松永貞徳に伝えられた歌学を受けついだ地下歌人は、堂上歌人の指導のもとに大坂、江戸そのほか広い地域の大名、武士から神職、僧侶、豪農、富商などさまざまな階層に拡がっていった。必然的にその周辺の女性にも和歌に親しむ機会はふえていった。

荷田春満は伏見稲荷の神主であったが、古典、国史を研究し多くの子弟を教育した。春満の姪である荷田蒼生子《かだたみこ》（一七二一―八六年）は春満の学問をよく学び、兄在満《ありまろ》とともに江戸に下った。一時紀州家に仕えたこともある。六十五歳で没するまで和歌、古典の研鑽をつみ、多くの門人があった。只野真葛が『むかしばなし』の中で「歌よみのお民に『古今』のよみくせを直してもらいに行きて有し」と書いているように、古典の指導者として実力のある人であった。蒼生子の家集『杉のしづ枝』は、没後に門人の菱田縫子《ひしだぬいこ》によってまとめられた。上下二巻に六百六十首が収められ、近世女流歌人のなかでも大きな存在である。

四十になりける年の春の始めによみ侍りける
けふよりは老といふ名をおほすなる年とはしれど春ぞ嬉しき

実感のこもった歌はわかりやすい。蒼生子の和歌は理の通ったすっきりしたものが多い。歌人としてよりは学者の和歌のように見える。しかし次のような和歌は、静寂のなかに吸いこまれてゆく鐘の音を叙情的に詠んでいて、墨絵のように美しい。

薄暮雪
静けさは入相《いりあい》の鐘も埋もれてゆきに暮れゆく冬の山寺

家集『杉のしづ枝』を編んだ菱田縫子を、深く頼りにしていたらしい。女性同士、和歌を通じて心を通わせあう世界があったことを思わせる。

紀伊国和歌山にありし頃縫子の許よりいと心ある言の葉をよせ給ひしをつれなく月日へにけり　さぞな恨みや給ひけむ

心になかけて恨みそたち帰るほどはへだてぬ和歌の浦なみ

杉浦真崎

国学者賀茂真淵は浜松の人である。十一歳のとき諏訪神社の神職杉浦国頭《くにあきら》の門人となった。国頭の妻真崎《まさき》（一六九〇―一七五四年）は荷田春満の姪で、蒼生子とは従姉妹になる。春満の歌学を学び、和歌をよくする女性であった。入門当初の真淵は、まず真崎から習字の指導を受けて勉学を始め、やがて杉浦家での月並歌会に加わり頭角を現していく。

今年きさらぎ岡部氏の子（真淵）に始めて手習ふことほぎに
いつしかもはやおひ立ちて二つ三つけふ書初るみづくきのあと
書とらん行へをぞ思ふおひ立ちてけふふみそむる水くきのあと

杉浦家の歌会は真崎がつねに出席して、女性に広く門を開いていた。浜松はもともと経済活動のさかんな土地柄で、女性が活躍する分野も多い。また国頭がすすめる神道による国学は儒学、仏教よりも女性を差別、蔑視することがすくない。そのような気風のなかで成長した真淵は、やがて春満の門人となり、のち江戸に出て田安宗武《たやすむねたけ》に仕えた。真淵は中世の歌学を乗りこえ、和歌独自の文芸性を高め、『万葉集』の古《いにしえ》に帰ろうとする学問に熱心にとりくんだ。また彼は和歌のすぐれた実作者でもあった。新古今調の和歌から出発して生涯をかけて万葉調の歌風に到達し、とくに長歌にすぐれていた。その門人は数多くあるが、万葉調をよくする県居派《あがたいは》の田安宗武、楫取魚彦《かとりなひこ》らと、古今、新古今調の和歌を得意とする江戸派の加藤千蔭《ちかげ》、村田春海《はるみ》らがあり、それぞれに大きな業績がある。

県門三才女

真淵の門人には女性が多いことがよく知られている。とくに県門《けんもん》三才女といわれる女流歌人があった。土岐筑波子《ときつくばこ》（生没年不詳）は生活体験を偲ばせる平明な和歌を詠んだ。三人の女流歌人のなかでは先輩と思われる。『筑波子家集』がある。鵜殿餘野子《うどのよのこ》（一七二九―八八年）は武家の娘、紀州藩江戸屋敷に仕えた。真淵の実情実感を大切にする歌風の和歌を詠み、家集『佐保川《さほがわ》』遺稿集『涼風遺草』がある。油谷倭文子《ゆやしずこ》（一七三三―五二年）は御用商人の娘、鵜殿餘野子と親交があった。みずみずしい叙情的な歌風の和歌を残して早く没し、宝暦八（一七五八）年に家集『文布《あやぬの》』が刊行された。

土岐筑波子

年の内に春たちける日
あら玉の年のこなたに春くれば雪もちりつゝ梅もさきけり
わかな

しる知らぬ共につめども春の野におふる若菜は尽きせざりけり

鵜殿餘野子

夏のはじめのうた

ほと丶ぎす聞きつやと問ふことぐさを誰も語らふはじめにぞする

雪中遠情

玉すだれか丶げて向ふ嶺の雪に人の国こそ思ひやらるれ

油谷倭文子

桜のさかりに友だちとともによめる

春のきる花の錦は天にますはとりの神やおり初めけむ

卯の花

うの花の盛りになれば夕月の影をそれとも見わかざりけり

この三人の女流歌人たちは和歌ばかりでなく、消息文などの文集も刊行されている。真淵やその門人たちの催す歌会はサロン的雰囲気があり、数多の女性門人の参加があった。

只野真葛

只野真葛は文章にすぐれ、そのなかに多くの和歌を記している。若いころ村田春海に称賛されているが、荷田蒼生子の指導を受けたことがあり、また清水浜臣《はまおみ》に指導されたともいわれる。直接の門人ではないが、真淵の周辺に位置付けられる。家集はないが「みちのく日記」『いそづたひ』などの文中の和歌をみてみよう。

「みちのく日記」より

友とせし鳥の音さへ絶えにけり宮城の里に雪つもる頃

『いそづたひ』より

かへりゆく道もわすれてうちよする真砂《まさご》にまじる貝ひろひけり

頼山陽の母

江戸の賀茂真淵に対して、京で和歌の新風を興した人は小沢蘆庵や香川景樹らである。いずれも中世以来の古い歌風にあきたらず、蘆庵は真情を詠むべきであると「ただこと歌」を主張し、景樹は和歌の調べの大切さを説いた。景樹の門下の歌人たちを桂園派《けいえんは》という。

頼山陽の母**静子**（一七六〇―一八四三年）ははじめ小沢蘆庵につき、また景樹の指導も受けた。静子は生涯にわたって日記を書きつづけたが、そのなかに多くの和歌がある。

天明八（一七八八）年八月五日（二十九歳）
天地《あめつち》もあはれとおもへつまと親にわがみひとつをはこぶ心を
文政二（一八一九）年二月二四日（六十歳）
行かたの花におくれじと春雨にしひて出たつ旅ごろもかな

九州の旅から広島へ帰った頼山陽とともに、京へ花見に出発するときの和歌である。厳格な学者で江戸勤務の多かった夫の留守を守り、天才肌で神経質な山陽を育てる苦労の多い生涯だった。七十歳すぎてから最愛の息子山陽に先立たれたあとも、毅然として家を守ったが、和歌には柔らかな感性がうかがわれる。

文政十（一八二七）年二月二十二日
忘れめや梅さく宿にかりねして朝戸出にほふ有明の月

義弟頼杏坪《きょうへい》たちとともに、吉野の桜を見るために上京する途上の作である。

宣長の周辺

松坂の国学者本居宣長は真淵の門下であるが、宣長の門人録には女性が多く名をつらねている。伊勢、尾張、三河の人が多く、夫や父親とともに入門している例がある。また遠く越後、肥後からも入門している。彼女らはさかんに和歌を作ったと思われるが、とくに宣長の二女**美濃**《みの》と、長男春庭《はるにわ》の妻**壱岐**《いき》が歌人として有名である。ことに壱岐は春庭に嫁いだときほとんど無学であったが、夫とその妹美濃の指導と、彼女自身の努力で三千首もの和歌を作り、和文の作も残した。美濃との贈答歌をみてみよう。

　さいつころ高砂といふさけをたまはんとのたまひしかば、
　いつしかとのみ待ちわびて　　　　　　　　　　　　壱岐
契りおきしその高砂のまつかひもあらせずすぐす君ぞつれなき
　かへし　　　　　　　　　　　　　　　　　　　　　美濃
君は又しらずやいかに高砂のまつにはつらき千代のためしも

岩上登波子

宣長の養子となって本居家を継いだ大平《おおひら》にも多くの門人がいた。三河の吉田藩士の妻岩上登波子《いわがみとはこ》（一七八〇―一八六二年）は夫の没後、三十歳を過ぎてから和歌と学問を志して、大平の門人となった。

登波子は古今集、新古今集をよく学んで流麗な和歌を作り、歌文集『登波子詠草』を刊行したが、このほかに『伊勢物語類語』『三代調類題』の学問的著作がある。後者は古今集、後撰集、拾遺集のなかからそれぞれの集の詠風をよく表現した和歌を選びだして、題ごとに分類してまとめたものである。江戸後期には和歌人口が急増し、参考となる作例集が必要になり、類題集がさかんに出版された。登波子の労作もそのひとつであり、師の大平は暖かい思いやりのある序を贈っている。

上田甲斐子

同じく大平の門人である尾張の上田甲斐子《かいこ》（一八〇九―四三年）は、尾張藩士上田仲敏《なかとし》の妻である。夫仲敏より和歌が上手であったことで、有名である。伝統的な題詠が多いが、なかに真情を率直に詠んだものがあり、心をひかれる。

雨のふるよ人をかへして
ぬれて行く君をかなしと思ふにはまつ我袖そしとゝ也ける

夫の江戸勤番中に恋があったようだ。これが平安時代なら不思議ではない。明治以後の短歌なら、いくらもあるだろう。江戸時代の和歌なので驚かされ、また彼女の人間性をじかに感じさせられる。甲斐子にはまた節分を詠んだユーモラスな和歌もある。

やらはれて行つとふらむおにかしまさこそ今宵はところせからめ

追い払われて集まった鬼たちで、さぞ今夜の鬼が島は混雑しているだろう、というのである。しかし甲斐子は三十四歳の短い生涯で、尾張以外にはあまり知られない存在で終わってしまった。

三　地方に生まれた新しい歌人の弟子たち

貞心尼

前述したように、江戸や京都の中央歌壇のほかに、江戸末期に近づくと地方に個性的なすぐれた歌人が輩出する。越後の良寛、備前の平賀元義、筑前の大隈言道、越前の橘曙覧らである。この人たちの和歌は、自由で個性的、和歌の伝統にとらわれないという特徴がある。時代が近代へと移行することを暗示しているとともに、和歌が政治権力と離れ、文学として自立していくプロセスであるともいえる。

ことに疵のない玉をみるような良寛の人柄と和歌は、いまも人々に愛されているが、その指導をうけた貞心尼《ていしんに》も世俗を超えた自在な詠みぶりの和歌を残している。彼女は夫が病死のあと出家して、三十歳すぎて良寛の弟子となった。良寛没後、その墓碑を建て、家集『はちすの露』を編み、序を書いている。貞心尼自身の家集『もしほ草』には五百五十首の和歌が収められている。

子日《ねのひ》

おもふどち野べの小松を引つれて遊ぶ子《ね》の日は暮れずもあらなむ

高畠式部

高畠式部《たかばたけしきぶ》（一七八五―一八八一年）は伊勢松坂の商家の娘。本名をとみという。二十六歳のとき夫に死別し、のち盲目の鍼医高畠清音に嫁いだ。彼は香川景樹の門人であったので、ともに景樹に学び、景樹亡きあとは千種有功《ちくさありこと》に師事した。和歌のほかにも書画・彫刻・琵琶・茶道と諸芸を学び、夫清音の没後は諸国を遍歴した。家集『麦の舎集』には五百二十七首が収められているが、ほかをあわわせると二千五百首をこえるという。近世女流歌人のなかでは圧倒的な歌数である。和歌はほとんど題詠で、景樹の門人らしく調べの美しい和歌が多い。

山間鶯

鶯のさやかなる音は足びきの山ふところに入りてこそきけ

竹間納涼

たに水のほそき流れはおとづれて夏に知られぬ藪かげのいほ

萩

はつ尾花まねく草野にきてみれば萩の錦を織りはじめけり

式部の短冊はいまも多く伝わっている。京の蓮月尼と親交があり、明治元（一八六八）年にはふたりの合同の和歌集が出版された。九十七歳で明治十四（一八八一）年に没したが、和歌そのほかの諸芸の修業に励み、最晩年まで充実した日々をおくった希有な女性であった。

蓮月尼と望東尼

幕末ごろの歌人として有名であった女性に大田垣蓮月尼《おおたがきれんげつに》（一七九一―一八七五年）と野村望東尼《もとに》（一八〇六―六七年）がいる。ふたりは勤王歌人であったということで戦中にもとりあげられ、愛国百人一首に一首ずつとられている。

蓮月尼は京の人で、知恩院に仕える武士大田垣光古の養女である。名は誠《のぶ》。ごく若いころ、亀山城の松平家に仕えたことがあり、そのあいだに和歌と書を学んだ。結婚して三人の子どもが生まれたがいずれも亡くなり、夫と離別している。のち再婚したが、四年後には死別した。娘が生まれたが、この子も幼くして逝った。あいつぐ悲運にあって、彼女は剃髪して尼となった。そののち文人や画家などが多く住む京の岡崎村に移り、和歌を詠み陶器を作ってくらすようになる。和歌は小沢蘆庵に私淑したが、また香川景樹の門人ともなった。蓮月尼の和歌は桂園派風の美しい調べの作が多い。家集『海人《あま》のかる藻《も》』には三百九首の和歌が収められているが、これは彼女の和歌を愛する周囲の人々によってまとめられたもので、蓮月尼自身には気のすすまないものであった。野心を持たない内向的な気質をうかがわせる話である。自作の和歌を陶器に焼きつけて売りくらしを立てていたが、評判が高くなって求める人がふえると、引っ越しを繰りかえして人目を避けた。晩年まで荒れた寺で貧しい人に施しをする、慈悲深い清らかな生活をおくった。名前から連想されるような、美貌の女性であったことが、野村望東尼ほかの人々によって書き留められている。

早春
流れくる氷《こおり》にそひてうぐひすの声もながるゝ谷のしたみづ

鄰梅
となりには梅さきにけり籠《こ》にこめしわれ鶯をはなちやらばや

谷川の氷のあいだを流れる一筋の水は、厳しく清らかな蓮月尼の気性を現わしている。早春の気配をいち早く感じとって、籠から放たれる鶯は蓮月尼自身であろう。

湖辺納涼
すゞみ舟よするかた田のうら風に月もゆらるる波のうへかな

題詠であるが、琵琶湖の納涼舟が風にゆれ、湖面に映った月もともにゆれている、美しい調べと大きくさわやかな風景が印象的である。蓮月尼は若い芸術家富岡鉄斎《てっさい》を育てた。また戦に赴く勤王の士に和歌をおくって励ましたりした。このため彼女を勤王歌人とする評価もあったが、それは蓮月尼の真の姿とはすこしずれるだろう。おそらく蓮月尼のもつ優雅さと深い内面性が、幕末の殺伐とした世相のなかで若者の心を癒す力をもち、彼らから慕われたものと思われる。そのためこの時期に活躍した多くの女性たちのなかで、蓮月尼の名前はとりわけ清々しい印象を与えるのである。

野村望東尼は福岡藩士浦野勝幸の三女である。名はもと。十七歳のとき結婚したが半年で離別した。二十四歳のとき、三人の子どものある藩士野村貞貫と再婚した。二十七歳のとき夫妻そろって大隈言道に入門している。弘化二（一八四五）年四十歳のとき、家督を嫡男貞則に譲り、夫妻は平尾村向陵（福岡市中央区）の山荘に隠退する。その近くに師の言道の住まいもあり、山荘はしばしば歌会の場となった。彼女の家集『向陵集』はこの地名にちなんでいる。安政六（一八五九）年、夫貞貫が没したので出家し、望東尼と名のった。

文久元（一八六一）年冬大坂に上り、翌年の五月まで京に滞在した。三月には大田垣蓮月尼を訪ね、近衛家の老女村岡とも会って和歌を交わした。望東尼の京滞在中には大きな出来事がつづいた。一月に坂下門外の変があり、二月に皇女和宮の降嫁、四月に伏見寺田屋で多くの薩摩藩士が斬られた。五十六歳の望東尼はここで時代の大きな曲がり角に出会ったのだ。

帰国後、彼女は入牢中の平野国臣《くにおみ》に和歌をおくったり、山荘に長州の高杉晋作を匿ったりしている。また太宰府に来ていた尊攘派の公家三条実美《さねとみ》と面談した。このため藩命によって自宅謹慎となり、のち姫島に流された。このあいだに『夢かぞへ』『ひめしまにき』を書いている。翌年二月、高杉晋作の手配によって姫島から救出され、下関に滞在。そして高杉晋作の臨終を看とった。そののち山口、三田尻に移り、ここで亡くなった。『向陵集』には数多くの和歌が収録されており、そのほかにも多くの和歌がある。

仏

世の中の憂きこと知らぬみ仏もものさびしらに見ゆる秋かな

春田帰雁《きがん》

雁《かり》がねの帰りし空をながめつゝ立てるそほづはわが身なりけり

み仏のもの寂しげな表情に近代的憂愁が感じられる。そほづとはかかしをさす。ひとりでは動けない存在である。自由に動きにくい女性、主婦としての自分をかかしにたとえ、大空を飛ぶ雁に希求を託しているのである。

望東尼の和歌は上京以後大きくかわったといわれている。たしかにそのころから世の動きを詠む和歌が多くなる。勤王歌人といわれるゆえんであるが、それ以前の和歌にも注意しなければならない。弘化元（一八四四）年ごろ、まだ夫妻が平尾村の山荘に隠退する前のこと。長崎に異国の蒸気船がくるので、嫡男貞則が藩命で目付として長崎に赴いた。それを送る和歌がある。

武夫《もののふ》の門出ことほぐ松が枝にいはぬいろさへ見えにけるかな

そして次の和歌に異国船がはやく長崎をでたことを喜ぶ詞書《ことばがき》があって、

神風のおひて吹けばか異国の船はことなく港いでけむ

とある。福岡藩が長崎警備の役を担っていたことは、漢詩人亀井少琹の項で述べた。福岡は外国からの脅威を直接感じとれる土地柄なのであった。また嘉永六（一八五三）年浦賀にペリーが来航したことも伝え聞いて、和歌を詠んでいる。

こと国の船はうき世の浪立てていどみ顔にも打寄せしかな

これらは望東尼の和歌としては、必ずしも上質の作とはいえない。しかし彼女が主婦のころから、すでに時代に敏感に反応する人であったことを思わせる。望東尼はこのように、いち早く時代を感じとる感性を持ち、その実感を如実に詠む和歌の表現技術をもっていた。さらに師大隈言道から、多くの教え子のなかで「またたぐひあることなし」と称賛された知性の持ち主でもあった。京でさまざまな事件にふれて、きたるべき時代への共感をあふれでるように和歌に託していったのは、当然の成り行きである。高杉晋作らの若い長州藩士たちは、望東尼のなかに自分たちの理解者をみいだして、危険を冒して姫島から救出したのである。他藩の若者たちに救出されるにまかせたことは、望東尼がすでに福岡藩という狭い枠から脱して、広い視野にたっていたことをしめしている。

蓮月尼も望東尼もともに、自分の本性に深く根ざした和歌を詠み、困難な状況のなかでその生きかたを貫いた。困難な境遇を嘆き、自分を慰めるのではなくて、しっかり認識して和歌に表現することで乗りこえていったのであり、主体的に自己の境涯を生き切った女性という感じをつよく受ける。まさに近代へと移行しつつある時期の代表的存在である。

蓮月尼、望東尼よりすこし若く、明治維新以後にも活躍した歌人に税所敦子《さいしょあつこ》（一八二五―一九〇〇年）、中島歌子《うたこ》（一八四一―一九〇二年）がいる。税所敦子は若いころ千種有功《ちくさありこと》に学んだ堂上派の歌人である。輿入れする薩摩藩主の養女に従って、近衛家の老女となった。明治八（一八七五）年に召しだされて宮中の祐筆を勤め、女官たちの指導にあたった。中島歌子は桂園派の歌人である。夫が水戸藩の勤王党に属していたため、前半生は投獄されるなど困難な生活をおくった。明治以後は萩《はぎ》舎《のや》塾を開いて、子女に和歌を教えた。門下から三宅花圃《みやけかほ》、樋口一葉ら明治の女流文学者が育ったことで知られている。

四　遊女の和歌、そして狂歌

遊女の和歌

さて、ここで遊女の和歌をみなければならない。遊女は古くから存在したが、近世になると一か所に集められ、税を徴収されて営業を認められるようになる。遊郭の出現である。京の島原、大坂の新町、江戸の吉原が代表的であるが、各地に地方色のある遊郭が存在した。遊客の好みに応じるため、遊女は音曲《おんぎょく》、茶道、活花、和歌、俳諧などの教養を身につけることを求められた。とくに初期の島原は、客は身分の高い富裕な人たちであり、遊女のなかにも客と対等の会話を交わしうる教養の持ち主がいた。遊女たちの和歌は過去のつらい境遇を秘め、人を慕う心を堂上風の優雅な言葉に託している。

吉野《よしの》（一六〇六—四三年）島原の遊女
こひそむるそのゆく末やいかならん今さへふかくしたふこころを

雲井《くもい》（一六八八年ごろ）吉原の遊女
八月十五夜たのめける人のまからざりければ遣しける
もろともに見てこそ月は月ならめなに中空にあこがるる身や

桜木《さくらぎ》（幕末ごろ）島原の遊女

遊女惜年

波まくらあさつま舟のうきながらさすがかさねむ年ぞかなしき

桜木は蓮月尼を和歌の師としており、実情実感を素直に詠んだ作が多い。

狂歌

江戸時代なかごろから江戸の若い武士たちのあいだに狂詩文、狂歌が流行した。直参身分の四方赤良《よものあから》や朱楽菅江《あけらかんこう》、町人の元木工網《もとのもくあみ》らが笑いと風刺と娯楽を提供した。しかし女性は生活の幅が狭く限定されており、滑稽さや鋭い風刺、大胆なパロディーを必要とするこの分野に入りこむには困難が伴い、和歌に比べればきわめて少数であった。しかし少数ながら各地に残る狂歌集には女性名がかなりある。ただそれらがほとんど変名であるため、身分や実像がつかみにくい。そのなかでも代表的なふたりの作をあげよう。

節松嫁々《ふしまつのかか》（朱楽菅江の妻）

七草粥をよめる

管《くだ》かけもまだきによねをはかりつゝめでたくかしく七草の粥

西行忌
名に高きそのきさらぎのもちつきは死ぬまで花の下を忘れず

智恵内子《ちえのないし》（元木工網の妻）

初恋
たゞひと目見しは初瀬のやまおろしそれからそつとひきし恋風

貧家霰《ひんかのあられ》
あられほど金はたまらずいつの世にふる借銭をなすのしの原

最近の研究では白銀伊佐子《しろがねいさこ》の狂歌集『たまのいさご』も紹介されている。近世女流狂歌に関しての研究はこれからである。どんなユーモアのセンス、風刺や批判精神の持主がいるだろうか。楽しみな分野である。

おわりに

以上、近世の和歌の動向とそれに関連する女流歌人の存在を探ってきた。古色蒼然と見えていた近世和歌の世界に一歩踏みこんでみると、ひたむきな中世の歌学継承による宮廷歌壇の振興や、中世歌学を否定して古代万葉に回帰しようとする復古の動きがある。さらにつづいて実情実感を重んじ、人間性を回復しようとする革新のダイナミックな動きがある。それらは和歌単独の動きではなく、つねに時代の政治、思想と密接に連動してきた。ことに日本の儒学の研究動向、国学の台頭の思想的背景を抜きにしては語れない。それにかかわる真摯な論争や多くの実作があった。そして女流歌人たちもそれに呼応して豊かな実作を詠むことで自己表現をしてきた。こうして和歌は近世から近代へ、和歌から短歌へと移行していくのである。

ここに取りあげた女流歌人の名はごく一部にすぎない。まだまだ多くの歌人があり作品がある。近世の女流和歌にはみるべきものがないといわれてきたが、この豊かでずっしりと重い世界をぜひ多くの人に知って、味わってもらいたいと思わずにはいられない。

第三章

俳諧

朝顔や
　　つるへとられて
　　　　　　もらひ水　　　千代尼

▲加賀千代尼朝顔の句（石川県松任市聖興寺蔵）

『千代尼句集』（宝暦14〔1764〕年刊）には「朝顔に」となっている。千代尼は「に」か「や」か、最後まで悩んだと伝えられる。画は加賀藩御用絵師・矢田如軒筆

はじめに――俳諧のはじまり

江戸時代の新興文芸としての俳諧は松永貞徳にはじまる。『古今和歌集』の俳諧歌(1)は室町末期ごろから俳諧連歌として荒木田守武《もりたけ》、山崎宗鑑《そうかん》らがさかんにおこなった。江戸時代にはいって貞門《ていもん》、(2)談林《だんりん》、(3)蕉風《しょうふう》(4)が起こると、俳諧とのみ言うようになった。俳諧とはおどけ、たわむれ、滑稽の意味をもつ。この点から言えば俳諧は「俗」の文芸である。

細川幽斎より中世の歌学を継承し里村紹巴《さとむらじょうは》から連歌を学んだ貞徳は、『御傘《ごさん》』を著した。そのなかで連歌の式目と対照して詳細に作法を説明し、貞門俳諧の祖となった。その門下の第一人者の北村季吟は歌学に精通し、和漢の学に造詣が深く、古典の注釈にも力を注いだ。その門人に松尾芭蕉がいる。

貞門俳諧は連歌の伝統を重んじて式目を大切にしたが、それに対して大坂の西山宗因《そういん》は、斬新奇抜な趣向を自在に表現する談林派を興した。季吟門の芭蕉にいたって、滑稽たわむれを旨としてきた俳諧は、「俗」の文芸から「雅」の文芸を志向し、高い芸術性をもつようになった。談林の俳風を超えて高い文芸性をもつ蕉風にいたって、蕉門の人々の母、妻、娘たちが俳諧に参加するようになる。それは芭蕉の『俳諧七部集』(5)の第三集『曠野《あらの》』から女性の句が見られることによってわかる。

(1) 滑稽味をおびた和歌の一体。万葉集の戯笑歌の系統を引き、『古今和歌集』巻十九に俳諧歌として多くを収める。ざれごとうた。

（2）松永貞徳を祖とする俳諧の流派。伝統、作法を重んじ、言語上の遊びを主とした。

（3）十七世紀後半に流行した俳諧の一派。大坂の西山宗因を中心とする。軽妙な口語使用と滑稽な着想により流行した。

（4）芭蕉とその一門の俳風。さび、しおり、細み、軽みを重んじた。形式は伝統に囚われず、余情を含んだ付合を尊重し、貞門、談林にくらべて芸術的に著しい進境を示した。

（5）俳書。蕉門の代表的撰集として『冬の日』『春の日』『曠野』『ひさご』『猿蓑』『炭俵』『続猿蓑』の七部を合したもの。享保十七〜十八年ころ成立、板行された。

一　蕉門以前の女性

田　捨女

伝統と式目を大切にする貞門、斬新奇抜で滑稽な着想を喜ぶ談林には、当時の女性は参加しがたい事情があったのだろうか。しかし芭蕉以前にも女流俳人の名前は、少数ながらみることができる。そのなかの代表的なひとりが田捨女《でんすてじょ》（一六三三―九八年）である。

捨女の生家田氏は丹波山地、現在の兵庫県氷上郡柏原町である。捨女の父季繁は当時の領主織田信勝に仕える武士であったが、信勝没後、一時は代官をつとめた家柄である。家付きの娘であった捨女の生母は、彼女が三歳のとき亡くなったので父季繁は後妻を迎えた。捨女はその連れ子の季成を婿として田家を継いだ。一族の人々に好学の気風があり、捨女も夫とともに京に上り、北村季吟に国学、和歌、俳諧を学んだ。また季吟は招かれて、三年間田家に滞在したという記録があるという。「雪の朝二の字二の字の下駄のあと」という句が捨女六歳のときの作と伝えられている。捨女の作風は、古典の教養をもち機知のひらめきのある、しかしどこか凛とした気概を感じさせるものである。

いざ摘まむ若菜もらすな籠の内

『万葉集』巻頭の雄略天皇の長歌を踏まえ、ういういしく気品が高い。源氏や古今、新古今の和歌を題材にとる俳諧は多いが、万葉を踏まえるものはすくないので、捨女の教養の質、彼女の気性を感じさせる。

夕霧や落葉衣《おちばごろも》をかさねづま

これは光源氏の長男夕霧と、落葉宮と呼ばれた柏木の未亡人女二宮との契りを詠んでいる。夕霧には雲井雁という正妻があるので、重ね妻といっている。このほか多くの作があり、俳諧撰集に入集している。

捨女はまた歌人としても知られている。夫亡き後、追慕の和歌を多く詠んだ。そののち仏門に入り妙融と名のった。五十四歳のとき、京において名僧といわれた盤珪に入門して名を貞観と改めた。播州網干に盤珪が創建した龍門寺の近くに庵を結び、戒律きびしい尼僧の生活をおくり、彼女を慕って出家した多くの尼僧たちの指導者となった。

捨女の生涯を俳人としてのみとらえることは妥当ではない。俳人として歌人として、また宗教者として深く生きた人であり、剛毅な気性さえうかがわれる。

二　蕉門の女性たち

先に述べたが、蕉風の初期には女性の名はなかった。『曠野』にいたって智月《ちげつ》、一有妻、とめ、ちね、たつの一句ずつがはいっている。

智　月

智月は芭蕉の門人河合乙州《かわいおとくに》の姉である。河合家は近江大津の伝馬役をつとめる家であった。智月の夫佐左衛門が亡くなったので、弟の乙州が養嗣子となり家を継いだのである。地理的に交通の要衝であり、家業も人の出入りが多く開放的で、河合家は芭蕉はじめ蕉門の人々の足溜りのようになっていた。ことに芭蕉はたびたび逗留して、家族から手厚いもてなしを受けている。智月と乙州とどちらが先に俳諧の道に入ったのだろうか。芭蕉に入門する以前からふたりとも俳諧に親しんでいたようである。人の往来の多い大津あたりは風雅にいそしむ人もまたすくなくなかったであろう。智月は一族のなかでもおもきをなしていた女性で、夫亡きあと俳諧に専念し、彼女の影響で一族みな俳諧を楽しんだ。乙州の妻も荷月の名で句作している。

この婆々もけさは長者の年がしら

元禄十五（一七〇二）年に『俳諧三河小町《みかわこまち》』が編まれたが、下巻は女性の作品のみであり、その巻頭に置かれた「初春」と題する作である。年長であり、芭蕉や蕉門の人たちを親身に世話をした智月に敬意を表したのであろう。彼女の句は『曠野』の後にも『猿蓑』『炭俵』『続猿蓑』にも入り、また他の俳諧集にも多く入っている。

麦藁の家してやらん雨蛙　『猿蓑』
待春や氷にまじるちりあくた　『炭俵』

芭蕉没後に、河合家で蕉門の人たちが集まり、芭蕉の自画像をかけて追善供養をした。

像の絵に物いひかくる寒さ哉

園女

『曠野』に一有妻としてはいったのは斯波《しば》一有《いちゆう》の妻園女《そのめ》（一六六四―一七二六年）である。夫妻ともに伊勢の出身。室町末期、荒木田守武が俳諧連歌をおこなっていらい、伊勢は俳諧のさかんな土地であり、おそらくふたりとも幼時から俳諧にしたしんで育ったのであろう。一有は大坂の西山宗因の興した談林系の有力俳人となった。貞享五（一六八八）年に伊勢に立ち寄った芭蕉は、園女の住まいを訪れて「暖簾《のうれん》の奥ものゆかし北の梅」と詠んで、園女をすがすがしい梅にたとえている。のちに大坂に移り住んでいた園女夫妻は、元禄七（一六九四）年九月に芭蕉を迎えて連句の会を催した。そのとき芭蕉は「白菊の眼に立て見る塵もなし」と園女を気高い白菊に見立てて称えている。このふたつの句が園女の名を飾った。夫一有は医者であった。夫妻は元禄五（一六九二）年に伊勢から大坂にでている。大坂では談林派の井原西鶴が園女を歓迎した一文を贈り、その才を称えている。ここでは園女は点者として、つまりプロフェッショナルな俳人として活躍した。元禄十六（一七〇三）年に夫一有が病没したので、二年後に江戸に下って宝井其角《きかく》に迎えられた。園女四十二歳の年である。江戸では深川に住まい、夫の医業を継いで眼科医となった。園女の生き方を見ると、自分の力で道を切り開いていく、聡明で勇気ある女性像が浮かび上がってくる。時代も、このような女性を拒否しない柔軟さに富んでいたと感じられる。

宝永三（一七〇六）年から五年ごろ、園女は以前から念願していた俳諧撰集『菊の塵』を自撰して、その実力を示した。芭蕉が園女に贈った白菊の句を発句とした歌仙を巻頭に、其角や西鶴など江戸、大坂の諸家の連句発句と自作の句を収めている。題名も芭蕉の句によった。『菊の塵』は、女性が作った俳諧撰集として二冊目のものである。後述するが一冊目は肥前の紫白女の『菊の道』で、これは元禄十三（一七〇〇）年に出ている。『菊の塵』から園女の作をあげてみよう。

行秋や三十日《みそか》の水に星の照り
夕月や琴柱《ことぢ》にさはる栗の皮
さゆる夜のともし火すごし眉の剣

園女の句は鋭い感覚とぴんと張った強さをもっている。『菊の塵』は園女の四十代前半に成立している。したがってこれらの句はそれ以前の、まさに人生のさかりの、体力気力充実した時期の作である。園女のすごさは、江戸時代の新興文芸である俳諧の最盛期の三人の巨匠、芭蕉、西鶴、其角に直接指導を受け、またそれぞれから手厚く遇されたことである。時に遇い、また人に遇うことは難しい。時に遇うことはある程度個人をこえた運命である。しかし人に遇うことは、本人にそなわった力が人を引きよせる部分が大きい。園女の実力を思わずにはいられない。さらに伊勢、大坂、江戸という文化の中心地に住んだことも、園女にさいわいした。闊達に生きた女性らしく、逸話が多く伝えられている。

羽紅

『曠野』にとめとして入っているのは野澤凡兆《ぼんちょう》の妻羽紅《うこう》である。凡兆は才能ある俳人で、去来《きょらい》とともに『猿蓑』の撰者となった。『猿蓑』は蕉風の代表的句集といわれ、羽紅の句は十三句撰ばれている。嵯峨野の落柿舎《らくししゃ》で芭蕉、凡兆夫妻、去来、それに去来の家の下男の五人がひとつの蚊帳に寝て寝苦しさに起きだし、夜明けまで風雅に興じたという和やかな時期があった。芭蕉は羽紅に優しい思いやりを見せている。

又やこん覆盆子《いちご》あからめさがの山

そのおりの羽紅の句である。しかし芭蕉と凡兆の仲は、次第に険悪になっていった。すぐれた個性同士の譲れぬ葛藤であろうか。やがて凡兆は罪を問われて下獄する。密貿易にかかわったと伝えられている。こうして芭蕉とその周囲の人々は凡兆から離れていった。羽紅はこのような圭角の多い性格の夫に添って、しかし正徳四（一七一四）年に凡兆が没した後も、かなりの長命を保ったようである。羽紅はまだ中年のころに、髪をおろして在家の尼となっている。その時の句に、

かうがいも櫛も昔やちり椿

と女性らしい趣を詠んでいる。また夫妻にはていという娘があったようで『猿蓑』に母親らしい思いを詠んだ句がはいっている。

桃柳くばりありくや女の子

霜やけの手を吹いてやる雪まろげ

ちね

ちねは向井去来の妹である。『曠野』には、

とまり〳〵稲すり唄も替りけり

が撰ばれている。これは兄去来とともに伊勢詣でした折の『伊勢紀行』にある句である。京から伊勢までの短い旅であるが、土地ごとに稲つき唄の節回しが変わったのであろうか。たしかに言葉の抑揚は微妙に変わる。この旅には兄妹の和やかな唱和があった。

伊勢までのよき道づれよ今朝の雁　千子《ちね》

辰巳のかたに明る月影　　去来

まだ月の残る秋の早朝の旅立ちである。ちねは豊かな才能に恵まれた女性であったが若くして没した（元禄元年頃）。

もえやすく又消えやすき蛍哉

と辞世の句を詠んだ。芭蕉もその早い死を惜しんで追悼の句を寄せている。

なき人の小袖も今や土用干　　芭蕉

このように芭蕉に近い女性たちを見ると、いずれも親、兄、夫などの近親者の感化で、家庭的な雰囲気のなかで俳諧の道に入ったことがわかる。当時の女性としてはまことに自然な、無理のないなりゆきと思われる。

三　九州の女流俳人たち

紫白女

同じ時代に九州で俳諧にいそしむ女性たちがあった。肥前田代の寺崎一波の妻紫白女《しはくじょ》（一七一八年ごろ没）は元禄十三（一七〇〇）年に女性初の俳諧撰集『菊の道』を撰んだ。上下二巻にわかれて、上巻は蕉門の諸家と九州の俳人の発句を収め、下巻には歌仙六巻を収めた。その前年ごろには夫妻そろって参宮の旅にでて、伊勢から奈良、京、近江まで足をのばし、義仲寺の芭蕉塚に詣でるという大旅行をしている。

　　はせを翁の御墓にて
　薬ともならでや花の枯すゝき
　　奈良にて
　ほとゝぎす奈良の仏の頬雫

また太宰府に詣でた時、

飛梅の垣一重にて寒さかな

とのびのびと詠んでいる感じがある。九州の蕉風俳諧は豊後日田の坂本朱拙《しゅせつ》によってはじめられたという。紫白が女性初の撰集を編んだとき、朱拙は序を書いてこれを励ました。

紫貞女

おなじく肥前薗部の人紫貞女《していじょ》(一七五一年没)は木村嵐州の妻である。紫貞女の句は紫白女の『菊の道』上巻に入っているが、ふたりは以前から親しい交流があったらしい。

春日紫白と語りて
風鈴の音なき暮の躑躅《つつじ》哉《かな》

という句があり、九州の女流俳人の交友のさまが思われる。また、

智月をしたふ文のはしに
あの雲につれて行きたし夕涼

の句があり、すこし先輩の女流俳人への思いを表現している。

山茶花や片手ぬくめる朝仕事
いたましき手なし仏や蔦葛

柔らかな感受性がうかがわれる。

りん女

朱拙とおなじ日田連衆《れんじゅ》として優れた句を残したのは長野野紅の妻りん女（?—一七五七年）である。りん女は野紅との間に十二人の子をもうけ、舅姑に仕える忙しい日々のなかで夫とともに俳諧に精進した。

産衣《うぶぎぬ》に夜の目もあはぬ若葉かな
乳呑子《ちのみご》の耳の早さや雉子《きじ》の声
念入つた鳥の巣をみる茶摘かな

こまかい観察に女のくらしや気持ちがよく現れている。りん女もまた夫野紅とともに宝永六（一七〇九）年、伊勢参宮の旅にでて、その足で伊賀の服部土芳《どほう》を訪ね、また大坂の俳人をも訪ねている。りん女は終生俳諧に親しんで、豊かな人生をおくった。

九州は江戸や京坂からは遠いが、決して辺鄙な土地とはいえない。古来、大陸文化が流入し、人の往来も繁く豊かな文化的土壌がある。紫白、紫貞、りん女らの周囲に風雅の人々がいたのは当然である。

四　江戸中期以後の女流俳人たち

秋　色

江戸で其角門下の秋色《しゅうしき》（一六六九―一七二五年）は同門の寒玉の妻である。華やかな句風で伝説化されるほどの人気があった。「井戸ばたの桜あぶなし酒の酔」が十三歳のときの作として伝えられる。若くして才気と色彩を感じさせる。ほかに、

　簾下げて誰が妻ならん涼舟
　しみ〴〵と子は肌へつくみぞれ哉

女性の点者となるほどの実力の持ち主であった。其角の七回忌に自ら発起人となって追善俳諧を

し、長くそのあとを弔った。

加賀千代女

千代女《ちよじょ》（一七〇三―七五年）は加賀金沢に近い松任《まっとう》の人である。松任は加賀平野の中心部にあって、周辺の生産物の集散する豊かな商業の町である。古くから俳諧を嗜む人は多く、彼女の生まれたころは加賀俳壇の最盛期であった。千代女の生家福増屋は表具師を家業として、町方肝煎《まちかたきもいり》もつとめていた。千代女は幼いころから俳諧にしたしみ、才能を現した。享保四（一七一九）年芭蕉門下で美濃派の各務支考《かがみしこう》は北国を旅したとき、福増屋に立ち寄り千代女に出会う。もちろん千代女の名前を聞いてのことである。そのとき彼女は十七歳であった。金沢、松任の俳人たちと歌仙を巻いたが、支考は彼女の才に驚き、「あたまからふしぎの名人」と同門の俳人への手紙に記している。

行春《ゆくはる》の尾やそのまゝにかきつばた

千代女がそのときしめした一句である。また、

落鮎《おちあゆ》や日に日に水のおそろしき

落鮎は生命の充実の頂点と、その後の没落を予感させる季語である。そして日々落鮎を流し去る水。これは千代女の生き物の生死への、鋭く深い想念を感じさせる。雨の多い土地柄を反映してか、水にちなむ秀句がある。

初しぐれ水にしむほど降《ふり》にけり

女性らしい柔婉さを感じさせる句も多い。

福わらや塵さへ今朝の美しき
木からもの、こぼる、音や秋の風

千代女の名は遠くまで聞こえ、北国街道を通る俳人の多くが千代女のもとに立ち寄った。彼女自身も二十歳過ぎたころから二度ばかり京に上り、伊勢にまわっている。六十歳の春には吉崎御坊の蓮如忌《れんにょき》に参詣している。いずれも土地の俳人たちとの交流があった。各方面から句をおくられ、多くの俳諧集に入集している。明和八（一七七一）年六十九歳の夏、江戸中期の俳人として有名な加《か》舎白雄《やしらお》も北越の旅の途中、尼となり素園と名のっていた千代女を訪ねている。芭蕉没後九年目の元禄十六（一七〇三）年に生まれ、芭蕉門人の各務支考に見いだされた千代女は、七十三年の年月を俳諧一筋に生きた。金沢の福岡某に嫁いだが早くに死別したともいう。実子はなく養嗣子白烏《はくう》を迎えた。晩年は蕪村、白雄らの活躍する蕉風の中興期と重なっている。女流俳諧を語るに、絶対に見落とせない大きな存在である。

諸九尼と菊舎尼

江戸時代の女性たちは、一般的には土地を移動することがすくなかったが、そのなかで女流俳人たちは実に行動的に各地を旅している人が多い。風雅の道に身を投ずることによって、行動の自由を獲得したといってよいだろう。園女や千代女もそうであったが、筑前直方《ちくぜんのうがた》の人諸九尼《しょきゅうに》、長門《ながと》の人菊舎尼《きくしゃに》はその筆頭にあげられる。

諸九尼（一七一四―八一年）は筑後の庄屋の娘で名をなみといった。同族の庄屋に嫁いだが、三十歳すぎて直方《のうがた》の俳人有井浮風の門人になった。浮風はもと直方藩士、蕉門の志太野坡《しだやば》の門下である。まもなくなみと浮風は恋愛関係になり、ふたりで郷里を出奔して京の俳人のもとに身を寄せた。当時としては世間に対する大きな反逆であったろう。そのころなみから故郷の妹お花にあてた手紙には「かか様かたはしめまうし、きやうたい中の御かほはつかしめまうし候身のつみとかのほと、おそろしく……」とあり、世間の非難にさらされた家族となみ自身の苦悩の大きさが思われる。しかしその後の父母にあてた手紙では、母から櫛を送られ、父母の発句を見せられたことがわかる。「もはや只今は御すて遊し候かと存上参らせ候に……」と、娘の不孝を怒って俳諧を止めたかと思っていた両親が、俳諧を続けていることを喜び、かならずお捨てにならないように、と願って自分の近作を見せている。これを読むとなみと両親のあいだには、俳諧を通じての心の交流があったと思われる。その後なみと浮風のふたりはひたすら俳諧に精進し、芭蕉と野坡の顕彰に力を尽くして、大坂四天王寺の近くの椎寺に二翁の碑を建てた。なみは夫浮風の指導によりその才能を存分に伸ばし、四十七歳のころ諸九と号している。宝暦十二(一七六二)年、それ以前から健康のすぐれなかった浮風が亡くなった。諸九は亡夫の百か日に髪を剃り尼となった。明和四(一七六七)年に亡夫追善のため『湖白庵集』を世に出した。明和八(一七七一)年に芭蕉の跡を慕い、松島への行脚に出て『秋かぜの記』というすぐれた紀行文を書いている。その冒頭に、

奥のほそ道といふ文を読初しより、何とおもひわく心はなけれと、たゝその跡のなつかしくて、年〳〵の春ことに、霞と共にとは思へと、……

と書いている。五十八歳という老齢でのみちのくへの長旅の不安と、さいわいにも道連れがあった喜びが記されている。京岡崎の湖白庵を出発したのは、三月晦日であった。

山吹や名残は口にいはねども
卯の花にかたぶく軒や不破の関

四月末に江戸に着く。六月、仙台で病となり、七月二十五日ようやく念願の松島についた。

しらなみのうね〳〵黒し初かつを

いつとなくほつれし笠や秋の風

その後日光、鹿沼、善光寺とまわり、九月初めに石山に辿りつく大旅行であった。その年の冬に彼女は湖白庵で、野坡三十三回忌の追善俳諧を行っている。『秋かぜの記』は翌安永元（一七七二）年に成立し、刊行された。上巻に紀行文、下巻には旅中で得た諸国の俳人の三百余句を収めている。『秋かぜの記』は文章も句も高く評価された。その後、夫浮風の郷里直方に住み、六十八歳で波乱の多い一生を終えた。故郷の人々は風雅の道を貫いた諸九尼を温かく迎え、亡きあとは門弟たちが一基の墓石を建て、夫浮風の遺骨とともに葬った。

長門の人田上菊舎尼《たがみきくしゃに》（一七五三―一八二六年）は俳人という枠だけではとらえられない、多方面の才能をそなえた女性である。名は道《みち》。寛政二（一七九〇）年、三十八歳のときに宇治の黄檗山万福寺を訪ねて中国文化にふれ、

山門を出れば日本ぞ茶摘唄

の句を詠んだことで有名である。万福寺にはいまこの句碑が建っている。この寺は隠元を開祖とし

た中国式の寺で、建物一切も僧侶の営みも中国風を守り、経も唐音で読む。当時の中国文化をそのまま移した寺である。そこで中国の雰囲気に浸って、山門を出たところで日本の宇治の茶摘みの光景にふれ、ここは日本であったかと驚いた不思議な感覚を詠んでいるのである。それ以後菊舎尼は中国文学の習得に没頭する。中国音を習得し漢詩を作るようになり、さらに以前からしたしんでいた俳諧、和歌、書道、絵画など多くの分野にすぐれた才能を現した。菊舎尼が万福寺で受けた文化的衝撃はなみなみのものではなかった。それは彼女が長府という開明的な土地に生まれ育ったこと と、深くかかわっている。長門、周防は古来北九州を経て大陸文化が流入したところであり、中世には大内氏が明、朝鮮との貿易に力を注いで、高い文化が花開いた。そのような歴史的環境に育った彼女の意識の奥深くに眠っていた何かが、万福寺の異国的雰囲気にふれて眼を開いたのである。しかし菊舎尼が多彩な文人になるまでは、かなり遠い道であった。

月を笠に着て遊ばゞや旅のそら

菊舎尼が還暦の年（文化九〔一八一二〕年）に出した撰集『手折菊』の、冒頭に掲げた句である。宝暦三（一七五三）年長府藩士の長女として生まれた彼女は、十六歳のときに農家に嫁ぐ。二十四歳のとき夫に死別、そののち実家に戻り、再婚はせずに風雅の道をあるくことになる。最初の旅は二十八歳のころ、まず萩の清光寺で髪をおろして尼となった。こうして行動の自由を手にしたといえる。ついで京から美濃に入り、蕉風美濃派の傘狂《さんきょう》に入門した。北国路をまわって加賀松任で千代女の跡を訪ねている。つぎに善光寺に詣でて姥捨山にひとりで登山して遭難し、麓の百姓夫婦に救われて次の句を作った。

姨捨《おばすて》た里にやさしやほとゝぎす

そののち江戸に出て一年半ほど逗留し、たびたび俳席に招かれて多くの俳人たちと交友した。美濃を経て帰郷したのは天明四（一七八四）年秋であった。二年後には美濃の百茶坊《ひゃくちゃぼう》に誘われて九州に旅をしている。雲仙、長崎、佐賀、博多を経て帰郷するとすぐ百茶坊を送って美濃へむかう。さらに京へ吉野へと足をのばす。吉野行きの前後に二度宇治の万福寺を訪ねている。茶摘唄の句はその折の作である。四十一歳のときに二度目の江戸行きをはたした。その後二度三度と九州へ旅をして、詩人儒者たちと漢詩を応酬している。ことに福岡藩儒者亀井南冥《なんめい》とは、詩文を通じて長い交流を続けた。長崎では清の儒者とも詩の贈答をしている。また別府で茶会を催し得意の琴を聞かせるなど、俳諧一筋ではなく、漢詩、絵画、琴、茶道とひろく楽しんだ、文人というにふさわしい人であった。

天目に小春の雲の動きかな

おおらかで悠々とした趣がある。六十歳ごろまで各地を旅し、のち故郷の人々と俳諧を楽しみ、文政九（一八二六）年七十四歳で没した。

榎本星布

近世女流俳諧の第一人者といわれる榎本星布《えのもとせいふ》（一七三二―一八一四年）は武蔵国八王子の本陣の一人娘である。生母を十六歳のときに失った。継母は仙朝と号する俳人であり、その影響で俳諧の道にはいった。はじめ継母の師であった白井鳥酔についたが、のちその高弟であった加舎白雄についた。三十九歳のとき夫と死別したので出家を志したが、父親の願いもあって思いとどまり、六十歳になったとき仏門にはいった。師の加舎白雄は星布より六歳年下であるが、古典の教養が深く鋭い感覚の持ち主である。当時の蕉風中興俳諧のなかで、もっとも注目された俳人のひとりであった。星布は狷介孤高ともいわれた白雄の指導で、本格的に国学を学び、それを俳諧の道にいかしている。

芹つみに国栖《くず》の処女《おとめら》等出《いで》んかな

この句は『万葉集』の相聞の和歌を踏まえている。田捨女の項でも書いたが、俳諧で『万葉集』の和歌を踏まえた作はすくない。その点で星布の国学は賀茂真淵らの影響を受けた本格的なものであり、また性格的にも捨女に似た剛毅さを秘めていたように思われる。
さらに『土佐日記』を読んで、

けさ波の白きを春のはじめかな

西行の和歌を踏まえて、

散花《ちるはな》の下にめでたき髑髏《どくろ》かな

あざやかな色彩と、はっとさせる形象がある。星布の教養の広さ、深さが思われる。また自分の老いをみすえて、

雛《ひな》の顔我是非《われぜひ》もなく老《おい》にけり

これまでの女流俳諧には柔婉さ、調和的な優しさ、いきいきした日常のさまが見られたが、星布のこの鋭い自己省察はただごとではない。俳諧という言葉の語源を忘れさせるほどのものがあり、近代女性の俳句と通じ合う新しさがある。のち鎌倉の建長寺に参禅した折の気迫のこもった句もあ

▶▼**芭蕉百年忌を記念して星布が建てた日影塚の図**
享和元（一八〇一）年刊行の句集『蝶の日影』に掲載されたもの（富山県立図書館蔵）

江戸時代の句集には、個人のものはすくなく、撰集が圧倒的に多い。撰集とは、歌仙を収めたもの、あるいは、多くの俳人の発句を撰者が編集したものをいう。芭蕉の俳諧七部集として有名な『曠野』『猿蓑』その他もこれに属する。星布が芭蕉追善句集として刊行した『蝶の日影』も、重厚の序の中に芭蕉の句を多く配し、関東一円の主な俳人の発句を収めている。

蝶の飛ばかり
野中の
日影かな　芭蕉翁

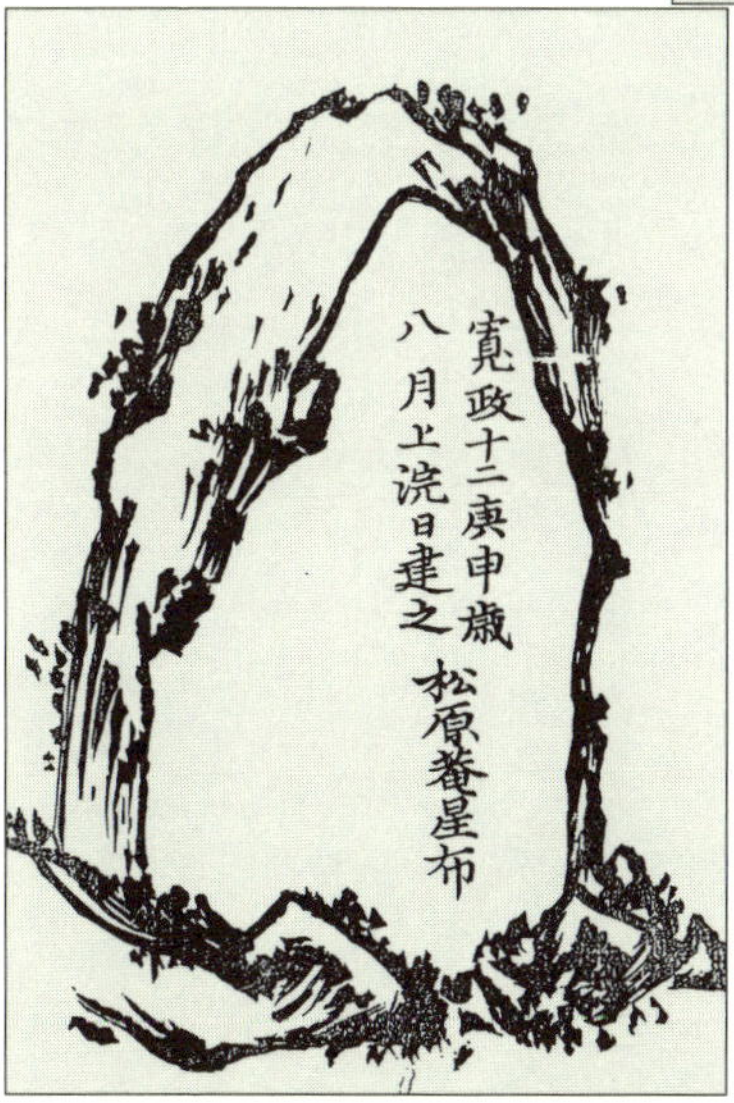

寛政十二庚申歳
八月上浣日建之
松原菴星布

る。

建長寺万拙和尚に謁して
きゞす啼《なく》山は無声のひゞきかな

星布は純粋で世俗に妥協しない師の加舎白雄を、自分を理解してくれるただひとりの人として慕っていた。真の詩人同士の魂の響きあいがあったことが感じられる。白雄が五十四歳で没したとき、星布は六十歳で尼になっていた。白雄の七回忌に追善集『なゝとせの秋』を編したなかに、

秋風や白き卒塔婆《そとば》の夢に入る
長き夜や思ひあまりの泣寝入り

など、白雄追悼の句が多くある。星布はその後も十七年の長命を保ち、八十三歳で没した。多くの秀句を残している。

五　遊女たちの句

江戸時代に刊行された女流句集には『俳諧三河小町』下巻（元禄十五（一七〇二）年）『姫の式』（享保十一（一七二六）年？）『玉藻集』（安永三（一七七四）年）『八重山吹』（文化七（一八一〇）年）などがあり、本書に述べた他にも非常に多くの女流俳人の名が見られる。そのなかには遊女たちの句も多く『三河小町』『玉藻集』には十数人がはいっている。和歌の項でも述べたが、音曲、茶道、活花などのほかに和歌、俳諧も遊女の教養のうちであり、遊女でなくては作れないような人生の現実が詠まれている。いつくしま遊女と紹介されている三人の句、

養父入《やぶいり》の其日は寝たき心哉　三五
一昨日《おととい》の母の文《ふみ》見ん時雨かな　よ川
我ひとりうき残菊《ざんぎく》の朝《あした》かな　今川

藪入りの句には心身ともに酷使した救いがたい疲労感があり、次の句には拙い字でたどたどしく綴られた母の手紙を肌身はなさず、ときどき取りだしている遊女の可憐な姿がある。そして三句めには肉親の団欒から遠く離された自分を、憂き残菊とみるむごい自己認識がある。いずれも遊女の

いつわらぬ現実の姿がそこに投げ出されているようだ。
遊女の俳人として有名なのは越前三国の**哥川**《かせん》（一七一六?―七六年?）である。数多い遊女の俳人のなかで、記録のはっきりしている人である。三国の永正寺の住職で、美濃派の杉原巴浪《はろう》に学んだ。

おく底のしれぬ寒さや海の音

これは哥川の代表作として知られた句である。冬の日本海の海鳴りのもの凄さを感じさせ、また哥川が心の奥底に抱いていた荒寥としたものをしめしている。哥川の句は単に実情実感を詠む境地をつき抜けて、奥深い世界に達している。

春雨や心のおくのよし野まで
梅が香やその一筋の道ゆかし

また遊女としての生活が感じられる句も、古典を踏まえて優艶である。

忘れじな花橘のそのむかし
きぬ〴〵や見かはす路次に雪あかり

哥川は妓楼主人の養女格であったため、比較的ゆとりがあったようであるが、生来透徹した眼をもった女性であったと思われる。二十二歳のころ、客に誘われ、楼主の許しを得て江戸に下り、江戸の俳人たちと交流したこともある。また松任の千代女とは早くから俳諧を通じての交友があり、病床の千代女を見舞ったおりに、

茶の花やくもらぬ里のこゝろあて　哥川
まちし日数も冬になるころ　千代尼

とふたりで楽しんだ。俳諧を心の支えとして生きた遊女であった。晩年は出家して閑雅《かんが》な生活をおくったという。

おわりに

以上多くの女流俳人の句とその人生にふれてきたが、このほかに取りあげられなかったすぐれた俳人がまだまだあり、その背後に俳諧をたしなみ、心の支えとして生きた無数の女性があったことを感ぜずにはいられない。俳諧の短いやさしい形式に多くの女性がしたしみ、日々のくらしのなか

で瞬間にひらめく詩を表現した。もちろん表現に身を削ることもあったろうが、俳諧が労苦多い人生の慰め励ましであったことがよくわかる。

全般に江戸時代の女性の俳諧は、ふっくらとした安らかな世界を感じさせる。また歌人たちに比べて俳人たちは、いきいきしたくらしを身近に感じさせるし、広範囲に行動していることに驚かされる。和歌と俳諧というふたつの文学ジャンルのなかに、人生のありようにまで影響する力があるのかもしれない。和歌より俳諧が庶民的だからという単純な理由だけでは片付けられないものがある。和歌は五・七・五・七・七というゆるぎのない詩型を持ち、完結した世界を表現し得る。しかし五・七・五という短い詩型を持つ俳諧は、稲妻のようにひらめく動きを完結しないままに封じこめていて、絶えずどこかへむかおうとするエネルギーを秘めているように感じられる。これは俳諧が本来は連歌であり、したがって一句で完結しないのがその本質であることと関係があるだろう。また俳諧は和歌のように、時代の変化を直接に反映しないのはなぜか、という疑問も残る。和歌には事に際して志を述べるという伝統がある。これは漢詩もさらに古い伝統をもつ。しかし俳諧は徹底して風雅の世界を追及したからだろうか。このことは女性の俳諧だけの問題ではないので、いまは深くふれない。

終章

姿を現しはじめた江戸女流文学者群像

二十年以上もまえのこと、必要に迫られて女性史と名のつく本を手にとった。そのなかで女流文学の項を見ると、平安女流文学からいきなり明治の樋口一葉、与謝野晶子にとんでいて、その空白の大きさに驚いたことがある。長い中世から江戸時代にかけて、女性たちがまったく文学表現をしなかったとは考えられなかった。なぜそのような空白が生じたのか、原因はいろいろ考えられる。序ですこしその問題にふれたので、ここではふれない。

本書では平安女流文学が終焉したといわれる南北朝時代以後、戦国時代から江戸時代末期までの女流文学作品を、私の読んだ範囲で紹介してみた。

長い空白の時代と見られていたこの時期に、多くの女性たちがそれぞれの置かれた状況のなかで懸命に生き、文章を書きつづり、漢詩、和歌、俳諧の作品を創造している。その姿の輝きに目をみはる思いがした。それらの作品のほとんどは、読みとくのに参考になる手引き書も、先行の研究論文もない。非力を顧みずに手さぐりで、辞書を頼りに読みすすんだ。手ごわい作品をむりやり嚙み砕くような作業がつづいた。そうしているうちに、江戸女流文学の世界が霧がはれるように、次第に私の前に現れた。それは真に豊饒であり、多様な魅力に富んだ世界だった。これらの文学作品をうみだした女流文学者たちは、それぞれに輝くような個性の持ち主である。私は彼女たちをそう遠くない時代の、人生の大先輩と感じとった。

一般に欧米の文学作品を読む場合に、我々はあまり時代を意識しない。『嵐が丘』も『ジェーン・エア』も、ジェーン・オースチンの諸作品も現代との連続性において受けとめている。しかしそれらとほぼ同時代の江戸女流文学を、なぜはっきり別の時代の作品と感じるのだろうか。明治維新を境として、日本では社会の構造や人々の意識が、そして文学の形式までも違ってしまった、と思いこんでいるからかもしれない。

江戸時代の女流文学者たちは、平安女流文学をお手本として、その圧倒的な影響のもとに文章を書きはじめている。しかし彼女たちが生み出した文学作品は、お手本と同じではなく、まさに江戸時代の作品なのである。

ここで平安女流文学と江戸女流文学との大きな違いを気がつくままに述べてみよう。平安女流文学は、書き手も読者も朝廷を中心とする、狭い貴族社会に限られている。そして書き手は権力の中心にある、時めく階層には属していない。紫式部も清少納言も中流貴族の学者の家柄で、権力の中心から遠い受領層の娘である。彼女たちは召しだされて、出自より上層の貴族たちの周辺に暮らし、時めく者たちをじっと傍観している。彼女たちの文学がすぐれた内照性を持っているのはそのせいであり、その点で最高の達成をみた。またスノビズムの文学といわれるゆえんもそこにあった。そののち鎌倉、室町と政権の移動、階級の交替があり、朝廷の女房たちが文学を創り出す環境は激変した。南北朝期に書かれた日野名子の『竹向が記』が、平安女流文学の伝統の最後尾に位置するといわれている。

江戸女流文学を見るに、書き手の身分層は格段に拡がった。書くことは、もはや公家たちの特権ではなくなっている。地域も京中心ではなくて、ほぼ全国にわたる。京から地方へ文化が伝わるのは中世、戦乱の時代にはじまるのだが、封建制といわれる幕藩体制が文化の核を全国各地に作った。そして幕府の文治政策が浸透して、文字を読み書く人々が庶民層の男女にまでおよんだのである。その書き手たちはじっと傍観するだけではない。多様な現実にいきいきと反応し、日々の変化、時代の進展に主体として対応している場合が多い。書き手の眼が自己の内面よりも、むしろ多彩に展開する外部の世界へ注がれるのが特徴である。

さらにジャンルも多様になった。伝統的な和歌、日記、紀行、物語のほかに、戦記物、漢詩、随想、連歌、俳諧、狂歌とあらゆる分野に、女性が参加する姿がみられたのである。

彼女らが創り出した作品は、たとえ伝統的な平安女流文学の文体を模倣し、舞台を王朝に借りていても、えがき出される世界は明らかに近世の刻印を帯びている。井上通女の著作には、近世の理知が現われている。正親町町子の著作には確かな自己主張がある。荒木田麗女の描く王朝貴族の姿は、王朝時代そのものの姿ではなく、中世的変容を経た江戸時代の文学観で造型したものである。

従来、平安女流文学を最高とする批評基準によって、江戸女流文学が低く評価されてきた事情がある。両者それぞれの価値がある、と考えねばならないだろう。

さらに江戸後期の女流漢詩人の生き方は、明治以後の女性たちの生き方を暗示しているように思われる。彼女たちは、従来男性の文学とされた漢詩文の世界にはいるために大きな努力をした。そのために女性のしあわせといわれる結婚、子どもを持つことを断念する人さえいた。そのほとんどは、父親の庇護、後援のもとに大きな期待を受けて漢詩文を学び、すぐれた作品を生んだ。彼女たちは学者文人たちの交流の場所に、しばしば父親に伴われて出席し、その文化的雰囲気のなかで育っている。同じころのヨーロッパの女流文学者たちが、多く母親の主催するサロンで育ったのと同様の状況がみられるのである。女子教育についての、公の配慮が欠けた時代にあっては、生まれた環境がかけがえのない教育の場所であったのは当然のことである。

また父親たちは娘に書斎を作って与え、勉学の最良の環境を整えてやっている。江馬細香は庭の一隅の茶室を書斎として、湘夢書屋と名付けて詩画の制作に励み、ときにはそこへ詩友を迎えて酒をくみかわしている。亀井少琹は十五歳のときに窈窕邸と名付けた書斎を与えられている。原采蘋は自分の書斎に有煒楼《ゆういろう》と名付けている。彼女たちは詩作のための自分の部屋と十分な時間と、父親の後援を得ていた。このような例はほかにもみられる。

この女流漢詩人たちからほぼ百年後に生まれたヴァージニア・ウルフは、一九二八年にケンブリッジのニューナム女子校の文芸クラブとガートン女子校で講演をした。それはのちに『自分だけの部屋』という一冊の本にまとめられた。そのなかでウルフは「女性が小説なり詩なりを書こうとするなら、年に五百ポンドの収入とドアに鍵のかかる部屋を持つ必要がある」とくりかえし述べている。この本は上々の評判を得て、出版後三週間で売れ行きは五千五百部に達したといわれる。イギリスの知識階級、特にその女性たちの圧倒的共感を得たわけである。この人たちが日本の江戸後期の女流漢詩人のことを聞いたら、なんと言うであろうか。五百ポンドの収入の点でも、彼女たちには潤筆料という収入があったのである。ただし彼女たちが潤筆料をどう感じていたか、その金銭感覚は興味ある問題であるが、今はふれない。ウルフより百年前に、すでに自分だけの部屋を持ち、収入を得ていた詩人がいたことだけを述べておこう。

江戸女流文学の諸作品は当時から読まれたものもわずかにあるが、多くはその家にのみ伝えられ、世に知られることがすくなかった。くりかえすが、女性は慎ましく謙虚であるように躾られ、表面に出ないことを善しとされ、著作が刊行されることはめったに無かったからである。

明治初期の女流文学者中島湘烟《しょうえん》（岸田俊子・一八六三―一九〇一年）、清水紫琴《しきん》（一八六七―一九三三年）らは江戸時代末期に生まれ、江戸女流文学者たちと同じように日本の古典、漢詩文を身につけ、その上に欧米の文化を学びとっていった。明治五（一八七二）年に渡米した若い女子留学生たちも、同じ状況であった。

江戸女流文学者たちは、平安女流文学の伝統をしっかりと継承し、それぞれの環境と個性にしたがってさまざまな成果を上げながら、明治へと伝えていった。いわば長い女流文学の伝統の鎖を、少しも衰微させることなく次の世代へ伝えたのである。そして現代の女性たちも、この伝統から多くの滋養を汲みとっている。

ようやく姿を現しはじめた江戸女流文学者たちの群像に、強い魅力を感じないではいられなかった。文章を書く力のある女性たちが、自己の人生や周囲の人々の上に深く思いをいたし、世の中の動きにいきいき反応して書きつづっている。そういう女性が多くいたのである。文学の世界で、彼女たちは少数派であり孤立していたように見えるが、身分や境遇をのりこえて互いに心を通わせる姿がみられた。また彼女たちを惜しみなく後援する男性知識人の存在も多くみられた。これは感動的な発見であった。

本書に取りあげた女性たちはほんの一部に過ぎない。紙幅の関係で取りあげられなかった女性、まだ私が読んでいない作品は多い。そして全国の図書館や旧家の蔵に眠っていて、発見されるのを待っているものも多いはずである。

それらがすべて我々の読みやすい形で目にふれるようになったとき、江戸時代の女流文学はどのような豊饒な世界を現すのだろうか。本書に取りあげた作者、作品を見るだけでも、それがおぼろげに想像されて、心が躍る。

しかし今日、江戸女流文学にふれようとすると、大きな困難に出会う。それはテクストの決定的不足である。本書に取りあげた作品だけでも、読もうとすればまずこの困難を感ずる。私が十数年前に入手した『江戸時代女流文学全集』四巻も今は絶版である。さいわいに『荒木田麗女物語集成』(桜楓社、一九八二年)、『只野真葛集』(国書刊行会、一九九四年)が出版されたが、研究者向けでかなり高価である。この点で複数の出版社から、幾種類ものテクストが出て、懇切な解説や脚注のついている平安女流文学にくらべて、格段に不利な状況にある。さらに全国の図書館などに架蔵されたまま眠っている稿本、刊本のたぐいは、翻刻という手数を経なければ、一般の人々にしたしめるものとはなりがたい。気の遠くなるような、数々の困難が横たわっているのである。

本書がすこしでも江戸女流文学への関心を喚起するきっかけになれば、幸いである。

主要人物注（登場順）

I

●第一章　戦国末、江戸以前の女性たち

吉田敏成（よしだ・としなり／不詳）　江戸後期の歌人。栃木の歌人菊地民子の師。

朝川善庵（あさかわ・ぜんあん／一七八一―一八四九）　江戸後期の漢学者。名は鼎。折衷学者片山兼山の末子。医師朝川黙翁の養子。山本北山に入門。父に従って京坂に遊歴し、寛政十（一七九八）年から長崎、肥後、薩摩を遊歴し学識を深めた。文化十四（一八一七）年清船が下田に漂着したとき、清人と筆談をした。大窪詩仏、梁川星巌と親交があった。著作『楽我室遺稿』『善庵随筆』『論語集説』『大学原本釈義』など。

大田南畝（おおた・なんぽ／一七四九―一八二三）　江戸後期の狂歌師、戯作者。幕臣。名は覃、別号蜀山人、四方赤良、寝惚先生。学は和漢にわたり、性格は洒落飄逸。天明調の基礎をなした代表的狂歌師。

広瀬旭荘（ひろせ・きょくそう／一八〇七―六三）　江戸後期の漢詩人。豊後日田の人。淡窓の弟。漢詩に秀で、勤王の志深く、門下からも勤王家を出した。『梅墩詩鈔』など。

辻善之助（つじ・ぜんのすけ／一八七七―一九五五）　歴史学者。姫路の人。東京大学教授、史料編纂所長、学士院会員。文化勲章、朝日賞をうける。日本仏教史を専攻。主著『日本仏教史』『日本文化史』など。

石田治部少輔（いしだじぶしょう／一五六〇―一六〇〇）　三成《みつなり》。安土桃山時代の武将。名は佐吉、近江の人。豊臣秀吉に重用されて、五奉行のひとりとなる。佐和山十八万石の城主。のち徳川家康に対して豊臣秀頼を奉じて挙兵。慶長五（一六〇〇）年関ヶ原に敗れて、京で斬られた。

京極龍子（きょうごく・たつこ／？〜一六三四）　近江の守護代京極高吉の娘。若狭守護武田元明に嫁いだが、山崎の合戦のあと夫が誅され、秀吉の側室となった。秀吉没後、兄高次の大津城でくらし、のち出家して誓願寺に隠棲。

要光院（ようこういん／？）　京極高次の室常高院を指すと思われる。淀殿の妹おはつ。

高台院（こうだいいん／一五四九—一六二四）　豊臣秀吉の妻。名は禰、北政所と称す。杉原助左衛門の娘。従一位。秀吉没後は家康建立の高台寺に秀吉の冥福を祈った。

摩阿姫（まあひめ／一五七二—一六〇五）　前田利家三女。十一歳で柴田勝家の家臣佐久間十蔵と婚約したが、十蔵は戦死。その後秀吉の側室となり加賀殿と呼ばれた。のち万里小路充房に嫁いだが、離婚して金沢に帰る。

豪姫（ごうひめ／一五七四—一六三四）　前田利家四女。羽柴秀吉の養女となる。十五歳で宇喜多秀家に嫁ぐ。関ヶ原の戦のあと、秀家は八丈島へ流されて豪姫は金沢へ戻り、家臣山崎長郷に再嫁した。前田家は八丈島の宇喜多家に対し、明治維新まで援助を続けた。

千世姫（ちよひめ／一五七九—一六四一）　前田利家七女。十五歳のとき、細川忠興の嫡子忠隆に嫁ぐ。六年後に離婚して金沢に帰り、加賀藩家老職の村井長次に嫁いだ。

●第二章　真澄の鏡、学神・井上通女

了然尼（りょうねんに／一六四六—一七一一）　歌人・尼僧。はじめ東福門院に仕え、のち儒医松田晩翠に嫁いだ。出家の志かたく、夫に妾を置いて家を出た。美貌のため出家を拒まれたので、顔を焼いて出家をとげ、ふたつの寺の住職をつとめた。漢詩、和歌、書をよくした。

片桐且元（かたぎり・かつもと／一五五六—一六一五）　安土桃山時代の武将。豊臣氏の重臣。市正《いちのかみ》と称す。賤ヶ岳七本槍のひとり。秀吉没後、秀頼の後見となる。大坂落城後まもなく病没。

成瀬維佐子（なるせ・いさこ／一六六〇—九九）　女訓書『唐錦』の著者。阿波の人。松山藩儒大高坂芝山に嫁ぐ。和漢の学を修め、藩主松平定直夫人より求められ、『唐錦』を編述した。十三巻より成る。女一代の心得を説いている。体系的な女訓書の嚆矢とされる。

平　豊子（たいら・とよこ／不詳）　女訓書『松菊園』（元禄十四〔一七〇一〕年成立）の著者。成瀬維佐子の娘とみられる。

新井白石（あらい・はくせき／一六五七—一七二五）　江戸中期の学者、政治家。名は君美。上総の人。木下順庵門人。六代将軍家宣のとき、幕府儒官となり幕政に参与。前代の弊風を改め、朝鮮通信使の抑制、幣制の改革などをした。『藩翰譜』『読史余論』『西洋紀聞』『折たく柴の記』など、歴史、地理、言語、故実に関する著書が多い。

室　鳩巣（むろ・きゅうそう／一六五八—一七三四）　江戸中期の儒者。木下順庵に学んで程朱学を信奉し、伊藤仁斎、荻生徂徠の学を排斥した。『駿台雑話』『鳩巣小説』など。

貝原益軒（かいばら・えきけん／一六三〇—一七一四）　江戸前期の儒者、教育家、本草学者。名は篤信。損軒とも号す。筑前の人。松永尺五、木下順庵、山崎闇斎に学び、朱子学を奉じた。文章は和漢混淆文で平易、通俗。『慎思録』『大和本草』『益軒十訓』『和俗童子訓』など。

●第三章　柳沢吉保の陰の力、正親町町子

綱吉（つなよし／一六四六—一七〇九）　三代将軍家光の第四子。上野館林城主。延宝八（一六八〇）年五代将軍となる。学を好み、湯島に聖堂を建立、後世天和の治と称せられたが、一方側近政治の弊害が現れ、特に生類憐みの令は人々を苦しめた。常憲院と諡す。

柳沢吉保（やなぎさわ・よしやす／一六五八—一七一四）　江戸中期の幕府老中。名はもと保明。美濃守。綱吉の側用人を経て老中に列す。甲府藩主となる。綱吉没後に致仕。

桂昌院（けいしょういん／一六二七—一七〇五）　綱吉の生母、名は宗子、京の人。二条家家司本荘宗利の養女。

幕府の大奥にはいり、家光の側室となる。深く仏教を信じ、綱吉に請うて護国寺を建立。

綱豊（つなとよ／一六六二―一七一二）　六代将軍家宣。四代綱重の長子。新井白石、間部詮房を登用し、前代の弊風を改革した。文昭院と諡す。

荻生徂徠（おぎゅう・そらい／一六六六―一七二八）　江戸中期の儒者。名は双松《なべまつ》、字は茂卿。江戸の人。はじめ朱子学を学び、のち古文辞学を唱道した。門下から太宰春台、服部南郭らを出した。『弁道』『弁名』『訳文筌蹄』など。

松浦静山（まつうら・せいざん／一七六〇―一八四一）　江戸後期の平戸藩主。随筆家。名は清。財政改革、藩校維新館設置など治績をあげる。隠居後、活字を作り印刷を試み、諸芸を嗜む。随筆『甲子夜話』のほか編著書が多い。

北村季吟（きたむら・きぎん／一六二四―一七〇五）　江戸前期の古典学者、俳人。近江の人。松永貞徳に俳諧を、飛鳥井雅章らに歌学を学び、門下から芭蕉を出した。幕府歌学方。和漢の学、仏学に精通し、古典の注釈に貢献した。『枕草子春曙抄』『湖月抄』など。

霊元院（れいげんいん／一六五四―一七三二）　第百十二代の天皇。名は識仁《さとひと》。後水尾天皇の皇子。在位二十四年で東山天皇に譲位。

後水尾天皇（ごみずのおてんのう／一五九六―一六八〇）　第百八代天皇。後陽成天皇の第三皇子。名は政仁《ことひと》。徳川秀忠の娘和子を中宮としたが、幕府に反発して寛永六（一六二九）年、明正天皇に譲位。以後四代五十一年にわたり院政。洛北に修学院離宮を造営した。

柳沢淇園（やなぎさわ・きえん／一七〇四―五八）　江戸中期の文人画家。名は里恭。大和郡山藩家老。荻生徂徠に師事し、朱子学、仏典、本草、書画、篆刻など諸芸に達した。絵画は精密濃彩の花鳥画にすぐれ、南画の興隆に貢献した。著作『ひとりね』。

池　大雅（いけのたいが／一七二三―七六）　江戸中期の文人画家。日本文人画の大成者。名は無名《ありな》。九霞山樵、大雅堂などと号す。京の人。明清代の文人画を柳沢淇園に学び、祇園南海にも感化された。天真爛漫、逸事奇聞おおく、書にもすぐれた。「十便帖」「楼閣山水図屏風」など多くの作がある。

玉瀾（ぎょくらん／一七二七—八四）江戸中期の画家。大雅の妻。姓は徳山、名を町子という。絵を夫大雅、柳沢淇園に学ぶ。歌人としても名がある。

右衛門佐局（うえもんのすけのつぼね／?—一七〇六）綱吉の侍女。水無瀬中納言の娘。はじめ後水尾天皇に仕え、のち推挙されて貞享元（一六八四）年に江戸に下り綱吉に仕え、奥表総女中の支配者になり、秩禄一千石を与えられた。挙措優美で博学、古典に通じ、綱吉の信頼があった。北村季吟はその推挙で京より召し出され、幕府は和学所を設けた。

●第四章　本居宣長と論争した強烈な個性、荒木田麗女

里村昌廸（?—一七五八）里村昌林を祖とする連歌師の家の南家の人。里村家は南北両家に分かれたが、それぞれ公的地位を守り、幕末まで連歌をもって幕府に仕えた。

源　順（みなもとのしたごう／九一一—八三）平安中期の歌人、学者。三十六歌仙のひとり。梨壺の五人のひとりとして『後撰集』の撰、並びに万葉集訓釈に従事する。著作『和名類聚集』は現存最古の百科辞書。家集『源順集』がある。

藤原俊成（ふじわらのしゅんぜい／一一一四—一二〇四）平安末期の歌人、法号釈阿。『千載集』の撰者。歌学を藤原基俊に学び、源俊頼の影響も受け、清新温雅な幽玄体の歌風を樹立した。和歌は『新古今和歌集』以下勅撰集に四百首採られている。家集『長秋詠藻』歌論書『古来風体抄』があり、その他歌合の判詞が多い。

藤原定家（ふじわらのていか／一一六二—一二四一）鎌倉初期の歌人。俊成の子。『新古今和歌集』『新勅撰和歌集』を撰した。歌風は絢爛、巧緻で新古今調の代表。家集『拾遺愚草』のほかに『近代秀歌』『詠歌大概』などの歌論書がある。『源氏物語』『古今集』『土佐日記』などの古典校勘を行い、有職の書も著した。日記『名月記』が

ある。書も巧みで、定家流といわれて、珍重された。

与謝野晶子（よさの・あきこ／一八七八―一九四二）　歌人、批評家、随筆家。与謝野寛の妻。堺の人。寛の新詩社に加わり『明星』で活躍した。格調清新、内容は大胆奔放。歌集『みだれ髪』『左保姫』『春泥集』のほか『新訳源氏物語』がある。

張　文成（ちょう・ぶんせい／六六〇？―七四〇？）　唐の文人。則天武后のころの人。進士に及第、司門員外郎に至る。著作『遊仙窟』『朝野僉載』。

山上憶良（やまのうえのおくら／六六〇―七三三？）　『万葉集』の歌人。大宝元（七〇一）年遣唐少録として入唐。東宮侍講。従五位下。伯耆守となり、のち筑前守。豊かな学識を有し、「思子等歌」「貧窮問答歌」など、人生社会を詠んだ切実、真率な作が多い。

大伴家持（おおとものやかもち／七一六―七八五）　奈良時代の歌人。旅人の子。越中守をはじめ中央、地方諸官を歴任。延暦二（七八三）年中納言となる。『万葉集』中歌数もっとも多く、その編纂者のひとりに擬せられる。繊細、幽寂な歌風は万葉後期を代表する。

魯　迅（ろじん／一八八一―一九三六）　中国の文学者。本名周樹人。日本で医学を学び、文学による民族性の改造を志し、処女作『狂人日記』以後、創作、社会批評、海外文学紹介などに努力。『阿Q正伝』は東洋社会の人間を描いた古典的作品。『中国小説史略』などの学問的著作もある。周作人、周建人は弟。

和泉式部（いずみしきぶ／生没年不詳）　平安中期の歌人。大江雅致の娘。和泉守橘道貞の妻。為尊親王、敦道親王の寵を受け、中宮彰子に仕え、ふたたび藤原保昌に嫁いで丹後に下った。『和泉式部日記』家集『和泉式部集』がある。

本居宣長（もとおり・のりなが／一七三〇―一八〇一）　江戸中期の国学者。屋号鈴屋。松坂の商家に生まれ、少年のころから和歌和学に親しむ。上洛して医学修行の傍ら、堀景山に儒学を学ぶ。松坂で開業し、また門人に国学を教授した。明和元（一七六四）年、真淵に入門。『古事記伝』の大著を完成、ほかに『源氏物語玉の小櫛』『石上私淑言』『玉勝間』『うひ山ぶみ』など多数。

●第五章　孤独な挑戦者、只野真葛

曲亭馬琴（きょくてい・ばきん／一七六七—一八四八）　江戸後期の戯作者。本名は滝沢興邦、のち解《とく》。江戸深川生まれ。山東京伝に師事し、寛政三（一七九一）年黄表紙『尽用而二分狂言』を発表。以後勧善懲悪を標榜、雅俗折衷の文をもって、合巻、読本を続々発表した。主な著作『椿説弓張月』『三七全伝南柯夢』『俊寛僧都島物語』『南総里見八犬伝』『近世説美少年録』その他。

中川淳庵（なかがわ・じゅんあん／一七三九—八六）　蘭医。字は玄鱗。若狭藩医。和蘭語をよくし、本草学に通じた。杉田玄白とともに『解体新書《ターヘルアナトミア》』の訳に従事し、また平賀源内の火浣布製造を指導した。著書『和蘭局方』『籌算（訓訳）』など。

野呂元丈（のろ・げんじょう／一六九三—一七六一）　江戸中期の医者、本草学者。伊勢の人。享保年間に幕府の命により、各地で採薬。元文四（一七三九）年、御目見医師となり、江戸参府の和蘭商館長に質問して『和蘭本草和解』を著す。

青木昆陽（あおき・こんよう／一六九八—一七六九）　江戸中期の儒者、蘭学者。名は敦書、通称文蔵。近江の人。伊藤東涯に学んだ。書物奉行。甘藷を取り寄せ、『蕃薯考』を著して種薯とともに配布、後世甘藷先生と称された。

服部南郭（はっとり・なんかく／一六八三—一七五九）　江戸中期の儒者、詩人。京の人。荻生徂徠に学び、古文辞を修め、詩文にも長じた。『唐詩選』『国字解』『南郭文集』などの著作がある。

前野良沢（まえの・りょうたく／一七二三—一八〇三）　江戸中期の蘭医。蘭化と号す。豊前中津藩医。四十七歳のとき、和蘭語を青木昆陽に学び、長崎に赴いて研究。杉田玄白らとともに江戸小塚原で死刑囚の死体解剖に立ち会い、蘭書『解体新書《ターヘルアナトミア》』を共訳。蘭学勃興の機運を促進した。

桂川甫周（かつらがわ・ほしゅう／一七五一—一八〇九）　江戸後期の蘭医。江戸の人。オランダ外科をもって幕府の医官となる。明和八（一七七一）年、前野良沢、杉田玄白らと『解体新書《ターヘルアナトミア》』を翻訳。著書に『魯西亜志』『北槎聞略』など。

吉雄幸左衛門（よしお・こうざえもん／一七二四？—一八〇〇）　医家。吉雄流外科の祖。また長崎の通辞。西洋の医師について学び、外科の技に詳しかった。明和初年、オランダ商館長の江戸参府に従って江戸に出ると、杉田玄白、前野良沢ら皆この門に集まった。晩年は剃髪して耕牛と称した。著作『紅毛秘事記』『因液発備』など。

大槻玄沢（おおつき・げんたく／一七五七—一八二七）　江戸後期の蘭医。仙台藩医。名は茂質、磐水と号す。江戸に出て杉田玄白、前野良沢について医学、蘭学を修め、ついで長崎に遊学する。著作『蘭学階梯』『重訂解体新書』など。

村田晴海（むらた・はるみ／一七四六—一八一一）　江戸中期の国学者、歌人。号は琴後翁《ことじりのおきな》、錦織斎《にしごりのや》。真淵門下で仮名遣いの研究に造詣深く、和歌、雅文、書、漢学に長じた。著作『琴後集』『歌がたり』『和学大概』など。

山片蟠桃（やまがた・ばんとう／一七四八—一八二一）　江戸後期の経済学者、大坂の米仲買業者。儒学を中井竹山に、天文学を麻田剛立に学び、また蘭学を好む。著作『夢ノ代』『無鬼弁論』など。

海保青陵（かいほ・せいりょう／一七五五—一八一七）　江戸後期の儒者、経済学者。江戸の生まれ。諸国を遊歴して、諸侯に財政の商業化、武士の町人化、商売繁盛の秘策を説いた。著作『稽古談』。

II

●第一章　漢詩人

嵯峨天皇（さがてんのう／七八六—八四二）　第五十二代天皇。名は神野。桓武天皇の皇子。大同四年即位。『弘仁格式』『新選姓氏録』を編纂せしめ、『文華秀麗集』『凌雲集』を撰せしめた。書に堪能で、我が国三筆のひとり。在位十四年。

野中　婉（のなか・えん／一六六〇—一七二五）　医家。土佐藩家老野中兼山の四女。父の無実の罪のため、兄弟姉妹とともに四十年幽閉されてくらした。元禄十六（一七〇三）年、四十四歳のときようやく許されて、のち医をもって生活した。幽閉中に兄とともに学問に志し、経書を修め、谷重遠について文通による教授を受け、亡父の名を辱めなかった。著書に『朧夜の月』という女訓書がある。生涯嫁がず。

山本北山（やまもと・ほくざん／一七五二―一八一二）　江戸後期の儒者、詩人。名は信有。江戸の人。井上金峨の門下。経学、詩文にすぐれ、また医卜、天文、経済にも通じた。『作詩志彀』を著して、古文辞学を批判し、宋詩勃興の機運を作った。著作『孝経集説』『孝経樓詩話』など。

六如（りくにょ／一七三四―一八〇一）　江戸中期の僧侶、詩人。法名慈周。近江八幡の人。十一歳で比叡山の観国大僧正について学ぶ。彦根の野村東皐について詩を学ぶ。江戸寛永寺で宮瀬竜門に学ぶ。江戸、京の多くの詩人と交わり、宋詩風の詩を作った。これにより日本の詩風は唐詩風より宋詩風に一変したといわれる。

菅　茶山（かん・ちゃざん／一七四八―一八二七）　江戸後期の儒者、詩人。備後神辺の人。本姓は菅波氏。京で那波魯堂に学ぶ。詩にすぐれ、宋詩を唱え関西の詩風を一変せしめた。帰郷して廉塾を開く。頼山陽の師。著作『黄葉夕陽村舎詩』『筆のすさび』など。

頼　山陽（らい・さんよう／一七八〇―一八三二）　江戸後期の儒者、史家、詩人。名は襄《のぼる》、通称は久太郎。別号三十六峰外史。大坂生まれ、父春水とともに広島に移る。江戸に出て尾藤二洲に学ぶ。京に書斎「山紫水明処」を営み、文人と交わる。詩文にすぐれ、書もよくした。著作『日本外史』『日本政記』『日本楽府』『山陽詩抄』など。

原　古処（はら・こしょ／一七六七―一八二七）　秋月藩の儒者。福岡の亀井南冥の教えを受け、亀井門下随一の詩人と言われた。藩主の信頼厚く、藩校稽古館の教授となる。他藩からも教えを乞いに来る者が多かった。文化九（一八一二）年、突然お役御免となり、その後私塾を開いて詩書を教え、また妻子を伴って九州、西国を旅した。娘采蘋を勉学のため江戸へ出発させる。その後病に倒れ、急ぎ帰郷した采蘋に看取られて、没。

亀井南冥（かめい・なんめい／一七四三―一八一四）　江戸後期の儒学者、医者。名は魯。筑前の人。僧大潮、永富独嘯庵らに学び、福岡藩校の教授に登用される。主著『論語語由』など。

亀井昭陽（かめい・しょうよう／一七七三―一八三六）　江戸後期の儒者。南冥の長子、福岡藩士。経学に長じ、徂徠学派であるがその説には批判的。著作『読弁道』など。

大潮（だいちょう／一六七六―一七六八）　江戸中期の黄檗宗の僧侶。肥前の人。姓は諫早。幼くして出家、広く遊歴して修行し、中国音に通じた。詩文をよくし、荻生徂徠や服部南郭らと交わる。著作『松浦詩集』。

曇龍（どんりゅう／一七二一―七二）　江戸増上寺の学僧。肥後熊本の人。幼くして出家。増上寺の円海和尚に師事し、内外の学に通じ、ことに詩に長ず。詩集あり。

広瀬淡窓（ひろせ・たんそう／一七八二―一八五六）　江戸後期の儒者、詩人。名は簡、建。豊後日田の人。亀井南冥に学ぶ。敬天の説を主として諸学を総合し、塾舎咸宜園を建て、門生三千人のなかから多方面の人材を出した。著作『約言』『遠思樓詩抄』『淡窓詩話』など。

藤原惺窩（ふじわら・せいか／一五六一―一六一九）　江戸初期の儒者。名は粛。冷泉家の出身。播磨に生まれ、はじめ相国寺の僧。のちに朱子学を究め、儒者となる。家康に重んぜられ、門下から林羅山を出し、以来江戸時代の文教の祖とされる。著作『惺窩文集』『千代もと草』など。

林　羅山（はやし・らざん／一五八三―一六五七）　江戸初期の幕府の儒官。名は忠、また信勝。剃髪して道春と号す。京の人。藤原惺窩に朱子学を学び、家康以来四代の侍講として、文書応接、律令制定に与かる。また忍岡に学問所および聖堂を建て、昌平校の起源をなした。著作『大学抄』『大学解』『論語解』以下多数。

雲華（うんげ／一七七三―一八五〇）　名は末広、大含。豊後竹田の満徳寺に生まれる。日田の広円寺法蘭に学ぶ。のち亀井南冥に師事。中津の正行寺の住職となり、のち本山東本願寺の学職を勤める。枳殻邸の東に住み、枳東園と号す。詩画をよくし、山陽、田能村竹田らと親交を結ぶ。著作『唱和集』『雲華上人遺稿集』など。

辺　東里（へん・とうり／不詳）　渡辺東里。名は澄、字は厚甫。長門の清末の人。原采蘋とは旧知であった。

広瀬梅墩（ひろせ・ばいとん）　広瀬旭荘のこと。

景山含翠（かげやま・がんすい／不詳）　房総の詩人。

市河寛斎（いちかわ・かんさい／一七四九―一八二〇）　江戸後期の儒者、漢詩人。上野の人。昌平坂学問所員長。詩に最も長じ、江戸の詩風を一変せしめた。著作『日本詩紀』『談唐詩選』など。

菊池五山（きくち・ござん／一七七二―一八五五）　讃岐高松藩儒官。名は桐孫、字は無絃。江戸に出て柴野栗山、市河寛斎らに入門する。宋詩風の詩文に秀で、大窪詩仏、柏木如亭らと江湖社の四天王といわれた。著作『五山堂詩話』は当時の詩人たちの作と人となりを伝えている。ほかに『五山堂詩稿』など。生没年に異説がある。

村瀬藤城（むらせ・とうじょう／一七九一―一八五三）　美濃武儀郡上有知《こうずち》村の庄屋。字は士錦、通称敬治。少年のころ善応寺禅智和尚に学ぶ。二十一歳のとき大坂に遊学。頼山陽に師事。文政八（一八二五）年、故郷に梅花村舎を建て門人多数を指導。庄屋として民生に尽くした。江馬細香とは詩友であった。著作『宋詩合璧』『藤城詩文集』など。

梅辻春樵（うめつじ・しゅんしょう／一七七六―一八五七）　名は希声、字は延調または無絃。近江坂本の日吉神社の神職をつとめて従四位。のち京に住んで、詩文を教授した。人となり狷介端直。あまり人と交わらなかった。著作『春樵詩草』。

玉潾（ぎょくりん／一七五一―一八一四）　画僧。名は正邃、法号は曇空。近江の人。京の東山永観堂禅林寺の住職玉翁の弟子。墨竹を得意とした。文化元（一八〇四）年から山科の来迎寺に住む。江馬細香は十三歳から師事した。

浦上春琴（うらがみ・しゅんきん／一七七九―一八四六）　江戸後期の南画家。姓は紀、名は選、字は伯挙。浦上玉堂の長男。備中の人。鴨方藩を脱藩した父玉堂に従って、弟秋琴とともに諸国を遊歴。画を父に学ぶ。のち京に住む。画風は父の破格な画に対し、花鳥ともに繊細、色彩鮮やか。詩、書もよくした。山陽と親交があり、諸芸に達した。著『論画詩』ほかに詩文あり。

後藤松陰（ごとう・しょういん／一七九七―一八六四）　江戸後期の儒者。美濃の人。名は機、字は世張。はじめ大垣の菱田毅斎に、のち頼山陽に学ぶ。文政元（一八〇四）年、山陽の西遊に随行、のち大坂で塾を開く。山陽没後、その遺族の保護に尽力した。また山陽没後、江馬細香の詩稿の添削を主として引き受けた。細香の墓の碑文は彼の撰、書である。

津阪東陽（つさか・とうよう／？—一八二五）　津藩校有造館の督学。

斎藤拙堂（さいとう・せつどう／一七九七—一八六五）　津藩儒官。名は正謙、字は有終。昌平校に学び、古賀精里の門人となる。右筆格、藩校講師を経て藩主の侍講。弘化元（一八四四）年、藩校督学となり、洋学館を創設。安政二（一八五五）年、幕府の儒官に招かれたが、これを辞退。歴史と文章を得意とし、救世済民に尽力した。人格、学識を慕って藩内外より多くの門人が集まった。著作『救荒事宜』『月瀬紀勝』『士道要論』『海外異伝』などが刊行され、広く読まれた。

皆川淇園（みながわ・きえん／一七三四—一八〇七）　江戸後期の儒者。名は愿。京の人。経書の言語の研究を重んじ、門下三千人、交友範囲が広く、自ら弘道先生と称した。著作『名疇』『易原』『虚字解』など。

梁川星巌（やながわ・せいがん／一七八九—一八五八）　幕末の漢詩人。美濃の人。名は孟緯、長澄。字は伯兎、別号は詩禅。文化四（一八〇七）年江戸に出て、山本北山らに学ぶ。美濃では江馬細香、村瀬藤城らと白鷗社を結成した。文政三（一八二〇）年、紅蘭と結婚、同五年から西遊の旅に出て、菅茶山、広瀬淡窓らと交流した。天保三（一八三二）年江戸に出て玉池吟社を組織、藤田東湖、佐久間象山らと国事を論じた。弘化三（一八四六）年京に移り、その住居には憂国の志士たちが集まり、大きな影響力を持った。安政の大獄の直前、コレラのため死去。

藤田東湖（ふじた・とうこ／一八〇六—五五）　江戸末期の儒者、勤王家。名は彪。水戸藩士。彰考館総裁。水戸学の振興をはかり、藩主斉昭を補佐して天保の改革を推進し、攘夷論を唱えた。安政二（一八五五）年の江戸大地震に母を助けて、自分は圧死した。著作『回天詩史』『弘道館記述義』。

佐久間象山（さくま・しょうざん／一八一一—六四）　幕末の思想家、兵学者。信州松代藩士。佐藤一斎に学び、蘭学、砲術に長じ、海防の急務を主張。安政元（一八五四）年、門人の吉田松陰の密航のことに連座して幽閉された。元治元（一八六四）年幕命により上洛、攘夷派の浪士に暗殺された。

頼三樹三郎（らい・みきさぶろう／一八二五―五九）　名は醇、字は子春または士春。号は鴨厓、古狂生など。頼山陽の三男。天保十二（一八四一）年大坂で後藤松陰に学ぶ。翌年江戸に出て、昌平校に入る。佐藤一斎、菊池五山、梁川星巌らと交わる。弘化三（一八四六）年、東遊し、蝦夷に赴く。松浦武四郎と出会う。嘉永二（一八四九）年帰京。ペリー来航後、尊攘論を唱え、星巌らと鎖港攘夷、一橋慶喜擁立を謀り、為に安政の大獄で捕えられ、処刑された。著作『北溟遺珠』『鴨厓頼先生一日百詩』など。

池内大学（いけうち・だいがく／一八一四―六三）　名は奉時、字は士辰、号は陶所。京の人。はじめ貫名海屋に学び、ついで竜野将監に医を学ぶ。のち青蓮院宮の侍講となる。嘉永六年『攘夷論』を著し、攘夷、一橋派として活躍、安政の大獄のとき自首して中追放となり、大坂に住まう。のち難波橋上で斬られた。

梅田雲浜（うめだ・うんぴん／一八一五―五九）　幕末の勤王家。名は定明。もと若狭小浜藩士。山崎闇斎派に学び、藩政を批判して士籍を削られる。尊攘論を唱え、長州の同志と露艦襲撃を企て、また幕府改造を図った。安政の大獄で捕えられ、獄中で病死した。

松浦武四郎（まつうら・たけしろう／一八一八―八八）　幕末維新期の北方探検家。名は弘、号は北海道人。伊勢の郷士の子。諸国を歴遊、蝦夷、樺太を踏査。幕府蝦夷地御用掛に登用され、維新後は開拓判官となる。蝦夷を北海道と命名することを提案。翌年政府の政策を批判して辞職した。著作『三航蝦夷日誌』『東西蝦夷山川地理取調日誌』『近世蝦夷人物誌』など。

大槻磐渓（おおつき・ばんけい／一八〇一―七八）　幕末維新期の洋学者、砲術者。仙台藩の儒者。名は清崇、字は士廣、通称は平次。玄沢の次男。はじめ昌平校に学び、長崎に遊学。のち砲術を学ぶ。ペリー来航に際し、世界の現状を見て開国を建議した。戊辰戦争のとき、奥羽列藩同盟を支持して投獄され、のち許されて東京に住む。詩文をよくし、頼山陽にも認められた。著作『孟子約解』『近古史談』『寧静閣詩文集』その他。

毛内滝子（もうない・たきこ／一八一二―八五）　津軽藩重臣棟方十左衛門の娘。八歳ごろから史書を読み、直元流薙刀に熟練した。儒学、国学、和歌を藩内の学者に学び、絵画にも才能を現した。十九歳のころ藩の大目付用人毛内祚胤に嫁ぎ、先妻の残した二男一女をよく育てた。舅の雲林は勤王家であったが、その思想は滝子にも伝わった。夫の没後に詠んだ多くの和歌が『愛桜亭家集』に残っている。

●第二章　和　歌

阿仏尼（あぶつに／?―一二八三）　鎌倉中期の女流歌人。平度繁の娘。剃髪して阿仏尼、北林禅尼。安嘉門院に仕え、のち藤原為家に嫁ぎ、冷泉為相、為守を生む。建治三（一二七七）年、為相の領地相続問題訴訟のため鎌倉へ下る。著作『十六夜日記』『夜の鶴』『庭の訓』『転寝の記』など。

永福門院（ようふくもんいん／一二七一―一三四二）　伏見天皇の中宮。名は鏱子。西園寺実兼の娘。玉葉集時代の代表的歌人のひとり。『玉葉和歌集』に四十九首、『風雅和歌集』に六十九首入っている。ほかに『永福門院百番御自歌合』がある。

京極為子（きょうごく・ためこ／不詳）　玉葉集時代京極派の歌人。京極為兼の姉か妹。

京極為兼（きょうごく・ためかね／一二五四―一三三二）　父は為教。持明院統の伏見天皇に接近、歌人としてだけではなく政治的にも活躍。そのため二度、流罪となる。伏見院の命により『玉葉和歌集』を撰。革新的な和歌を詠み、京極派の指導者となった。歌論書『為兼卿和歌抄』がある。

明智光秀（あけち・みつひで／一五二六?―八二）　安土桃山時代の武将。織田信長に仕える。日向守。丹波亀山城主。天正十（一五八二）年、毛利攻めの支援を命ぜられたが、信長を本能寺に攻めて自殺せしめた。わずか十三日で秀吉に破られ、土民に殺された。

細川幽斎（ほそかわ・ゆうさい／一五三四―一六一〇）　名は藤孝、玄旨と号す。和歌は三条西実枝《さねき》に学ぶ。二条派の正統を伝え、安土桃山時代の中心的存在であった。家集に『衆妙集』歌学書に『聞書書』『耳底記』のほか『伊勢物語』『百人一首』などの注釈書を多数残した。

八条宮智仁親王（はちじょうのみやとしひとしんのう／一五七九―一六二九）　四親王家のひとつ桂宮の初代。正親町天皇の皇子誠仁親王の王子。後陽成天皇の弟。はじめ豊臣秀吉の猶子となるが、のち宮家を創立。和歌連歌を好み、細川幽斎に師事し古今伝授を受けた。のち後水尾天皇に伝え、御所伝授のはじまりとなった。元和元（一六一五）年に桂離宮を創設。

東常縁（とうのつねより／一四〇一―八四）　東野州と称した。和歌を尭孝、正徹に学ぶ。著作に歌論聞書の『東野州聞書』注釈書に『新古今集聞書』『常縁口伝和歌』があり、家集『東野常縁集』も存する。宗祇に古今伝授を行い、その創始者とされる。

松永貞徳（まつなが・ていとく／一五七一―一六五三）　名は勝熊。里村紹巴《じょうは》、細川幽斎などに和歌を学ぶ。その他学芸百般におよんで、近世和歌最大の知識人として尊敬を受ける。いわゆる貞門俳諧の祖とされる。門人一千人をこえたという。

宗祇（そうぎ／一四二一―一五〇二）　飯尾宗祇。室町末期の連歌師。和歌は東常縁から古今伝授を受け、また連歌を心敬などに学ぶ。称号「花の本」を許され、当時連歌の中心的指導者。門下に逸材輩出した。一生を旅に送った。著作『竹林抄』『新撰菟玖波集』『萱草』『下草』など。

荷田春満（かだのあずままろ／一六六九―一七三六）　江戸中期の国学者、歌人。伏見稲荷神社の神職。古典、国史を研究して、復古神道を唱え、子弟を教育。賀茂真淵は万葉研究を、甥の在満《ありまろ》は有職故実研究を継承した。著作『春葉集』『万葉集訓釈』『日本書紀訓釈』『出雲風土記考』など。

賀茂真淵（かものまぶち／一六九七―一七六九）　遠江岡部社の神職の子。浜松の梅谷家の養子となるが、家を捨て上洛。春満に国学を学ぶ。その後江戸に出て、五十歳のとき和学を以て田安宗武に仕えた。和歌における古風尊重、万葉主義を主張して和歌の革新に貢献した。その門流を県居《あがたい》学派という。著作『万葉考』『歌意考』『新学《にいまなび》』など。

冷泉為村（れいぜい・ためむら／一七一二―七四）　父為久の教を受け、その没後は烏丸光栄などの指導を受ける。宝暦十一（一七六一）年、院宣により古今伝授の箱を開くという。門人は全国におよび、三千人と伝えられる。

小沢蘆庵（おざわ・ろあん／一七二三―一八〇一）　江戸中期、京の歌人。はじめ冷泉為村について堂上派の和歌を学んだが、のち「たゞこと歌」を主張して独自の論をうちたて、和歌革新に尽力した。門下多く、交友も広く、後の歌人に大きな影響を与えた。歌論書『布留の中道』『振分髪』など。

香川景樹（かがわ・かげき／一七六八―一八四三）　鳥取藩士の子。上洛して堂上派の和歌を学ぶ。小沢蘆庵の歌論に大きな影響を受け、歌は調べが第一とする「調べの論」を展開。古今集を理想とした。門下を桂園派という。

良寛（りょうかん／一七五八―一八三一）　越後出雲崎の名家山本家の出身。父は俳人であった。二十二歳で出家、備中玉島円通寺の国仙和尚のもとで修行し、四十八歳で帰郷、国上山の五合庵などに住み、悠々自適の生活を送る。古典の教養に加え、禅僧として漢詩、書にすぐれる。古今調の和歌から晩年に万葉調の和歌に達した。

大隈言道（おおくま・ことみち／一七九八―一八六八）　幕末の歌人。筑前福岡の商家に生まれ、幼時より和歌に親しむ。三十九歳のとき、福岡今泉の池萍堂に隠棲。広瀬淡窓につき漢学を修めた。和歌の独自の境地を開き、歌論書『こぞのちり』『ひとりごち』を著した。六十歳で大坂に出て和歌に専念したが、病気のため帰郷。

赤染衛門（あかぞめえもん／不詳）　大江匡衡の妻。上東門院に仕え、夫の没後に出家。和泉式部と並び称される歌人。『栄花物語』正編の作者とも言われている。中古三十六歌仙のひとり。家集『赤染衛門集』がある。

菱田縫子（ひしだ・ぬいこ／一七五〇―一八〇一）　江戸中期の女流歌人。荷田蒼生子に国学、和歌を学ぶ。蒼生子の没後、家集『杉のしづ枝』を編んだ。蒼生子の七回忌を自宅で営み、十三回忌に追悼歌を詠んだ。

田安宗武（たやす・むねたけ／一七一五―七一）　八代将軍吉宗の次男。田安家を興し、権中納言となる。はじめ荷田在満について学び、ついで真淵に学ぶ。和歌史上名高い『国歌八論』論争を行った。真淵に師事してから、和歌の才能が伸び、県居門一といわれる万葉調の和歌を詠んだ。

楫取魚彦（かとり・なひこ／一七二三―八二）　下総国香取出身で、それにちなんで楫取と名乗った。真淵に入門し、江戸に出て浜町に住んだ。真淵没後、その多くの門人にひきついで国学、和歌を教えた。万葉調の古語を使いこなして和歌を詠んだが、独創性に乏しいといわれた。

加藤千蔭（かとう・ちかげ／一七三五―一八〇八）　真淵の有力な弟子であった加藤枝直の子で、少年時代から真淵に師事した。家職をついで町奉行吟味役を勤めた。古今調の洗練された和歌を詠み、県居門江戸派の祖といわれた。美しい仮名の筆跡は当時もてはやされた。著作『万葉集略解』。

清水浜臣（しみず・はまおみ／一七七六―一八二四）　江戸中期の国学者。江戸の人。国学を村田春海に学び、歌文をよくし、国文学の古典の校合に努力した。著作『浜臣翁家集』『さざなみ筆話』など。

頼　杏坪（らい・きょうへい／一七五六―一八三四）　江戸後期の漢詩人。山陽の叔父。名は惟柔、字は千祺。広島藩儒者。郡奉行となり藩政に貢献した。最も古詩に長じた。

本居春庭（もとおり・はるにわ／一七六三―一八二八）　江戸後期の国学者。宣長の長男。中年で盲目となり、鍼医を業としながら、門人を指導。記憶力すぐれ、国語用言研究の基礎を築いた。著作『詞八衢《ことばのやちまた》』『詞通路《ことばのかよいじ》』ほかに『後鈴屋集』がある。

本居大平（もとおり・おおひら／一七五六―一八三三）　江戸後期の国学者、号は藤垣内《ふじのかきつ》。宣長に学び、その養子となる。紀州藩に仕え、本居家の学風を継いで普及させた。著作『藤垣内集』『神楽歌新釈』『有馬日記』など。

千種有功（ちくさ・ありこと／一七九七―一八五四）　江戸末期の歌人。号は千千廼舎、左近衛権中将。堂上派歌人であるが地下の歌人香川景樹らと親交をもち、二条派の歌風を脱して、独特の風格を作った。『千千廼舎集』『日枝の百枝』など。

富岡鉄斎（とみおか・てっさい／一八三六―一九二四）　明治・大正の南画家。京の人。幼いころ大田垣蓮月に預けられ、国学を大国隆正に学び、また儒学、詩文、仏典を修めた。大和絵から南画にすすみ、新生面を開く。古墳、山陵などの保護に尽力した。帝国美術院会員。

平野国臣（ひらの・くにおみ／一八二八―六四）　幕末の志士。福岡藩士。国学に詳しく、有職故実に通じた。安政五（一八五八）年脱藩。北九州に事を挙げようとして捕らえられ、また生野銀山に挙兵して敗れ、京で斬られた。

高杉晋作（たかすぎ・しんさく／一八三九―六七）　幕末の志士。長州藩士。吉田松陰の門に入り、江戸に出て昌平校に学ぶ。藩校明倫館都講。藩命で上海を視察、このころより攘夷論者となる。帰国して奇兵隊を組織。英米仏蘭の連合艦隊と下関に戦って敗れる。のち藩論を倒幕に統一、征長の幕府軍を破った。

三条実美（さんじょう・さねとみ／一八三六—九一）　明治維新の元勲。実万の子。孝明、明治天皇を補佐して、維新を成功させた。太政大臣、公爵となる。

四方赤良（よものあから）　大田南畝のこと。

朱楽菅江（あけら・かんこう／一七四〇—一八〇〇）　江戸後期、天明時代の狂歌師。洒落本作家。本名山崎景貫。著作『大抵御覧』『故混馬鹿集』など。

元木工網（もとのもくあみ／一七二四—一八一一）　江戸後期の狂歌師。江戸京橋で湯屋を営みながら国文学、和歌を学ぶ。明和七（一七七〇）年、狂歌合わせに出席して以来狂歌に親しみ、数寄屋連、落栗連など多くの門人を無報酬で指導した。寛政六（一七九四）年『新古今狂歌集』刊行。

◉第三章　俳諧

荒木田守武（あらきだ・もりたけ／一四七三—一五四九）　室町末期の俳人、連歌師。伊勢内宮の神職。俳諧が連歌から独立する機運を作った。その作『俳諧千句』は後世の俳諧式目の規範となる。ほかに『世中千句（伊勢論語）』がある。

山崎宗鑑（やまざき・そうかん／一四六五？—一五五三？）　室町末期の連歌師、俳人。本名志那範重。足利義尚に仕え、のち剃髪して山崎に住む。俳諧連歌に重きをおき、荒木田守武とともに俳諧独立の機運を作った。編著『新撰犬筑波集』。

里村紹巴（さとむら・じょうは／一五二七？—一六〇二）　室町末期の連歌師。本姓松村氏。奈良の人。里村昌休に学び、近世初期の連歌界の第一人者として法橋に叙せられた。「称名院追善独吟千句」「光秀張行愛宕百韻」が有名。学書に『連歌新式注』『連歌至宝抄』がある。子孫は代々御連歌師として幕府に仕えた。

松尾芭蕉（まつお・ばしょう／一六四四―九四）　江戸前期の俳人。名は宗房、別号桃青など。伊賀上野に生まれ、藤堂良忠の近習となり、その感化で俳諧に志す。のち江戸に出て深川に移り住み、従来の談林の俳風を超えて、文芸性の高い蕉風を創始した。その間各地を旅して多くの名句と紀行文を残した。その句は『俳諧七部集』に結集している。ほかに『野晒紀行』『笈の小文』『奥の細道』『嵯峨日記』など。

西山宗因（にしやま・そういん／一六〇五―八二）　江戸前期の連歌師、俳人。俳諧談林派の祖。名は豊一。肥後八代城主加藤正方の臣。浪人して連歌師となる。のち俳諧に転じ、談林派の中心となり、門下から西鶴はじめ多数の俳人を出した。『宗因千句』『天満千句』など多くの著がある。

河井乙州（かわい・おとくに／不詳）　江戸中期の俳人。大津の人。芭蕉門人。智月の弟で、その養子となって荷問屋の業を継いだ。師の遺稿『笈の小文』を出版した。著作『それ〴〵草』。

斯波一有（しば・いちゆう／?―一七〇三）　伊勢山田の医師、俳人。岩井氏、別号渭川。

井原西鶴（いはら・さいかく／一六四二―九三）　江戸前期の浮世草子作者、俳人。大坂の人。談林風の俳諧を学び、一夜に千句も詠んだ。のち浮世草子を作る。作品は雅俗語を折衷、物語の伝統を破って、欲望に支配される人間性を描いた好色物、武士気質を描いた武家物、庶民の経済生活を描いた町人物など特色がある。著作『好色一代男』『好色五人女』『武道伝来記』『日本永代蔵』ほか多数。

宝井其角（たからい・きかく／一六六一―一七〇七）　榎本其角。江戸中期の俳人。蕉門の十哲のひとり。近江の人。江戸に出て蕉門に入り、のち江戸座を興す。作風ははなやか。その撰に『虚栗集《みなしぐり》』がある。

野沢凡兆（のざわ・ぼんちょう／?―一七一四）　江戸中期の俳人。加賀の人。京で医を業とした。芭蕉門人。作風は印象鮮明で格調高い。去来と『猿蓑集《さるみの》』の撰をした。

向井去来（むかい・きょらい／一六五一―一七〇四）　江戸前期の俳人、名は兼時。別号落柿舎。長崎の人。蕉門十哲のひとり。京に住み、堂上家に仕えた。のち嵯峨に落柿舎を営んで芭蕉を招き、凡兆とともに『猿蓑集』の撰をした。その作風は蕉風の特色を最もよく現している。著作『伊勢紀行』『湖東問答』など。

寺崎一波（てらさき・いっぱ／不詳）　名は平八延吉。肥前国其肆郡奈良田庄（現佐賀県三養郡基山町奈良田）の奈良田八幡宮の宮司。

坂本朱拙（さかもと・しゅせつ／一六五三―一七三三）　江戸中期の俳人。医師。名は半山。豊後の人。はじめ談林風を学んだが、元禄八（一六九五）年来遊した惟然の指導で蕉風に転向した。

服部土芳（はっとり・どほう／一六五七―一七三〇）　江戸中期の俳人。名は保英、別号蓑虫庵、些中庵など。伊賀上野藩士。幼少から芭蕉と親交があり、伊賀蕉門の中心人物。編著『蓑虫庵集』『蕉翁句集』『三冊子《さんぞうし》』など。

各務支考（かがみ・しこう／一六六五―一七三一）　江戸中期の俳人。美濃の人。蕉門の十哲のひとり。連句に長歌行・短歌行の式を設け、和詩を創め、体系立った俳論を組織した。芭蕉没後は平俗な美濃派を開いた。著作『葛の松原』『笈日記』など。

加舎白雄（かや・しらお／一七三八―九一）　江戸中期の俳人。信州上田の人。名は吉春。松露庵三世烏明、白井鳥酔に学び、各地を放浪。江戸に春秋庵を開く。孤高、潔癖で多感な性格。飾り気のない句風を主張。著に蕉風俳諧の作法を平易に説いた『俳諧寂栞』のほか、『白雄句集』などがある。

有井浮風（ありい・ふふう／一七〇二―六二）　江戸中期の俳人。もと武士、本名軍治義保。致仕して医を業とした。野坡の高弟で大坂、京に住んで、難波の無名庵を守る。

志太野坡（しだ・やば／一六六二―一七四〇）　江戸中期の俳人。蕉門十哲のひとり。福井の人。はじめ江戸の越後屋の手代。のち大坂などに住み、しばしば旅に出て、関西、九州に門人が多かった。作はやや平俗。『炭俵』撰者のひとり。

傘狂（さんきょう／一七二七―九三）　江戸中期の俳人。本名大野親芳。美濃の人。竹中家の家臣。安永九（一七八〇）年に美濃派の一派である以哉派六世を継ぎ、寛政五（一七九三）年に白寿坊に譲る。

百茶坊（ひゃくちゃぼう／不詳）　美濃の人。傘狂の門人。

杉原巴浪（すぎはら・はろう／不詳）　越前三国の俳人。三国湊滝谷の永正寺十七代住職永言。

主要資料・参考文献

（底本及び特に主要な資料には*を付す）

全体に関わる資料

*『江戸時代女流文学全集』全四巻　古谷知新編　日本図書センター　一九七九年

『日本女流文学史』久松潜一・吉田精一編　同文書院　一九六九年

『女流著作解題』女子学習院編　女子学習院　一九三九年

『近世女流文人伝』会田範治編　明治書院　一九六〇年

『江戸時代の女たち　封建社会に生きた女性の精神生活』柴桂子　評論新社　一九六九年

『江戸後期の女性たち』関民子　亜紀書房　一九八〇年

I

第一章　戦国末、江戸以前の女性たち

*『甲斐叢書』甲斐叢書刊行会　一九七四年

「理慶尼記一名武田勝頼滅亡記解題」辻善之助　『史学雑誌』一九〇七年二月号

*『おあんものかたり・おきくものかたり』一八三七（天保八）年刊行の復刻　日本文化資料センター　一九八五年

*『雑兵物語・おあむ物語・おきく物語』岩波文庫　岩波書店　一九四三年

*『東路記　高祖妣御記　全』一六〇三（慶長七）年成立の稿本　金沢市立玉川図書館蔵

「前田芳春院と東路記について」門玲子　『江戸期おんな考』第四号　桂文庫　一九九三年

『芳春夫人小伝』近藤磐雄　高木亥三郎発行　一九一七年

『加賀藩史料』前田育徳会　一九二九年

第二章　真澄の鏡、学神・井上通女

*『井上通女全集』香川県立丸亀高等学校同窓会　一九七三年

「女性たちの書いた江戸前期の女子教訓書」柴桂子　『江戸期おんな考』第二号　桂文庫　一九九一年

「劉向『列女伝』における女性の行動と論理」岡村繁　『中国文学の女性像』汲古書院　一九八二年

『鳩巣小説』室鳩巣　『続史籍集覧』第六冊所収　臨川書店　一九六九年

「旅ごろも　あづまの春を——井上通女江戸藩邸日記」秋山吾者　私家版　一九九四年

「新居・今切関所の女改め」板坂耀子　『日本文学発掘』矢野貫一編　象山社　一九八五年

「『東海紀行』女性の手に成る道の記」小高道子　『国文

学　解釈と鑑賞』平成二年三月号　至文堂　一九九〇年

第三章　柳沢吉保の陰の力、正親町町子

＊『松蔭日記』正親町町子　平林文雄編　新典社　一九六八年
『柳沢吉保』森田義一　新人物往来社　一九七五年
『甲子夜話』松浦静山　東洋文庫　平凡社　一九七七年
『徂徠学の史的研究』今中寛司　思文閣出版　一九九二年
『「源氏物語」を江戸から読む』野口武彦　講談社　一九八五年

第四章　本居宣長と論争した強烈な個性、荒木田麗女

＊『荒木田麗女物語集成』伊豆野タツ編　桜楓社　一九八二年
＊『宇津保物語』　日本古典文学大系　岩波書店　一九六二年
＊『遊仙窟』　岩波文庫　岩波書店　一九九〇年
＊『遊仙窟鈔』上下　勉誠社文庫　勉誠社　一九八一年
＊『捜神記』干宝撰　中国古典文学基本叢書　中華書局出版　一九八五年
『徳川時代女流文学　麗女小説集上下』与謝野晶子編　冨山房　一九一五年
『本居宣長全集』別巻二　筑摩書房　一九七七年
「賀茂真淵と本居宣長」九・十章『森銑三著作集』第七巻　中央公論社　一九七二年
「本居宣長の文章批評について――荒木田麗女の作品『野中の清水』をめぐって」石村雍子『日本文学』一九五八年八月号
「神宮の大物忌」一・二　中西正幸『神道宗教』第一五五・一五六号　神道宗教学会　一九九四年六月、九月
「『池の藻屑』『月のゆくへ』――女流文学者の古典趣味」船戸美智子『国文学　解釈と鑑賞』昭和五十四年三月号　至文堂　一九七九年

第五章　孤独な挑戦者、只野真葛

＊『只野真葛集』鈴木よね子校訂　叢書江戸文庫　国書刊行会　一九九四年
＊『むかしばなし』只野真葛　東洋文庫　平凡社　一九八四年
『只野真葛』中山栄子　丸善　一九三六年
「著作堂雑記」滝沢馬琴『曲亭遺稿』所収　国書刊行会　一八八九年
「女流自伝の幻」佐伯彰一『日本人の自伝』所収　講談社　一九七四年
『江戸の娘がたり』本田和子　朝日新聞社　一九九二年
『葛の葉抄』永井路子　ＰＨＰ研究所　一九九五年
「真葛のおうな」滝沢馬琴『兎園小説』所収『日本随筆大成』第二期の一
『夢ノ代』山片蟠桃『日本思想大系』43　岩波書店　一九七三年
『稽古談』海保青陵『日本思想大系』44　岩波書店　一九七〇年
『洋学　上』解説　佐藤昌介『日本思想大系』64　岩波書店　一九七六年

「近世実学思想史の諸段階とその特色について」杉本勲 『近世の洋学と海外交渉』 巌南堂書店 一九七九年
『赤蝦夷風説考』工藤平助 『北門叢書』第一冊 大友喜作編 北方書房 一九四三年
「蟠桃東遊」水田紀久 『懐徳』六四号 懐徳堂記念会 一九九六年

II

第一章 漢詩文

＊『中山詩稿』立花玉蘭 嵩山房 一七六四（明和元）年
「立花玉蘭と『中山詩稿』」高橋昌彦 『広報やながわ』四三三号 柳川市役所 一九九五年
「近世女流漢詩人立花玉蘭——その生涯と作品」前田淑 福岡女学院短期大学紀要4 一九六八年
『福岡県史・通史編 福岡藩 文化』下 一九九四年
「古文辞学派の影響——近世日本の唐詩選ブームを追って（唐詩選版本考）」船津富彦 『明清文学論』 汲古選書8 汲古書院 一九九三年
＊「女流文人亀井少琹伝」前田淑 福岡女学院短期大学紀要16 一九八〇年
＊「少琹詩稿『窈窕稿乙亥』をめぐって」前田淑 福岡女学院短期大学紀要17 一九八一年
『閨秀亀井少琹伝』庄野寿人 亀陽文庫・能古博物館 一九九二年
『亀井南冥昭陽全集』第一・七巻 葦書房 一九八〇年
『懐旧樓筆記』巻二十 広瀬淡窓 『淡窓全集 上』日田郡教育会 一九二五年
『近世の女性画家たち——美術とジェンダー』パトリシア・フィスター 思文閣出版 一九九四年
＊『采蘋詩集』『続々日本儒林叢書』第三巻所収 東洋図書刊行会 一九三七年
＊「近世閨秀詩人原采蘋と房総の旅」前田淑 福岡女学院短期大学紀要12 一九八一年
『物語秋月史』三浦末雄 秋月郷土館 一九七二年
『幕末閨秀原采蘋の生涯と詩』吉木幸子 甘木市教育委員会 一九九三年
＊『越前人物志』福田源三郎編 思文閣 一九七二年復刻
『若越墓碑めぐ里』石橋重吉 歴史図書 一九七六年
『頼山陽とその時代』中村真一郎 中央公論社 一九七一年
＊『頼山陽全伝』上下二巻 『頼山陽全書』 頼山陽先生遺蹟顕彰会 一九三二年
＊『湘夢遺稿』江馬細香 春齢庵蔵版 一八七一（明治四）年
『頼山陽・梁川星巌』入谷仙介 『江戸詩人選』第八巻 岩波書店 一九九〇年
『江馬細香詩集「湘夢遺稿」上下』入谷仙介監修 門玲子訳注 汲古書院 一九九二年
『女流』福島理子 『江戸漢詩選』3 岩波書店 一九九五年
『江馬細香——化政期の女流詩人』門玲子 卯辰山文庫 一九七九年 BOC出版部 一九八四年改訂

『江馬細香来簡集』江馬文書研究会編　思文閣出版　一九八八年
『細香と紅蘭』伊藤信　矢橋龍吉刊　一九六九年
『津市史』第三巻　津市役所　一九六一年
『三重先賢伝』浅野松洞　東洋書院　一九八一年
＊『海棠園合集』横山致堂・津田蘭蝶　一八一五（文化十二）年
＊『断香集』津田蘭蝶　一八二六（文政九）年
＊『紅蘭小集』張　紅蘭　江戸須原屋　一八四一（天保十二）年
＊「紅蘭遺稿」張紅蘭　伊藤信稿（筆写原稿）
『紅蘭小集』『紅蘭遺稿』『梁川星巌全集』第四巻　梁川星巌全集刊行会　一九五八年
『梁川星巌・紅蘭　放浪の鴛鴦』大原富枝　淡交社　一九七三年
＊『玉蕉百絶』高橋瀧　一八四九（嘉永二）年
＊『日本閨媛吟藻』水上珍亮編　野口愛出版　一八八〇（明治十三）年
＊『東瀛詩選』巻四十　兪曲園編　一八八三（明治十六）年
「篠田雲鳳考」壬生芳樹　『地方史静岡』第十四号　発行所・刊行年不明
「篠田雲鳳と弘前」田澤正　『江戸期おんな考』第四号　桂文庫　一九九三年
『女性と漢詩』猪口篤志　笠間選書103　笠間書院　一九七八年

第二章　和歌

＊『女人和歌大系　私家集期　江戸』長沢美津編　風間書房　一九六八年
＊『女人和歌大系　研究編』長沢美津　風間書房　一九七二年
『和歌文学選』島津忠夫他編　和泉書院　一九八四年
『和歌史』島津忠夫他　和泉書院　一九八五年
＊『本居壱岐女の歌（覚書）』出丸恒雄編　光書房郷土シリーズ第二集　一九七八年
＊「島原輪違屋の遊女桜木について」矢萩美也子　『江戸期おんな考』第三号　桂文庫　一九九二年
＊「吉田の歌人岩上登波子について」安藤くに子　『江戸期おんな考』第二号　桂文庫　一九九一年
＊「上田甲斐子——和歌作品に見るその生涯」浅野美和子　『江戸期おんな考』第七号　桂文庫　一九九六年
＊「女流狂歌作者とその作品を読む」松崎潤子　『江戸期おんな考』第八号　桂文庫　一九九七年

第三章　俳諧

＊『女流俳人』川島つゆ　明治書院　一九五七年
＊『女流俳句の世界』上野さち子　岩波書店　一九八九年
＊『加賀千代全集』中本恕堂　私家版　一九五五年
＊『芭蕉にひらかれた俳諧の女性史』別所真紀子　オリジン出版センター　一九八九年
＊『言葉を手にした市井の女たち』別所真紀子　オリジン出版センター　一九九三年

＊『湖白庵諸九尼全集』大内初夫他編　和泉書院　一九八六年増訂版
＊「中興女流俳人　榎本星布」松崎潤子　『江戸期おんな考』第三号　桂文庫　一九九二年
＊『越前三国湊の俳人――遊女哥川』中島道子　渓声出版　一九八五年

その他

『新フェミニズム批評』エレイン・ショーウォーター　青山誠子訳　岩波書店　一九九〇年
『自分だけの部屋』ヴァージニア・ウルフ　川本静子訳　みすず書房　一九八八年
『日本の近世12　文学と美術の成熟』中野三敏編　中央公論社　一九九三年
『日本の近世13　儒学・国学・洋学』頼祺一編　中央公論社　一九九三年
『日本の近世15　女性の近世』林玲子編　中央公論社　一九九三年
『日本女性の歴史　文化と思想』総合女性史研究会編　角川選書　一九九三年
『江戸時代の女性たち』近世女性史研究会編　吉川弘文館　一九九〇年
『化政文化の研究』林屋辰三郎編　岩波書店　一九七六年
『江戸時代の教育』R・P・ドーア著　岩波書店　一九七〇年
『比較文学読本』島田謹二・富士川英郎・氷上英廣編　研究社　一九七三年

主要人物生没年図

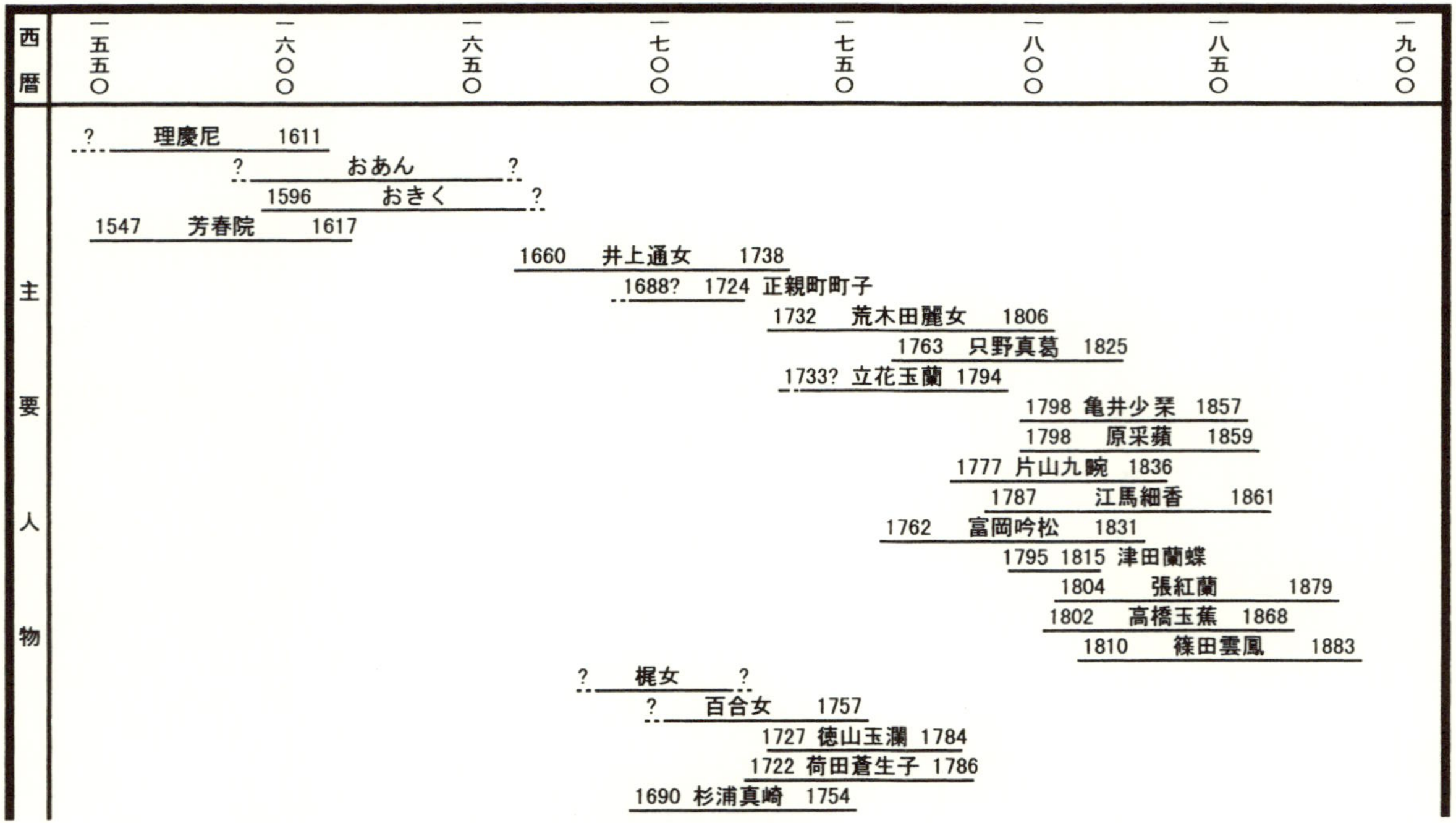
西暦
一五五〇
一六〇〇
一六五〇
一七〇〇
一七五〇
一八〇〇
一八五〇
一九〇〇
主要人物
? 理慶尼 1611
? おあん ?
1596 おきく ?
1547 芳春院 1617
1660 井上通女 1738
1688? 1724 正親町町子
1732 荒木田麗女 1806
1763 只野真葛 1825
1733? 立花玉蘭 1794
1798 亀井少栞 1857
1798 原采蘋 1859
1777 片山九畹 1836
1787 江馬細香 1861
1762 富岡吟松 1831
1795 1815 津田蘭蝶
1804 張紅蘭 1879
1802 高橋玉蕉 1868
1810 篠田雲鳳 1883
? 梶女 ?
? 百合女 1757
1727 徳山玉瀾 1784
1722 荷田蒼生子 1786
1690 杉浦真崎 1754

生没年

生年	名	没年
?	土岐筑波子	?
1729	鵜殿餘野子	1788
1733	油谷倭文子	1752
1760	頼山陽の母（静子）	1843
1780	岩上登波子	1862
1809	上田甲斐子	1843
1798	貞心尼	1872
1785	高畠式部	1881
1791	大田垣蓮月尼	1875
1806	野村望東尼	1867
1606	吉野	1643
?	雲井	?
?	桜木	?
1745	節松嫁々	1810
1745	智恵内子	1807
1633	田捨女	1698
?	智月	1708?
1664	園女	1726
?	羽紅	?
1672	千子	1688
?	紫白女	1718?
?	紫貞女	1751
1664	りん女	1757
1669	秋色	1725
1703	千代女	1775
1714	諸九尼	1781
1753	菊舎尼	1826
1732	榎本星布	1814
1716?	哥川	1776?

*表記の配列は概ね本文での登場順

あとがき

『江戸女流文学の発見』の原稿を書きおえて、重荷を下ろした思いである。両肩が軽くなった実感さえする。誰かが私の両肩に乗っかっていたのだろうか。

江馬細香の漢詩に出会ったとき、漢詩の分野でこれだけすぐれた作品があり、ほかにも詩人が多いのに、別の分野はどうなっているのだろうと疑問をもった。物語、紀行文、随想、和歌、俳諧。それらの世界が気にかかった。平安女流文学以後、ずっと女流文学が衰退して、明治になって復活した、といわれていたころだった。戦国時代から長い江戸時代にかけて、女性がまったく文学表現をしなかったのか、という素朴な疑問が頭から離れなかった。

『江戸時代女流文学全集』四巻の存在を教えて下さったのは、女性史研究会「知る史の会」の友人浅野美和子さんである。昭和五十八(一九八三)年ごろのことだ。すぐに分厚い四冊の全集を購入してみると、注も解説もほとんどなく、作品だけがぎっしり入っていた。学者や専門家ではない、ただの文学好きの眼で、現代文学を読むのと同じように読んでみようと思って、ぼつぼつ読みはじめた。

はじめは何がなんだかさっぱり分からない。暗闇を手探りするようである。多くの学者や作家たちが口語訳し、解説し、随想や翻案でその読み解き方、おもしろさ、作中の人物像をさまざまに伝えている平安女流文学に比べて、たいへんな落差を感じた。

本当はおもしろくない世界かもしれない、などと思いつつ何度も辞書を引き、鉛筆で書き入れをして読み進んだ。そのうちすこしずつ作中のことがら、人物がその輪郭をはっきりと現し、書き手の思いが伝わってくるようになった。

中世のポルトガルの尼僧の恋文『ぽるとがる文』を訳した佐藤春夫はいっている、「……いかなる種類の感動にもせよ、それの表現のあるところ必ず文学が産れ、文学のあるところ必ずその時代とその事と人とは自ら語りつくされている」と。江戸女流文学の諸作品を読みながら、私はいつもこの言葉を思い出していた。

ひとつ作品を読むたびに、そのあらすじと感想を原稿にして、友人の岡宣子さん、太田順子さん、故人となられた森美祢さんに読んでもらった。その最初の原稿の末尾に、昭和六十年三月十三日の日付がある。それらの原稿の束は、発表するつもりはなく、紙袋に入れたまま何年か放置された。

女性史研究家柴桂子さんが一九九〇年に研究誌『江戸期おんな考』を発刊されて、私はこれに参加した。そして第二号から「江戸女流文学を読む」と題して、連載することを考えついた。古い原稿の埃を払い、それぞれの作品をさらに深く読み込み、作品の舞台となった土地を訪ね、原稿を書き改めて一年に一作ずつ発表していった。本書I部のもととなった「理慶尼の記」「おあん物語」「井上通女の諸作品」「松蔭日記」「荒木田麗女の諸作品」「只野真葛の文学と思想」の六つの原稿である。本書に収録するにあたって、さらに改稿した。

心ゆくまで、たっぷりと書かせて下さった柴さんの寛容さに感謝している。

これらを書きながら、諸作品の展開する世界の面白さに引き込まれていった。いままで無縁だった歴史上の人物たちが、女性の眼でリアルに表現され、肉付けされ重厚さを増して、身近な存在と感じられるようになった。

たとえば老獪な政治家と伝えられる柳沢吉保の文化的くらしぶり、謹厳で近寄りがたい本居宣長の業績を裏打ちしているある執拗さ、曲亭馬琴の不可解な、しかしたいそう人間的な一連の行動などである。さらに服部南郭の暖かい人間味にも心ひかれた。

一九九五年に藤原書店から『女と男の時空――日本女性史再考』(全六巻・別巻一)が出版されることになり、私は共同執筆者のひとりとして「江戸女流文学史の試み」を発表した。これは前述の諸作品に加えて、漢詩文、和歌、俳諧の分野を紹介した論稿である。専門家ではない私が、無謀にも江戸女流文学の全体を展望することによって、江戸女流文学がその時代の動き、その時代の文学思潮と密接に連動し、時代精神をしっかりと反映していることがわかった。江戸女流文学は、現実から乖離した絵空事ではなくて、現実に根を張り「その時代とその事と人とを語りつく」しているのであった。

女流文学の伝統の鎖は、平安以後とぎれることなく江戸の女性たちに受け継がれ、そして明治、大正へ、現代へと連なっている。それを確信することができた。

多くの江戸女流文学者とともに歩んで来た二十余年の歳月を、いま幸せな思いで振り返る。これまでさまざまにお教え戴いた諸先生、畏友たち、桂文庫の柴桂子さん、話華会の諸姉、ずっと励まし支えて下さった「知る史の会」の友人諸姉に心から御礼申し上げます。

写真・図版を提供、あるいは撮影に御協力くださった、伊勢市の神宮文庫、金沢市立玉川図書館、富山県立図書館、福岡市の㈶亀陽文庫・能古博物館、大和郡山市の㈶柳沢文庫、愛知県稲武町の古橋懐古館、横浜市の總持寺、山梨県勝沼町の大善寺、石川県松任市の聖興寺、宮城県中新田町の只野隆、越谷市の中山栄子、大垣市の江馬寿美子、東京都上落合の片山勇、愛知県大府市の矢萩美也子、国際日本文化研究センターのパトリシア・フィスター、金沢市の今井喜江、愛知県西尾市の松崎潤子、大垣市の山田芳之、松任市の小中和也のみなさまに厚く御礼申し上げます。

最後まで原稿に眼を通してくださった、古い友人の矢野貫一先生、福島理子さん、校正を手伝ってくださった友人諸姉、ありがとうございました。

また私の原稿に、素人の書いたおもしろさを発見して下さった藤原書店社長藤原良雄様、お世話になりました同書店の清藤洋さん、西之坊奈央子さんに感謝いたします。

最後に、私の書いたものには思い違いや誤りが多いことと存じます。お気がつかれました方は、どうぞお教え下さいますようにお願い申し上げます。

平成十（一九九八）年二月

門　玲子

新版へのあとがき

拙著『江戸女流文学の発見』が出版されてから、はや八年ほどが過ぎた。平安女流文学の諸作品から、いきなり明治の樋口一葉や与謝野晶子にとんでしまう。そんな文学史から無視された江戸時代の女性たちは、何も文章表現をしなかったのか、という素朴な疑問から書きはじめた著書だった。江戸女流文学の世界は、まことに多彩な、豊穣な世界だった。この著書は、出版された年の秋に、第五二回毎日出版文化賞をいただくという幸運にも恵まれた。

拙著が、どんな方の書棚に納まったのか、いつも気がかりだった。ある著名な女性歌人や国文学者が話題にして下さり、世評の高いある作家の著書に、参考書として掲げられた。健気に、世の中へ一人歩きをして行ったのだと胸が熱くなった。

今度、新版として出して下さることになった。「どうか、しっかりとその役目を果たし、江戸女流文学を広めておくれ！」と、背中を押して、世の中へ送り出したいと思う。

平成十八（二〇〇六）年二月

門　玲子

ら　行

ま　行

や　行

な　行

は　行

た　行

か　行

さ　行

人名索引

あ 行

著者紹介

門　玲子（かど・れいこ）

1931年、石川県加賀市生まれ。作家、女性史研究家。総合女性史研究会・知る史の会・日本ペンクラブ会員。

著書　『江馬細香――化政期の女流詩人』（卯辰山文庫、1979年、新装版・BOC出版部、1984年）。『江馬細香詩集「湘夢遺稿」上下訳注』（汲古書院、1992年）。『わが真葛物語――江戸の女流思索者探訪』（藤原書店、2006年）。

論文　「江戸女流文学史の試み」『女と男の時空――日本女性史再考Ⅳ　爛熟する女と男　近世』（藤原書店、1995年、所収）

〈新版〉　〔第52回毎日出版文化賞受賞〕

江戸《えど》女流《じょりゅう》文学《ぶんがく》の発見《はつけん》――光《ひかり》ある身《み》こそくるしき思《おも》ひなれ

1998年3月30日　初版第1刷発行
2006年3月30日　新版第1刷発行©

著　者　門　玲　子
発行者　藤　原　良　雄
発行所　株式会社　藤　原　書　店

〒162-0041　東京都新宿区早稲田鶴巻町523
電　話　03(5272)0301
FAX　03(5272)0450
振　替　00160-4-17013
印刷・製本　凸版印刷

落丁本・乱丁本はお取替えいたします
定価はカバーに表示してあります
Printed in Japan
ISBN4-89434-508-0

感動の珠玉エッセイ集

いのち、響きあう

森崎和江

戦後日本とともに生き、「性とは何か、からだとは何か、そしてことばとは、世界とは」と問い続けてきた著者が、環境破壊の深刻な危機に直面して「地球は病気だよ」と叫ぶ声に答えて優しく語りかけた、〝いのち〟響きあう感動作。

四六上製　一七六頁　**一八〇〇円**
（一九九八年四月刊）
◇4-89434-100-X

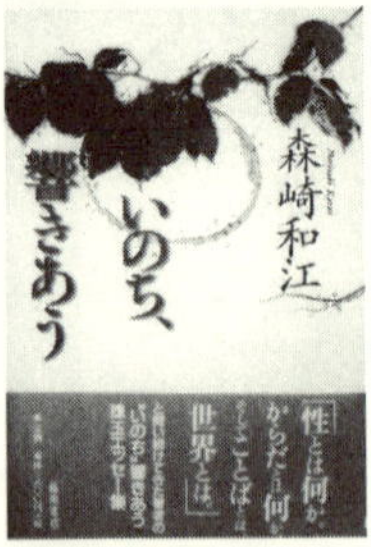

民族とは、いのちとは、愛とは

愛することは待つことよ

〈二十一世紀へのメッセージ〉

森崎和江

日本植民地下の朝鮮半島で育った罪の思いを超えるべく、自己を問い続ける筆者と、韓国動乱後に戦災孤児院「愛光園」を創設、その後は、知的障害者らと歩む金任順《キムイムスン》。そのふたりが、民族とは、いのちとは、愛とは何かと問いかける。

四六上製　二二四頁　**一九〇〇円**
（一九九九年一〇月刊）
◇4-89434-151-4

知られざる逸枝の精髄を初編集

わが道はつねに吹雪けり

〈十五年戦争前夜〉

高群逸枝著　永畑道子編著

満州事変勃発前夜、日本の女たちは自らの自由と権利のために、文字通り命懸けで論争を交わした。山川菊栄・生田長江・神近市子らを相手に論陣を張った若き逸枝の、粗削りながらその思想が生々しく凝縮したこの時期の、『全集』未収録作品を中心に初編集。

Ａ５上製　五六八頁　**六六〇二円**
（一九九五年一〇月刊）
◇4-89434-025-9

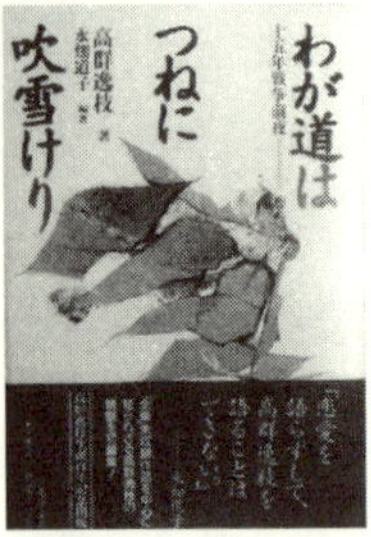

回帰する〝三島の問い〟

三島由紀夫vs東大全共闘

1969-2000

三島由紀夫
芥正彦・木村修・小阪修平・橋爪大三郎・浅利誠・小松美彦

伝説の激論会〝三島vs東大全共闘〟(1969)、三島の自決(1970)から三十年を経て、当時三島と激論を戦わせたメンバーが再会し、三島が突きつけてきた問いを徹底討論。「左右対立」の図式を超えて共有された問いとは？

菊変並製　二八〇頁　**二八〇〇円**
（二〇〇〇年九月刊）
◇4-89434-195-6

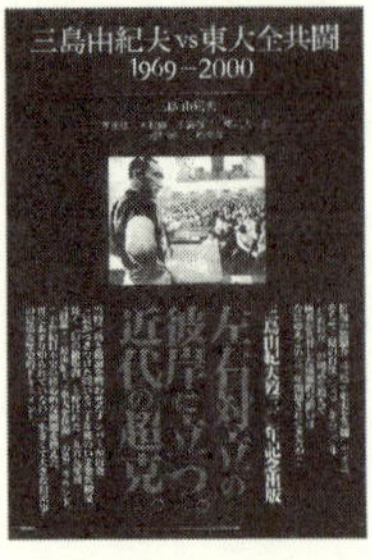

本当の教養とは何か

典故の思想

一海知義

中国文学の碩学が諧謔の精神の神髄を披瀝、「本当の教養とは何か」と問いかける名髄筆集。「典故」とは、詩文の中の言葉が拠り所とする古典の故事をいう。中国の古典詩を好み、味わうことを長年の仕事にしてきた著者の「典故の思想」が結んだ大きな結晶。

四六上製　四三二頁　**四〇七八円**
（一九九四年一月刊）
◇4-938661-85-3

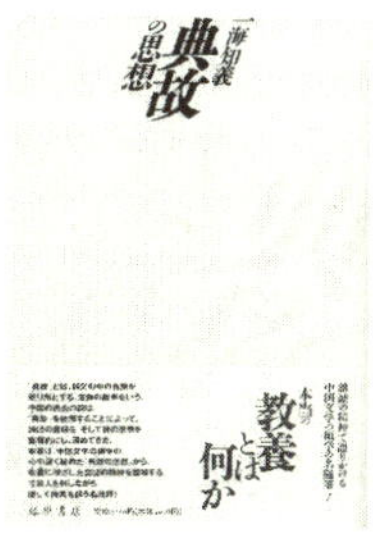

漢詩の思想とは何か

漱石と河上肇
（日本の二大漢詩人）

一海知義

「すべての学者は文学者なり。大なる学理は詩の如し」（河上肇）。「自分の思想感情を表現するに最も適当なる」手段としてほかならぬ漢詩を選んだ二人。近代日本が生んだ最高の文人と最高の社会科学者がそこで出会う、「漢詩の思想」とは何かを碩学が示す。

四六上製　三〇四頁　**二八〇〇円**
（一九九六年一二月刊）
◇4-89434-056-9

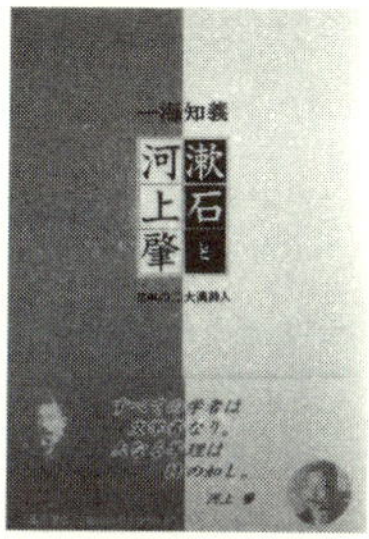

漢詩に魅入られた文人たち

詩魔
（二十世紀の人間と漢詩）

一海知義

同時代文学としての漢詩はすでに役目を終えたと考えられているこの二十世紀に、漢詩の魔力に魅入られてその思想形成をなした夏目漱石、河上肇、魯迅らに焦点を当て、「漢詩の思想」をあらためて現代に問う。

四六上製貼函入　三二八頁　**四二〇〇円**
（一九九九年三月刊）
◇4-89434-125-5

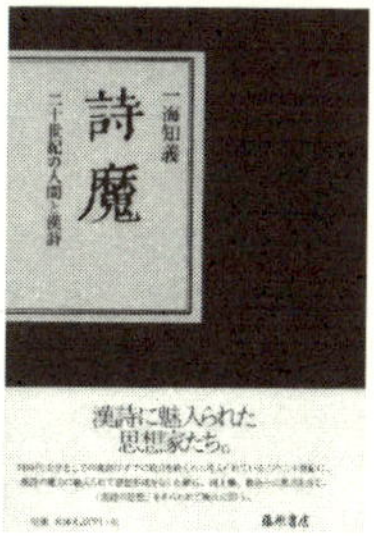

「世捨て人の憎まれ口」

閑人《かんじん》侃語《かんご》

一海知義

陶淵明、陸放翁から、大津皇子、華岡青洲、内村鑑三、幸徳秋水、そして河上肇まで、漢詩という糸に導かれ、時代を超えて中国・日本を逍遥。ことばの本質に迫る考察から現代社会に鋭く投げかけられる「世捨て人の憎まれ口」。

四六上製　三六八頁　**四二〇〇円**
（二〇〇二年一一月刊）
◇4-89434-312-6

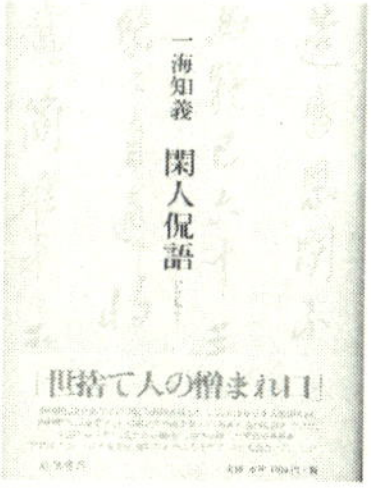

フランスの日本学最高権威の集大成

日本仏教曼荼羅

B・フランク
仏蘭久淳子訳

コレージュ・ド・フランス初代日本学講座教授であった著者が、独自に収集した数多の図像から、民衆仏教がもつ表現の柔軟性と教義的正統性の融合という斬新な特色を活写した、世界最高水準の積年の労作。図版多数。

四六上製　四二四頁　**四八〇〇円**
（二〇〇二年五月刊）
◇4-89434-283-9

AMOUR, COLÈRE, COULEUR　Bernard FRANK

「初の女教祖」——その生涯と思想

女教祖の誕生

（「如来教」の祖・媹姾《りゅうぜん》如来《にょらい》喜《き》之《の》）

浅野美和子

天理、金光、大本といった江戸後期から明治期の民衆宗教高揚の先駆けをなした「如来教」の祖・喜之。女で初めて一派の教えを開いた女性のユニークな生涯と思想を初めて描ききった評伝。思想史・女性史・社会史を総合！

四六上製　四三二頁　**三九〇〇円**
（二〇〇一年二月刊）
◇4-89434-222-7

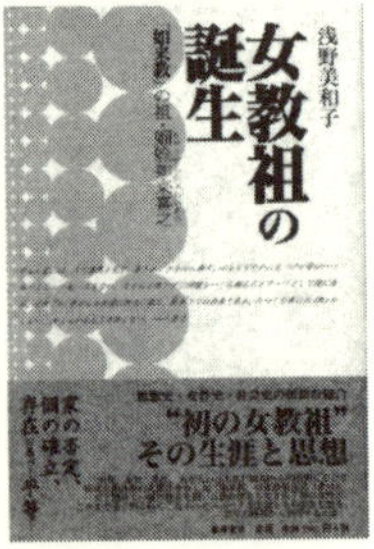

一九世紀パリ文化界群像

新しい女

（一九世紀パリ文化界の女王マリー・ダグー伯爵夫人）

D・デザンティ
持田明子訳

リストの愛人でありヴァーグナーの義母、パリ社交界の輝ける星、ダニエル・ステルン＝マリー・ダグーの目を通して、百花繚乱咲き誇るパリの文化界を鮮やかに浮彫る。約五〇〇人（ユゴー、バルザック、ミシュレ、ハイネ、プルードン他多数）の群像を活写する。

四六上製　四一六頁　**三六八九円**
（一九九一年七月刊）
◇4-938661-31-4

DANIEL　Dominique DESANTI

絶対平和を貫いた女の一生

絶対平和の生涯

（アメリカ最初の女性国会議員ジャネット・ランキン）

櫛田ふき監修
H・ジョセフソン著　小林勇訳

二度の世界大戦にわたり議会の参戦決議に唯一人反対票を投じ、ベトナム戦争では八八歳にして大デモ行進の先頭に。激動の二〇世紀アメリカで平和の理想を貫いた「米史上最も恐れを知らぬ女性」（ケネディ）の九三年。

四六上製　三五二頁　**三二〇〇円**
（一九九七年二月刊）
◇4-89434-062-3

JEANNETTE RANKIN　Hannah JOSEPHSON